KB086006

고려태조 왕건 2

운명

고려태조 왕건 _ 2권 운명

초판 1쇄 발행 2016년 2월 11일

지은이 김성한
펴낸이 노미영

펴낸곳 산천재(공급처 : 마고북스)
등록 2012. 4. 19.
주소 서울시 마포구 월드컵북로 5길 48-9(서교동)
전화 02-523-3123 팩스 02-523-3187
이메일 magobooks@naver.com

ISBN 978-89-90496-87-4 04810
ISBN 978-89-90496-85-0(세트)

김성한 역사소설

산천재

■ 신라말 · 고려초 전란 관계 지도

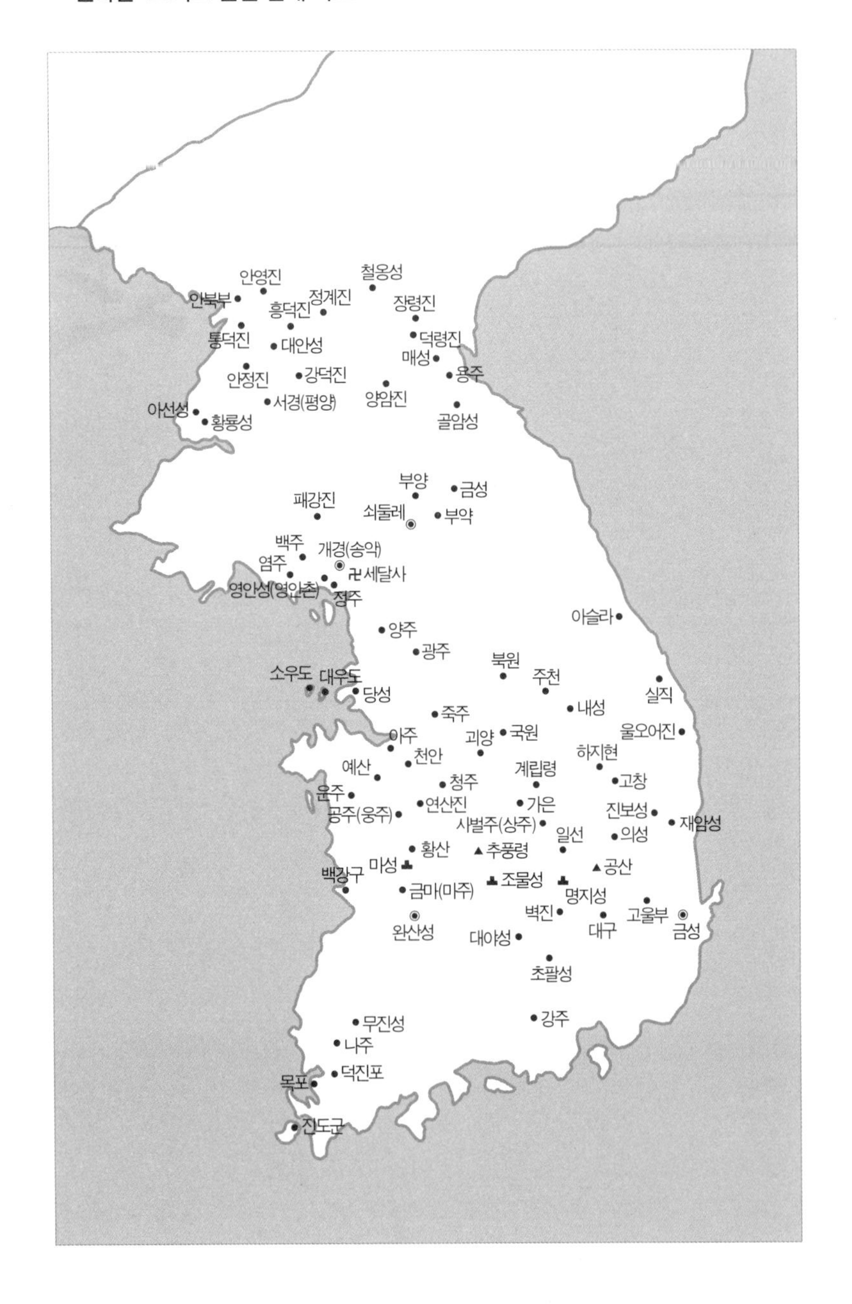

고려태조 왕건_2권 운명

차례

- 이 작품은 1980년대 초 '왕건' 제하로 삼 년에 걸쳐 동아일보에 연재되었다. 1982년 같은 제목의 단행본으로 출간되었고(전6권, 동아일보사) 그 후에도 판을 거듭하여 나왔다.
- 이 책은 마지막 판인 《고려태조 왕건》(전6권, 행림출판, 1999년)의 오탈자 등을 바로잡아 다섯 권으로 다시 편집한 것이다.

후백제 後百濟

서남해에서 일어선 지 십 년.

무진주, 완산주(完山州, 전라북도)의 건달 장군들을 쓸어 내고 작년(900년)에 건국한 견훤. 국호는 백제(百濟). 서울은 완산성(完山城, 전주). 역사에서 말하는 후백제(後百濟)의 건국이었다.

"나 참 별꼴 다 보겠다."

그는 혼잣말처럼 중얼거렸다.

비스듬히 옆에 앉은 일길찬(一吉飡, 七品) 민극(閔郤)이 쳐다보았다. 서사로 데리고 다니다가 등극 후 일길찬의 벼슬을 주어 계속 측근에서 문서를 다루는 사나이였다.

"언짢은 일이라도 계십니까?"

"세상이 요지경이라 별 광대놀음을 다 보는구나."

"선종 말씀이시군요."

"맞다. 그게 글쎄 지난달 대보름에 왕위에 올랐다니 이거 온 동네가 웃을 일이 아니냐?"

"그렇습니다."

"중놈은 절간에 있어야지."

"……."

"두눈박이도 제구실을 못하는 세상에 외눈깔이 임금이라, 고금에 이런 역사가 있느냐?"

있는지 없는지 민극은 알 길이 없었으나 그의 비위를 맞추는 도리밖에 없었다.

"없습니다."

"있을 수 없지."

신라를 깔고 앉을 사람은 자기밖에 없다고 자신해 왔는데 목탁을 두드리며 문전걸식하던 돌중이 난데없이 북쪽에서 바람을 일으키더니, 자기보다 훨씬 넓은 땅을 틀어잡고 이제 임금이라? 겨우 낚아 올린 큰 물고기를 도둑맞은 양 괘씸하기 이를 데 없었다.

견훤은 휘뚜루 화가 나서 이번에는 신라 욕을 퍼부었다.

"신라 아이들은 지금도 여전히 나를 개새끼라고 한다지?"

이것은 사실이었다. 입으로 부를 때에는 '완산 강아지', 글로 쓸 때에는 공문서에까지도 그의 이름을 제대로 쓰는 법이 없었다. 시끄러운 개라는 뜻으로 '犬喧(견훤)'이라 쓰고, 때로는 담비(狟)와 개 사이에서 태어난 잡견(雜犬)이라는 뜻으로 '犬狟(견훤)'이라고 쓰기도 한다는 것이다. 음은 다 같이 '견훤'이었으나 뜻은 천양지판이었다. 그중 점잖은 축에 드는 것이 '개 같은 도둑'이라는 뜻으로 '犬賊(견적)'이라고 쓴다니 견훤이 화를 내는 것도 무리가 아니었다.

"등극하신 오늘에 이르러서야 어찌 감히 그러겠습니까?"

"나는 알고 있다. 지금은 더욱 악을 쓰고 별별 욕설에 별별 글장난이 더욱 심하단다."

"하기는 그것이 신라 사람들의 버릇인가 봅니다."

"버릇이라니?"

"선종도 그 별명 궁예를 따서 궁적(弓賊)이니 궁흉(弓凶)이니 한다고 들었습니다."

"썩어 가는 생선이 냄새를 피운다고 다시 싱싱해질 것 같으냐?"

"생선이 썩는 건 하늘도 막을 길이 없습지요."

선종이 왕위에 올랐다는 소문이 퍼지면서부터 견훤은 전에 없이 신경이 날카로워졌다.

"우선 대야성부터 쳐서 신라 아이들의 혼을 잡아 뺄 테니 준비를 하라고 전해라."

이리하여 이월부터 은근히 출정 준비를 시작했다.

팔월이 오자 견훤은 친히 오천 기를 거느리고 대야성을 공격했으나 달포가 지나도 성은 끄떡없고 군량이 떨어진 데다 사상자만 늘어 가는 지라 회군하고 돌아오는 수밖에 없었다.

군을 일으킨 이후 이런 일은 처음이라 견훤은 이를 부득부득 갈았다. 두고 보자. 임금이 친정(親征)에서 패하고 돌아온다는 것은 입 밖에 낼 수 없는 금기사항이었다. 또 생각하기 나름이기도 했다. 대야성을 뺏으려다 못 뺏었다 뿐이지 땅 한 치도 잃은 것이 없으니 패전이 아니라면 아닐 수도 있었다.

무승부라고 하는 것이 옳을 듯했으나 그와 동행하지 않고 완산성에 남아 있던 신하들은 승전(勝戰)이라는 데 의견의 일치를 보았다. 신장(神將)인 폐하께서 친정한 이상 패전이나 무승부란 있을 수 없고 승전이 있을 뿐이라는 데는 아무도 이의를 달지 못했다.

승전에는 개선(凱旋)의 의식이 빠질 수 없었다. 성 밖에 식장을 마련하고 오색 깃발들을 만들고 연회 준비를 진행하는데 임금 견훤은 좀체 돌아오지 않았다. 곧바로 완산성으로 돌아올 줄 알았던 견훤은 서남으로 돌아 금성군(錦城郡, 나주) 지역에서 출몰하는 도둑들을 토벌하고 동짓달 초에야 돌아왔다.

동문 밖. 오색 깃발이 나부끼는 개선 식장에 당도한 견훤은 말을 멈춰 세우고 살기등등한 눈으로 둘러보았다.

"이건 뭐야?"

시중(侍中)인 아우 능애가 나섰다.

"폐하의 개선을 환영하는 것입니다."

지난 십 년 동안 그의 사투리도 많이 누그러졌다.

"개선?"

그의 얼굴이 일그러졌다.

"그렇습니다."

"나는 아첨은 싫다. 지고 돌아오는 것도 개선이냐?"

그의 얼굴에 노기가 서렸다. 급할 때의 버릇으로 능애의 입에서 사투리가 쏟아져 나왔다.

"형님예, 대야성에서는 무승부로 끝나고 금성에서는 도둑눔들을 싸악 족쳐 버렸으니 이게 개선이 아니고 뭔교?"

마상의 견훤은 소리를 내어 웃었다.

"허허……."

능애는 힘을 얻어 한 발 다가섰다.

"이 식단에 올라 군신들의 하례(賀禮)를 받으시이소."

"좋다. 이 개선식이라는 것도 네 문자로 무승부로 하자."

"어떻게예?"

"추운데 쓸데없는 넋두리는 그만두고 들어가 술이나 하자."

그의 성미를 아는 능애는 더 고집하지 않고 대답했다.

"좋습니더."

견훤은 도열한 문무백관의 절을 받으면서 성내로 들어가 궁중에 차려 놓은 연회에 참석했다. 술을 들면서도 시종 말이 없는 견훤은 여전히 심시기 좋지 않은 눈치였다.

"대야성은 이번 폐하의 친정으로 골병이 들었을 겁니다. 다음에 한 번 더 치면 영락없이 떨어지리라는 것이 중론입니다."

흔강(昕康)이라는 대신이었다. 견훤은 고개를 돌려 그를 아래위로 훑어보고는 다시 잔을 들었다.

이 구석 저 구석에서 그의 기분을 돌리려고 듣기 좋은 소리가 심심치 않게 나왔으나 견훤은 시종 응대가 없었다.

그는 중도에 자리를 뜨면서 한마디 던졌다.

"시중의 말대로 이번 전쟁은 무승부가 맞소. 다음에 보기로 하고 모두들 즐겁게 놀다 가시오."

그는 내전(內殿)으로 들어갔다.

왕후 석여옥은 반가워 어쩔 줄 몰랐다. 신라에서 왔기에 등극할 때 그를 왕후로 삼는 것을 반대하던 사람들도 그의 착한 마음씨와 사심 없는 태도를 보고 더 이상 군소리가 없어졌다.

후궁에는 젊고 아름다운 여자들도 많았다. 등극하기 전에도 가는 곳마다 경쟁이라도 하듯이 시침이라는 이름으로 미인들을 안겨 주었었다. 등극한 연후에 권세를 잡고 보니 그중 마음에 드는 여자들을 골라 후궁으로 들여왔다. 왕위에 오른 후에는 앉아서 여자로 한몫 보려는 인간들도 적지 않았다.

"아무 데 사는 아무개의 딸은 양귀비도 뺨 칠 절세가인이올시다. 어명으로 부르시면 어떨까요?"

부르기도 하고 안 부르기도 했다. 어명이라는 한마디에 도리 없이 끌려온 여자들이라고 다 마음에 드는 것도 아니었다. 마음에 들면 후궁에 들이고 안 들면 선물을 안겨 돌려보냈다.

그 많은 여자들을 상대한다고 왕후에게서 멀어진 것은 아니었다. 후히 대접하고 정을 쏟았다.

"고생이 많으셨지요?"

자리에 들자 왕후는 그의 수척해진 뺨을 어루만지면서 위로했다. 견훤은 속에서 불이 날 지경으로 화가 동했다가도 이 여자의 곁에만 오면 저절로 녹아내렸다.

"전쟁은 식은 죽을 먹는 것과는 다르니까."

"전쟁은 안 하시면 안 되나요?"

"이 견훤은 전쟁을 빼놓고는 할 일이 없소."

왕후는 그의 가슴에 파고들면서 아무 말도 하지 않았다.

"이번 일을 어떻게 생각하지?"

"대야성 싸움 말인가요?"

"응."

"아녀자가 국가 대사를 이러쿵저러쿵 해서는 못쓴다는데."

"봄이 오면 다시 가서 기어이 짓밟을 생각이오."

"……."

"왜 대답이 없지?"

"아까도 말씀드렸잖아요? 아녀자가……."

"괜찮아, 중전의 생각을 듣고 싶어서 그래."

"전 그만두셨으면 좋겠어요."

"왜?"

"그보다 먼저 말씀드릴 게 있어요. 폐하께서는 일하는 순서를 좀 바꾸시는 게 어떨까요?"

"그건 무슨 소리야?"

"이번 출정도 폐하께서 먼저 결정해 놓고 신하들에게 물으시니 안 될 걸 알면서도 누구 하나 감히 반대하지 못한 게 아니에요?"

"으-응."

"다음부터는 신하들의 의견을 충분히 들으신 연후에 결정을 내리시지요."

맨주먹으로 일어서 오늘에 이르기까지 싸워서 진 일이 없고 결정해서 틀린 일이 없었다. 그런데 대야성에서는 큰 상처만 입고 돌아왔다. 자기를 과신한 탓일까?

"그 말이 옳아. 또 없소?"

"같은 말이 되겠지만 나라는 작은 고을과는 다르지 않아요? 고을이라면 혼자서도 속속들이 알 수도 있겠지만 넓은 나라를 다스리는 임금이 어떻게 혼자서 모든 걸 알 수 있겠어요?"

"좋은 말을 해 주었어. 그럼 내년 봄에 대야성을 다시 쳐서는 안 될 까닭을 얘기해 봐요."

"대신들과 터놓고 의논하시지요."

"우선 중전과 터놓고 의논하는 것도 좋지 않소?"

왕후 석여옥은 오래도록 잠자코 있다가 입을 열었다.

"글쎄요. 제 생각 같아서는 그만두시는 게 좋겠어요."

"그 고약한 놈들을 그냥 둔다? 까닭을 말하라니까."

견훤의 목소리에는 노기가 서렸다.

"……."

왕후는 대답하지 않았다.

"응?"

"아무 말씀이나 드려도 괜찮아요?

"괜찮아."

"폐하께서는 그 역정부터 내시는 버릇을 고치시는 게 좋겠어요."

"내가 역정을 냈던가?"

"내시잖았어요?"

"허허……."

견훤은 웃음으로 얼버무렸다.

"그러시니까 신하들은 안 될 일도 안 된다고 말씀드리지 못하고 그저 지당하다고만 하지 않아요? 자칫 잘못하면 목이 달아날 판인데 누가 감히 거역하겠어요?"

"내 자신 미처 생각하지 못한 내 결점이오."

"……."

"그래, 대야성을 다시 치는 건 왜 그만둬야 하지?"

"지나간 십 년 동안 얼마나 많은 전쟁이 있었어요? 백성도 병정들도 지쳤어요. 이번에 대야성이 뜻대로 안 된 것도 그 때문이 아니겠어요?"

"그럴까?"

"저의 좁은 소견으로는 그래요."

"그렇다면 대신이라는 자들은 녹만 축내고 그런 말도 왜 나한테 안 하지?"

"두려워서 그러겠지요."

"내 성미 때문이라는 말이군."

"마음을 느긋하게 잡수시고, 병정들은 쉬게 하고 백성들은 마음 놓고 농사를 짓게 하시면 나라는 저절로 부강해질 게 아니에요?"

"으-음."

"그런 연후에 시기를 보아 움직이시지요. 큰일이야 억지로 되나요? 천운이 따라야지요."

"도사 같은 소리를 하는군."

"곤하실 텐데 주무시지요."

그러나 견훤은 밤이 깊도록 그녀를 애무하면서 처음으로 평화라는 것을 골똘히 생각했나. 여태까지 어느 성을 친다, 혹은 누구를 잡아 죽인다는 둥, 살벌한 생각으로 지새워 왔다.

평화, 적어도 자기 영토 내에서만은 자기 결심 하나로 평화를 가져오고 백성들을 들볶지 않아도 될 것이다.

"중전은 소원이 뭐지?"

"여자의 소원이야 별 게 있나요? 아들딸 낳고, 안온하게 사는 일이지요."

"참 아들딸 말이 났으니 말이지, 아들을 하나 낳아야지."

"그게 어디 사람의 마음대로 되나요?"

왕후는 쓸쓸히 웃었다. 견훤에게 온 지 십 년, 딸을 하나 낳고는 그만이었다.

안온하게 산다? 그는 오래간만에 사벌주(尙州)에 있는 아버지를 생각했다.

요즘도 상주 장군을 자칭하고 그 일대를 지배하고 있다고 한다. 그동안 어머니는 돌아가고 새로 들어온 계모에게서 아들 둘, 딸 둘을 낳았다는 소식이었다.

격식을 갖추어 자기와 능애를 낳은 어머니는 사후에 상원부인(上院夫人)이라 이름을 붙이고, 계모는 남원부인(南院夫人)이라 부른다는 것이다. 여러 차례 사람을 보내 모셔 오려고 했으나 계모가 반대해서 돌아온 것은 욕설뿐이었다.

"건달자식이 임금이라? 며칠이나 가나 보자."

능애를 보내 볼까? 견훤은 생각했다.

"폐하, 부르셨습니까?"

이튿날 편전(便殿)으로 불려 들어온 능애가 마주 앉으면서 물었다.

"오늘은 폐하가 아니고 형이다."

"오늘만은 폐하를 그만두십니까?"

"이눔의 자슥아, 너도 시중이 아니고 아우다."

"옛날 가은 고을에 살 때의 건달로 돌아가능교?"

오래간만에 단둘이 앉은 자리라 능애는 긴장이 풀렸고 오늘은 몇 마디 해야겠다고 속으로 별렀다.

"농담은 그만하고. 너는 곧잘 시골에 나다니니 알겠지? 백성들이 못 산다는 게 사실이냐?"

"옛날 우리가 살던 가은 고을 백성들을 생각하면 어김없습니다."

"그렇게 궁하게 산단 말이야?"

"그렇습니다."

"그럼 왜 대신들은 폐하 성덕의 소치로 천하가 태평하고 백성들은 그 뭐라더라? 옛날 중국의 괴상한 이름의 노래?"

"격양가(擊壤歌) 말이지요?"

"맞다. 격양간가 뭔가 하는 것을 부르며 잘산다고 고해바치는 거야?"

"형, 참 답답하네."

"뭐가 답답해?"

"듣기 좋은 소리만 골라 듣고, 싫은 소리를 하는 사람을 멀리하니까 그렇지요."

"다른 대신들은 그렇다고 하자. 아우라는 너는 왜 있는 그대로 알려 주지 않았지?"

"밤낮 가시나들 엉덩이나 두드리고, 언제 만날 기회나 줘 보았능교?"

"이놈의 자슥이 못할 소리가 없구나."

"만나자면 바쁘다, 내일 오너라, 모레 오너라……."

"너, 돌았구나, 시중이랍시고 하루에도 몇 번씩 조정에서 만나면서."

"여러 사람이 있는 데서 어떻게 사실대로 말씀드립니까?"

"으-응."

"형도 칼사루를 잡은 지 십 년에 차츰 눈이 밀어가는가 보데이."

"뭐?"

"세상 물정이 안 봬요? 밤낮 전쟁인데 무슨 놈의 태평성세고 격양가가 다 뭐요?"

"……."

"혼자 생각해도 알 일이지."

"네 말이 옳다. 병정들이 지쳤다는 것도 사실이구?"

"안 지치는 게 이상하지요."

"배틀지 말고 사실대로 말해."

"지쳤다는 말은 점잖은 편이고, 지긋지긋하다고 여간 아닙니다."

"그래?"

"요즘 도망병이 부쩍 늘어나는 것을 보고도 짐작이 안 가요?"

"옳은 말이다."

"형은 이제 전쟁만 하는 장수가 아니고 나라의 임금이라 이거요. 전쟁 생각만 말고, 나라 전체를 보고 다스려야지, 안 그러면 큰일 나요."

"그것도 옳은 말이다."

"전쟁이라는 이름으로 온 나라를 들들 볶지만 말고 모두들 좀 숨을 내쉬게 내버려둘 수 없능교?"

요컨대 왕후와 비슷한 이야기다.

"그렇게 하지. 당분간 전쟁은 없다."

"잘 생각했습니다. 물러가도 되지요?"
"안 된다."
"와요?"
"너 상주에 가서 아버지를 모시고 오너라."
"아버지를에?"
능애는 입을 헤벌리고 형을 건너다보았다.
"그렇다."
"그렇게 여러 번 사람을 보내도 안 온다 카는 아버지를 무슨 재간으루 모신다능교?"
"네가 가면 오실지도 모른다."
"별안간에 아버지는 와 생각했능교?"
견훤은 급하거나 고향 이야기가 나오면 억눌렸던 사투리가 자주 튀어나오는 이 아우에게 더욱 정이 가고 옛날이 그리웠다.
"평화가 올 테니 부모 형제가 함께 모여 단란하게 살아 보자는 거다."
"……."
능애는 대답을 하지 않았다.
"왜 그러니?"
"좋기는 좋은데 아버지는 안 올 거요."
"마음을 돌릴 수도 있잖아?"
"그 불여우가 옆에서 부채질하는데 안 돌릴 거요."
"계모도 어머닌데 그런 말버릇 못쓴다."
"허탕 쳐두 군소리 안 할라요?"
"안 할란다."
견훤은 사투리를 되받고 씩 웃었다.
"그라몬 가 보지요."

"선물을 푸짐하게 싣고 내일 아침 떠나거라."

"알았어요."

일어서 나가는 아우의 뒤에 대고 견훤은 한마디 덧붙였다.

"도중이 안심이 안 되니 충분한 호위대를 데리고 가는 거다."

능애는 고개를 끄덕이고 물러갔다.

능애를 떠나보낸 견훤은 사냥으로 세월을 보냈다. 사냥도 재미있었으나 그보다도 아무데나 예고 없이 나타나 민정을 직접 눈으로 살피는 것이 목적이었다. 때로는 도중에서 말을 버리고 한두 사람만 거느리고 허름한 옷차림으로 시골을 찾는 일도 있었다.

"지나가는 나그넨데 하룻밤 쉬어 갑시다."

인심들은 좋아서 거절하는 집은 없었다. 그러나 입성이나 음식은 말이 아니었다. 깡보리에 콩을 섞은 것은 나은 편이고 보리죽으로 연명하는 집이 태반이었다.

"입을 버렸구나."

옛날에 자기도 이렇게 먹었다. 그런데 그동안 입이 변했는지 사람이 변했는지 통 목으로 넘어가지 않는 것을 억지로 먹고는 잡담을 늘어놓았다. 대개는 낯선 사람이라 경계를 해서 모난 소리를 하지 않았으나 늙은 부부만 사는 어떤 집에서는 그렇지 않았다. 노인은 드러내 놓고 불평이었다.

"임금인지 뭔지 자기도 원래는 농사꾼이라는데 농민들의 사정을 이렇게 몰라준단 말이오."

"어진 임금인 줄 알았더니 소문과는 다른 모양이군요."

견훤은 딴전을 부렸다.

"어진 임금? 밤낮 장정들을 끌어다 전쟁에 내몰지 않나, 부역을 시키지 않나, 농사를 지어야 먹고 살 게 아니오? 그래도 어진 임금이오?"

"허어-."

"내 아들도 전쟁에서 죽었소."

"그거 안됐습니다."

"늙은 게 힘이 있소? 보리나 뿌려 입에 풀칠하고 있소. 이 열 가구 남짓한 동네에서 죽은 사람이 얼만지 아시오? 아홉 명이오. 자식을 잃은 부모의 쓰라린 심정을 누가 알겠소? 그래도 어진 임금이오? 시러베아들이지."

견훤은 생각이 없을 수 없었다.

"영감, 그렇게 드러내 놓고 말씀하시다가 관가에서 알면 큰일 나실라구."

"아들을 잃고 살고 싶어서 사는 줄 아시오? 잡아갈 테면 가라지. 임금인지 견훤인지 내 눈앞에만 나타나면 사생결단을 내고야 말겠소."

견훤은 가슴이 철렁했다. 여태 싸움에 이길 것만 생각했지 남의 자식 귀한 것은 생각지 못했다.

"아드님은 독잔가요?"

"독자요."

"독자는 전쟁에 안 보낼 텐데."

"말만 그렇지, 관원들이 숫자를 채우느라고 마구 끌어가는 데야 도리 있소?"

이튿날 아침 견훤은 노인의 손에 금덩이를 하나 쥐어 주고 길에 나섰다.

"나도 전쟁에 끌려갔다 온 사람이오. 공을 좀 세웠다고 받은 것이오."

그는 노인의 치하를 귓전으로 들으면서 길을 재촉했다.

관가에도 여러 군데 들러 구박도 받아 보았다. 백성을 사람으로 보지 않던 옛날 버릇들이 다시 고개를 쳐들고 있었다.

자기 배가 부르면 종의 배도 부른 줄 안다고 했는데 어느 사이에 나도 그렇게 되었구나. 어쨌든 왕후와 능애는 옳은 말을 해 주었다. 이제 손을 좀 보아야겠다.

우선 세공을 반으로 줄이고 가난한 사람에게는 국고에서 양식을 대주었다.

전국에 똑똑한 관원을 파송하여 못된 벼슬아치들을 몰아내고 쓸 만한 사람들을 들여앉혔다.

군대에 영을 내려 독자는 즉각 집으로 돌려보내고, 군인도 엄선해서 약한 자와 집안 형편이 어려운 자는 일률로 귀향시키고 정예만 남겨 군대를 재편성했다.

가은 고을에서 농사를 짓던 때를 잊지 말아야겠다. 찬을 줄이고 보리와 콩을 섞어 먹고 온 궁중에 사치를 금했다. 대신들도 그 본을 따르지 않을 수 없었다.

나라에 새 기풍이 불고 칭송이 자자하다는 소문이 들렸다.

그런데 새로운 걱정이 생겼다. 상주에 아버지를 모시러 간 능애가 종무소식이었다.

아무리 늦어도 열흘이면 돌아올 줄 알았는데 한 달 두 달이 지나고 새해가 와도 돌아오지 않았다. 은밀히 사람을 보내 염탐케 하였으나 성내로 들어간 것까지는 확실한데 그 후의 소식은 알아낼 도리가 없었다.

그의 자리를 오래 비워둘 수 없어 능환(能奐)을 시중으로 들여앉혔다. 그의 딸 애련(愛憐)은 드문 미인으로 견훤의 총애를 받다가 그가 등극하자 귀비(貴妃)로 책봉되어 이 정초에는 아들 신검(神劍)을 낳았다.

딸은 여럿이 있었으나 아들은 처음이라 견훤은 유달리 애지중지했다. 능환의 관등이 올라 이찬(伊飡)이 되고 시중 벼슬까지 하게 된 것은 딸의 덕분이라는 것이 말 많은 사람들의 공론이었다.

정실인 왕후의 심사를 짐작한 견훤은 그를 위로했다.
"걱정 마라. 당신이 아들만 낳으면 그 아이를 태자로 삼을 테니까."
왕후는 티 없는 얼굴로 웃었다.
"낳을 것 같지도 않지만 낳아도 저 아이를 태자로 삼으세요."
"그건 무슨 뜻이야?"
"전 신라 왕족이에요. 제 아이가 대통을 잇는다면 말이 없겠어요? 그보다도 도련님은 왜 안 오실까?"
견훤은 이 여자는 어김없는 성인이라고 생각했다.
그러나 능애는 봄이 다 가도 소식이 없었다.

능애가 부하 한 명을 거느리고 사잇길을 따라 상주성에 들어간 것은 동짓달 중순이었다.
도독부를 차지한 아버지 아자개의 처소는 흡사 궁전같이 모든 절차가 까다로웠다.
입구에서 초병들이 불문곡직하고 달려들어 무기를 빼앗고 무릎을 꿇어앉혔다.
"너 웬 놈이냐?"
"여기 상주 장군의 둘째아들이올시다."
"거짓말. 염탐꾼이지?"
"정말이오. 이름은 능애고."
"거짓이면 넌 죽는다."
"사실이오."
군사들이 몇 번 들락거리고, 다시 한 번 몸을 샅샅이 뒤적인 연후에야 안으로 인도되었다.
대낮인데도 아버지는 넓은 온돌방에 즐비하게 차린 상을 앞에 하고 술을 마시고 있었다.

큰절을 해도 노려보기만 하고 까딱도 하지 않았다.

옆에 앉은 젊은 여자가 계모다 싶어 다시 일어서 절했다.

"새어머니시지요. 처음 뵙겠습니다."

그 순간 찢어지는 여자의 음성이 울렸다.

"내가 왜 네 에미야 응? 난 상주 장군의 부인이다."

도무지 영문을 알 수 없는 일이었다. 멍청하니 앉아 있는데 노려보던 아버지가 고함을 질렀다.

"너, 와 왔노?"

"두 분을 모시러 왔습니다."

"모시러?"

"그렇습니다."

"꼬시러 온 거 아이가?"

"여생을 편히 모시려고요."

"느으들, 헛소문 듣고 꼬셔다가 이 계모를 죽일라 카는 거지?"

"헛소문이라니예?"

통 알 수 없는 말이었다.

"이 자슥, 능청 떨지 마라."

"정말 모릅니다."

"그 소생도 없앨라 카고."

"좀 소상히 말씀해 주시이소."

아버지는 대답하지 않고 술을 찔끔 마시고 노려보기만 했다. 누가 무어라고 아버지의 귀에 불어 넣었을까? 혹은 무슨 이간질이 들어간 것일까?

오십을 넘은 아버지는 호의호식한 탓인지 십 년 전보다 젊어 보이고 기운도 씽씽했다.

시장기가 도는데 성찬을 앞에 하고도 둘이만 먹고 마시며 이따금 노려볼 뿐 밥 한 술 먹으라는 소리가 없었다. 이렇게도 변할 수가 있을까.

"밖에 선물을 싣고 왔는데 그거라도 받으시이소."

"니가 말 안 해도 벌써 곳간에 다 들어갔을끼라."

"정 안 가실랍니까?"

"안 갈란다."

"그럼, 전 돌아가겠습니다."

"돌아가?"

"네."

"못 간다."

"네?"

"못된 것도 새끼라, 죽이지는 않겠다마는 한 이삼 년 혼을 낼란다."

"혼을요?"

이번에는 여자가 밖에 대고 길게 뽑았다.

"여봐라ㅡ. 저놈을 옥에 가둬라!"

들이닥친 병정들에게 끌려 나왔다. 발버둥 쳐야 소용없기에 순순히 끌려가는데 병정들은 옥문을 열고 발길로 엉덩이를 차 넣었다.

"여기서 썩든지 죽든지 마음대로 하라 이거다."

능애는 나동그라졌다가 추위와 굶주림에 오그리고 앉았는데 함께 온 병정이 다가와 앉았다.

"이거 어떻게 된 영문입니까?"

"나두 모르겠다."

어둠에 익숙해지면서 주위를 둘러보니 자기들 외에도 십여 명이 두 무릎 사이에 머리를 박고 앉아 있었다.

저녁때가 되자 병정이 들어와 보리에 콩을 섞은 밥덩이를 하나씩 나눠 주고 나갔다.

능애는 천천히 밥을 씹으면서 빠져나갈 궁리를 하는데 옆에 앉은 노인이 귓속말로 물었다.

"댁은 뉘시오?"

공연히 화가 동해서 되물었다.

"댁은 뉘시오?"

"허, 이거 실례를 했군. 여기 장군 밑에서 대등(大等)을 하던 오석(五石)이라는 사람이오."

대등이라면 이 당시 지방에 할거(割據)한 장군들의 수상(首相) 격이었다.

"그런데 왜 이렇게 됐소?"

"덮어놓고 역모를 꾸몄다고 족치는 데야 별수 있소? 며칠 안에 나뿐 아니라 몇 명 목이 달아날 것이오."

"덮어놓고요?"

"내 나이 육십이오. 역모는 무슨 역모겠소?"

"짐작 가는 일이 없소?"

"있지요. 나를 옥에 가두는 즉시로 상주 장군 부인의 오라버니가 대등이 되더군. 그 패거리들의 농간이겠지요."

"……."

"장군은 그 부인 때문에 망할 것이오."

"……."

"국초(國初)와 국말(國末)에는 나서지 않는 법이라는데 하도 궁해서 나섰다가 이 꼴이 됐소."

"……."

"내 신세타령만 길어져 미안하오. 댁은 어찌 된 일이오?"

능애는 이 노인이라면 내막을 알 것도 같아 자초지종을 이야기했다.

이야기를 듣고 난 노인은 고개를 끄덕였다.

"짐작이 가오."

"역시 그 여자 때문인가요?"

"아마 그럴 거요."

노인은 아는 대로 이야기해 주었다.

아버지 아자개는 이 성을 차지하고 장군이 되자 고을에서 제일가는 미인을 골라 들인 것이 지금 여자, 곧 남원부인이라고 하는데, 이 여자가 들어온 지 열흘도 안 되어 어머니가 돌아갔다는 것이다.

자기들이 알기로는 돌아가신 후에 들어온 줄 알았는데 그것이 아니었다. 그렇다고 한 남자가 십여 명의 여자를 거느리는 수도 있는데 이 여자를 들였다고 탓할 것은 못 되었다. 지금도 아버지는 이 여자를 좋아는 하지만 다른 여자들도 여러 명 있다고 한다.

그런데 어머니는 앓지도 않고, 점심을 들다가 별안간 돌아갔다는 것이다. 진맥을 들어온 의원은 별안간 숨통이 막혀 돌아간 것이라 했고, 모두들 그렇게 믿었다.

그 의원은 이 노인과 한동네에 사는 친구였다. 얼마 후 중병에 걸려 위독하다기에 문병을 갔더니 다른 사람들을 물러가게 하고 이런 대화가 오갔다는 것이다.

"오석, 자네 대등도 좋지만 적당한 시기에 물러가는 것이 좋겠어."

"왜?"

"그 독부(毒婦)가 심상치 않아."

"부인 말인가?"

"응."

"머리가 있고 꼬리가 있어야 알아들을 게 아닌가?"

그러나 의원은 대답을 망설였다.

"말해 보게."

오석의 독촉에 의원은 다짐을 받았다.

"하늘이 무너져도 입 밖에 내서는 안 될 일이야."

"안 내지."

"먼저 부인은 그 여자가 독살한 거야."

"그래?"

"악은 한번 시작되면 꼬리에 꼬리를 물고 일어나는 법이 아닌가. 나는 이틀을 못 넘겨. 친구를 위해서 유언하는 것이니 땅을 파먹더라도 일찌감치 물러가요."

"생각해 보지."

노인은 이야기를 마치고 탄식했다.

"그때 결단을 내리는 건데 녹을 타 먹는 재미에 미적미적하다가 이 지경이 됐구만."

"그 의원은 어떻게 됐지요?"

"자기 말대로 이틀을 못 넘기고 저승으로 갔지."

"헛소문을 듣고 어쩌고 하더니 바로 그 일이군요."

"소문은 안 났어. 도둑이 제 발 저려서 어쩐다고, 켕기니까 소문이 난 줄 알고 그랬을 거요."

"……."

"부자간을 이간질한 것도 그렇고."

능애는 알 만했다.

"그러나 저러나 노인장 안됐소이다."

"나야 다 산 목숨이니 괜찮지마는 나 때문에 억울하게 걸려든 젊은 친구들이 불쌍하지요."

"무슨 수가 없을까요?"

"없지요. 그보다도 젊은 양반, 조심하시오. 죽이지 않는다지만 부인은 요사스럽고 장군은 변덕이 심해서 언제 어떻게 될지 모르오."

노인과 한방에 있던 사오 명은 이튿날 아침 끌려 나간 채 다시는 돌아오지 않았다.

다음 날부터 감옥을 지키는 병정들은 이상한 짓을 시작했다. 아침저녁으로 하루 두 끼 들어오는 밥덩이를 넘겨줄 때마다 한 대씩 걷어찼다. 그것도 능애만 차지, 다른 사람은 건드리지 않았다.

능애는 하루 두 번 어김없이 나동그라지는 나날을 겪어 갔다.

그는 계산해 보았다. 일 년 삼백오십오 일(음력) 치고 하루 두 번이면 칠백십 번, 이 년이면 천사백이십 번, 삼 년이면 이천백삼십 번을 나동그라져야 하는 것이다.

어중간히 차는 놈도 있었으나 기를 쓰고 걷어차는 놈도 있었다. 이렇게 먹고 이렇게 차이다가는 삼 년은 고사하고 몇 달 안에 골병이 들어 쓰러지고 말 것이다.

겨울이 가고 봄이 와도 매일 같은 일이 되풀이되었다. 노인의 말이 맞았다. 요사스러운 계집이 죽였다는 말을 듣지 않고 죽이는 방법을 쓰고 있는 것이다.

온 몸, 어디고 멍이 들지 않은 구석이 없었다. 그러나 몇 달을 두고 궁리를 해도 육중한 벽과 문을 뚫고 도망칠 구멍은 없었다.

몇 번이고 머리를 벽에 부딪쳐 죽을까 생각하다가도 마음을 고쳐먹었다. 독살스러운 계집을 그냥 두고 죽을 수는 없다고 결심했다. 그러나 마음뿐이지 방법이 있는 것은 아니었다.

사월 초파일. 아침에 온 성안이 떠들썩했다. 장군과 부인이 몇십 리 떨어진 절간으로 불공을 드리러 가는 행렬이 성문을 빠져나갔다는 것이다.

잠잠해져서야 늦조반이 들어왔다. 밥덩어리를 들고 걷어차는 병정은 새 얼굴이었다. 어떻게나 세게 차는지 나동그라져서도 얼른 일어나지 못했다. 병정은 얼굴을 바싹 대고 노려보다가 밥덩이를 손에 쥐어 주고 나갔다.

이디서 본 듯한 얼굴인데…….

차인 곳을 비비고 나서 누운 자세 그대로 밥덩이를 씹었다. 분명히 보던 얼굴이다.

일어나 앉아서도 그 생각만 했다. 하루 종일 생각해도 떠오르지 않는데 해가 지기 시작했다.

또 그놈이 들어와 걷어찬다면 이거 큰일이다. 그런 식으로 가슴이라도 차이는 날은 죽는 날이다.

걱정이 태산 같은데 역시 그 병정이 목판에 밥덩어리를 얹어 가지고 문을 들어섰다.

순간 머리에 떠올랐다. 가은 고을 같은 동네에 살던 추허조(鄒許祖)라는 아이였다. 고향을 떠난 지 만 십 년, 그때 열 살 안팎이던 것이 이십대의 건장한 청년으로 자랐다.

병정은 다른 죄수들에게 밥덩이를 돌리고 그의 앞에 와서 한 덩이 남은 목판을 바닥에 내려놓았다. 이제부터 걷어찰 판이다.

"추허조 아이가?"

능애는 나지막이 물었다.

"이 도둑놈아가 남의 이름을 어찌 아노?"

함께 온 병정이 눈치를 채고, 다른 사람들과 큰 소리로 떠들어 주었다.

"날 모르겠어?"

"모른다."

능애는 한층 목소리를 낮춰 속삭였다.

"한 동네에 살던 능애다."

"뭐라꼬?"

"능애란 말이다."

"능애는 임마, 백제에서 큰사람이 됐는데, 너 미친 게 아이가?"

"쉬쉬, 내 얼굴을 똑똑히 봐."

병정은 손으로 그의 얼굴을 이리저리 돌려보면서 고개를 갸우뚱거렸다.

"비슷하기는 한데."

"틀림없다."

"그런데 와 이렇게 됐노?"

그도 속삭였다.

"사연은 깊다. 날 빼내 줄 수 없을까?"

"어떻게?"

"같이 백제로 도망치면 큰 벼슬을 준다."

"……."

"동행이 한 사람 있으니 너까지 세 사람이다."

병정은 가타부타 말이 없다가 일어서 고함을 지르면서 냅다 걷어찼다.

"이 도둑눔의 자슥, 당장 뒈져라!"

그러나 헛찼다. 그러고는 밥덩어리를 넘겨주고 눈을 껌벅하고 나가버렸다.

그가 당직으로 들어오는 날은 두 번씩 헛차이고 욕설을 곱으로 더 먹었으나 밥덩이는 커지고 때로는 속에 삶은 계란도 들어 있었다.

능애는 희망이 솟았다. 그러나 사월이 다 가고 오월이 와도 별다른 움직임이 없었다.

오월 단오. 초저녁부터 큰 잔치가 벌어져 높고 낮은 관원들에게 모두 술이 돌아가고, 그중에서도 높은 자들은 곤드레가 되어 곯아떨어졌다는 소문은 옥중에도 퍼져 들어왔다.

"아이구 내 팔자야."

죄수들 중에는 벌렁 드러누우면서 탄식하는 자도 있었다.

자정이 넘어 문이 열리면서 추허조가 들어섰다. 그는 다짜고짜 능애의 멱살을 끌어 일으키면서 고함을 질렀다.

"이 도둑놈아, 넌 오늘 밤에 뒈진다. 같이 온 놈두 나와."

그는 일어서는 병사의 뺨까지 후려치고 두 사람을 한 오랏줄에 묶었다.

문밖에는 말 탄 군관 한 명과 병정 두 명이 창을 번뜩이며 기다리고 있었다. 어쩌자는 걸까.

능애는 희망과 절망이 엇갈렸다.

막상 밖에 나오니 걸음이 제대로 되지 않고 온몸이 쑤시고 아프지 않은 데가 없었다. 병정들이 겨드랑이를 부축하여 서문에 이르니 초병 한 명이 창대로 가로막고 한 명은 횃불로 그들을 비쳤다.

"문을 열어!"

마상의 군관이 명령했다.

"장군의 명령 없이는 밤중에 성문을 못 연다는 건 군관께서도 아실 텐데."

창을 든 초병이었다.

"장군의 명령이시다."

"그렇다면 사전에 연락이 있었을 텐데요."

"이 흉악한 놈들을 쥐도 새도 모르게 없애 버리라는 밀명(密命)이시다."

"그래요?"

병정은 전례 없는 일이라 망설였다. 그런데 횃불을 쳐든 병정이 나섰다.

"가만 있자. 너 공달(功達)이 아니냐? 언제부터 군관이 됐지?"

"오늘부터다."

"이 – 상한데. 어제까지 술이나 먹고 싸움질이나 하고 댕기던 놈팽이가 오늘은 군관이라?"

"못 믿겠거든 장군 처소에 가서 물어."

"물을 것도 없이 못 믿겠다."

군률은 엄한 것 같았다.

군관은 칼을 빼 들었다.

"너, 졸병이 군관을 모욕하고, 더구나 장군의 명령을 거역했겠다."

창을 든 초병이 중간에 끼어들었다.

"내가 장군 처소에 다녀올 때까지 기다리시오."

"그래, 어김없는 것이 판명되면 느으들 가만 안 둔다."

초병은 창을 메고 뛰었다,

그가 어둠 속으로 사라지자 추허조가 횃불을 든 병정에게 창을 들이댔다.

"문을 열 끼가, 죽을 끼가?"

"기다려."

군관의 칼이 마상에서 번뜩이고 병정은 비명조차 없이 쓰러졌다.

추허조는 잽싸게 빗장을 벗기고 일행은 성 밖으로 내뛰었다.

성 밖에 나오자 군관은 말에서 내리고 추허조는 단도로 오랏줄을 끊었다.

"어서 타시이소."

능애는 추허조가 시키는 대로 말에 올라 채찍을 퍼붓고 나머지는 그의 뒤를 따라 뛰었다.

십 리쯤 왔을까. 외딴 초가집 앞에서 멎었다.

"영감, 나오시이소."

추허조가 외치자 안에서 늙은 목소리가 돌아왔다.

"뉘긴고?"

"일전에 왔던 병정들이오. 그때 맡긴 말을 찾으러 왔소."

안에서 부스럭거리는 소리에 이어 외양간 문이 열렸다.

말들을 끌어내고 추허조는 또 외쳤다.

"안장을 내놔야 할 게 아이가?"

노인은 방문을 열고 툇마루에 안장을 하나씩 내놓으면서 중얼거렸다.

"꼬리에 불이라도 붙었나. 서둘기는."

병정들은 응대도 않고 안장을 얹기가 무섭게 올라탔다. 다섯 사람 모두 말에 오르자 추허조가 선두에 나서며 외쳤다.

"내 뒤를 따르능기라."

그는 이 일대의 지리에 밝은 모양이었다. 어둠 속에서도 거침없이 오솔길을 따라 달리고 험한 대목에 이르면 미리 주의를 주었다.

"이제부터 왼쪽은 낭떠러지라 조심하시이소."

이런 식이었다.

해돋이에 작은 시냇가에 이르자 추허조는 비로소 말을 멈춰 세웠다.

"여기서 요기나 하고 가입시다."

일행은 추허조가 시키는 대로 말에서 내려 시냇물을 마시고 풀밭에 둘러앉았다.

찰떡에 통닭, 돼지고기에 술까지 나왔다. 능애는 오래간만에 술을 한 잔 들고 추허조에게 고맙다는 말을 하려고 했으나 목이 메어 말이 되어 나오지 않았다.

추허조는 자기를 바라보는 능애의 눈에 고인 눈물을 보고 눈치를 알아차린 모양이었다.

"그동안의 실례, 용서하시이소."

"아니야, 너는 내 재생의 은인이다."

능애는 한참 후에야 입이 떨어졌다.

추허조는 말머리를 돌렸다.

"공달아, 이 건달눔의 자슥, 장군께 인사를 드려."

"공달이올시다."

늠름한 체구의 사나이는 머리를 숙였다.

"재수없게시리 아는 놈을 만나기는 했어도 가짜 군관 노릇, 그만하면 쓰겠더라."

추허조는 그에게 공치사를 하고 다른 병정들에게도 일렀다.

"느으들, 벙어리가? 인사를 드려야지."

"부달(富達)이올시다."

"견달(見達)이올시다."

능애는 일일히 고개를 숙여 고맙다고 답례를 하면서 물었다.

"형젠가 보군."

"그렇십니더."

두 사람은 동시에 대답했다.

"능애 장군예, 와 그렇게 됐능교?"

추허조는 닭다리를 뜯어 주면서 물었다.

"너희들 보기가 창피하다. 그 얘기는 그만두자."

"혹시 그 부인이 머락캉거 아잉교?"

"미안하지만 묻지 말아다우."

"그람, 그만두시이소."

식사를 계속하면서 능애는 그동안의 경과를 물었다.

"졸병이 힘이 있어야지예."

이렇게 서두를 꺼낸 추허조는 농담을 섞어 가면서 조리 있게 이야기했다.

혼자 힘으로는 어림도 없고, 몇 사람 합심해야겠는데 여러 가지 조건이 구비된 사람이라야 하기 때문에 근 한 달이나 걸렸다고 했다.

우선 마음을 터놓을 수 있되 도망쳐도 후환이 없고, 또 배짱이 두둑한 인물을 고르는 데 힘썼다고 했다.

"이것들 모두 가진 건 불알 두 쪽밖에 없는기라……. 느으들 안 그래?"

추허조의 농담에 모두들 웃었다.

"추허조, 너는 부모가 계시잖아?"

능애가 물었다.

"버 – 얼써 돌아갔습니다."

"말들은 어디서 구했지?"

"구한 게 아니고 도둑질한 기라……. 난 겨우 한 마리 슬쩍했는데 저 공달눔아는 네 마리나 슬쩍한 기라요."

그들은 또 웃었다.

식사가 끝나자 능애는 일어섰다.

"어서 가 봐야지."

"여긴 상주 장군의 영역 밖이라 한잠 주무시고 떠나시이소."

"그래 볼까……."

지친 몸에 밤새 달리고 보니 꼼짝할 기운이 없었다. 긴장이 풀린 탓도 있으리라.

풀밭에 누우니 몸은 땅속으로 들어갈듯이 무겁고 잠이 쏟아졌다.

말이 우는 소리에 잠을 깨니 해는 정오를 넘어서고 모두들 떠날 차비를 하는 중이었다. 능애는 이대로 사흘이라도 자고 싶었으나 힘을 내어 다시 말에 올라 채찍을 퍼부었다.

뼈와 가죽만 남아 돌아온 능애로부터 자세한 이야기를 들은 견훤은 아래윗니를 부딪치고 치를 떨 뿐 말을 못했다.

"집에 돌아가 쉬겠습니다."

"응."

고개를 돌려 벽을 보는 품새가 눈물을 삼키는 모양이었다. 그는 일찍이 형의 눈물을 본 일이 없었다.

집에 돌아오니 아내는 죽은 사람이 살아 돌아온 듯 반가워 어쩔 줄을 몰랐다.

"그런데 왜 그렇게 수척하시지요?"

"아팠어."

능애는 긴 말을 하고 싶지 않았다.

"소식이라도 전하시지 그랬어요."

"그렇게 됐어. 술이나 한잔 줘."

그는 술을 몇 잔 들고 입맛이 없어 그대로 자리에 들었다. 옷을 벗겨주던 아내가 소리를 질렀다.

"아이고, 이게 웬일이에요!"

성한 구석이 없이 멍이 든 몸을 어루만지며 흐느껴 울다가 물었다.

"무슨 일이 있었지요?"

"응."

"무슨 일이에요?"

"기운이 없으니 천천히 얘기할게."

아내가 아이들에게 의원을 불러오라고 이르는 소리를 들으면서 그는 생각할수록 분하기 그지없었다.

의원이 와서 진맥을 하고 온몸을 더듬어도 꼼짝하기 싫어 의원이 하는 대로 내버려두었다.

의원은 능애에게는 한마디도 묻지 않고 아내에게 일렀다.

"조그만 잔에 술을 가져오시지요."

"술을요."

수염이 하얀 의원은 아내가 가져온 술에 웅담을 타면서 혼자 중얼거렸다.

"그렇게 건장하시던 분이……."

웅담을 탄 술을 마시니 곧 잠이 들기 시작했다.

"큰일이외다."

이런 소리가 어렴풋이 들렸으나 곧 깊은 잠에 빠져들었다.

아침에 눈을 뜨니 아내는 탕약을 달여 놓고 기다리고 있었다. 그는 시키는 대로 마시고 도로 자리에 누웠다.

"어떻게 된 일이에요?"

"……."

그는 천장을 바라보고 대답하지 않았다.

"멍도 멍이지만 내장도 성한 데가 없다니……."

"……."

아내는 치맛자락으로 눈물을 훔쳤다.

"사람을 개돼지처럼 팬 건 어떤 놈들이에요?"

능애는 대충 이야기하지 않을 수 없었다. 아내는 목을 놓아 울었다.

그때 궁중에서 곧 들어오라고 사람이 왔다. 능애는 일어나려다 말고 사자에게 알렸다.

"내 몸이 이 지경이라, 황공하다고 여쭈어 주시오."

아내는 분을 참지 못하는 얼굴로 사자를 따라나섰다.

한 식경 지나 문간이 떠들썩하더니 임금 견훤이 전의(典醫)를 데리고 들어섰다.

"내 불찰이다. 그 지경인 줄은 몰랐구나."

아내가 자세히 알린 모양이었다.

전의의 진맥이 끝나자 견훤은 비단으로 싼 상자를 내밀었다.

"대장군의 직첩이다. 백관(百官)의 위다."

"저보다도 저를 구해 준 사람들을 잘해 주시지요."

"오늘 후한 상을 내리고 일률로 군관을 삼았다. 네가 참석한 자리에서 하자던 것이 이렇게 됐구나."

견훤은 길게 한숨을 쉬었다.

능애의 병은 약간 차도가 있는 듯하다가 다시 도지고 오월이 다 가도록 자리를 뜨지 못했다.

이름난 의원 치고 다녀가지 않은 사람이 없고 좋다는 약도 다 썼다.

유월에 들어 견훤은 날마다 한 번씩 들렀다. 능애는 의원들이 가망이 없다고 알린 것이라고 짐작했다. 이따금 숨이 차고 정신이 가물거리는 것이 자기 생각에도 다시는 일어날 것 같지 않았다.

유월 중순. 밤이 깊도록 견훤은 궁중으로 돌아가지 않고 옆에 지켜 앉았다. 능애는 오늘 밤이 고비라고 직감하면서 혼수상태에 빠졌다가 다시 깜빡 정신이 들었다.

형 견훤이 손목을 잡고 소리 없이 눈물을 흘리고 있었다.

"능애야, 제발 살아다우……."

견훤은 목이 메었다.

"형, 생전에는 고마웠습니더."

능애는 이 한마디를 남긴 채 다시는 눈을 뜨지 못하고 곧 숨을 거두고 말았다.

견훤은 죽은 아우를 부둥켜안고 목을 놓아 울었다.

"내가 너를 죽였구나."

그를 상주로 보낸 것이 이를 데 없이 후회되었고, 가슴에 한이 맺혔다. 어머니를 독살하고 아우를 때려죽인 그 독부를 갈기갈기 찢어 죽이리라 마음속으로 하늘에 맹세했다.

능애를 국장(國葬)의 예로 장송하고 나니 얼마 안 되어 이번에는 석 왕후가 시름시름 앓기 시작했다.

처음에는 의원들도 여름 감기라고 대수롭지 않게 말했다. 그러나 통 식욕이 없고 갈수록 수척해졌다. 감기라면 패독산으로 족할 터인데 알 수 없는 일이라고 의원들도 고개를 갸우뚱거렸다.

사람을 많이 죽인 천벌이 아닐까. 능애의 죽음에서 비로소 육친의 생명이 얼마나 귀중하고, 그 죽음이 얼마나 가슴 아픈 일인가를 체험한 견훤은 난생처음으로 부처님을 생각하기 시작했다.

여태까지 부처님이란 쇳덩이에 지나지 않고, 그 쇳덩이에 절하고 치성을 드리는 일처럼 어리석은 짓도 없다고 생각했다. 그러나 생각이 달라졌다. 이 천지간에는 인력으로는 어쩔 수 없는 엄청난 힘이 있고, 그 힘이 석 왕후의 생명도 앗아갈지 모른다는 두려움이 고개를 쳐들었다. 그는 친히 금산사(金山寺)에 행차하여 시주도 넉넉히 하고 불전에 엎드려 석 왕후를 살려 달라고 마음속으로 빌었다.

돌아오면서 주지 스님에게 매일 왕후의 쾌유를 기원해 달라고 부탁도 했다.

그러나 석 왕후는 차도가 없었다. 나중에는 약도 받지 않고 토하는가 하면 물도 제대로 넘기지 못했다.

이렇게 딱한 노릇이 없었다.

조정에 나가 급한 일만 처리하면 내전에 들어와 왕후 옆에 지켜 앉아 의원을 불러들이곤 했으나 황공하다는 말만 나왔지, 도리가 없었다.

칠월 초, 조반상을 물리고 일어서려는데 왕후가 가냘픈 소리로 불렀다.

"폐하."

견훤은 다시 앉았다.

"한말씀 드려도 괜찮을까요?"

"그럼."

"어진 임금이 돼 주세요. 폐하는 용장이시지마는……."

왕후는 말을 마치지 못하고 마지막 숨을 몰아쉬었다.

삼십도 안 된 젊은 죽음, 견훤은 치뜬 눈을 감겨 주면서 눈물을 쏟았다.

국장을 치르고 신검의 어머니를 왕후로 올리면서 견훤은 생각이 많았다. 이처럼 불행이 잇따라 일어나는 것은 무슨 까닭일까.

옥에 티

선종은 등극한 후에도 자주 고을에 나가 민정을 살피고 어려운 백성들의 하정을 들어주고 때로는 민가에서 자면서 동네 사람들과 막걸리를 나누기도 했다.

세공이 과하다면 알맞게 덜어 주고 부역이 심하다면 면해 주기도 했다.

그의 강역에는 도둑이 있을 수 없었다. 백성들에게는 자상하면서도 도둑에게는 용서가 없었다. 어디 도둑 떼가 나타났다는 소식만 들리면 지체 없이 군대를 풀어 아무리 멀리까지라도 추격하여 철저히 짓밟고야 말았다.

오랜만에 맞는 평화에 백성들은 만족하고 명군이 나타났다고 칭송이 자자했다.

선종은 왕건과 함께 사냥을 나가는 일이 잦았다. 둘이 다 활에는 명수라 나가기만 하면 꿩이며 노루, 사슴 등 가지가지 짐승을 잡았다. 잡은 것은 그 고장 사람들에게 나눠 주기도 하고, 마을의 어른들을 불러 술자리를 함께하기도 했다.

그러나 왕건의 눈에는 선종이 대범하면서도 마음 한구석에 수심이 낀 얼굴이라고 생각했다. 무엇일까.

무슨 걱정이라도 있느냐고 물으면 걱정은 무슨 걱정이냐고 되받았다.

토산(兎山)으로 사냥을 갔을 때의 일이다. 깊은 산이라 민가는 없고 장막에서 하룻밤을 지내게 되었다. 함께한 병정들은 큰 장막에 들고 왕건은 다른 장막에서 선종과 단둘이서 대작했다.

노루고기를 안주로 어지간히 취하자 선종은 혼잣말같이 중얼거렸다.

"아무래도 송악을 떠나야겠어."

"왜 그러십니까?"

"송악 사람들은 지금도 뒤에서 나를 돌중이라고 한다면서?"

이것은 틀린 말은 아니었다. 임금이니 드러내놓고 말을 못해도 가까운 친구들끼리 술이라도 나누는 자리에서는 '애꾸'니 '돌중'이니 하는 말이 튀어나오기 일쑤였다.

"그럴 리 있겠습니까?"

"난 알구 있어. 문전걸식하던 고장을 믿고 찾아든 것이 애초부터 잘못이지."

탄식하는 그를 위로할 말이 없어 왕건은 잠자코 있었다. 송악에 도읍한 지 만 이 년. 그는 속속들이 알고 있었다.

다음 해(903년) 가을. 선종은 민정도 살피고 사냥도 한다고 백여 기를 거느리고 길을 떠났다. 왕건도 일행에 끼었는데 그중에는 송악에서도 이름난 풍수(風水) 한 사람의 얼굴도 보였다.

남으로 달려 양주(楊州, 지금의 서울)에서 며칠 묵으면서 사냥은 심심풀이로 하고 주로 풍수와 어울려 다니면서 산수를 살피는 데 열중했다.

역시 도읍을 옮길 생각이로구나. 그러나 풍수지리에 대해서는 아는 것이 없으니 끼어들 계제가 못 되었다.

양주를 떠난 일행은 동북으로 말을 달려 쇠둘레의 예전 관가로 들어갔다. 태수의 극진한 대접을 받으면서 틈만 나면 주위의 지세를 살피면서 여러 날을 보냈다.

북으로 말을 달려 부양(斧壤, 평강)으로 가다가 중간, 벌판에 멈추고 오랫동안 지세를 살폈다(철원과 평강의 중간 지점, 월정리[月井里] 서쪽).

"참으로 명당이올시다. 부양까지 가실 것도 없겠습니다."

"그럼 여기루 하지."

선종이 단을 내렸다.

도성과 궁궐의 설계를 할 사람들을 쇠둘레에 남겨 놓고 다시 송악으로 돌아오는 길에 선종은 왕건에게 일렀다.

"국호도 바꿔야겠어. 좋은 이름이 생각나거든 알려 줘요."

송악과 관련된 것은 모두 청산할 결심인 모양이었다.

해가 바뀌어 904년.

등극한지 만 삼 년 되는 정월 대보름이 왔다. 즉위 삼주년의 하례를 받는 조회(朝會)에서 선종은 군신들에게 물었다.

"국호를 마진(摩震)으로 바꾸려는데 경들의 생각은 어떻소? 마는 불가의 용어 마하(摩訶), 즉 불가사의하고도 한없이 위대하다는 데서 따온 것이고, 진은 동방이니 동방의 위대한 나라라는 뜻이오."

전부터 국호를 바꾸는 문제는 이론이 분분했던 탓인지 아무도 얼른 대답하지 못했다. 왕건은 고려 그대로가 좋다고 생각했으나 입 밖에는 내지 않았다.

"어떻소?"

선종이 재차 물었다.

"아주 근사한 국호요, 폐하의 위덕(威德)에도 합당한 이름인가 합니다."

한구석에서 이런 소리가 나오자 모두들 머리를 숙이고 읍했다.

"그렇습니다."

선종은 흡족한 얼굴로 좌중을 둘러보고 또 한마디 했다.

"위대한 나라에 연호(年號)가 없다는 것은 말이 되지 않으니 무(武)로써 태평성대를 이룬다는 뜻으로 무태(武泰)로 하는 것이 어떻겠소?"

이번에는 합창이라도 하듯이 곧 반응이 나왔다.

"좋겠습니다."

"그러면 금년은 무태 원년(元年)이니 모든 문서에도 그렇게 쓰고 백성들에게도 공포하오."

이어서 간단한 연회를 마치고 흩어졌다. 소문은 빨라서 집에 돌아오니 부인 유 씨는 벌써 알고 있었다.

"오늘부터 고려가 마진으로 바뀐다지요?"

"그런가 봐."

왕건은 간단히 대답하고 옷을 갈아입으면서 부인 유 씨를 새삼스럽게 뜯어보았다. 그가 머리를 깎은 모습으로 나타난 것도 삼 년 남짓 전의 일이다.

이제 머리도 제대로 자라 두건을 벗은 모습은 피어오르는 젊음에 옛날 처음 만났을 때의 앳된 그림자가 어른거리고 있었다.

"왜 그런 눈으로 보세요?"

"오늘따라 당신이 유달리 아름답단 말이야."

유 씨는 싫지 않은 얼굴로 눈을 흘겼다.

점심상을 마주하고 식사를 들면서 유 씨가 먼저 말을 걸었다.

"마진이라는 이름, 어쩐지 괴상하게 들리지 않아요?"

"듣기 나름이겠지."

왕건도 동감이었으나 이렇게 대답했다.

"아무래도 스님들이 뻔질나게 궁중 출입을 하더니 말재간을 부린 모양이지요?"

"어떻게 결정된 것인지 나두 몰라."

왕건의 짐작으로는 승려 출신으로 측근을 떠나지 않는 종회와 은부의 머리에서 나온 것 같았다. 종회는 일명 종간(宗侃)이다.

그러나 나라의 이름이 어떻다고 문제 삼을 것은 없었다. 지난 삼 년 동안 선종은 검박한 생활을 계속하고 백성들을 보살펴 모두들 의식이 족하고 평화를 즐겨 왔다.

그런 가운데서도, 안온한 때일수록 만일의 위난(危難)을 잊지 말라는 옛사람의 교훈을 잊지 않았다. 무기와 식량을 비축하고 군마를 기르고 병사들의 훈련에도 소홀함이 없었다. 이만하면 잘하는 정치가 아닌가.

칠월.

쇠둘레에서는 새 도성 건설이 시작되어 전국에서 목수와 석공들이 모여들고 인근 고을 백성들뿐 아니라 청주에서는 일천 호를 집단 이주시켰다. 공사를 돕는 한편 정착하여 희박한 인구를 메우도록 하자는 것이었다.

그러는 한편으로 송악과 인근 성들의 군대에서는 동원령이 내렸다. 삼국의 중간 지대에서 아직도 장군을 칭하고 군왕 행세를 하는 자들을 선수를 써서 평정하기 위해서였다.

삼 년 반의 평화는 일시에 회오리로 변했다.

잘 훈련된 병사들이라 선종은 자신만만했다. 별것들도 아니니 대병력을 집중하여 하나하나 칠 것이 아니라, 성마다 담당을 정하여 일거에 무찔러 버리고 추위가 다가오기 전에 돌아온다는 계획이었다.

여러 장수들이 속속 떠나갔다. 선종은 친히 진보성(眞寶城)을 친다고 떠나면서 왕건에게는 상주성을 치라고 했다.

왕건은 이천 기병을 거느리고 곧장 남하하여 상주성을 포위하였다. 백제왕 견훤의 아버지 아자개가 웅거하는 이 성이야말로 속전속결로 쳐부술 필요가 있었다. 아버지가 위험하다면 견훤은 백제의 총력을 기울여서라도 반격으로 나오리라는 것이 중론이었다.

견훤의 아버지란 항복을 권고한다고 들을 까닭이 없으리라 생각한 왕건은 기기(機器)를 있는 대로 동원하여 성문을 들이치고 포차로 성벽에 돌덩이를 날렸다.

성벽의 병정들은 잘 싸웠다. 싸우면서 욕설을 퍼붓고 큰소리도 쳤다.

"뱃놈 왕건 따위는 단칼에 모가지를 베어 팽개친다."

"내일이면 백제의 대왕께서 십만 대군을 거느리구 오신다."

"몰살되기 전에 도망가는 게 좋을걸."

하루 종일 싸웠으나 적은 굽히지 않았다. 적병들도 장군의 아들 견훤이 정말 오는 줄 아는 눈치로 기세가 등등했다.

날이 어둡자 공격을 중지하고 왕건은 식사를 하면서 생각했다. 견훤이 오려면 올 수도 있을 것이다. 그러나 도중에는 제 나름대로 장군을 자처하는 자들이 적은 수가 아니다. 그들이 무조건 항복한다면 몰라도 그렇지 않다면 시일이 걸릴 것이다.

희생을 무릅쓴다면 이삼 일, 조심해도 열흘이면 족하리라. 그는 자신이 섰다.

그런데 아침에 해가 뜨자 성루에 백기가 나부끼고 있었다. 군관들과 함께 지켜보고 있는데 성문이 열리고 십여 기를 거느린 장수가 달려 나왔다.

흰머리가 섞인 장수는 왕건 앞에서 말을 내렸다.

"내가 아자개올시다. 항복할 테니 받아주시이소."

상주 출신 군관에게 물으니 틀림없는 아자개라는 대답이었다. 왕건은 그의 두 손을 잡았다.

"잘 생각했소이다. 항복만 하시면 우리 폐하께서는 여태까지의 자리에 그대로 두시는 방침이올시다."

왕건 군은 그의 인도로 성내에 들어갔다.

백제 왕 견훤의 아버지가 항복했다는 것은 예삿일이 아니었다. 직접 전투를 지휘한 왕건의 위신이 올라간 것은 물론, 그 휘하장병들의 기세도 대단했다. 선종 임금은 하늘이 낸 분이요, 장차 천하를 통일할 것은 정해 놓은 이치다. 그렇게 되면 자기들도 자손만대에 영화를 누릴 것이라고 가슴을 폈다.

아자개는 어김없이 백제 왕 견훤의 아버지다. 왕건은 상주로 오면서 몇 가지 사태를 상정하였다.

오십을 넘어 노경에 들었으니 형세가 불리하면 아들에게 가서 노후를 편히 쉬려고 할 것이다.

그렇지 않으면 아들을 위해서 상주성을 고수하다가 그가 오면 넘겨줄 것이다.

형세를 냉정히 본다면 될 일이 아니지만 아들도 선종도 안중에 없다. 힘을 길러 장차 스스로 제왕을 칭하고 천하를 호령하려고 들 수도 있으리라. 그러나 이것은 허망한 꿈이 아니면 노망이다.

그러나 이 모든 상정은 빗나갔다. 아자개는 하루를 싸우고 항복하여 버린 것이다.

저녁에는 연회가 있었다. 왕건은 만일을 위해서 기를 꺾어 놓을 필요가 있다고 생각했다.

"장군, 인질을 내놓아야 한다는 것을 모르지는 않겠지요?"

아자개는 비굴한 인물은 아니었다. 대답하기 전에 입을 꾹 다물고 왕건을 바라보았다. 아들 견훤보다 십 년 연하라고 하니 이십팔 세. 육십이 다 된 자기가 아들이라도 몇째 아들에 해당되는 이 젊은 청년에게 항복하고 은근한 협박을 받고 있는 것이다. 항복한 이상 인질을 내는 것은 상식에 속하는 일인데 일부러 사람을 떠보는 것일까? 그는 내뱉듯이 한마디 했다.

"그것두 말이라고 하능교?"

"비위를 거슬렀으면 미안하외다."

"나두 인질을 받아 봤소. 힘이 부족해서 항복했다 뿐이지, 이렇게 마주 앉아 술잔을 나눈다구 당신이 나를 믿고, 내가 당신을 믿는 건 아잉기라. 인질을 내는 건 뻔한 일이 아잉교?"

"쓸데없는 말씀을 드려 미안하오."

"아자개두 보는 눈이 있소. 천하는 내 아들 견훤이 아니면 당신네 임금 선종 어른이 통일할 것이오."

"그런데 내 한 가지 의심 가는 일이 있소."

왕건이 물었다.

"뭔교?"

"임금 되시는 아드님한테 가시면 노후를 편히 지내실 텐데……."

아자개는 자리를 같이한 양측 군관들을 둘러보고 말이 없는데 옆에 앉은 젊은 그의 부인이 잔기침을 하고 입을 열었다.

"아들두 아들 나름이지요."

입까지 삐쭉 했다. 아자개는 무서운 눈으로 부인을 돌아보고 쏘아붙였다.

"그런 쓸데없는 소릴 또 할 끼가? 주둥아릴 찢어 놓을 기다!"

여자는 수그러들고 왕건은 더 이상 묻지 않았다. 이 여자는 남원부인이라는 견훤의 계모, 이 여자로 해서 부자 간에 틈이 생긴 것일까?

밤에 시침을 들러 온 소녀는 이름을 월화(月華)라 했다(후일의 월화원부인[月華院 夫人]).

"누구의 딸이냐?"

"영장(英章)이라구 여기 군관의 딸이에요."

"……."

왕건이 잠자코 있는 것을 보고 월화는 아자개를 대신하듯 변명했다.

"장군께두 따님이 있기는 있는데 열 살도 안 됐어요."

성내에서 미인으로 지목받는 여인을 골라 바친 양 월화는 상냥한 소녀였다.

서로 의심하고 틈만 생기면 쳐부수려고 으르렁대는 세상이라 장군들의 주변은 비밀로 쌓여 있었다. 특히 이 성의 내막은 알기 어려웠다. 그런데 왕건은 월화의 무심코 하는 말에서 심상치 않은 일을 알았다.

백제의 기둥이라고 할 능애가 죽었다는 소식은 듣고 있었다. 그는 견훤 군의 전위대장으로 수많은 전투를 지휘하여 승리로 이끈 용장(勇將)이었다.

그 능애가 여기 와서 감옥에 갇혔다가 도망쳤다는 것이다.

월화도 자세한 것은 몰랐다. 능애가 갇혔다 도망쳤다는 것을 알고 있을 뿐 그가 죽은 줄은 모르고 있었다.

"설마 아버지가 아들을 잡아 가뒀을라구?"

왕건은 반신반의했다.

"아버지한테 물었더니 사실이래요. 하지만 입 밖에 내면 큰일 나니 입조심하라구 하던데요."

그의 아버지는 군관 중에서도 아자개와 가까운 군관이라니 사실을 알고 있었을 것이다. 하여튼 부자 간에 심상치 않은 갈등이 있는 것은 확인된 셈이다.

"아버지가 아들을 가둔다는 건 역사에도 없는 일이 아닐까요?"

"가두구 귀양 보내구 얼마든지 있지."

"그래요?"

이 소녀가 처음 만나는 적장(敵將)에게 자기가 가지고 있는 조그만 비밀이나마 털어놓는 데는 내막이 있을 듯싶었다. 조그만 것을 주고 큰 것을 얻어 내려는 것인지. 아자개에게 정나미가 떨어진 자기 집안의 공기를 무심코 털어놓는 것인지 분간이 서지 않았다.

"아들이 아버지를 죽이는 경우두 있는걸."

왕건은 소녀의 마음의 문을 열어젖히면 더 나올 듯싶어 이런 말도 했다.

"아들이 아버지를 죽여요?"

"오래된 일도 아니다. 지금부터 꼭 백사십칠 년 전 일이다. 당나라에서 안록산(安祿山)이라는 장수가 반란을 일으켜 서울을 점령하고 새 나라를 세웠다. 그런데 가만 보니 작은아들을 태자로 삼을 눈치라 큰아들 경서(慶緖)가 아버지를 죽여 버렸단다."

"어머나. 그럼 신하를 죽이는 건 아무것도 아니겠네요?"

"파리 목숨이지."

소녀는 더 말하지 않고 곰곰이 생각하는 눈치였다.

"무슨 걱정이라두 있어?"

"아버지 일이 걱정이에요."

"왜?"

"상주 장군 부인 말이에요. 어떻게 앙칼진지 사람을 많이 죽였어요. 장군은 그 손에 놀아나구."

왕건은 아자개의 집안 사정을 대체로 짐작할 수 있었다. 구태여 치지 않아도 저절로 무너질 날이 머지않은 집안이었다.

"아버지는요, 이번에 장군을 보구 될 수만 있으면 장군 같은 분을 모셨으면 좋겠다구 하대요."

소녀는 비로소 속마음을 털어놓았다. 그러나 이것은 될 일이 아니었다. 항복을 받아들이고 그대로 두는 이상 영장이라는 군관 하나만을 빼어 가지고 간다는 것은 있을 수 없는 일이었다.

"과히 걱정 마라."

왕건은 잠이 들었다.

며칠을 묵으면서 성내를 정리하고 송악으로 떠나는 날 아침, 아자개 부처는 군관들과 함께 새 옷으로 단장을 한 막동아들 소개(小蓋)를 데리고 대청에서 왕건과 대좌했다. 옆에는 월화의 아버지 영장도 서 있었다.

눈물을 훔치는 부인 옆에서 아자개는 억지로 웃음을 띠고 말을 걸었다.

"어린것이라……. 잘 부탁합니더."

"염려 마시오. 그런데 여기 계신 영장 어른은 말하자면 내 장인이라 나도 부탁을 드리니 잘 봐 주시오."

왕건은 은근한 협박을 남기고 길을 떠났다.

선종은 역시 기(機)를 보는 데 천재였다. 그가 예측한 대로 상주를 비롯한 남쪽 삼십여 성에 쳐내려 간 장수들은 모두 항복을 받거나 들부수고 칠월 말까지는 전원 송악으로 돌아왔다.

선종만은 곧바로 돌아오지 않았다. 진보 장군(眞寶將軍) 홍술(洪術)의 항복을 받고는 친위대를 거느리고 서쪽으로 방향을 바꾸어 새로 손에 들어온 성들을 둘러보고 팔월 중순에야 송악으로 돌아왔다.

왕건이 놀란 것은 선종이 연전에 당성에서 그렇게도 고집을 부리던 이흔암을 동행하고 온 일이었다. 당당하게 말을 달려 오는 것이 풀이 죽지도 않았고, 전보다도 늠름한 태도였다.

"다시 만나서 반갑소."

성 밖에 도열하여 임금의 개선을 맞는 군신 속에서 왕건을 발견하자 그는 먼저 말을 걸어 왔다.

"반갑소."

이렇게 되받는 수밖에 없었다.

임금의 개선이라 큰 잔치가 벌어졌다.

선종은 그를 백관의 상좌에 앉히고 '형님'이라고 불렀다. 말에 그치지 않고 술이며 음식을 깍듯이 대접하고 임시로 마련한 침소에도 몸소 인도하였다.

그의 가족도 뒤따라 왔고 선종은 쇠둘레에 사람을 보내, 설계에 없던 근사한 집을 하나 더 지으라고 전했다. 이흔암이 들어갈 집이라는 것이다.

그렇다고 이흔암에게 무슨 벼슬이 내린 것도 아니고, 그가 정사에 참견하는 일도 없었다. 예성강에 나가 낚시질을 하다가 날씨가 추워지자 자주 사냥을 떠났다. 가끔 선종과 단둘이 술을 나누는 일은 있었으나 그것도 잦은 것은 아니었다.

모두들 소탈한 선종이 옛 친구를 돌봐주는 것이라고 생각했으나 왕건은 그렇게만은 보지 않았다. 당성에서 보이던 이흔암의 태도로 미루어 여기까지 온 데는 사연이 있을 것이다. 자기가 보기에도 그는 인물이라, 팽개쳐 두는 것은 호랑이를 벌판에 놓아 두는 것처럼 위험한 일면이 있었다. 견훤에게라도 붙으면 이로울 것이 없는데, 선종은 그 생각을 했을까?

"이흔암은 도대체 뭐야?"

하루는 사촌동생 식렴이 찾아왔기에 슬쩍 던져 보았다. 자기 휘하에 군관으로 등용했으나 이번 출정에는 특히 숫자에 밝다고 해서 선종을 따라갔었다.

"별건 아니지만 입 밖에 내지 말라니 형님만 알구 계시오."

그에 의하면 당성에 머무는 동안 선종은 식렴만 데리고 이흔암의 오막살이를 찾아 큰절을 하고 이런 대화가 오갔다는 것이다.

"형님을 모시러 왔습니다."

"나를 모셔다 무엇에 쓰게?"

"쓰자는 게 아니라 여생을 편히 모시자는 겁니다."

"여기가 더 편한걸."

"곧 사십이 되실 테니 농사일은 쉽지 않습니다."

"그래두 사람은 하다못해 도둑질이라두 하는 일이 있어야지."

"할 일을 드리지요."

"네 신하가 되란 말이냐? 그건 못한다."

"신하가 아니구 형님 노릇을 해 주시오."

"어떻게?"

"제게 잘못이 있을 때는 용서 없이 말씀해 주시오."

"그뿐이야?"

"그뿐이오."

"좋다. 그 대신 체면은 세워 주지만 너를 폐하라고는 못 부르겠다."

"좋습니다."

이렇게 해서 오게 된 것이라고 한다. 왕건은 이흔암보다 선종이 몇 등

뛰어난 인물이라고 단정했다.

회오리가 지나간 후 다시 평화가 찾아들었다. 사람들은 자기 일에 땀을 흘리고 때로는 슬퍼하고 때로는 기뻐하면서 세월을 엮어 갔다.

폭풍같이 남방 삼십여 성을 점령한 선종의 위신은 한 등 올라가 독립한 장군 중에서도 강대하기로 이름난 공주 장군(公州將軍) 홍기(弘奇)는 스스로 아들을 보내 항복하여 왔다. 공주까지 강토가 넓어졌으니 누구의 눈에도 선종은 견훤을 압도하였다.

그는 송악에 있는 시간보다 쇠둘레에 있는 시간이 더 많아졌다. 성을 쌓고 대궐과 관가 그리고 신하들이 들어갈 집을 짓는 일까지 관심을 가졌고 심심치 않게 현장에 나가 돌아보았다.

잔소리를 하는 일은 없었으나 임금이 이토록 열심인지라 관원도 공장(工匠)도 긴장하여 공사는 예상보다 빨리 진척되었다.

정기대감 왕건도 별다른 불만 없이 평화로운 하루하루를 보냈다. 다만 한 가지, 아이가 없는 것이 불만이라면 불만이었다. 나이 스물여덟, 상대한 여자도 적지 않건만 아이는 없었다.

시침을 들었다고 그 여자를 책임지는 세월이 아니었으나 아이를 낳았으면 소식이라도 전할 법한데 아무 데서도 자기의 아이가 태어났다는 소식은 오지 않았다.

자기에게 온 지 오 년, 유 씨는 아예 자기는 아이를 못 낳는 것으로 작정하고 남편이 고을에 나갈 때마다 자기 때문에 시침을 거절하지 말라고 당부하는 일도 있었다. 왕건은 이 천진한 여자의 마음씨를 어떻게 받아들여야 할지 몰라 빙긋이 웃기만 했다.

그보다도 자기에게 결함이 있는 것은 아닐까. 그는 이렇게도 생각했다.

겨울이 가고 새해(905년)의 봄과 여름도 평온한 가운데 흘러갔다.

다시 칠월.

쇠둘레의 새 서울이 완성되었다.

임금과 만조백관 그리고 일부 장사치들도 쇠둘레로 이사하였다. 짐을 실은 마소와 수레들은 날마다 송악 성문을 빠져나와 동북으로 향하고 이 고장에 그대로 눌러앉은 상인들은 불평하고 개중에는 후회하는 사람도 있었다. 임금 아닌 돌중으로밖에 보지 않은 자기들의 심사가 천박했다고 깨달았으나 이제 와서 어쩔 도리가 없었다.

문제는 이문이었다. 서울일 때와 서울이 옮겨간 후의 장사치들의 이문은 같을 수 없었다. 그렇다고 모두 쇠둘레로 따라갈 처지는 못 되었다. 가서 될 장사도 있고 안 될 장사도 있기 때문이었다.

새로 건설한 서울 쇠둘레는 성도 송악의 몇 배로 크고 대궐도 비길 바가 아니었다.

선종은 새로 즉위식을 올리듯 웅장한 새 궁궐에서 설리와 나란히 용상에 앉아 군신의 하례를 받았다. 설리도 이 생활에 익숙해져 안주(安住)하는 양 얼굴에 윤기가 돌고 거동도 진중했다.

왕건도 옛 상처에 매달리지 않고 현재에 충실하는 것이 옳다고 결심한지라 마음이 편할 수 있었다.

그런데 이 식전에서 선종은 뜻하지 않은 개원(改元)을 선포했다.

"오늘부터 연호 무태(武泰)를 성책(聖冊)으로 바꾸는 터인즉 이 시각부터는 성책 원년이오."

아무도 무어라고 하는 사람은 없었으나 희미한 한숨소리가 물결처럼 지나갔다. 작년에 정한 무태를 금년에 또 바꾼다?

왕건은 신도(新都)에서 민심을 일신하려는 것이라고 좋게 해석했다.

연호야 어떻든 새 서울을 쇠둘레로 옮긴 후 경사도 없지 않았다.

끝까지 버티던 평양 장군 검용이 가족을 거느리고 제 발로 걸어와 항복하였다.

"이제 신은 늙었을 뿐만 아니라 접경에는 무시로 야인(野人, 여진족)들이 침노하는지라 감당할 길이 없으니 고을을 들어 대왕께 바치고자 합니다."

검용은 반백의 머리를 조아렸다.

선종은 그를 극진히 대접하고 좋은 집에 녹도 후하게 주었다. 소문이 퍼지자 평양 주변의 고을 중에서 아직 항복하지 않은 성들도 모두 항복하였다.

이제 대동강 이남의 패서도(浿西道)는 남김없이 손에 들어온 것이다. 선종은 다른 지방과는 달리 일대 개혁을 단행하여 독립된 장군들을 일률로 폐지하고 패서도를 조정의 직할지로 삼았다.

열세 개의 구역으로 분할하고, 구역마다 진(鎭)을 두어 심복들을 진장(鎭將)으로 보냈다. 이것은 변혁이었다. 여태까지는 항복만 하면 그 고을을 그대로 주어 소왕국 행세를 하게 했는데, 그 세력이 그대로 남아 있는 한 언제라도 배반할 소지가 남아 있었다.

그러나 이렇게 넓은 땅이 선종의 직할지로 되면 그만큼 그는 강대해지고 감히 반역을 꾀할 자가 없어질 것이었다.

강대한 선종이 더욱 강대해진 것이다.

얼마 안 가 선종은 또 한 가지 묘한 명령을 내렸다.

"나의 신민은 이제부터 신라를 '망한 놈의 나라(滅都)'라고 부를지니, 이를 거역하는 자는 엄히 다스릴지로다."

신라를 미워하는 심정은 그의 즉위 초에 드러내 놓고 말하는 것을 들은지라 모르는 사람이 없었으나 이것이 과연 온당한 일일까. 대업(大業)을 꿈꾸는 사람에게 가장 금물은 적을 만드는 일이라는데……. 왕건은 이해가 가지 않았다.

더구나 안된 것은 신라에서 일부러 찾아오는 사람을 거들떠보지도 않고 괄시하는 일이었다. 선종이 등극하기 전, 이 쇠둘레에 있을 때 자기 생모의 처참한 죽음, 자기가 한 눈을 잃은 슬픈 사연을 이야기해 준 일이 있었다.

신라에 대한 원한이 뼈에 사무치는 것은 알 만했다. 그러나 이것은 사정(私情)이다. 왕건은 몇 번 충고를 했다.

"때로는 어린애 주먹도 보탬이 된다고 하지 않습니까? 신라에서 오는 사람들도 후히 대접해서 심복(心服)하게 만들어야 합니다."

그러나 선종은 듣지 않았다.

백옥삼같이 신라 사람으로 관에 등용된 사람이 없는 것은 아니었다. 그러나 그처럼 이름 없는 백성으로 군에 들어오는 것은 환영했으나 글을 가지고 출세하러 오는 사람은 대개 찬밥이나 몇 술 얻어먹고 투덜거리며 떠나가게 마련이었다.

왕족이나 왕비족인 김씨와 박씨는 찾아오지도 않았으나 최(崔)씨, 이(李)씨, 설(薛)씨 등 죽자 사자 노력해도 시랑(侍郞, 차관)까지밖에 못하는 육두품이 찾아와도 흰눈으로 보았다.

"그자들도 못된 왕실에 알랑댄 인간들이야. 글줄이나 쓰는 아이들은 몇 사람이면 족하구 지금은 무(武)가 필요한 때거든."

"천하를 잡는다는 것은 천하 사람들의 마음을 잡는 일인데 그래서는 안 됩니다."

선종은 주제넘다는 듯이 비스듬히 그를 내려다보았다. 왕건은 더 이상 말하지 않기로 작정하였다.

선종의 신라에 대한 증오는 병이라고 할 만큼 도가 지나쳤다. 어김없는 옥에 티였으나 그 밖에는 좋은 면이 많은 임금이었다.

"병(兵)을 한 번 움직일 때에 백성들이 받는 고통이 얼마나 심한지 아시오? 장수들은 이 일을 잊지 말아야 하오."

실지로 그는 쇠둘레로 옮긴 후 만 사 년 동안 군사를 일으키지 않았다. 평화로운 가운데 농사에 힘써 국고도 충실하고 민간에도 허기진 사람이 있다는 소문은 꼬리를 감췄다.

한번은 남쪽의 견훤이 크게 동병하여(907년) 일선주(一善州, 경북 선산) 이남 십여 성을 점령했을 때는 의론이 분분했다. 밀고 내려가 짓밟아 버리자는 것이 조정의 대세였으나 선종은 듣지 않았다. 견훤이 강성해 보이지마는 그 이상 밀고 올라올 힘이 없으니 백성들을 더 쉬게 하자는 것이었다.

정말 그 이상 힘이 없었는지, 아니면 다른 사정이 있었는지 견훤의 침공은 거기서 그쳤다.

지난가을에 들어 사분오열이 되어 이름만 남아 있던 당나라가 올 사월 그 이름마저 없어지고 아주 망했다는 소식이 들려왔다. 주전충(朱全忠)이라는 권신(權臣)이 소종(昭宗)을 죽여 버리고 그의 어린 아들을 세웠다가 삼 년도 못 되어 내쫓고 스스로 황제 위에 올라 국호를 양(梁)이라고 했다는 것이다.

임금 선종은 가까운 신하들을 모아 놓고 저녁식사를 하며 아주 기분이 좋은 얼굴이었다. 신하들은 생각나는 대로 한마디씩 없을 수 없었다.

"악(惡)만 쌓던 당나라가 기어이 망했습니다."

"우리 땅에 들어와 백제, 특히 고구려를 쑥밭으로 만든 당나라 애들, 천벌을 받았지요."

"인과응보지요."

그러나 선종은 냉정했다.

"생성괴멸(生成壞滅)은 어쩔 수 없는 법칙이오. 이 선종도 유한한 생명이라는 것을 모르지 않소. 다만 죽기 전에 당나라와 한패가 되어 못되게 놀던 신라의 목숨이 끊어지는 것을 보는 것이 내 소원이오."

왕건은 또 선종의 고집이 발동했다고 생각했으나 아무 말도 하지 않았다.

모두들 신라의 목숨은 경각에 달했으니 삼십을 넘으신 지 얼마 안 되는 폐하께서는 그 패망을 보시고도 육십 년은 더 사실 것이라는 데 의견이 일치했다.

주연이라기보다 간소한 만찬이라고 불러야 할 식사가 끝나자 모두들 흩어져 나오려는데 선종이 이흔암을 불렀다.

"형님, 좀 앉으시오."

시종 말이 없던 이흔암이 역시 말없이 앉았다.

"정기대감도 앉아요."

두 사람만 남자 선종은 천천히 말문을 열었다.

"내일을 모르는 것이 사람의 생명이오. 나는 생전에 신라가 망하는 것을 보고야 눈을 감겠는데 방책을 말해 보시오."

이흔암은 바위같이 버티고 앉아 입을 열지 않았다. 선종은 왕건을 돌아보았다.

"정기대감의 생각은 어떻소?"

"글쎄올시다."

"글쎄올시다가 뭐요?"

"지금 문제는 견훤에게 있는데 폐하께서는 신라에 고집하시니 자칫하면 일을 그르칠 염려가 있습니다."

잠자코 있던 이흔암이 비로소 입을 열고 고개를 끄덕였다.

"옳은 말이로구만."

선종은 이흔암을 물끄러미 바라보았다. 그러나 이흔암은 더 이상 말하지 않고 입을 다물어버렸다.

"형님, 내 생각이 못마땅하신 모양인데 솔직히 말씀해 주실 수 없소?"

선종의 청에 이흔암의 응대는 무뚝뚝했다.

"말해도 들을 것 같지 않소."

"듣지요."

"그러면 말해 볼까. 천하만민의 안위(安危)를 생각해야 할 임금이 주야로 사사로운 원수를 갚을 생각만 하니 이게 될 일이오? 그런 편벽된 마음으로는 전체가 보이지 않고 따라서 일을 그르칠 염려가 있소."

이흔암도 선종의 내력을 알고 있는 모양이었다. 선종은 대답하지 않고 듣고만 있었다.

"아까 정기대감의 말씀대로 지금 문제는 견훤에게 있소. 그는 드문 용장이오. 이 마진이 총력으로 밀고 내려가면 신라는 없어지겠지요. 그러나 그 빈틈에 견훤이 밀고 올라오면 이 고려, 아니 마진은 결딴이 안 날 것 같소?"

선종은 헛기침을 하고 대답했다.

"나도 칼을 들고 일어선 장수요. 왜 그걸 모르겠소?"

"자신은 아는 것 같지마는 사실은 모르구 있소."

"?"

선종은 이상한 얼굴을 했다.

"재작년 일이지요, 아마. 전국에 영을 내려 신라를 '망한 놈의 나라'라고 부르게 한 것은 뭐요? 이치를 아는 사람이 그런 어리석은 영을 어떻게 내린단 말이오? 나는 머리가 돈 줄만 알았소."

"듣구 보니 그렇구만. 안 된다고 한말씀 해 주시지 그랬소?"

"영을 내리는지 안 내리는지 알았어야지. 신라라고 부르는 사람을 끌어다 볼기를 치는 일부터 그만두구, 기왕 내린 영이니 거둘 수는 없겠지만 신라를 어떻게 부르건 모른 척하는 것이 좋겠소."

"옳은 말씀이오. 그렇게 하지요."

"신라와 가깝게 지내는 것이 좋겠지마는 그렇게까지 원한이 사무쳤으니 그건 안 되겠지요?"

"그건 못해요."

선종의 대답은 단호했다.

"할 수 없지. 하여튼 견훤을 없애기 전에는 신라를 치기는 어려울 것이오."

"바로 그 방책을 묻는 길이 아니오?"

이흔암은 왕건을 돌아보고 물었다.

"바다에서 자란 왕 장군, 좋은 생각이 없소?"

이흔암도 원래는 뱃사람이라 해군을 생각하는 모양이었다. 왕건은 아까부터 해군을 창건하여 견훤의 배후를 치는 일을 생각했으나 유별나게 총기와 지혜를 앞세우지 말라던 아버지의 유언이 떠오르고, 또 이쯤 말이 나왔으니 머리가 빠른 선종이 알아차리지 못했을 리 없겠기에 어중간한 대답을 했다.

"바다에서 자랐다구 뾰족한 수가 있겠습니까?"

그런데 선종이 무릎을 쳤다.

"맞았소. 해군을 건설하는 일이오. 오늘밤 두 분과 이야기하는 사이에 천하의 대계(大計)가 서고 앞이 훤히 내다보이니 이보다 더 기쁜 일이 어디 있겠소?"

선종은 기분이 좋아서 계속 이흔암은 형, 왕건은 아우라고 부르면서 이야기를 주고받았다.

"형, 이 일은 누가 맡는 것이 좋겠소?"

"왕 장군밖에 또 있소?"

"그렇지요."

며칠 후 왕건은 해군대장군(海軍大將軍)으로 임명되어 송악성으로 떠나갔다.

왕건의 나이 삼십일 세.

해군대장군으로 임명되어 고향에 돌아온 왕건은 개선장군같이 환영을 받았다. 나라에 해군이 생긴다면 바다 일에 익숙한 사람들에게는 일거리가 생길 것이고, 장사도 될 것이다. 그 대장이 고향 사람이라 기쁜 일이 아닐 수 없었다.

선종은 통이 큰 사람이었다.

숫자에 밝은 식렴을 중심으로 밤을 새워 가며 세밀히 짜낸 예산보다도 훨씬 많은 액수의 금덩이를 넘겨주었다.

"세상에는 예상치 못한 일도 많으니까."

그러고도 떠날 때 성 밖까지 전송 나온 선종은 자금이 달리면 곧 알리라고까지 했다.

예성강 연안과 서해의 여러 포구들은 왕건이 오면서부터 잃었던 활기를 되찾았다.

산에서는 나무를 베어 톱으로 썰고, 야장들은 못이며 닻을 불리느라 망치질에 땀을 흘리고 돛을 만드는 장인들도 바삐 서둘렀다.

공짜 부역이 아니고 합당한 값을 치르는지라 일한 만큼 돈이 들어오게 마련이었다. 살림꾼들은 장롱 깊숙이 숨겨두고, 다정한 부모는 아이들에게 옷을 사 입혔다.

헤픈 사람은 말할 것도 없고, 그렇지 않은 사람들도 하루 일이 끝나면 때로는 대포 한잔쯤 없을 수 없었다. 주막들의 재미도 만만치 않은지라 주모들 중에는 왕건의 부하만 보면 한잔하고 가라고 공짜 술을 권하는 축도 드물지 않았다.

가장 주역인 선장(船匠)은 말할 것도 없었다. 야장, 천 장사에서 바늘 장사에 이르기까지 한몫 보지 않은 사람이 없었다. 몇 해 전 송악에 서울이 있을 때만은 못해도 홍청거리기는 매일반이었다.

왕건은 송악성 옛집에 있으면서 산에 올라 벌목을 하는 것을 지켜보고 포구마다 돌아다니며 배를 만드는 일꾼들에게 술 단지를 보내기도 했다. 집에서 자는 일은 드물고 대개는 한 포구에서 며칠씩 묵으면서 독려하고 다음 포구로 옮겨 갔다.

정주에서는 장인 천궁의 아우 되는 덕영(德英)의 집에 묵었다. 천궁 영감이 돌아간 후 이 고장을 주름잡는 호상이었다.

시침을 들어온 그의 딸은 조용한 미인이었다. 설리가 뛰는 물고기라면 이 소녀는 청초한 들국화였다(후일의 정덕왕후 유 씨[貞德王后 柳氏]).

쇠둘레에서 자기를 기다리고 있을 유 씨의 사촌 되는 이 소녀, 어디를 가나 밤마다 시침을 드는 여인이 있었으나 이 소녀처럼 마음이 끌리는 여인은 드물었다.

"이름이 뭐랬지?"

그는 소녀를 품에 안고 물었다.

"그저 애기라고 불러요."

"처녀마다 애기라, 애기 천지로군."

"쇠둘레에 계신 언니 이름두 애긴걸요."

"참 그렇군, 이름을 지어 줄까?"

"네."

"청화(淸花)가 어떨까. 맑은 꽃이라는 뜻이다."

"좋으네요. 기왕이면 언니 이름두 지어 주시지요."

"그럴까. 언니는 야무진 데가 있으니, 가만있자……. 일석(一石)이 어떨까? 돌멩이라는 뜻이다."

"어쩐지 여자 이름 같지 않네요."

"생각하기 나름이지. 세상에 돌같이 깨끗하구 꿋꿋한 것두 없으니까."

"듣구 보니 그렇기두 하네요."

순진한 대답이 돌아왔다.

또 한 해가 가고 새해가 왔다(909년). 왕건은 부지런히 움직였다.

배는 많을수록 좋으나 되도록 커야 했다. 적의 후방 깊숙이 들어가 고군(孤軍)이 될 판국이니 마필과 무기는 물론, 병사도 많아야 하고 식량도 넉넉히 가지고 가야 했다.

비밀도 지켜야 했다. 여기라고 견훤의 세작들이 없을 리 없었다. 일반에게나 군사들에게나 당나라를 이은 양(梁)나라와 크게 무역을 벌인다고 해 두었다.

사월에 이르러 백 척 가까운 배가 완성되어 정주 포구에 집결하였다. 그러나 배가 되었다고 일이 끝난 것은 아니었다.

배를 움직이는 일에 익숙한 사람들이 필요했다. 이 일은 그다지 어렵지 않았다. 예로부터 대륙과의 무역을 생업으로 삼아 온 고을이라 사공들은 얼마든지 구할 수 있었다.

문제는 군사들이었다. 육지에서는 많이 싸웠으나 해전의 경험이 있는 자는 별로 없었다. 해상에서 이들을 단련하는 데 적지 않은 시일을 보내야 했다.

마침내 유월.

모든 준비를 끝낸 왕건의 함대는 대장군 왕건, 장군 종희(宗希)와 금언(金言) 등의 지휘 하에 이천오백 명의 병력을 싣고 정주 포구를 떠났다. 다 같이 영안성 출신으로 왕건이 처음 쇠둘레로 선종을 찾아갈 때에 따라나선 사람들이었다.

둘 다 바다 일에 익숙하고 나이도 왕건과 같은 또래였다. 그중 종희는 쌍둥이라고 할 만큼 왕건과 비슷하고 설리와는 사촌 간이었다. 왕건은 특히 그에게 정을 주고 친근하게 지냈다.

떠나기에 앞서 선종은 일부러 쇠둘레에서 정주까지 와서 출정군에게 주식(酒食)을 내리고 군관 이상을 불러 연회도 베풀었다.

막상 떠날 때에는 뱃머리까지 나와 왕건의 어깨에 손을 얹었다.

"금성군(錦城郡)을 점령하거든 나주(羅州)라구 고쳐요. 막중한 일이긴 하지마는 위험을 무릅쓸 것은 없소. 풍랑이 심하다든지 예기치 않은 일이 일어나 감당하기 어려우면 그냥 돌아와도 좋소."

왕건은 옛정이 되살아나 고맙기 이를 데 없었다.

"무더운 때라 서늘한 이 바닷가에서 며칠 쉬시다 가시지요."

"웬걸, 국사가 바쁘니 어머니의 산소에 성묘나 하구 곧 돌아가야지요."

미소를 띤 선종은 배가 멀어져 사람이 안 보일 때까지 제자리에 서 있었다.

순풍을 타고 남하한 왕건은 진도(珍島)를 공격하였다. 치안을 유지할 정도의 소수 병력밖에 없는 태수는 싸움다운 싸움도 없이 도망치고 말았다.

왕건은 정병으로 수비대를 편성하여 지키게 하고 곧 함대를 움직여 고이도(皐夷島, 古耳島)를 무혈점령하였다.

기습은 신속을 요하는 법이다. 함대는 숨 돌릴 사이 없이 영산강(榮山江)에 진입하여 북상을 계속했다. 이때 비로소 왕건은 장병들에게 목표는 금성군이라고 알려 주었다.

병력은 대개 변경에 배치된지라 수비가 허약한 금성은 간단히 떨어지고 주위의 십여 성도 힘없이 무너졌다. 이렇게 동떨어진 후방에 적이 나타날 것을 예상치 못한 견훤은 완전히 허를 찔린 셈이었다.

왕건은 떠날 때 선종이 명령한 대로 금성군을 나주(羅州)로 개칭하고 이 고장을 굳건한 발판으로 굳히기 시작했다.

반드시 있을 견훤의 반격에 대비하여 성을 수축하고 병사들을 단련하는 한편 엄명을 내려 백성들에게 친절히 대하되 그들의 곡식 한 포기라도 다치는 일이 없도록 하였다.

고을에 웅거한 장수들은 선종에게 복종은 하되 제각기 그 고장을 발판으로 소왕국을 형성하고 있었다.

중앙의 제도를 모방하여 각종 관서를 두고 수천 명에서 만 명 가까운 군대를 거느린 자도 있었다. 말하자면 봉건 제후(諸侯)였다.

그러나 왕건에게는 이런 발판이 없었다. 선종의 신임으로 장수가 되었고 군사들을 거느리고 전쟁에도 나갔으나 벼슬에서 떨어지면 갈 곳이 없는 신세였다. 이 나주를 발판으로 하리라.

허를 찔린 완산성의 견훤은 크게 노하여 반격 준비를 서두른다는 소식이 왔다. 왕건은 병력을 반으로 갈라 종희와 금언은 성을 지키고 자신은 나머지 반을 인솔하여 함대로 돌아왔다.

좁은 강에 많은 배가 집결하면 화공(火攻)을 받을 염려가 있기에 영산강을 남하하여 목포 앞바다에 정박하고 시기를 기다렸다.

마침내 견훤은 보기(步騎) 삼천을 이끌고 남하하여 나주성을 포위하고 맹렬한 공격을 퍼부었다.

왕건은 함대수비를 위한 소수 병력만 남기고 육로로 북상하여 포위군을 배후에서 치기 시작했다.

그러나 견훤 군은 용감히 싸워 열흘이 지나도 포위를 풀지 않았다.

왕건은 은밀히 세작을 파송하여 적정(敵情)을 살핀 끝에 그들의 식량이 거의 떨어져 간다는 것을 알았다. 견훤은 수삼 일 안에 간단히 무찌를 생각이었던 모양이다.

왕건은 되도록 정면충돌을 피하고 나주로 이르는 모든 길목에 병력을 매복하여 보급을 완전히 차단하여 버렸다.

보름이 지나자 투항병이 속출하였다. 하루에 겨우 죽 한 끼, 몰래 말까지 잡아먹는 형편이라고 했다. 왕건은 그들을 배불리 먹이고 고향에 가겠다는 사람은 보내고 남겠다는 사람은 부하로 편입하였다.

소문이 퍼져 날로 투항병이 늘고 나중에는 군관을 죽이고 무더기로 투항하여 오는 사태가 벌어졌다.

견훤은 하는 수 없이 포위를 풀고 완산성으로 돌아갔다.

왕건은 병력을 이끌고 성내로 들어갔다.

가을에서 겨울까지 각처에 병력을 보내 잔적(殘敵)을 소탕하고 요지를 점령하는 한편 민심을 잡을 필요가 있기에 나주 고을 백성들에게는 금년 세공을 일체 면제한다고 공포하였다.

목포 앞바다에 정박 중인 함대는 진도의 경비를 담당하는 한편 수시로 본국과 연락하고 보급품을 실어 오게 했다.

그러나 한 번 실패했다고 단념할 견훤이 아니었다. 휴식을 취한 다음 그들은 다시 행동을 개시하여 겨울이 가고 새해가 와도 무시로 사처에 나타났다.

한 가지 유리한 것은 백성들이 이쪽 편에 서 주는 일이었다. 적이 나타나면 미리 알려 주기에 매복하였다가 불쑥 치는 바람에 피해만 보고 쫓겨났다.

그렇다고 모든 병력을 나주에 투입할 수는 없는지라 봄이 가고 여름이 오자 견훤은 나주는 일단 방치하기로 결정했다는 소문이 들렸다. 이

제 나주에서 목포에 이르는 서해안 일대는 완전히 왕건의 수중에 들어갔다.

그는 관리들의 기강을 엄히 하고 무시로 고을에 나가 백성들의 억울함을 풀어 주고 어려운 사정에 귀를 기울였다.

이렇게 다니다가 목포에서 생긴 일이었다.

강가에서 빨래하던 소녀가 일손을 멈추고 쳐다보았다.

"해군대장군이시지라우?"

일어서지도 않고 묻는 폼이 간이 큰 여자인 모양이다. 남녀가 내외를 하는 시대는 아니라고 해도 이렇게 당돌한 여자도 드물었다.

"그렇다."

"어디 가시지라우?"

썩 잘생긴 얼굴은 아니었으나 왕건은 흥미가 동했다.

"어디두 아니구 바로 이 목포다."

강에서 쪽배를 타고 낚시질하던 사나이가 다가와 뭍에 올랐다.

"아버지, 이분이 쇠둘레에서 오신 해군대장군이라나베. 생김새가 소문과 꼭 같지라우?"

사나이는 머리를 숙이고 사과했다.

"다련(多憐)이라구 여기 사는 어부올시다. 철딱서니 없는 것이 실례가 많았을 긴디. 무남독녀라 버릇없이 길러놔서……."

"아니오. 재미있는 따님을 두었소. 하룻밤 댁에서 쉬어 갈 수 없겠소?"

사나이는 왕건의 주위에 늘어선 십여 기를 보고 한숨을 쉬었다.

"에누리 없이 누추한 초가삼간이라서……."

"이 사람들은 장막에서 잘 테니 나 한 사람만 재워 주시면 되겠소."

"그래두 귀하신 분을……."

사나이는 망설였다.

"괜찮소."

낚싯대와 소쿠리를 든 사나이는 마지못해 앞장서 걸었다.

정말 쓰러질 듯한 초가삼간이었다. 문지방마저 낮아 머리를 숙여야 들어갈 수 있었다.

저녁은 보리밥이었으나 낮에 잡은 고기를 굽기도 하고 찌개로 끓이기도 해서 들여왔다. 왕건은 시장한 김에 깨끗이 먹어 치웠다.

밤에 시침을 들어온 소녀를 품에 안고 왕건이 물었다.

"네 이름두 애기냐?"

"어떻게 알았어라우?"

"아는 수가 있지."

"대장군은 다른가베."

막상 잠자리를 같이하고 보니 정이 드는 여자는 아니었다(후일의 장화왕후 오 씨[莊和王后 吳氏]).

왕건은 이튿날 일찌감치 이 고장을 떠났다.

새로 손에 넣은 땅이라 정원의 꽃을 가꾸듯이 백성들을 돌보는 사이에 이해도 저물고 또 새해가 왔다(911년).

정월 십사일. 생일이라 저녁에 군관들을 불러 술자리를 베풀었는데 쇠둘레에서 사람이 왔다. 국호를 태봉(泰封), 연호를 수덕만세(水德萬歲)로 고쳤으니 그리 알고 시행하라는 것이었다.

이 변덕, 왕건은 선종의 측근에서 조화를 부리는 종뢰와 은부를 생각했다. 간신들의 모함으로 심심치 않게 억울한 사람들이 죽어 간다는 소문도 있었다.

왕건은 쇠둘레에 있지 않고 여기 오기를 잘했다고 생각했다. 영원히 눌러앉을 수만 있으면 떠나지 않을 생각이었다.

군관들이고 졸병들이고 이 고을 여자와 결혼을 원하는 사람이 있으면 다 허락해 주었다. 거리를 좁히고 한 덩어리로 되는 데 크게 이바지하였다.

이 고을 사람들을 중요한 자리에도 등용하고, 군에 들어오겠다는 사람은 받아들여 능력에 따라 군관도 시켰다.

나주 고을은 왕건에게 신복하는 그의 소왕국이 되어 갔다.

그런데 사월이 오자 신라의 임금(孝恭王)이 돌아가고 그의 매형 박경휘(朴景暉)가 뒤를 이었다는 소식에 이어 심상치 않은 보고가 들어왔다.

견훤이 대함대를 이끌고 서해를 남하하는 중이라는 것이다.

왕건은 필요한 수비군만 남기고 나머지를 모두 동원하여 급히 목포로 내려가 해전 준비를 서둘렀다.

서해안에 배치된 초병들이 각각으로 적의 동정을 알려 왔다. 적의 함정은 이쪽의 배도 넘는다는 것이다. 본국에 원병을 요청할 겨를도 없고, 적지에서 소수의 고군(孤軍)으로 대적과 싸워야 할 판이라 군관들은 만나기만 하면 걱정이었다.

"숫자가 많다고 강하다는 법은 없다. 살아남을 생각에 골몰하면 패하는 법이요, 죽을 각오로 일치단결하면 반드시 이긴다."

왕건은 이렇게 타이르고 골똘히 생각에 잠겼다. 이 적은 해상에서 섬멸해야 한다. 만약 배가 넘는 그들이 육지에 올라오면 큰 전투가 벌어질 것이고 견훤의 군대는 강병들이라 자칫하면 나주 경영도 끝장이 날 염려가 있다.

적이 고이도 서쪽 해상에 나타났다는 보고가 들어오자 왕건은 전원에게 승선을 명령하고 배마다 기름에 불린 짚단을 마련케 했다.

왕건은 적을 기다리는 동안 풍향(風向)에 따라 수시로 함대의 위치를 이동하였다. 바다에서 자란 그는 배와 바람과 불의 관계를 익히 알고 있었다.

동이 트면서 동풍은 남풍으로 바뀌었다. 왕건은 목포만(灣) 북안에 있던 함대를 급히 남안으로 이동하고 후미진 곳에 분산배치하여 바다의 복병같이 적이 알아보지 못하게 조치하고 기다렸다.

정오. 견훤의 함대는 거리낌 없이 목포만으로 진입하여 선두는 덕진포(德眞浦), 후미는 목포, 바다는 배로 뒤덮였다.

별안간 북과 각적(角笛, 뿔피리)이 울리면서 후미진 곳에 숨어 있던 왕건의 함대가 공격을 개시했다. 바람을 등진 왕건 군의 화살은 바람을 안고 싸우는 견훤 군과 비할 바가 아니었다.

적의 화살은 바람결에 도중에서 떨어지고 이쪽 화살은 바람의 힘을 입어 적병은 도처에서 쓰러져 갔다.

왕건은 적이 한풀 꺾인 틈을 놓치지 않고 화공을 명령했다. 배들은 적의 함대로 바싹 다가갔다.

일반 병사들은 엎드리고 갑병(甲兵)들이 일어서 불 붙은 짚단을 무더기로 적선에 던지고는 재빨리 후퇴했다.

처처에서 불이 일어났다. 밀집한 함대라 한 배에 붙은 불은 옆 배에 옮겨 붙어 삽시간에 불바다가 되었다.

아우성이 산에 메아리치고 물에 빠져 허우적거리는 자, 헤엄쳐 와서 항복을 비는 자, 바다는 걷잡을 수 없는 수라장이 되었다.

후미에서 바라보던 견훤은 뱃머리를 돌려 서해로 빠져 달아났다.

사상자와 포로, 그리고 부서진 배의 수리 등 전후 처리를 마치고 왕건이 나주로 돌아온 것은 오월 초였다.

그런데 까맣게 잊고 있었던 사람이 기다리고 있었다. 이번 전투에는 참가하지 않고 나주의 유수(留守)를 맡았던 능산이 전승을 축하하고 이렇게 말했다.

"꾀죄죄한 시골여자가 애기를 업고 와서 기어이 장군을 만나야겠다고 앙탈입니다."

"누굴까? …… 만나지 뭐."

군관의 인도로 들어온 것은 목포 다련의 딸이었다. 삼베옷에 아기를 업고 손등으로 이마의 땀을 훔치고 있었다.

"웬일이냐?"

"대장군의 아들이라요."

"어-."

대청에 서 있던 왕건은 말문이 막혔다.

여자는 덮어놓고 대청으로 올라왔다.

능산은 슬그머니 밖으로 나가 버렸다.

"하여튼 앉아라."

왕건은 그와 대청에 마주 앉았다. 상대한 여자도 많고 여러 밤을 같이 한 축도 적지 않다. 유 씨와는 십일 년째 한 지붕 밑에 살고 있다.

그러나 어느 여자에게서도 아이가 태어나지 않았다. 그런데 말하자면 심심풀이로 하룻밤을 오막살이에서 함께 보낸 소녀가 아이를 낳았다. 이럴 수도 있을까.

멍청하니 바라보고 있는데 여자가 정색을 했다.

"왜 그렇게 이상한 얼굴을 하시지라우?"

"내가 이상한 얼굴을 했나?"

"믿어지지 않는다 이거라요?"

"……."

사실인즉 믿을 수도 안 믿을 수도 없는 일이었다.

"좋아하실 줄 알았더니만."

"……."

"애기를 미끼루 떼거지를 쓰러 온 줄 아시는가 분디."

"……."

"그저 알리러 왔당께."

"……."

"귀찮아하실 건 없어라우. 이제 갈 테니께."

여자는 일어서려고 했다. 왕건은 비로소 그를 붙잡고 등에 업힌 아기를 내려 안았다. 여자의 태도로 보아 틀림없다.

"그동안 얼마나 고생했어? 미안해."

"엄마두 아버지두 가지 말라는 걸 몰래 온 긴디."

"왜?"

"시상에 시침을 들구 애기를 낳는 처녀가 하나 둘이여? 아이 턱을 대구 빌붙는다구 욕을 먹는다, 내 비록 어부지마는 그런 비굴한 짓은 안 한다, 이러시더랑께."

"그건 오해다."

"난 장군이 좋아서 알리러 왔을 뿐이니께 장군이야말루 걱정할 게 무엇이간디. 막일을 해서라도 기를 테니께."

"아니야. 이 아이는 첫아이자 첫아들이다. 귀하게 길러야지."

자식을 가진다는 것은 신기한 일이기도 했다.

"그래두 목포 집에 다녀와야 해라우."

"왜?"

"허락을 받아야 하니께."

소녀는 여간내기가 아니었다.

"사람을 보내 허락을 받아 올 테니 오늘부터 여기 있어라."

정이 가는 여자는 아니었으나 아이는 볼수록 소중한 생각이 들었다.

"있어라우?"

"응, 여기 있어라."

"종으루?"

"종이라니. 어엿한 아내지."

"아내 보구 이래라 저래라 하는 남편도 있어라우?"

나이는 어려도 이것은 분명히 남자를 찜 쪌 여걸이다.

"아차, 내가 실수를 했군. 옛날 생각만 하고."

아기가 울기에 여자는 넘겨받아 젖을 물렸다.

"이름은 뭐라구 할까……. 태평성대라면 문(文)이 좋겠으나 난세라 무(武)로 하는 것이 어떻겠소?"

"전 글을 모르니께 좋을 대루 하시라우."

"그럼 무루 하지."

이날부터 왕건은 날마다 한 지붕 밑에서 사는 여자가 하나 더 생겼다.

괄괄한 성품이 가끔 거슬리기도 했지만 없는 것보다 낫고, 또 처음 맛보는 아이가 있는 가정의 분위기는 별다른 데가 있었다.

왕건은 아기에게 정성을 쏟으면서 하루하루를 열심히 살아갔다.

역사에 없는 일

견훤은 이 몇 해 동안 심사가 편한 날이 없고, 고약한 일만 꼬리를 물고 일어났다.

우선 아버지부터 고약하기 이를 데 없었다. 요사스러운 계집의 이간질에 놀아나서 능애를 죽음으로 몰아넣었겠다.

하늘이 무너져도 그 계집을 잡아 사지를 찢어 죽이겠다고 이를 갈아왔다. 그런데 아버지는 더욱 희한하게 나왔다.

세상에 아들의 적에게 항복하는 아버지도 있느냐 말이다. 글을 아는 사람에게 물으니 역사에 없는 일이라고 했다.

그것도 칠칠치 못한 애꾸 중놈한테 항복했으니 말은 다 했다. 이것은 분명히 제정신이 아닌 노망이다.

아버지가 왕건이라는 애꾸의 부하에게 항복하고 인질까지 보낸 후에, 순시를 온 애꾸에게 어떻게 대했다는 소문은 그 즉시로 들어왔다.

"대왕 폐하의 만수무강을 비옵고 마진국이 천하를 통일하여 영원토록 번영하시기를 비옵니다."

애꾸는 대청 교의에 앉고 아버지는 뜰아래 땅바닥에 꿇어 엎드려 수없이 머리를 조아렸다는 것이다. 그 광경은 생각만 해도 메스껍다. 그런데 더 메스꺼운 것은 아버지 옆에서 함께 머리를 조아렸다는 그 요사스러운 계집이다.

"대왕 폐하께옵서는 하늘이 내신 분으로 반드시 천하를 통일하실 것입니다."

여기까지는 아버지의 넋두리와 별로 다를 것이 없다. 그쯤해도 메스꺼운데 이어서 또 입을 나불거렸다는 것이다.

"지금 천하의 만백성들은 폐하를 생불(生佛)로 우러러 모시고 있사옵니다."

애꾸가 생불이라구? 이 소리를 듣고도 메스껍지 않은 자가 있거든 나오라. 사람이 아니고 짐승이다.

그런데 애꾸도 한가락 했다고 한다.

"저 서남에서 백제 왕을 자칭하는 견훤이라는 도둑이 경의 아들이라는 소문인데 사실인가?"

"황공하오나 사실이옵니다."

"이렇게 충직한 아버지한테서 어쩌다가 그런 날강도 같은 도둑이 태어났을꼬?"

애꾸의 질문에 대답을 못하고 아버지 옆에 쭈그리고 앉았던 계집이 나불댔다고 한다.

"그 생모는 이미 죽었사온바, 점을 쳤더니 전생(前生)에 지은 죄가 태산 같아서 그런 도둑을 낳았다고 하옵니다."

애꾸는 씩 웃고 더 말이 없었다는 것이다. 애꾸가 망한 놈의 집안이라고 생각했을 것은 뻔한 일이다. 생각할수록 가슴이 터질 노릇이다.

몇 해를 두고 벼르다가 연전에 쳐올라가서 일선주 이남 십여 성을 들부쉈으나 군량이 떨어져 상주까지는 못 갔다. 하기는 갔다 하더라도 그 요물이 충동질해서 애꾸한테로 도망쳤을 것이다.

애꾸, 별것이 다 세상에 태어났다. 그 주제에 목탁이나 두드리고 빌어먹을 것이지 임금이 다 뭐냐?

거기다 변덕은 왜 그렇게 심하냐 말이다. 나라랍시고 세운 것을 심심하면 이름을 고쳐 고려에서 마진, 요즘은 또 태봉이라고 고쳤다지. 툭하면 연호도 바꾸고. 개떡같이 마진이 뭐고 태봉이 뭐냐.

그런데 그 부하 왕건이라는 뱃놈이 해군대장군이랍시고 좀도둑같이 배로 살짝 내려와서 금성군을 치고는 이름까지 나주로 고쳤다. 이건 잠자는 사람의 뒤통수를 치는 격이 아닌가?

대수롭게 안 보고 쳐내려 갔다가 결국 패하고 돌아왔다.

그로부터 햇수로 사 년, 이번에는 애써 창설한 해군을 끌고 갔다가 몽땅 망하고 돌아왔다. 이것은 심상한 일이 아니다.

왕건이 나주를 점령한 것은 사나운 짐승에게 잔등을 물린 형국이었다. 물어뜯는 것도 아니고 이빨로 지그시 물고 달라붙어 떨어지지 않는 격이었다.

백제의 총력을 기울인다면 못 칠 것도 없겠지만 그러면 북에서 선종이 밀고 내려올 터이니 그럴 수도 없는 노릇이다. 더구나 간교한 왕건이 어떻게 백성들을 꼬셨는지 모두 심복할 뿐 아니라 다른 고장 백성들도 슬슬 나주로 빠져 들어간다는 소문이다.

땅도 중하지만 사람은 더욱 중하다. 사람이 있어야 농사도 짓고 전쟁도 할 것이 아닌가. 생각할수록 왕건이라는 뱃놈은 괘씸하기 그지없었다.

문이 열리면서 귀비(貴妃) 목련(木蓮)이 쟁반을 들고 넷째 금강(金剛)은 오리병을 들고 들어섰다. 목포 출신의 미인이라 목련이라 이름을 지어 주었고, 돌아간 왕후 석여옥의 뒤를 이어 애련이 왕후가 되자 귀비로 올린 여자였다.

아직 이십 대 초반, 왕후 애련은 세 아들 신검(神劍), 양검(良劍), 용검(龍劍)을 낳은 후로 나이 탓도 있겠지마는 한물갔으나 이 여인은 십 대 소녀같이 앳되고 아름다운 데다 글도 잘하고 남달리 영리했다.

그가 낳은 아들 금강은 올해 다섯 살, 꼭 자기를 닮았다. 그 동생 수미강(須彌强)도 비슷하고. 견훤은 요즘 낙이라면 이 모자에게 정을 쏟는 일밖에 없었다.

"이겼다가도 지고, 졌다가도 이기는 것이 전쟁이 아니에요? 너무 상심 마세요."

목련은 술을 따라 주면서 이렇게 말했다. 견훤은 술을 쭉 들이켜고 안주를 집었다.

"모두들 말은 그렇게 하지. 그러나 요즘 우리 백제는 꽉 막혔단 말이야."

"폐하께서는 너무 용감하셔요."

목련은 엉뚱한 소리를 했다.

"너무 용감하다?"

"그래요. 용감은 미덕이지마는 만사 중용이 좋지 않아요?"

"나는 못 알아듣겠는걸."

"너무 용감하면 적을 얕잡아보는 일은 없을까요?"

그렇다. 자기가 용감하고 안 하고는 모르겠으나 왕건을 얕잡아본 것은 사실이다. 두 번 크게 싸웠는데 두 번 다 얕잡아보았고, 두 번 다 패했다.

견훤은 잠자코 빈 잔을 내밀었다.

목련은 술을 따르면서 점바치 같은 소리를 했다.

"마지막으로 이기는 자가 진실로 이기는 자가 아니에요? 폐하께서는 마지막으로 이기는 분이 되실 거예요."

"어떻게 알아?"

"우선 나주부터 말씀드리지요. 왕건은 더 이상 백제 땅을 침공하지는 않을 거예요."

"그게 말이나 되는 소리야? 선종이 치라면 치는 거지."

"그 선종 임금이 요즘 머리가 약간 돌았다는 소문은 들으셨겠지요?"

"듣기는 들었지만 중상모략 아닐까?"

"사실이래요."

"사실이라도 임금이 명령하면 거역은 못하는 법이야."

"그건 인간의 법이지 하늘의 법은 아니에요."

"하늘의 법과 인간의 법이 따로 있나?"

목련은 머리를 숙이고 대답하지 않았다.

"인간의 법과 하늘의 법이라?"

견훤이 중얼거리는데 목련이 머리를 쳐들고 그를 똑바로 보았다.

"사람은 누구나 자기 살 도리를 하는 게 아니겠어요? 그게 하늘의 법이지요."

목련은 조용히 이어 갔다.

"왕건이 나주에 온 것두 속셈으로는 자기 살 길, 자기 터전을 마련하러 왔을 거예요. 선종 임금이 더 이상 치라면 치는 척은 하겠지마는 자기 살을 깎는 일은 안 할 것 같아요."

"듣구 보니 그렇기두 하군. 그런데 말이야. 우리두 선종의 뒤통수를 쳐서 물고 늘어질 수는 없을까?"

"어떻게 말이에요?"

"가령 왕건의 고향인 송악군을 점령하고 눌어붙는다면 어떨까?"

"제가 보기에는 안 될 것 같아요."

"왜?"

"우리 백제는 왕건 같은 장수가 없어요. 해전과 육전에 다 능하고 지혜와 덕을 겸비한 장수 말이에요."

"그 뱃놈을 너무 과찬하는 게 아니오?"

"만사 냉정히 봐야 해요. 그는 출중한 인물이래요. 능애 도련님이 살아 계시다면 몰라두."

그렇다. 능애가 살아 있다면 선종의 뒤통수를 치고 눌어붙을 수도 있을 것이다.

생전의 능애, 용감하면서도 소박해서 부하들이 잘 따르던 덕장(德將)……. 추억을 더듬는 견훤의 눈에 눈물이 고였다.

"실없는 소리를 해서……."

목련이 화제를 돌렸다.

"신라의 새 임금은 전에 여기 계셨다면서요?"

"여기가 아니구 무진주야. 그때 이름은 박수종(朴秀宗)인데 요즘은 경휘(景暉)라구 고쳤다나 봐."

"어떤 사람인가요?"

"불출이나 면한 정도지."

목련은 무어라고 한마디 하려다 그만두는 눈치였다.

금강이 아버지를 쳐다보았다.

"엄마가 가끔 혼자 우시는 걸 아세요?"

"울다니, 왜 울어?"

견훤은 술잔을 쟁반에 내려놓고 목련을 쏘아보았다.

"아니에요."

복련은 고개를 돌렸다.

"말해야 알 게 아니야?"

"백제는 이대로 가면 망해요."

"망하다니? 그런 흉칙한 소리가 어디 있어?"

견훤은 화를 냈다.

"기왕 말이 나온 김에 다 하지요. 폐하께서는 그 화를 내는 버릇을 고치셔야 해요. 두려워서 할 말두 못하잖아요?"

"맞았어. 고쳐야지."

"사람을 우습게 보는 버릇두요."

"내가 사람을 우습게 봐?"

"지금 당장 신라의 임금은 불출이나 면했다구 하셨지요? 우습게 보시는 게 아니구 뭐예요?"

"그렇군."

사실 견훤의 눈에는 세상사람들이 우습게 보였다. 선종, 왕건, 신라왕……, 칠칠치 못하기는 매일반이었다. 신하들이라고 다를 것이 없고, 요컨대 천하에 자기를 덮을 사람은 없다고 생각했다.

자기의 속을 들여다보기나 한 듯이 목련이 말을 이었다.

"임금이라는 가장 높은 자리에 앉았으니 사람들이 우습게두 보이겠지요. 설사 그렇더라두 말씀은 그렇게 하지 마세요."

"그것두 그렇군."

"사방 돌아가면서 적을 만들지 마세요. 지금 백제와 좋게 지내는 나라나 장군이 하나라두 있나요? 이래 가지구는 오래가지 못해요."

견훤은 곰곰이 생각했다.

목련의 말대로 사방에 적이 아닌 자가 없다. 심지어 아버지까지 적이 되어 버렸다.

"백성들도 그래요. 밤낮 전쟁이니 죽을 지경이지요."

"백성두 내 적이란 말이야?"

"적이라구 할 수는 없겠지만 좋게는 생각 안 할 거예요."

"똑 찍어 말해서 어쩌라는 거야?"

"전쟁을 그만두구 사방 다 의좋세 지내는 것이 좋겠어요."

"뒤통수를 친 그 애꾸 선종하구두 좋게 지내란 말이야?"

"그 임금, 변덕이 심하다니 선물두 보내구 좋게 지내세요. 변덕두 도가 지나치면 변고가 일어나게 마련 아니에요? 그때까지는 내실(內實)을 기해서 힘을 길러야지요. 서두를 것 없어요."

"그런데 그 중놈이 왜 변덕이 심할까?"

"머리두 어지간히 좋아야지, 너무 좋으면 너무 빨리 돌아서 그렇지요."

"그 돌중의 머리가 그렇게 좋단 말이지?"

"여태까지 한 걸 보면 천재지요."

"천재라……."

견훤은 혼자 중얼거렸다. 맨주먹으로 일어서 큰일을 하기는 자기도 마찬가지다. 그런데 자기보다 늦게 일어선 선종이 더 큰 바람을 일으키고 있으니 천재라면 천재일 수도 있을 것이다.

"아는 것이 많은 것두 탈이구요."

"나는 못 배운 것이 한인데."

"아는 것두 어지간해야지, 지나치면 머리가 혼동해서 괴상한 짓을 하는 경우도 있대요."

"그럴까……."

"신라 임금에게두 선물을 보내구 즉위를 축하하는 것이 좋겠어요."

"그 코흘리개가 임금이라……."

"또 그러시네."

"이게 내 못된 버릇이라……."

"계산해 보니 꼭 칠백이십팔 년 만에 박씨 임금이 나타났어요. 축하를 할 만두 하잖아요?"

"허지만 그놈들 지금두 나를 개새끼라구 부른다는데 선물을 받을까?"

"선물이 귀한 게 아니라 싸우지 않겠다는 뜻으루 해석하구 좋아할걸요."

"그럴까?"

"그럼요."

"가마 – 안 있자. 그 박수종인가 하는 아이, 몇 해 전이더라? 그렇지 이십 년 전이지. 내가 무진주에서 골탕을 먹여 놓았는데 앙심을 품지 않았을까?"

"앙심을 안 품으면 사람이 아니게요."

"그런데 선물은 뭐야?"

"앙심만 품는다구 일이 되나요? 지금은 힘이 판치는 난세에요. 선종과 겨루는 강대한 백제 왕이 선물을 보내구 축하를 한다면 입이 헤벌어질걸요."

밖에서 나인이 물었다.

"나주에서 사람이 왔는데 어떻게 할까요?"

"나주에서?"

견훤의 얼굴에 노기가 서렸다.

"왕건 장군의 편지와 선물을 가지고 왔답니다."

벌떡 일어서 벽에 세워 둔 칼을 집어 드는 견훤을 목련이 말렸다.

"그러시는 게 아니에요."

"죽여 버려야지."

"그러시면 안 돼요."

"그놈이 사람을 농락하는 거야."

"안 된다니까요. 우선 편지부터 읽어 보세요."

견훤은 겨우 진정하고 목련은 나인을 시켜 민극더러 편지를 가지고 들라고 일렀다.

민극이 읽어 내려가는 왕건의 편지는 이를 데 없이 정중했다.

– 공벌(攻伐)은 난세의 상사(常事)요, 승패는 병가(兵家)의 상사라고 하였습니다. 이번 나주 일도 그렇게 생각하시고 과히 상심 마시기 바랍니다. 외람되오나 외신(外臣)의 뜻은 평화에 있사오니 이제부터라도 백성들의 고통을 생각하사 피차간에 병(兵)을 움직이는 일이 없도록 축원합니다. 술 한 통과 말 한 필을 드리오니 받아 주시기를 바랍니다. –

끝까지 듣고 있던 견훤이 내뱉었다.

"잡소리를 늘어놓았군."

"사자는 어떻게 할까요?"

견훤은 아직도 노기가 풀리지 않은 얼굴을 돌려 목련에게 물었다.

"귀비의 생각은 어떻소?"

민극의 앞이라 목련은 사양했다.

"아녀자가 국사에 끼어들어서야 쓰겠습니까?"

"끼어들라는 게 아니구 생각을 말해 보란 말이오."

"제 생각으로는 후히 대접해 보내는 것이 좋을 듯싶습니다."

"명색이 임금이라는 나더러 왕건의 사자를 대접하라? 그게 될 말이오?"

"임금의 사신이 아니니 폐하께서 안 나서도 무방하지 않을까요?"

"답서는?"

"그것두 왕건과 맞먹는 장수의 이름으루 좋게 써 보내면 되지 않을까요?"

견훤은 귀찮은 얼굴로 민극에게 일렀다.

"지금 들은 대루 적당히 어루만져 보내라."

"선물은 어떻게 할까요?"

"받았으니 줘야겠지. 그것두 알아서 처리해라."

민극이 물러간 후 목련은 감탄했다.

"왕건은 대단한 인물인가 봐요."

"왜?"

"이기구두 도리어 진 쪽에 사람을 보내 머리를 숙이는 일은 역사에도 없을걸요."

"내가 역사를 알아야지."

견훤은 여전히 기분이 풀리지 않았다.

"적에게 저렇게 대하니 자기 사람들에게는 오죽하겠어요. 모두들 그에게 심복한다는 것은 헛소문이 아닐 거예요."

"그럴까?"

"민심이 천심이라구, 저렇게 민심을 잡아 가면 장차 큰일을 할 것 같지 않아요?"

"큰일을 해 봤자 애꾸의 부하지."

"이 난세가 어느 때 어떻게 될지 알겠어요?"

"도통한 소리를 하는군."

"고깝게 듣지 마시구 폐하께서는 왕건의 행동을 배우세요."

"내가 왕건에게 배워? 내가 금년에 몇이야?"

"마흔여섯이시지요."

"왕건은 나보다 꼭 십 년 아래야. 그런 애송이한테서 배우다니 말이나 돼?"

"아이들에게도 배울 점은 있대요."

금강이 끼어들었다.

"그럼 아버지는 나한테서도 배울 것이 있겠네요."

견훤은 비로소 웃었다.

"있지. 어머니의 말씀을 잘 듣는 건 잘하는 일이다."

"그럼, 아버지두 어머니의 말씀을 들으세요."

견훤도 목련도 크게 웃었다.

"금강이 시키는 내로 어머니의 말씀을 들어야지. 당신 소견대로 두루 선물두 보내고 좋은 편지도 보내기로 합시다."

견훤은 단을 내렸다.

새로 신라의 임금이 된 박경휘(神德王, 신덕왕)는 이십 년 전, 무진주에서 견훤에게 당한 모욕을 생각하면 지금도 이가 갈렸다.

당시의 이름은 수종(秀宗), 시중을 지낸 부친 예겸(乂謙)이 이름난 중과 의논하여 경휘라고 이름을 고쳐 주었다. 이름을 가지고 팔자타령을 하는 것은 보기 좋은 풍경은 못 되었으나 잠자코 시키는 대로 했다. 하기는 고친 이름 덕분에 생각지도 않던 용상에 앉게 되었는지도 모른다.

무진주에서 돌아왔을 때는 진성여왕이 집권하던 시절이다. 골품이라 해서 혈통을 따지다가는 신라는 망하는 도리밖에 없다고 호소하였다.

자기의 호소 때문만은 아니겠지마는 어쨌든 여왕은 혈통에 관계없이 젊고 유능한 사람들을 골라 등용하였다. 입만 까진 진골들은 입방아질을 마지않았다. 심지어 젊은 과부 여왕이 미장부(美丈夫)와 놀아나서 나라를 망친다고 쑥덕공론이었다.

애를 쓰다 지친 여왕은 왕위를 열두살짜리 조카에게 물려주고 해인사에 들어갔다가 반년도 안 되어 세상을 떠나고 말았다. 세상 사람들은 화병이니 상사병이니 말도 많았다. 유골을 가루로 만들어 산에 뿌리고 능도 만들지 말라고 유언을 한 것을 보니 이 세상의 허무함과 거기서 당한 억울함이 뼈에 사무쳤던 모양이다.

장례에는 서울에서 대신들이 내려갈 틈도 주지 않았다고 하니 그 서러운 심정은 짐작할 만도 하다.

그런데 그 뒤를 이은 어린 임금(孝恭王, 효공왕)이 하는 짓은 볼 것이 못 되었다. 그는 헌강왕의 아들이요, 자기는 헌강왕의 사위니 매형과 처남 사이다. 무시로 궁중에 출입하였고 타이르기도 했으나 소용이 없었다.

명색은 임금이었지만 열두살짜리 애송이라 대신들의 손아귀에서 꼼짝을 못했다. 준흥(俊興)이 상대등, 계강(繼康)이 시중을 맡고 이 두 사람이 좌지우지하는 판국이었다.

"매형 말씀이 옳기는 한데 두 사람이 들어먹어야지. 선대의 유신들이라 머리가 안 올라가요."

대신들은 깍듯이 머리를 숙이면서도 임금을 수결(手決)이나 하고 도장이나 누르는 심부름꾼 정도로밖에 여기지 않았다.

어린 탓이라 장성하면 제구실을 하리라 기대했으나 그렇지 않았다. 몇 해 지나자 타고난 본성이 드러났다.

여자를 밝히는 데 일등 가는 재간바치였다. 여자에는 술이 따르게 마련이다. 후궁의 이 여자 저 여자 불러들여 얼근히 취하면 밤낮을 가리지 않고 덮쳤다.

조회에는 가뭄에 콩 나듯이 나타났다가는 사라지고, 서류도 내전에 들고 들어가야 하고, 때로는 비스듬히 누워 서류는 보지도 않고 옆에 앉은 후궁을 시켜 어새(御璽)를 누르게 했다.

즉위 십 년 되는 해였다. 준흥의 후임으로 상대등이 된 김성(金成)이 크게 역사를 일으켰다. 자기 조상 김대성(金大城)이 국운의 융성을 비는 동시에 전생의 부모를 위해서 지은 석굴사(石窟寺)와 이생의 부모를 위해서 지은 불국사(佛國寺)가 이백 년도 더 지났으니 크게 수리한다는 것이다.

북에서는 선종, 서쪽에서는 견훤이 각각 나라를 창건하고 세력을 확장하여 가는 판국에 이것은 될 일이 아니다. 그 엄청난 비용을 군대 양성에 투입하자고 했더니 김성은 흰눈으로 흘겨보고 응대조차 하지 않았다.

박경휘는 임금을 찾아갔다. 이십이 넘었으니 이제는 말귀를 알아들으리라.

임금은 비스듬히 누워 술을 찔끔찔끔 마시고 옆에서는 이십 전후의 젊은 후궁이 아양을 떨고 있었다.

이 여자는 임금이 사냥을 나갔을 때 시침을 든 여자였다. 집안은 보잘것없으나 고을에서 제일가는 미인이라 태수가 천거한 것이라고 하였다. 임금은 이 여자가 마음에 들어 후궁에 들이고 추월(秋月)이라고 이름도 지어 주었다.

처음에는 대신들과 마주치면 눈을 내리깔고 죽는 시늉을 하던 것이 차츰 배포가 커져 턱을 쳐들고 정사에도 심심치 않게 끼어들었다.

임금은 누운 채 눈을 치뜨고 물었다.

"무슨 일이오?"

박경휘는 자초지종을 이야기했으나 임금은 우습게 나왔다.

"나라가 어려울수록 부처님을 공경해야지. 내가 보기에는 잘하는 일 같소."

말해야 소용이 없는 상대였다.

"그렇지 않아? 추월."

"그러문입쇼."

박경휘가 일어서려는데 임금이 말했다.

"매형, 술이나 한잔하구 가시오."

"더 - 러워서 그냥 가야겠습니다."

임금은 벌떡 일어나 앉았다.

"더럽다니 웅? 아무리 매형이라도 신하는 신하, 임금은 임금이오. 조정에서 이런 무엄한 소리가 어디 있단 말이오?"

"여긴 조정이 아니구 사석입니다."

"사석이라도 그렇지, 이런 법이 어디 있어요? 안 그래요, 폐하?"

추월이 끼어들었다. 모가지를 비틀어 주고 싶었으나 참았다.

"내 지친이니 망정이지, 목이 다섯 개 있어두 모자라구 말구."

"군신지의는 천양지판인데 신라 구백 년 역사에 이런 무엄한 일도 없었을 거예요."

추월이 또 입을 나불거렸다.

"보기두 싫소. 썩 물러가요."

박경휘는 추월을 노려보고 문밖으로 나섰다.

임금도 신라도 이제 불치의 병신이다. 말로 될 일이 아니고 편작 같은 명의도 고칠 수 없는 중병에 걸렸다.

이날부터 그는 입을 다물고 밖에 나와 다니는 일도 드물었다.

세상은 기울어 가고 걱정하는 사람도 많았으나 걱정에 그칠 뿐, 어찌할 도리가 없었다.

임금의 후궁 추월이 신라를 망친다고 그 이름이 사람들의 입돋음에 자주 올랐다.

임금이 등극한 지 십오 년, 북쪽의 선종은 견훤의 후방 나주까지 점령하고, 국호를 태봉, 연호를 수덕만세로 고쳤다는 소식이 왔다.

선종이 신라에 대해서 이를 갈고 있다는 것은 신라 사람들도 모르지 않았다. 만약 그가 쳐내려온다면 온 나라를 쑥밭으로 만들고, 인간이란 인간은 씨도 남기지 않고 없애 버릴 것만 같은 공포에 떨었다.

그러나 임금은 여전히 추월의 엉덩이를 두드리며 술이나 찔끔거리고, 조정의 대신들은 낮잠을 자거나 말도 안 되는 것을 가지고 입씨름으로 세월을 보내고 있었다.

그해도 저물 무렵 대신 은영(殷影)이 서류를 가지고 내전에 들어갔다가 여전히 추월을 상대로 술을 찔끔거리는 임금과 마주쳤다.

"급한 일이오니 곧 결단을 내려 주시지요."

"오늘은 바쁘니 내일 와요."

"급합니다."

"내일 오라면 내일 올 것이지, 그게 신하의 도리란 말이오?"

추월이었다. 그 순간 이변이 일어났다.

별안간 추월의 머리채를 낚아챈 은영이 문을 박차고 개처럼 밖으로 끌고 나갔다.

겁에 질린 임금은 소리도 안 나와 끽끽거리기만 했다. 뒤쫓아 나오려는 시늉을 했으나 오금을 펴지 못해 앉아 뭉개고 있었다.

은영은 추월을 땅바닥에 내동댕이치고 마구 짓밟아 없애 버렸다. 나졸이 달려왔으나 이미 숨이 끊어진 뒤였다.

순식간의 일이라 누구도 손을 쓸 겨를이 없었다. 당할 대로 당한 모욕, 쌓일 대로 쌓인 울화가 한꺼번에 폭발하여 은영도 제정신 같지 않았다.

"저놈을 옥, 옥에 가둬라!"

임금의 입에서 영이 떨어지자 그는 포졸에게 끌려 나갔다.

그러나 그 후가 문제였다.

임금은 분노를 참지 못했다. 즉각 조정에 나가 목을 치고 삼족을 멸하라고 발을 굴렀으나 구렁이 같은 대신들은 천하태평이었다.

"나라에 법도가 있는데 그렇게 무턱대고 사람을 죽이지는 못합니다."

"그럼, 내가 안 죽인 것을 죽였다구 덮어씌운단 말이오?"

"황공하신 말씀이십니다."

"황공하다니?"

"죽인 건 사실이올시다. 그러나 왜 죽였느냐, 어떻게 죽였느냐, 이것을 소상히 가려내야 합니다."

"뻔한 걸 가지구, 소상히가 다 뭐요?"

"아니올시다. 소상히 가려야 당사자만 죽일 것이냐, 삼족을 멸할 것이냐, 아니면 부자 정도로 그칠 것이냐, 공정한 판단이 설 것이 아니겠습니까?"

"법이라는 것이 왜 그렇게 미지근 털털하오?"

"또 있습니다."

"뭐요?"

"은영이 단독으로 저지른 것이냐, 아니면 그 뒤에 작당한 무리가 있느냐, 그것도 캐내야 합니다."

"그건 그렇군. 작당한 놈들이 있으면 일률로 목을 따요."

"그것도 목을 딸 것이냐, 볼기 몇 대로 방면할 것이냐, 만사 법에 비추어 시행해야 합니다."

"내 분을 참을 길이 없으니 시각을 다투어 그 죄를 밝혀내되, 가장 무거운 벌로 다스릴지로다."

"성지대로 거행하겠습니다."

그러나 매일 같은 임금의 성화에도 불구하고 문초를 담당한 대신들은 살았는지 죽었는지 희미하기 그지없었다.

독촉하면 언제나 그럴듯한 대답이 돌아왔다. 은영 집안의 족보를 훑어 죄의 뿌리를 캐는 중이라고 했다. 그와 가깝게 지낸 자들을 가려내는 일도 해야 하고 그들의 족보도 범연히 넘겨 버릴 수 없으니 소상히 캐는 중이라고 했다.

"그 소상히에 어린애가 늙어 죽겠소."

"법이라는 건 원래 그렇습니다."

임금이 아무리 앙탈해도 대신들은 눈 하나 까딱하지 않았다.

항간에도 말이 많았다.

"그 가시나 잘 뒈졌다."

"암탉이 울면 집안이 망한다구 했지만, 이건 울 정도가 아니라 왕창 휘젓구 댕겼으니 백 번 죽어 싸지."

장사나 후히 지내라는 어명도 제대로 거행되지 않았다. 말로는 후히 지낸 것으로 되어 있었으나 사실인즉 거적에 싸서 구린내 나는 개천가에 묻었다는 것이다.

이래저래 화가 동한 임금은 몸져눕더니 이듬해 사월에 세상을 떠나고 박경휘가 뒤를 이었다.

그냥 둘 수는 없고 은영은 볼기를 몇 대 맞고 풀려나와 영웅 대접을 받았다.

왕위에 오르려고 해서 오른 것은 아니었다. 우선 돌아간 임금에게는 아들이 없었다. 주색으로 세월을 보내다가 겨우 스물여덟에 죽은 그에게 동정하는 사람은 없었다. 아들이 있더라도 탐탁하게 생각하는 사람은 없었을 것이다.

여왕에 이어 어린아이가 임금이 되는 바람에 신라는 거덜이 났다. 이번에는 똑똑한 어른이 왕위에 올라야겠다는 것이 중론이었다.

신라의 왕족은 박, 석, 김(朴, 昔, 金) 삼 씨라고 하지마는 내물왕(奈勿王) 이후 임금은 김씨로 일관하여 왔다. 석씨는 어느 틈에 이름도 없이 사라지고 박씨들이 왕비족(王妃族)으로 김씨와 함께 신라를 주름잡아 오늘에 이르렀다.

유력한 김씨와 박씨들이 모여 의논 끝에 차제에 한번 새바람을 일으킨다고 집에 들어앉아 있는 박경휘를 추대하기로 의견을 모았다. 임금이라면 김씨로 지정되어 있던 신라로서는 일대 혁명이 아닐 수 없었다.

이리하여 그는 생각지도 않던 임금이 되었다. 신라에는 오래간만에 삼십을 넘은 임금이 등극하였다고 은근히 기대하는 축도 적지 않았다.

그로서도 자리에 오른 이상 한바탕 해 볼 작정이었다.

생각하면 좋은 기회이기도 했다. 선종과 견훤이 뿔이 부러지게 싸우는 이때를 잘 활용해서 국용(國用)을 절감하여 강병을 양성하고 농사를 장려하여 백성들의 생활을 풍족케 한다면 둘 다 싸우다 지친 기회에 다시 천하를 통일하는 일은 꿈만은 아니다.

더구나 견훤으로부터는 축하의 편지도 오고 선물도 왔다. 적어도 당분간 신라는 건드리지 않겠다는 뜻으로 보아 무방할 것이다.

예전 일을 생각하면 괘씸한 것은 말할 것도 없으나 냉정히 생각하면 그것은 사감이 아니고 힘의 우열이었다. 약한 자가 감투나 혈통을 내세워 강한 자를 위압한다고 될 일인가?

사십 가까운 박경휘는 이렇게 냉정히 보고 계산할 여유도 가지고 있었다. 그는 견훤에게 답사(答使)를 보내 정중히 사의를 표하고 의좋게 지낼 것을 약속했다.

그러나 일은 뜻 같지 않았다.

나랏일도 사람이 하는 것인데 사람이 마음대로 되지 않았다. 육두품 이하라도 유능한 사람이라면 대신이나 장군으로 등용하려고 했으나 혈통을 무시하고 귀한 자와 천한 자의 서차를 바꿔 놓는 것은 천년사직의 질서를 무너뜨리는 짓이라고 김씨, 박씨 귀족들은 펄펄 뛰었다.

전부터 좋지 않게 보던 김성을 물러앉게 한 것이 고작이었다. 그 후임에 계강이 들어앉아 귀족의 두목으로 만사를 좌지우지했다. 무능할수록 단합해서 손해 보는 일에는 한사코 반대하였다.

국용을 절감하자는 말에는 반대할 명분이 없으니 잠자코 있었으나 여전히 쓸 대로 쓰고 마셨다.

사람의 등용도 마찬가지였다. 말조차 제대로 타지 못하는 장수, 칼을 장식품으로 달고 다니는 군관, 활조차 제대로 당기지 못하는 병사, 이것도 군대라고 할 수 있을까.

그나마 도망병이 속출했다. 무술보다 부역에 시달리면서도 콩밥조차 제대로 얻어먹지 못하는 남루한 입성의 군상 - 그들은 투덜거리면서 선종이나 견훤을 찾아가기 일쑤였다.

꽉 짜인 귀족 집단, 임금 혼자 힘으로는 어쩔 도리가 없었다.

무너지는 집은 바로세울 길이 없다. 임금 박경휘도 어느새 산란한 심경을 술로 달래기 시작했다.

전주곡 前奏曲

913년 여름.

나주에 머문 지 햇수로 오 년.

시중으로 임명된 왕건은 금언을 대리로 남기고 배로 서해를 북상하여 정주 포구에서 내렸다.

우선 세달사에 들러 허공 스님의 사리탑에 합장배례하고 뒷산으로 올라갔다. 자기가 나주에 있는 동안 임금 선종이 어머니의 산소를 꾸몄다는 소식을 들었기에 신하의 도리도 도리려니와 옛일을 생각해서도 찾아보고 싶었다.

이 태봉국으로서는 태후(太后)에 해당되는 여인의 산소라 능(陵)을 머리에 그리고 올라갔으나 예성강 남쪽 언덕에 묻은 아버지와 어머니의 산소와 다를 것이 없었다.

다만 비석만은 유다른 데가 있었다. 나무아미타불(南無阿彌陀佛)의

여섯 자를 큼지막하게 새겼을 뿐 이름도 내력도 없었다. 글씨는 선종의 친필이었다.

"이거 고금에 없는 산소가 아닙네까?"

큰절을 하고 내려오면서 옆에 따라붙은 능산이 물었다.

"글쎄 말이야. 영특하신 폐하이신지라 우리가 모르는 깊은 생각이 있으시겠지."

왕건은 이렇게 대답하고는 어려서 허공 스님으로부터 들은 아미타불의 내력을 되새겼다.

무한세에 걸쳐 윤회를 거듭하면서 도를 닦은 법장보살(法藏菩薩)이 마흔여덟 가지 맹세(誓願)를 하였는데 그중 열여덟 번째가 자기를 믿고 자기의 이름을 부르는 자는 장차 자기가 건설할 극락정토에 맞아들이는 것이라고 하였다.

이 보살은 드디어 성불하여 아미타불이 되었고, 극락정토를 건설하여 이생에서 착한 일을 한 사람들을 맞아들인다는 것이다.

왕건은 생전의 선종의 어머니를 생각했다. 그렇게 착하면서도 고달픈 사람들을 위해서 극락은 있어 주어야겠고 없다면 이처럼 억울한 일도 없으리라는 생각이 들었다.

어머니의 극락왕생을 바라는 선종의 간절한 마음씨가 가슴에 와 닿고, 어김없이 극락에 간 것만 같았다.

기슭에 내려온 왕건은 능산 이하 십여 기를 거느리고 말을 달려 송악으로 향했다.

도중 어머니와 아버지의 산소를 찾아보고 곧바로 송악성 옛집으로 들어갔다. 어떻게 소식을 들었는지 어린 시절에 함께 자란 친구들은 물론 안면이 있는 노인들까지 몰려들어 큰 잔치를 마련하고 기다리는 중이었다.

"오늘밤은 쉬고 내일 찾아뵈오려고 했는데 이거 인사가 거꾸로 됐습니다."

어른들에게는 절을 하고 친구들과는 얼싸안고 반겼다.

"우리 고장에서 시중이 났으니 이런 경사가 어디 있겠소."

"시중이 돼서두 저렇게 티 하나 안 내니 인걸 중의 인걸이지."

"부모가 후덕하시더니 그 여덕(餘德)이 나타난 거지."

술상이 벌어지자 겉치레가 아닌 진정에서 우러나는 칭송들이 터져 나왔다.

왕건은 오 년 만에 본국에 돌아온지라 궁금한 일이 한두 가지가 아니었다. 또 시중이라는 직책을 맡았으니 백성들의 사정을 알아야겠는데 터놓고 이야기할 사람은 옛 친구 이상 가는 이도 없었다.

"그래, 요즘 세상 돌아가는 형편은 어때?"

마주 앉은 친구에게 술을 권하면서 물었더니 모를 소리를 해 댔다.

"너 같은 인간이 시중이 되는 판국이니 알 만하잖아?"

지금도 영안성에서 장사하는 이 친구, 이름은 강백기(姜伯基), 보통 '꽈배기'라는 별명으로 통하는 익살꾼이었다.

"하기는……. 그래 나 같은 게 시중이 다 뭐야."

왕건은 성미 그대로 순순히 받아들였으나 옆에 앉은, 곽개(郭開), 통칭 '괄괄이'로 통하는 친구가 정색을 하고 호통을 쳤다.

"너, 꽈배기. 이 새끼, 죽어 볼래?"

허리띠까지 졸라매는 품이 그냥 넘어갈 것 같지 않았다. 그러나 꽈배기는 오리병을 들어 왕건의 잔을 채워 주면서 씩 웃었다.

"아직은 죽어 볼 생각이 없는걸."

"너, 맛을 봐야 알간!"

일어서는 것을 왕건은 가까스로 붙잡아 앉히고 한마디 했다.

"말이야 바른 말이지."

그러나 괄괄이는 들은 척도 안 하고 씩씩거리면서 꽈배기를 노려보다가 또 내뱉었다.

"꽈배기 너, 두구 보자. 내 그 주둥아릴 문지르지 않으면 개아들이다."

그러나 꽈배기는 여전히 비틀었다.

"문지르지 말아 다우. 밥은 먹어야 할 게 아냐?"

"임마, 이 왕거미의 어디가 부족하단 말이야, 응?"

오래간만에 '왕거미' 소리를 듣고 왕건은 소리를 내어 웃었다.

"사십을 바라보면서도 여전들 하구나. 그만하구 술이나 들자."

그러나 괄괄이는 듣지 않았다.

"난 따져야겠다. 꽈배기 임마, 사람이 물었으면 대답을 해야 할 게 아냐?"

꽈배기는 또 능청을 떨었다.

"대답을 해 올리지. 난 부족하다구 말한 일이 없다."

"그럼 어째서 왕거미가 시중이 돼서는 안 된다는 거야?"

"돼서는 안 되는 것이 아니라, 된 것이 잘된 것이라구 했다."

"또 배배 트는구나."

"너, 왜 그렇게 말귀를 못 알아듣니? 귀창을 후비구 들어라. 왕거미 같은 인재가 시중이 되는 판국이니 알조가 아냐? 세상은 자알 돌아가는 거지."

좌중에는 웃음이 터지고 괄괄이는 눈을 흘겼다.

"넌 죽어두 꽈배기를 면치 못하겠다."

"넌 죽어두 괄괄이를 면치 못하겠다."

꽈배기도 지지 않았다.

또 한바탕 웃음이 터지고 상좌에 앉은 노인들이 한마디씩 했다.

"수십 년 이래루 이렇게 평온한 때두 없지."

"세공과 부역두 가볍구."

"무엇보다도 도둑이 자취를 감췄으니 태평성대라구 해도 과할 것이 없지요."

"지금 성상같이 너그러운 성군(聖君)은 백 년에 한 분쯤 날까 말까."

한 노인이 왕건을 불렀다.

"자네 왕건이 듣게. 여기 오기 전에 우리 늙은 것들끼리 얘기했네마는 성군 밑에 자네같이 어진 사람이 시중이 됐으니 마음 든든하단 말일세. 어려서 고생하던 때를 잊지 말구 부디 잘해 주게."

"고마운 말씀이십니다."

아껴 주는 마음씨가 넘치는 분위기에 왕건은 가슴이 뭉클했다.

긴 여름해가 서산에 기울자 피곤할 터이니 쉬라면서 모두들 물러갔다.

왕건은 흐뭇했다. 선종은 인생의 밑바닥을 헤매던 처지라 세상물정을 익히 알고 나라를 잘 다스리는 게 틀림없다. 그 밑에서 시중을 하는 것은 보람 있는 일이리라.

이튿날은 송악성과 영안성의 어른들과 친구들을 찾아 하직 인사를 하고 쇠둘레로 떠났다.

해질 무렵에 당도하니 병사들이 도열한 가운데 선종은 문무백관을 거느리고 성 밖 멀리까지 나와 개선장군의 예(禮)로 맞아 주었다.

궁중에서 간단한 환영연도 있었다. 우선 축배부터 들고 임금 선종이 왕건의 뛰어난 공적을 찬양했다.

"처음에 왕 장군을 보내면서 속으로는 위태위태한 생각이 없지 않았소. 멀리 적의 후방에서 본국과 연락이 끊기고 고군이 되지나 않을까 걱정이 태산 같았소. 그런데 왕 장군은 나주 일대를 손아귀에 넣고, 해상의 적도 일소하여 본국과의 연락도 원활하게 하였으니 이보다 더 큰 공이 어디 있겠소."

임금이 이렇게 나오니 대신들도 한마디씩 없을 수 없었다. 그중에서도 내군장군(內軍將軍, 친위대장) 은부(狖鈇)는 달변이었다.

"성상께서 그렇게 말씀하시니 말입니다마는 신은 황공하오나 무모한 일이 아닌가 생각했습니다. 왕 장군의 공이 큰 것은 말할 것도 없습니다마는 폐하의 용병(用兵)은 진실로 신묘하기 이를 데 없습니다."

왕건을 거간으로 임금 선종에게 아첨을 떨었다. 선종은 비스듬히 눈을 내리깔고 그를 바라보고는 더 말이 없었다.

중 종뢰와 함께 선종의 측근에서 심부름을 하던 것이 자기가 없는 사이에 내군장군으로 뛰어올랐다.

말솜씨는 그만이었다. 그 말솜씨로 임금과 대신들에게 아첨과 이간질을 일삼더니 마침내 분수에 넘치는 감투를 쓰게 된 모양이다.

왕건은 내색은 하지 않았으나 그가 싫었고 장차 선종을 그르치는 자가 있다면 바로 은부일 것이라고 생각한 일도 한두 번이 아니었다.

연회가 끝나자 선종은 다른 사람들을 물리치고 왕건과 단둘이 마주 앉았다.

"외진 고장에서 고생이 많았지?"

여전히 대범하고 오래 떨어졌던 아우를 대하듯 다정했다.

"성상께서 병력과 보급을 넉넉히 보내 주셔서 아무 고생 없이 지내다 왔습니다."

"고생이 없을 수 없지."

선종은 한마디 하고는 오래도록 말없이 촛불을 바라보았다. 사십을 넘은 지 몇 해 안 되었건만 오 년 전보다 눈에 띄게 피곤해 보였고 박박 깎은 머리도 반백이 넘었다.

"오다가 정주에서 어머님 산소에 들렀습니다."

왕건이 침묵을 깼다.

"어머니가 살아 계시면 얼마나 좋겠소."

선종은 전에 없이 쓸쓸한 표정이었다.

"신은 능으로 꾸미신 줄 알았는데……."

"그 생각두 해 보았지. 허지만 부질없는 일이야. 사람도 산천초목도 원래 공허한 것이니까."

"……."

선종은 외로운 것이 분명하다. 정상의 외로움이라기보다 정이 그리운 외로움이리라.

"장차 내가 죽거든 화장해서 어머니 산소 한구석에 사리탑이나 세워 주게."

"폐하께서는 고적하신 모양입니다. 신같이 젊은 사람도 고적할 때에는 비감(悲感)이 드는 경우가 흔히 있습니다."

"그래, 요즘은 무슨 일이 터질 것만 같은 이상한 생각이 들고 고적할 때가 많아. 자네를 부른 것도 그 때문이지. 옛날 어머니를 모시구 고생하던 때가 그리워지구."

다시 입을 다물고 촛불을 바라보던 선종의 눈빛이 빛나면서 그를 돌아다보았다.

"공주 장군(公州將軍) 홍기(弘奇)란 놈 알지?"

홍기는 견훤에게 붙었다가 선종에게 항복한 건달 장군의 한 사람이었다.

"그놈이 무슨 마음을 먹었는지 나를 배반하구 다시 견훤과 내통했단 말이야."

처음 듣는 소식이었다.

"그렇습니까?"

"그래서 바로 어저께야, 이흔암이 군대를 끌구 내려갔지."

이것도 놀라운 소식이었다. 결코 선종의 신하 노릇은 못하겠다던 이흔암이다.

"이흔암이요?"

"자청해서 자기가 가겠다길래 보냈지."

"이흔암이 그동안 칭신(稱臣)하는 것을 보지 못했는데 왜 자청해서 나섰을까요?"

"아냐, 분명히 신을 보내 주십시오, 하구 내 앞에서 신이라는 말을 썼어."

"폐하 성덕의 소치올시다."

극진하게 대접한 터라 마침내 그의 옹고집도 녹은 것이라고 생각했으나 선종의 의견은 그렇지 않았다.

"성덕의 소치가 아니라 심심한 소치라구 하는 것이 맞을걸."

"?"

"사람이 먹구 자기만 해서는 못 살지. 갑갑해서 견딜 수 없으니 고집을 꺾은 거지."

선종은 역시 사람을 냉정히 보는 눈이 있었다.

"보내기는 했지만 잘한 일인지 못한 일인지 아직 모르겠구만."

"잘하신 일입니다."

"그럴까……."

"목재나 인재나 쓸 만한 재목은 써야지 그냥 썩히는 것은 나라의 손실이 아니겠습니까?"

"그건 그렇구……."

침을 삼키는 선종은 아까의 피곤해 보이던 얼굴과는 딴판으로 생기가 돌았다.

"요서(遼西)에 들어온 글안(契丹)이 동으로 침범을 계속해서 발해의 운명은 풍전등화라는데, 이러다가는 압록강 이북의 우리 조상 땅은 우리가 아닌 저들이 차지하게 되지 않을까?"

"신도 그 소식은 들었습니다마는 지금 같은 처지에 무슨 도리가 있겠습니까?"

"일거에 밀고 내려가서 견훤의 백제와 신라를 무찔러 버리구 북으로 병을 움직이면 어떨까?"

"글쎄올시다."

선종의 안색이 변했다.

"자넨 그게 병이야. 입이 무거운 것은 좋지마는 내 앞에서까지 속에 있는 말을 안 하는 건 섭섭한 일이 아닌가."

자기의 속을 꿰뚫어보고 있다.

"성지를 거슬릴까 걱정돼서……."

"내가 자네 말을 안 들은 게 있는가? 또 거슬렀다구 탓한 일이 있는가?"

"죄송합니다. 신의 생각으로는 매우 위험한 일인가 합니다."

"왜?"

"신라는 별것이 못 되지마는 견훤은 용장(勇將)입니다. 우리가 그와 크게 싸워 서로 지친다면 북진은 고사하고 글안에 어부지리를 주어 지금의 강토마저 위험하지 않을까 걱정입니다."

"견훤을 그렇게 강하게 보는가?"

"덕이 있는 양장(良將)은 아니지마는 용장에는 틀림없습니다."

"그럼 이 반도 안의 통일두 부지하세월이겠군."

"그렇지는 않다고 생각합니다."

왕건은 사이를 두고 말을 이었다.

"덕이 없는 용(勇)은 반드시 파탄이 온다고 들었습니다. 견훤이 승상하는 것은 오로지 힘인데 너무 강하면 부러진다(太剛則折)는 말이 있듯이 신이 보기에는 견훤은 위험한 것 같습니다."

선종은 눈을 감고 한동안 생각하다가 물었다.

"덕이 없다는 건 어떻게 알지?"

"집안조차 화합하지 못하는 사람이니 다른 것은 가히 짐작할 수 있지 않겠습니까?"

선종은 고개를 끄덕였다.

"하기는 그래. 그 애비 아자개가 아들에게 붙지 않고 우리에게 붙은 것을 보면 이상한 건 사실이야."

"세상 사람들은 아자개의 노망이니 후처의 이간질이니 합니다마는 그것이 사실이라도 친아버지인데 후덕한 사람이라면 화합할 길이 없겠습니까."

"화합이라……. 좋은 말을 들려줬어."

"남을 죽이는 자는 남의 손에 죽게 마련이라고 들었습니다. 이 난세에 남을 미워하고 힘으로 쳐부수는 일을 위주로 한다면 사지로 몰린 쪽이 어찌 가만히 있겠습니까. 피는 무한정 흘려야 하고 평화는 요원할밖에 없지요."

"옳은 말이야."

"폐하께서 전에 이흔암을 대하시는 걸 보고 신은 많이 배웠습니다."

"내가 이흔암에게 배웠지. 또 오늘 밤 자네한테서 배우구."

"황송한 말씀이십니다. 신라는 소생할 가망이 없고, 백제는 나주가 우리 손에 들어왔으니 잔등에 비수가 꽂힌 형국이 아니겠습니까? 우리 백성은 폐하의 너그러우신 덕을 따르고 있으니 지금같이만 나가신다면 천운은 폐하에게 있는 것이 틀림없습니다."

선종은 가타부타 말이 없다가 화제를 돌렸다.

"대신들 가운데 은부를 측근에 두어서는 안 된다는 사람이 적지 않은 모양인데 자네 생각은 어떤가?"

"만사 중론을 따르시지요."

신중히 대답했다. 왕건은 조정의 묘한 생리를 익히 알고 있었다.

절대권력을 가진 임금과의 거리, 함께 있는 시간의 장단은 임금의 신임도와 거기 따르는 권세의 척도가 될 뿐 아니라 사람에 따라서는 나라의 운명을 좌우하는 수도 있다. 지금 임금과 가장 가까운 거리에 있고, 함께 있는 시간이 가장 긴 것은 그의 경호를 맡은 내군장군 은부다.

선종은 다시 촛불을 바라보며 띄엄띄엄 말을 이어 갔다.

"좀 묘한 데가 있는 것은 사실이지마는……. 대신들의 집에 어떤 숟가락이 몇 개 있는 것까지 알아 오는 재간이 있단 말이야."

왕건은 정색을 했다.

"폐하, 대신들의 숟가락 수까지 알아서 무엇에 쓰십니까?"

"……."

선종은 그에게 얼굴을 돌리고 바라보기만 했다.

"폐하께서 대신들을 믿지 못하시면서 대신들에게 폐하를 믿으라고 하신다면 이것은 될 일이 아닙니다. 군신 간에 간격이 생기고, 간격이 생기면 나라는 어떻게 되겠습니까?"

"자네를 부른 건 역시 잘한 일이군. 자고로 천하를 다스리는 자는 가까운 친구로 하여금 자신을 감시케 하고, 잘못이 있으면 서슴없이 말해서 고쳐 나가야 옳은 정치를 할 수 있다고 했어. 이제부터 사정없이 말해 주게."

"황공하오이다."

왕건은 물러나왔다.

며칠을 쉬고 광평성(廣評省, 시중부[侍中府])에 나가 백관의 장(長)인 시중의 일을 시작했는데 의형대(義刑臺, 대검찰청)의 영(令, 검찰총장) 박질영(朴質榮)이 찾아왔다. 고금의 사적에 밝은 근실한 행정가였다.

"답답한 일이 있어 의논을 드리러 왔습니다."

말수가 적고 매사에 신중한 이 사람이 이렇게 나올 때에는 깊은 사연이 있는 모양이다.

"내 힘닿는 데까지는 무엇이든지 도와드리지요."

"급한 일이라 댁으로 찾아뵐까 했으나 쉬시는 데 방해가 될 것 같고, 또 공사를 사사로이 논하는 것은 도리가 아닌 듯싶어 지금에야 말씀드립니다."

"……."

"아시다시피 이 쇠둘레에는 청주 사람들이 많습니다마는 그중에 아지태(阿志泰)라고 하는 협잡꾼이 있습니다. 이것이 한자리하려고, 입전(笠全), 신방(辛方), 관서(寬舒) 등 같은 청주 사람 여럿을 역모를 꾸몄다고 모함했습니다."

"……."

"조사를 해 보니 그런 사실도 없고, 그런 힘도 없는 하찮은 벼슬아치들이었습니다. 그런데도 이 년이 넘도록 이 억울한 사람들을 풀어 주지 못하고 있습니다."

"억울함이 드러났는데 왜 풀어 주지 못하지요?"

"그게 글쎄 묘하게 돌아가고 있습니다. 성상께 사실대로 아뢰면 성상께서 말씀하시기 전에 옆에 지켜선 내군장군이 먼저 나선단 말입니다. 조사가 미진한 게 아니냐구. 그러면 성상께서는 고개를 끄덕이시고 더 조사하라는 말씀이시구."

"한 번에 안 되면 두 번, 세 번 말씀드려야지요."

"이 이 년 동안 같은 일을 몇 번 되풀이했는지 모르겠습니다."

역시 은부가 화근이로구나. 머리가 빨리 돌아가는 선종이 왜 그렇게 처사를 했을까. 권력은 자기 보호의 본능이 있고, 권력자가 이 본능에 휘말리면 총명이 흐려진다더니 선종도 슬슬 흐려지기 시작한 것일까. 이런저런 생각을 하고 있는데 박질영은 망설이다가 떠듬떠듬 말을 이어 갔다.

"이런 말씀을 드려서 좋을지 모르겠습니다마는……, 아지태는 내군장군 댁에 무상출입이고, 일이 성사되면 내군부의 낭중(郎中, 과장)을 시켜 준다는 약속을 받았다고 합니다."

사실이라면 이것은 범연히 넘어갈 일이 아니었다.

건국한 지 십 년 남짓한데 벌써 임금 옆에서 간물(奸物)들이 머리를 쳐들기 시작한 것이다. 왕건은 오랜 침묵 끝에 물었다.

"그런 내막은 어디서 들었지요?"

"비밀이랄 것도 아니구, 아지태 자신이 공공연히 떠들고 다니는 말입니다."

역모를 사전에 적발하는 것은 큰 공에 속한다. 어쩌면 은부가 은근히 시킨 일 같기도 했다.

반대로 역모를 두둔하는 것도 큰 죄에 속한다. 아무리 선종과 가까운 처지라 하더라도 신중할 필요가 있었다.

"그 역모를 꾸몄다는 사람들의 공초(供招, 조서)를 보여 줄 수 없겠소?"

박질영은 가지고 온 보자기를 풀고 문서를 탁자 위에 얹었다.

"이것이 공초올시다. 시중 어른께서는 다년간 외지에 계셨으니 모르시겠지마는 이 일 때문에 조정에는 우울한 공기가 감돌고 있습니다."

"공초를 두고 가시오. 하여튼 우리 일을 잘해 봅시다."

박질영을 보내면서 왕건은 그가 대견하다는 생각이 들었다.

임금의 측근에서 안하무인으로 세도를 부리는 은부를 상대로 하찮은 사람들을 위해서 이 년이나 버텼다면 이것은 범부(凡夫)가 할 수 있는 일이 아니다. 보통 사람 같으면 바람 부는 대로 적당히 처리하고 공이나 내세웠을 것이다.

공초를 읽어 보니 실로 별것도 아니었다. 입전 등 몇 사람이 일과를 마치고 나오다가 주막에서 약주를 마시게 되었는데 우연히 지나가던 아지태도 동향이라 끼어들었다. 그런데 술이 어지간히 돌아가자 입전이 이웃에 사는 애꾸의 이야기를 꺼냈다.

"병신 바른 데가 없다구, 이눔의 애꾸가 어떻게나 성미가 비틀어졌는지 걸핏하면 자기를 빈정댄다고 사람을 치고 돌아가다가 일전에는 큰일을 저지르구 말았다."

"어떻게?"

다른 친구들이 물었다.

"여남은 살 난 아이가 강아지를 끌구 가다가 그를 보구 씩 웃었다는 거야."

"웃는 것두 죈가."

"가만 들어 봐. 그런데 끌구 가는 강아지도 애꾸였다 이거야."

"서로 소매를 스치고 지나가는 것두 전생의 인연이라는데 인간 애꾸와 짐승 애꾸가 서로 만났다는 건 예삿일이 아니지. 전생에 형제였는지두 모르잖아?"

신방의 익살에 모두들 한바탕 웃고 나서 입전이 계속했다.

"애꾸는 다짜고짜 아이의 멱살을 잡고 주먹으로 눈통을 쥐어박았다는 거야. 너 나를 개새끼하구 같이 보는 거지? 이렇게 호통치면서……."

"저런."

"어떻게나 호되게 쳤는지 그 아이두 맞은 눈이 멀어서 애꾸가 됐다

이 말이다."

"그런 놈을 가만둬?"

신방이 흥분했다.

"그애 아버지가 관가에 가서 송사를 했지. 허지마는 아이에게두 허물이 있다구 약값이나 받구 화해하라는데야 어떡해? 돈 몇 푼 받구 아이는 영영 애꾸가 되고 말았다."

"그런 애꾸놈의 새끼는 죽여야 해."

신방이 내뱉자 다른 사람들도 맞장구를 쳤다.

"죽여야지."

사건 내용은 이것뿐이었다. 의형대에서 사실 여부를 조사한 결과 모두가 사실로 판명되었다는 기록도 있었다.

같은 자리에 있던 아지태의 밀고 내용도 적혀 있었다. 요컨대 병신은 바른 데가 없는 법인데 애꾸가 임금이라니 말이 되느냐, 애꾸 임금 선종은 전생에 애꾸 강아지와 형제간이었다, 죽여 없애기로 역모를 꾸미는 것을 직접 보고 들었다는 내용이었다.

왕건은 그의 어머니가 살아 있을 때 선종이 애꾸 때문에 받은 가지가지 수모를 들려주어 애꾸가 선종의 가장 아픈 상처임을 알고 있었다. 우둔한 사람이 아니라면 그것이 선종에게 유쾌한 일이 못 된다는 것쯤은 짐작이 갈 것이고 오랫동안 측근에 있는 은부는 깊이는 모른다 하더라도 아픈 상처라는 것은 모르지 않을 것이다.

하찮은 사람들의 말꼬리를 잡아 사지에 몰아넣고 출세를 해 보겠다는 아지태라는 인간, 그 배후에서 남의 마음의 상처를 거꾸로 이용해서 공을 세우려고 부채질하는 은부, 이런 것들이 아마 인간요물일 것이다.

그러나 역모라면 국가대사다. 시중이라고 독단으로 처결할 수 있는 일이 아니었다.

또 은부는 아지태 같은 앞잡이를 처처에 박아 두었을 것이다. 섣불리 다루었다가는 뒤집어쓸 염려도 없지 않았다.

왕건은 생각 끝에 복사귀로 하여금 사건 내용을 은밀히 다시 알아보도록 했다.

복사귀의 조사 결과도 의형대의 공초 내용과 다를 것이 없었다.

왕건은 문서를 가지고 궁중으로 임금을 찾아갔다.

"그리 앉으시오."

선종은 반색을 하고 맞은편에 있는 교의를 가리켰다.

"내군장군, 성상께 긴히 말씀드릴 일이 있으니 자리를 피해 주실까?"

더운 때라 전각의 문들은 모두 활짝 열려 있었다.

"긴히 얘기할 일이라니 문들을 닫게 할까?"

임금 선종은 옆에 서 있던 은부를 물러나게 하고 물었다.

"아니올시다. 그냥 열어 둔 채로 좋습니다."

전에 나주에서 경험한 일인데 문을 닫고 안에서 이야기하면 자기들만 알고 남은 모를 줄 알지만 밖에서 엿듣는 것을 안에서는 모르게 마련이다. 활짝 열어 놓고 이야기하는 편이 낫다.

"그래 무슨 일이오?"

"아지태 사건을 아시지요?"

"청주의 못된 놈들이 역모를 꾸민 일 말이오?"

"그렇습니다."

"그거 참 묘하더구만. 의형대에서는 터무니없는 모함이라 하구, 내군장군은 사실이라 하구, 종잡을 수가 없단 말이오."

선종은 빙그레 웃고 말을 이었다.

"그렇다구 내가 직접 나서서 알아볼 수도 없구 해서……, 하여튼 사실이 제대로 밝혀질 때까지 죽여서는 안 된다구 일러뒀소."

"신이 알아본 바로는 의형대에서 아뢴 대로 터무니없는 모함입니다."

왕건은 가지고 온 문서를 탁자 위에 놓고 한마디 덧붙였다.

"여기 소상한 기록이 있습니다. 한번 보시면 일목요연합니다."

그러나 선종은 손을 내저었다.

"시중이 아니라면 아니지, 그걸 보아서는 뭘 하겠소."

"……."

선종은 여전히 대범한 사람이었다. 생각했던 대로 은부가 그를 그르치기 시작했구나.

"그렇다면 오랫동안 갇힌 사람들에게는 미안해서 어떻게 한다? 시중, 무슨 방책이 없겠소?"

"그들에게는 후하게 전곡(錢穀)을 내리시구 모함을 한 아지태에게는 벌을 내리시는 것이 마땅할까 합니다."

"시중에게 맡길 터이니 알아서 해 줘요."

왕건은 변함없는 신임이 고마웠다. 그러나 여기서 한 가지 짚고 넘어갈 일이 있었다.

"고맙습니다. 그런데 유사(有司, 담당관)는 각기 직분이 있어 서로 침범하지 말아야 일이 제대로 된다고 들었는데 공을 탐내서 남의 직분까지 넘보는 일이 있으면 조정의 기강이 무너질까 걱정입니다."

"내군장군의 이야기로구만."

왕건은 대답하지 않았다. 대답하지 않아도 아는 일이고, 어느 개인을 지목해서 이러니저러니 하는 것은 좋은 일이 못 되었다.

"하기는 내군장군은 나를 호위하면 그만이지 형정(刑政)에까지 간여할 것은 없지요. 은부의 성미인가 봐. 간다면 후임은 누가 좋겠소?"

이것은 시중도 간여할 일이 아니었다. 임금의 신변을 지키는 직책이니 임금이 가장 믿는 사람을 직접 고르는 것이 상도였다.

"그야 성상께서 제일 신임하시는 분을 고르셔야지요."

"시중, 대신에서 말단 졸병에 이르기까지 통틀어 나와 가장 오랜 친구는 누구요? 시중이 아니오?"

"친구라니 황송한 말씀이십니다."

"되다 보니 임금이요 신하지, 친구는 친구지요. 오랜 친구가 친구를 위하는 일에 그렇게 발뺌을 해서야 쓰겠소?"

"발뺌이 아니라 책무의 구분을 분명히 해야 한다는 뜻에서 말씀드린 것입니다."

선종은 한동안 생각하다가 물었다.

"주천 장군 원회가 어떻겠소?"

원회는 죽주 기훤의 마구간에서 선종과 함께 구박을 받았고, 그와 더불어 양길에게 도망친 사람이었다. 선종이 양길 휘하에서 처음 동병하여 점령한 주천을 맡은 후 지금까지 십여 년 동안 한자리에서 일하고 있는 말없는 사나이였다.

왕건은 가끔 쇠둘레로 찾아오는 그에게 호감이 갔다. 농부 출신으로 배운 것은 없으나 순박하기 이를 데 없고 법이 없어도 살 사람이었다.

"원회라면 온 조정이 환영할 것입니다."

선종은 고개를 끄덕이고 물었다.

"이제 공사는 끝났소?"

"네."

"나라니 조정이니 차려 놓고 보니 만사 인정머리가 없어진 것 같잖아?"

임금에서 선종으로 돌아온 말투였다.

"무슨 말씀이신지?"

"자네까지 내가 할 직분과 자네의 직분을 구분하고 나서니 말일세."

"나라의 정사에는 사사로운 정이 끼어들어서는 안 된답니다."

선종은 방울을 흔들어 차를 가져오게 하고 마시면서 요즘 세상 형편에서부터 세달사에서 보낸 세월에 이르기까지 허물없는 이야기를 주고받았다.

"자넨 바다낚시를 좋아하지마는 여기는 바다가 없으니 어떡한다? 민물낚시도 괜찮은가?"

"좋습니다. 언제든지 모시겠습니다."

왕건은 오정 가까이 되어 대궐에서 물러나왔다.

즉시 박질영을 불러 자초지종을 이야기하고 아지태의 처리를 의논했다.

"볼기를 단단히 때려서 다시는 입을 함부로 놀리지 못하게 하면 어떻겠소?"

"안 됩니다. 목을 잘라야 합니다."

박질영은 단호했다.

"사람의 목은 한번 자르면 다시는 붙이지 못하는 법이 아니오?"

왕건은 부드럽게 나왔으나 박질영은 묘한 소리를 했다.

"시중 어른 요즘 안질(眼疾)이신가요?"

"별안간 그건 무슨 소리요?"

"사람과 짐승을 구분하지 못하시니 말입니다."

박질영의 얼굴에는 노기가 서리고 왕건은 대답하지 않았다.

"시중 어른의 눈에는 아지태가 사람으로 보이는 모양인데 이 박질영의 눈에는 짐승으로 보입니다."

왕건은 듣기만 했으나 이쯤 강직하니 이 년이나 버틸 수 있었으리라고 생각했다. 그런데 박질영은 한 걸음 더 나갔다.

"혹시 거꾸로 보이시는 건 아니겠지요?"

"거꾸로 보이다니?"

"짐승이 사람으로 보이구, 사람이 짐승으로 보이구……."

왕건은 비로소 웃었다.

"알아들겠소. 아지태의 처리는 의형대에서 알아서 하시오."

"된 소리, 안 된 소리, 실례 막심했습니다."

박질영은 머리를 숙였다.

"그렇게 터놓고 말씀해 주셔야지요. 고맙기 이를 데 없소이다."

박질영이 물러가자 왕건은 대룡부(大龍部, 재정경제부)에 사람을 보내 갇혔던 사람들에게 어명으로 전곡을 내리게 했다.

그날 하오 늦게 억울한 사람들이 풀려나오고, 그들을 모함한 아지태가 붙들려 족쇄(足鎖)와 경가(頸枷)를 차고 수레에 실려 쇠둘레의 거리를 한 바퀴 돌았다.

박질영은 생각이 깊은 사람이었다. 죄명을 써서 죄인의 목에 걸어 봐야 알아보는 백성이 몇 명 안 된다고, 그를 끌고 가는 관원들로 하여금 번갈아 가며 외치게 했다.

"죄 없는 사람을 모함하는 자는 이 꼴이 된다."

하도 오래 끈 사건이라 쇠둘레에서는 모르는 사람이 없고 그만큼 구경꾼도 많았다.

분을 참지 못하는 청년들 중에는 몽둥이찜질을 퍼붓는 축도 있고, 날쌔게 덤벼들어 이마를 향해 돌멩이를 던지는 축도 있었다.

여자들도 가만히 있지 않았다. 닿거나 말거나 침을 뱉고 팔뚝질을 하고 욕설을 퍼부었다.

그래도 관원들은 상관을 하지 않았다. 박질영은 모함질을 아예 뿌리째 뽑으려고 드는 모양이었다.

관가에서 일을 보던 벼슬아치들도 일손을 놓고 창문에 몰려 내다보며 쑥덕공론이었다.

"저따위들을 위해서두 극락만 있을 게 아니라 지옥두 있어야 한다니까."

"체했던 것이 쓰윽 내려가는 기분이다."

"그러나저러나 왜 별안간 뒤집혔을까? 아지태는 출세하구 갇힌 사람들을 죽인다더니만."

"새로 오신 시중이 폐하께 한말씀 드렸대."

"시중이 그렇게 센가?"

"몰라? 어릴 때부터 폐하하구 친한 사이란다."

"그렇게 된 거로군. 아지탠지 뭔지 거지발싸개 같은 것이 우습게 나대더니 임자를 만났구나."

"임자를 만난 친구는 또 있을걸."

"누구야?"

젊은 관원들은 뒤를 힐끔 돌아보고 속삭였다.

"은부 말이다."

"허지만 은부는 만만치 않을걸."

"귀를 알아?"

"귀?"

그들은 모를 소리를 주고받았다.

"귀를 잡는 자는 권세를 잡는다."

"권세?"

"권세라두 큰 권세를 잡는단 말이다."

"귀와 권세라……. 좀 알아듣게 얘기할 수 없을까?"

"귀는 귀라두 보통 귀가 아니다."

"어떻게 생긴 귀야?"
"네 귀나 내 귀는 백 개 달려들어두 못 당할 귀다."
"알았다."
"알아들은 얼굴이 아닌데."
관원은 주위를 살피고 대답했다.
"너, 폐하의 귀를 가시구 나불대다간 큰코다친다."
"……."
"은부가 폐하의 귀를 잡구 무시로 불어넣는 바람에 대신들도 기를 못 편 건 나두 안다. 허지만 여태까지는 몰라두 지금부터는 다를걸."
"다르지 않을걸."
"아지태가 당하는 걸 봐. 폐하의 귀는 은부의 손을 떠나 시중의 손에 잡혔단 말이다."
"흥."
"흥이 뭐야?"
"시중은 하루에 한 번 폐하를 뵈면 고작인데 내군장군은 밤낮 옆에 붙어 있잖아? 하루에 한 번 붙잡는 귀가 같을 수 있어?"
"그럴까?"
"처음이니까 한 번 들어주셨겠지마는 두구 봐. 결국은 밤낮 붙잡고 있는 은부가 이길걸."
그들이 여전히 이러니저러니 하는데 뒤에서 굵직한 목소리가 울렸다.
"모두들 들어요."
낭중이 종이에 적은 것을 들고 상좌에 버티고 서 있었다.
뭇시선이 집중한 가운데 그는 목청을 가다듬었다.
"지금 궁중에서 각 관아에 기별이 왔으니 알리겠소. 내군장군 은부를 파직하고 주천 장군 원회를 그 자리에 앉히신다고 어명이 내렸으니 그리 아시오."

뜻밖의 일이라 모두들 문을 열고 나가는 낭중을 멍청하니 바라보고만 있는데 한 사람이 큰 소리로 문자를 썼다.

"사필귀정(事必歸正)이로다."

"그 나대던 요물이 어떤 상판대기를 하고 있는지 보구 싶구나."

"원숭이두 나무에서 떨어질 때가 있다더니만."

"시중이 세기는 세구나."

그런가 하면 자기의 선견지명을 내세우는 축도 있었다.

"내 이렇게 될 줄 알았다."

은부의 내력을 들어 그를 죽여야 한다고 주장하는 사람도 나타났다.

"어려서 사람을 죽이구 붙들린 은부가 아냐? 죽을 것이 입을 잘 놀려서 목숨을 구하더니, 계속 입을 잘 놀려 내군장군까지 됐으니 입 치고는 보통 입이 아니지. 그쯤 했으면 됐지, 자꾸 놀려서 여러 사람을 다쳤으니 이번에야말로 목을 쳐서 다시는 못 놀리게 해야지."

소식이 전해지자 거리에서도 소동이 벌어졌다.

은부의 집을 들이치는가 하면 전에 은부의 앞잡이를 하던 인간들은 길바닥에서 몰매를 맞았다.

서소문 밖에서 아지태의 목이 떨어지는 것을 구경하던 군중들도 가만있지 않았다.

"은부의 목도 베라!"

며칠을 두고 대신들 간에도 이론이 분분했다. 차제에 은부를 없애야지 그냥 두었다가는 그 요물이 무슨 조화를 부릴지 알 수 없으니 후환이 두렵다는 것이 중론이었다.

왕건도 같은 의견이었다.

그러나 은부는 요물 치고도 상요물이었다. 박질영이 의형대의 관원들을 동원해서 세밀히 조사하였으나 꼬리가 잡힐 만한 흔적은 찾지 못했다. 아지태를 조종한 증거조차 종이 한 장 남기지 않았다. 증거야 있건 없건 없애자고 했으나 왕건은 듣지 않았다.

"억울함이 없도록 하자는 것이 우리의 본뜻인데 은부라구 억울하게 죽어서야 쓰겠소?"

"은부가 왜 억울하단 말씀입니까?"

"증거가 없으면 억울한 거지요."

"증거야 있고 없고 간에 시중께서 어전에 아뢰면 일은 다 된 일이 아니겠습니까?"

"성상의 신임을 믿고 증거 없이 사람을 사지에 몰아넣는 것은 신하의 도리도 아니고 사람의 도리도 아니지요."

냉정히 생각하면 은부가 내군장군이 된 지도 얼마 안 되고 아지태 사건 외에는 사람에게 해를 끼친 일도 없었다. 말하자면 악(惡)이 발동하려는 것을 초장에 막은 셈이니 이것으로 만족하는 것이 좋겠다는 생각도 들었다.

공론은 임금 선종의 귀에도 들어갔다.

"모두들 은부를 없애야 한다고 야단들이라는데 사실이오?"

"사실입니다."

"시중의 생각은 어떻소?"

"신도 같은 생각입니다마는 뚜렷한 증거가 없습니다."

"증거?"

"증거도 없이 사람을 죽인다면 좋지 못한 선례를 남길까 두렵습니다."

"그것두 그렇구만."

"다만 폐하께서 다시는 은부를 등용하지 않으신다면 그의 목숨도 구하고 조정도 평온할까 합니다."

"그렇게 하지요."

은부와 아지태로 해서 한때 쇠둘레에 걸쳤던 구름은 가시고 조정이고 거리고 명랑한 분위기를 되찾았다.

좋은 일은 그뿐이 아니었다.

공주에 내려간 이흔암이 홍기를 토벌했다는 보고가 들어왔다. 선종은 공주를 웅주(熊州)로 개칭하고 이흔암을 장군으로 임명하여 그 고을을 다스리게 했다.

주천에서 원회도 올라왔다. 그는 누구에게나 공손하고 자기 직분 외에는 입을 여는 일이 없어 뭇사람의 환영을 받고 궁중의 공기도 달라졌다.

여러 날을 두고 숨어 다니던 은부가 자기 집에 돌아왔다는 소문이 들렸다.

"이 은부가 살아남은 것은 왕 시중의 덕분이다. 이 은혜는 죽어도 잊지 않겠다."

만나는 사람마다 붙잡고 이런 넋두리를 늘어놓는다는 소식도 귀에 들어왔다.

역시 요물이로구나. 자기의 귀에 들어가라고 일부러 퍼뜨리는 것이 분명했다. 천성이 요사스러우니 무엇인가 꾸미지 않고는 못 배길 모양이다.

그러나 임금이 다시는 등용하지 않는다니 아무리 요사스러워도 별수 없으리라.

왕건은 개의치 않고 일에 열중하는 한편 여가에는 임금 선종을 모시고 낚시질로 한여름을 보냈다.

그러나 가을에 들어 생각지도 못했던 끔찍한 일이 벌어졌다.

중양절(重陽節)이 지나 울긋불긋 물들었던 단풍도 검붉게 변해 가는 늦가을이었다.

원회가 지휘하는 십여 명의 기병들이 앞뒤를 호위하는 가운데 선종은 왕건과 함께 사냥을 떠났다.

"우리가 처음 만난 것두 이맘 때였지."

추수가 끝난 밭을 가로질러 나란히 말을 달리면서 주위의 산들을 바라보던 선종은 감회 어린 목소리였다.

"그렇습니다."

왕건도 감회가 없을 수 없었다. 그로부터 이십여 년, 열일곱이던 선종은 마흔셋, 열한 살 소년이던 자기는 서른일곱의 장년이 되었다.

그때는 피차 보잘것없는 인생이었다. 더구나 자기는 밥술이나 먹는 집안의 자식이었으나 선종은 지게에 잡동사니를 지고 다니다가 중이 된 신세였다. 그의 어머니는 거지라면 거지일 수도 있는 남루한 입성의 여인, 삶에 지친 앙상한 인간이었고.

세상이 크게 소용돌이치는 가운데 당시 문전걸식하던 젊은 중 선종은 갖은 굴욕과 위험을 무릅쓴 끝에 임금이 되어 용상에 앉고 자기는 그 밑에서 시중이 되었다.

"그때는 어머니가 계셨는데……."

골짜기에 들어서면서 선종은 혼잣말같이 뇌까렸다.

그가 돌아가신 어머니를 가긍하게 생각하고 그리워하는 심정을 왕건은 익히 알고 있었다. 왕건도 해적들의 손에 무참히 돌아가신 어머니와 이 사바세계의 오뇌(懊惱)를 술로 달래다 명을 단축한 아버지를 생각하면 산다는 일에 의문이 생길 때도 적지 않았다.

골짜기를 한 마장쯤 들어가자 별안간 길섶에서 장끼와 까투리 한 쌍이 후다닥 날아 허공에 치솟았다.

어느새 어떻게 쏘았는지 두 마리 다 선종의 화살을 맞고 연거푸 땅에 떨어졌다.

"옛날, 내 자네한테 꿩 빚을 졌지. 갖다가 부인에게 전하게."

병정들이 집어 온 꿩을 왕건에게 넘기면서 선종은 빙긋이 웃었다.

"그건 꾸어 드린 게 아닌데……."

왕건도 웃으면서 받았다.

"하긴 꾸어 준 건 아니지. 하여튼 우리 어머니에게는 자네가 오히려 효자 노릇을 했구, 난 싸움질루 말썽만 부렸지."

대오를 정제한 병정들이 다시 거리를 두고 앞뒤를 전진하자 왕건은 이렇게 말했다.

"신이 입은 폐하의 은덕을 생각하면 그때 하찮은 꿩으로 맺은 인연은 전생에 무슨 연유가 있는 것만 같습니다."

선종은 그를 힐끗 돌아보고 핀잔을 주었다.

"이런 데서 우리 단둘이 얘기할 때는 그 신이니 폐하니 하는 말을 뺄 수 없을까?"

왕건은 이런 대목이 위험하다고 생각했다. 총애를 믿고 분수없이 놀다가 패가망신한 선례는 얼마든지 있다.

"군신 간의 구분은 하늘과 땅의 차인데 하물며 공사 간이라고 다를 수 있습니까?"

"예나 지금이나 그림에 그려 놓은 신중거사로군."

선종도 웃고 왕건도 웃었다.

앞서가던 원회가 길을 가로질러 뛰는 산돼지를 창으로 찔러 쓰러뜨리고 그들을 기다리고 있었다.

선종은 말을 멈춰 세우고 중천에 오른 해를 쳐다보았다.

"마침 잘됐군. 여기서 점심을 들구 갈까?"

병정들은 이런 일에 익숙했다. 시냇가에 불을 피워 물을 데우고 배를 갈라 내장을 집어내고, 연한 살점을 도려내어 우등불에 구웠다.

선종은 병사들이 마련한 장막에 들어서면서 왕건과 원회를 불렀다. 그러나 원회는 두 손을 모아 쥐고 사양했다.

"신은 폐하의 문지기올시다. 문지기는 문간을 지켜야지요."

왕건은 가식이 없는 그의 충직한 태도가 더욱 마음에 들었다.

"언제나 저런다니까. 오늘은 문지기가 아니구 옛 친구야. 들어오라면 들어와요."

선종의 호통에 가까운 한마디에 원회는 들어와 문간에 무릎을 꿇고 앉았다.

그때까지 서 있던 선종은 왕건에게 호상을 권하고 자기도 앉으면서 빈 호상을 가리켰다.

"내군장군. 그리 앉아요."

원회는 호상을 끌어다 문간에 비스듬히 놓고 앉았다. 선종보다 한두 살 연상으로 으뜸가는 개국공신이었다. 대신이 되고도 남을 공과 연륜을 쌓은 사람이었으나 스스로 문지기를 자처하고 지금도 언제든지 밖으로 내달을 수 있는 자세였다.

병정들이 술과 구운 산돼지 고기를 탁자 위에 늘어놓았다.

"날씨두 쌀쌀한데 우선 몸부터 녹여야지."

선종은 격식을 무시하고 손수 오리병을 들어 두 사람의 잔을 채우고 자기 잔에도 술을 부었다.

술을 들면서도 가끔 밖으로 눈길을 던지는 원회를 바라보던 선종은 그에게 첨작을 하면서 물었다.

"내군장군, 서울 생활에 불편한 것은 없소?"

"없습니다."

"내게는 큰 공신인데 미안한 일이 한두 가지가 아니오."

"배운 게 없는 농사꾼이 내군장군이 어딥니까. 늘 고맙게 생각하고 있습니다."

"우리 옛날 죽주에 있을 때 기훤에게는 구박도 많이 받았지?"

"네……."

술기운도 있었겠지만 옛이야기에 원회의 주름진 얼굴에는 비로소 화색이 돌았다.

"그 기훤이 신훤으로 둔갑해서 괴양으로 옮기더니 괴양을 뺏긴 후 한때 소식이 없었잖아? 그런데 얼마 전 의성(義城)에서 자중지란이 일어나서 장군이 내쫓기고 수하에 있던 군관이 그 자리를 차지했다는 소문은 들었지? 그 군관이 기훤이 같다는 거야. 이름을 양훤(良萱)이라 하구."

왕건은 병부(兵部)에서 올라온 보고로 알고 있었으나 원회는 금시초문인 모양이었다.

"그렇게 됐군요. 뭐니 뭐니 해두 재주는 비상한 사람인가 봅니다."

"군대에 잠입해서 안으로부터 뒤집어엎었겠지."

"그 사람에게는 묘한 버릇이 있었지요. 이건 아마 폐하께서두 모르실 겁니다."

"어떤 버릇인데?"

"쇠고기를 먹는 법입니다."

"쇠고기를 먹는 데두 법이 있는가?"

"쇠고기를 마구 씹어 삼키는 것은 천한 인간들이나 하는 짓이다. 귀한 사람은 씹어서 물만 삼키고 고기는 뱉는 법이다. 귀천의 갈림길이 여기 있으니 알아두라, 이렇게 큰소리를 쳤지요. 폐하께서 오시기 전의 일입니다."

세 사람은 한바탕 웃고 병사들이 날라 온 점심을 들었다.

그런데 큰일은 점심 후에 벌어졌다.

산돼지도 잡고 점심도 들었으니 이제 돌아가려니 생각했으나 선종은 그렇지 않았다.

원회에게 그대로 골짜기를 따라 들어가라고 이르고 나서 말에 오른 그는 혼잣말같이 중얼거렸다.

"곰을 한 마리 잡았으면 좋겠는데……."

"곰을요?"

왕건은 유별나게 곰을 잡겠다고 하는 그의 심사를 알 수 없었다.

"웅담을 긴히 쓸 데가 있어서."

웅담이야 궁중 약방에 쓰고도 남을 만큼은 있지 않은가. 왕건은 이상하다고 생각하면서도 입빠른 소리 같아 그 말은 않고 말머리를 약간 돌렸다.

"생 웅담이 필요하십니까?"

"반드시 그런 것두 아니지마는 중전이 좀 다쳐서."

왕후 설리가 다쳤다는 것은 왕건도 처음 듣는 이야기였다.

설리가 자기의 곁을 떠나 선종에게 간 지도 햇수로 십구 년이 되었고 그때 불붙던 애증도 타서 재가 된 지 이미 오래되었다.

새삼스럽게 어떻다고 할 것은 없었으나 그의 이야기가 나온 이상 덤덤할 수만은 없었다.

"어떻게 다치셨는데요?"

"층계에서 발을 헛디뎌 넘어졌는데 허리에 어혈이 들었다는군."

"걱정되시겠습니다."

약간 어색한 응대가 나갔다.

"사사로운 일이니 입 밖에 낼 것은 없구."

"……."

"막상 저렇게 다치구 보니 미안한 생각이 들어서……. 전쟁이다, 순시다 해서 허구한 날 혼자 팽개쳐 뒀으니 미안한 일이지."

그러나 선종은 도를 닦는 사람답게 임금이 되어서도 다른 임금들처럼 후궁을 두지 않았고, 여자라면 왕후 설리 한 사람뿐이었다. 오히려 복되다고 해야 할 처지였다.

"내 손으로 잡은 웅담이라도 먹였으면 하는데 잡힐는지 모르겠소."

선종은 변함없이 착한 사람이다. 왕건은 이런 사람을 만나게 해 주신 부처님이 고맙기 이를 데 없었다.

"잡힐 겁니다."

이처럼 갸륵한 정성이 통하지 않을 리 없다고 생각한 왕건은 진정으로 이렇게 대답했다.

한참 가다가 오솔길이 좁아 나란히 달리던 왕건은 길을 양보하고 그의 뒤에 따라붙었다.

순간, 왼쪽 벼랑에서 우지끈 소리가 나면서 쏜살같이 날아오는 물체가 눈에 들어왔다.

호랑이였다.

호랑이는 선종을 덮치고, 선종은 말에서 떨어져 호랑이와 함께 뒹굴었다.

왕건은 큰 소리로 원회를 부르면서 잽싸게 창을 빼어 호랑이의 옆구리를 찔렀다. 호랑이는 두 번 세 번 길길이 뛰고 그때마다 왕건은 창을 휘둘러 마침내 쓰러뜨리고 말에서 뛰어내려 선종을 일으켜 안았다.

선종은 바위에 머리를 부딪쳐 피가 치솟고 의식이 없었다. 원회와 병사들이 달려오고 의원도 쫓아왔다.

"이거 매우 위독하십니다. 바른쪽 머리뼈를 다치셨습니다."

고약을 붙이고 천으로 동여매면서 의원은 어쩔 줄을 몰랐다.

"빨리 서울루 가자. 내 말에 모셔. 그리구 누구든지 이 일은 입 밖에 내지 마라."

모두들 달려들어 선종을 왕건의 말에 올려 앉히고 왕건은 그 뒤에 뛰어올랐다.

그는 한 팔로 선종을 껴안고 쉬지 않고 박차를 가하여 결사적으로 말을 달렸다.

창졸간에 눈에 띄지 않았으나 그때까지도 선종의 바른손에는 피 묻은 단도가 쥐어 있었다.

어느 틈에 단도를 빼고 찌르고 할 수 있었을까. 눈이 보이지 않는 왼편에서 나타났으니 망정이지 잘 보이는 바른쪽에서 나타났다면 호랑이는 단도 아닌 그의 창에 정면으로 찔려 즉사했을 것이다. 선종은 역시 담대한 용사였다.

앞을 달리는 원회는 가끔 소매로 눈을 가로 훔쳤다. 오랜 친구, 오랜 정의, 위독하다는 말에 눈물이 앞을 가리는 모양이었다. 왕건도 선종의 손에서 단도를 빼어 던지면서 저도 모르게 눈에 이슬이 맺혔다.

해가 떨어진 후, 쇠둘레에 당도했다. 앞서 달려간 원회의 조치로 성문도 열려 있고 대궐 정문도 활짝 열려 있었다.

왕건은 그대로 거리를 질주하여 대궐문도 쏜살같이 통과했다. 내전(內殿) 층계 밑에는 의원들이 몰려 있고 불빛에 설리의 모습도 보였다.

선종을 업고 층계를 올라 온돌방에 누이니 숨이 턱에 차서 저절로 주저앉고 말았다.

의원들은 진맥을 하고 고약을 갈아 붙이고 서로 의논해서 처방을 쓰고 부산히 돌아갔다.

옆에 지켜 앉은 설리는 말 한마디 없이 눈을 내리깔고 천으로 둘러싼 선종의 얼굴을 바라보기만 했다. 이따금 선종의 손목을 잡고 맥이 뛰는지 여부를 확인하는 것이 유일한 감정의 표시였다.

한숨 돌린 왕건은 옆방에 물러나와 약방의 좌상 격인 늙은 의원을 불렀다.

"영감이 보기에는 어떻소?"

"이 이상 위독하실 수 없습니다."

"……."

"바른쪽 머리뼈가 부서지셨는데 아직 모르기는 하겠습니다마는 뇌수를 다치셨을 염려가 있습니다."

"다치셨으면 어떻게 되지요?"

"말씀드리기 곤란합니다."

이제 왕건은 당초의 충격에서 벗어나 냉정을 되찾았다.

"이것은 국가 대사요. 시중인 내가 몰라서야 쓰겠소?"

"하기는 그렇습니다."

"……."

"나으시더라도…… 말씀드리기 거북합니다마는 제정신을 찾으시기는 어려울 듯합니다."

"……."

왕건은 막막했다. 나랏일은 하루도 쉴 수 없는데 나라님이 창졸간에 이 지경이 되었으니 시중의 직책도 처음, 이런 일을 당하기도 처음인 그로서는 무슨 엄두가 날 리 없었다.

"다만 맥박은 제대로 뛰시는 걸 보니 어쨌든 이 병환은 오래 끌 듯합니다."

의원은 이렇게 덧붙였다.

왕건은 그의 손을 잡고 기도라도 하듯이 간곡히 부탁했다.

"영감, 부탁이오. 있는 힘을 다해 주시오."

"그야 여부가 있겠습니까?"

집에 돌아온 왕건은 부인 유 씨가 차려놓은 저녁상도 마다하고 그대로 자리에 들었으나 종시 잠을 이루지 못했다. 촛불을 끄지 않고 옆에서 말없이 그의 거동을 살피던 유 씨가 물었다.

"당신, 내게도 말 못할 걱정이 생겼나 부지요?"

왕건은 대답하지 않고 돌아누웠다.

그러나 세상에 비밀이 없었다.

"성상께서 다치셨다면서요?"

왕건은 불쑥 일어나 앉았다.

"그런 소리, 어디서 들었소?"

유 씨는 슬그머니 나가더니 더운 물에 꿀을 타 가지고 들어왔다.

"식사도 안 하셨는데 이거라두 드세요."

왕건은 꿀물을 한 모금 마시고 다시 물었다.

"어디서 들었느냐 말이오."

"비밀인가요?"

"비밀 가운데서두 상비밀이지. 생각해 봐요. 견훤이 알면 혼란을 틈타 들이칠 염려가 있지 않소."

"그럼 크게 다치셨는가 보네요."

왕건은 비밀을 지킨다는 자기가 솔솔 말려들어 오히려 더욱 폭로하는 격이 되었다. 차라리 사실대로 말하고 이 총명한 여인의 지혜를 빌리는 것이 낫겠다는 생각이 들었다.

"하여튼 어떻게 그 얘기를 들었는지 말해 봐요."

"집에서 일하는 아이들한테서 들었어요. 당신이 오시나 나가 보라구 했더니 허겁지겁 달려 들어오지 않겠어요. 당신이 마상에서 폐하를 껴안구 그냥 대궐로 치달아 들어가시더라구요."

"……."

"본 사람이 우리 아이들뿐이겠어요? 여러 사람이 눈으로 본걸요. 비밀에 부친다는 것부터 우스운 일이 아닐까요?"

옳은 말이었다.

"그럼 당신 생각에는 어떻게 하는 것이 좋을 것 같소?"

"중대한 일인 모양이니 더 묻지는 않겠어요. 다만 다치신 사실만은 숨길 수 없구, 내일 안으로 이 쇠둘레에 좌악 퍼질 거예요. 허지마는 크게 다치셨는지 조금 다치셨는지 거기까지는 몇 사람밖에 모르지 않아요?"

"그건 그렇지."

"그 점을 잘 감안하면 되지 않겠어요?"

"알아듣겠소."

"견훤이 쳐들어올 것까지 염려하시는 걸 보니 일을 못 보실 정도루 위독하신 모양인데 말 많은 세상에 당신, 조심하세요."

"그것두 알아듣겠소."

"폐하두 팔자가 기구하신 분이지……."

유 씨는 치맛자락으로 눈물을 훔쳤다.

왕건은 머리가 정돈되고 깊은 잠에 빠져들었다.

이튿날 일찍 궁중에 문안을 들어간 그는 의원들로부터 어젯밤과 별로 다를 것이 없다는 보고를 들었다.

다른 사람은 몰라도 대신들에게는 사실을 알리지 않을 수 없었다.

그는 궁중에서 물러나오는 길로 대신들을 자기 처소에 모아 놓고 어제 일어난 일을 사실대로 고한 다음 이렇게 당부했다.

"안팎의 사정을 살피건대 지금 우리는 중대한 기로에 서 있소. 일을 잘 처리하지 못하면 안에서는 혼란이 일어나고 밖에서는 적이 쳐들어올 염려가 있소. 그러므로 폐하께서 다치신 사실만은 숨길 수도 숨길 필요도 없겠지마는 약간 다치셔서 얼마 동안 휴양하시는 걸로 합시다."

대신들은 아무도 이의가 없었다. 다만 강직한 박질영이 한 가지 물어 왔다.

"시중 어른, 폐하의 수결(手決) 없이는 누구도 어쩔 수 없는 일이 하루에도 십여 건, 때로는 수십 건 되는데 병환이 오래 가시면 이 일을 어떻게 하시지요?"

"좋은 말씀을 해 주셨소."

왕건은 한마디 한마디 신중히 생각하면서 말을 이어 갔다.

"다만 세상에는 간혹 천행(天幸)이라는 것도 있으니 좀 기다려 보는 것이 어떨까요? 이것을 요행을 바라는 심사라고 한다면 달리 변명할 여지는 없소이다마는 하여튼 병환의 진전과 나랏일이 지체되는 상황을 함께 감안하면서 두고 보았으면 하는데, 여러분의 소견은 어떠신지?"

모두들 동의하고 물러갔다.

왕건은 날마다 일찍 일어나 궁중에 들어가서 문병을 드렸다. 첫날은 비상한 때라 내전까지 말을 달려 갔고 방에도 서슴없이 들어갔으나 다음부터는 그렇게는 되지 않았다. 문병이라야 의원들에게 형세를 묻는 것이 고작이었다.

문병이 끝나면 자기 처소에 나가 국사를 처리하고, 끝나면 다시 궁중에 들어가 밤늦게까지 빈청(賓廳)에서 번갈아 입직하는 대신들과 이야기하면서 하회를 기다렸다. 시중이라고 반드시 그래야 할 것은 없었으나 선종과 얽힌 지나간 사연들을 생각하면 인정으로도 그러지 않을 수 없었다.

중병이라 단시일에 하회가 있을 리 없었으나 태양이 뜨고 지듯이 왕건의 일과는 일정했다.

"당신, 그러다가는 몸을 지탱하지 못하겠어요."

유 씨는 날마다 늦게 돌아오는 왕건의 건강을 걱정했으나 그는 가타부타 대답이 없었다.

쇠둘레는 바다가 멀어서 생선이 귀한 고장이었다. 틈이 나면 부하들과 함께 그물을 가지고 강에 나가 찬물을 마다 않고 큰 돌을 흔들어 물고기를 잡아다 진상했다.

혼수상태에 있는 선종이 알 까닭도 먹을 까닭도 없었으나 의원들은 싱싱한 물고기를 삶아 그 즙을 입으로 흘려 넣는다고 했고, 그것은 상처에 좋다고 했다.

녹용, 산삼, 사향 등 귀한 약 치고 쓰지 않은 것이 없었다. 크게 부어오른 상처에는 날마다 소의 생간을 갈아 붙였다.

열흘이 지나자 우선 목숨만은 부지하리라고 했다. 왕건은 저녁 문병을 이틀에 한 번으로 줄였다.

그러는 가운데서도 임금이 아니고서는 처결할 수 없는 문서들이 쌓여 갔다. 목숨은 부지하리라는 소식이 전해지자 대신들이 서로 의논한 듯 그의 처소로 몰려왔다.

"시중 어른, 나라에 임금이 안 계신 형국이 되었으니 무슨 변통이 있어야 하지 않겠습니까?"

왕건도 이견이 있을 수 없었다.

"그렇지요, 변통이 있어야지요."

"성상께서 병환 중이시니 나으실 때까지 태자께서 임시로 대리를 보시도록 하면 어떻겠습니까?"

"그게 순리지요."

"그렇게 합시다."

모두들 맞장구를 쳤으나 박질영의 의견은 달랐다.

"순리에 틀림없소이다마는 신하들이 마음대로 임금의 대리를 정한다는 것은 도리에 어긋나는 일이 아니겠습니까?"

이것은 왕건이 생각지 못한 일이었다. 유 씨 말대로 말 많은 세상이다. 자칫하면 폐립(廢立)이니 찬탈(簒奪)이니 하는 모함을 받을 소지가 있었다.

"옳은 말씀이오. 어떻게 하면 도리에도 맞고 나랏일도 제대로 나가게 할 수 있을 것 같소?"

"성상 다음가는 왕실의 어른은 중전마마이신데 그분에게 사실대로 고하고 처분을 바라는 것이 순서가 아니겠습니까?"

말은 틀리지 않았다.

그런데 또 색다른 의견이 나왔다.

"만약 중전께서 태자는 안 되고, 그분 자신이 나서겠다고 하신다면 어떻게 되는 겁니까?"

"그분 자신이……."

여기저기서 달갑지 않다는 듯 탄식하는 소리가 들렸으나 아무도 감히 된다거나 안 된다고 단정해서 말하는 사람은 없었다.

무거운 침묵이 흐르는 가운데 여태후니 측천무후니 나라를 거덜 낸 여인들의 이름을 들먹이며 옆 사람과 속삭이는 소리가 간간이 들려왔다.

설리 앞에서 머리를 조아리고 신 아무개 아뢰오, 어쩌구 한다? 그와 얽힌 사연들이 머리를 스치면서 지난날의 언짢은 측면이 고개를 쳐들었으나 왕건은 곧 생각을 달리했다.

참고 성의를 다했기에 난세를 살아남았고 뱃사람에서 시중까지 올랐다. 행여 오늘의 구도(構圖)에 잘못이 있다면 그것은 하늘의 심심풀이로 돌릴 수밖에 없다. 자기나 설리의 잘못일 수 없고, 선종의 잘못도 아니었다.

왕건은 가라앉은 목소리로 물었다.

"기탄없이 말씀들 하시지요."

한구석에서 뱅뱅 돌려 가지고 왕후 설리는 곤란하다는 의견이 나왔다.

"저희들은 불민해서 중전마마를 생각해 본 일이 없고, 또 중전마마께서 어떤 분이신지 도통 알 수 없으니 무어라고 말씀드리기 어렵습니다."

이것은 사실이기도 했다. 설리는 선종의 사람이 된 후로는 소리를 내지 않고 그림자처럼 살아왔다.

겉에 나서는 일은 물론, 대신들의 부인들과도 내왕이 없었으니 그를 아는 사람이 있을 까닭이 없었다.

왕건은 십구 년이라는 세월을 생각했다. 많은 세월이 흘렀고, 세월 속에서 사람도 변한다지마는 자기가 아는 설리라면 나서는 일은 없을 것이다. 더구나 소문으로 듣기에는 지금도 여염집 아낙네들과 다름없이 살림밖에 모른다고 한다.

그는 다른 대신들에게도 의견을 물었으나 한 걸음 헛디디면 관작(官爵)은 고사하고 목숨마저 오락가락하는 일이라 대개는 어물어물 넘어갔다.

"글쎄올시다."

혹은

"통 생각이 떠오르지 않습니다."

마지막으로 박질영에게 시선을 던졌다.

"의형대령의 소견은 어떻소?"

그의 대답은 성품대로 간명했다.

"그분이 나서신다면 신하로서는 막을 도리가 없습지요."

"막을 도리가 없다……."

옆 사람의 입에서 이런 소리가 새어나오자 좌중에는 말없는 동요가 일었다. 박질영은 동요하는 좌중을 둘러보고 나서 몇 마디 덧붙였다.

"저는 중전께 사실대로 고하고 처분을 바라자고 말씀드렸습니다. 지금 보아하니 모두들 똑 찍어 말씀은 안 해도 중전마마는 안 되고 태자께서 나서야 한다는 눈치들인데 이것도 사실이 아니겠습니까. 사실대로 고하시지요."

듣기에 따라서는 양다리 걸치기 같기도 하기에 맞은편에서 볼멘소리가 울렸다.

"의형대령은 중전, 태자 두 분 중의 어느 쪽이오?"

"태자요."

그는 태연히 잘라 말했다.

왕건은 지난여름 아지태 사건으로 달리 본 박질영을 다시 한 번 달리 보았다. 작달막한 키에 단아한 얼굴, 사(私)라고는 털끝만치도 찾아볼 수 없는 마음씨에 숨은 용기, 이런 사람이야말로 진정한 나라의 대신이리라.

왕건은 결론을 내렸다.

"나도 의형대령의 의견과 같소. 모든 것을 사실대로 고하고 처분을 바라기로 하는 데 이견이 없지요?"

아무도 이견을 다는 사람이 없었다.

궁중에 사람을 보내 왕후 설리에게 알현을 청하였더니 곧 들라는 전갈이 왔다.

왕건은 대신들을 빠짐없이 거느리고 들어갔다. 잡음은 빠진 자들의 입에서 나오기 십상이기 때문이다.

대궐의 정전(正殿)인 포정전(布政殿)에는 발이 쳐 있고, 대신들이 반열을 정제하자 발 뒤에서는 사람들이 움직이는 소리가 났다. 왕후 설리가 시녀들과 함께 나와 자리에 앉는 모양이었다.

"중전마마께서 좌정하셨습니다."

상궁이 발 옆에 비켜서서 읍했다.

왕건은 앞으로 나가 머리를 숙이고 입을 열었다.

"광평시중 신 왕건 아뢰오. 성상께서 불의에 중환을 얻으시니 신들은 몸 둘 바를 모르던 차에 다행히 약간의 차도나마 계시다고 하오니 이보다 더한 다행은 없는가 합니다. 그러하오나 나라의 일은 하루도 지체할 수 없고 성상의 환후는 쾌유하실 날을 헤아리기 어려우니 진실로 난감한 일이 아닐 수 없습니다. 조정의 대신들이 모여 다음 두 가지 방안을 생각하온바 마마께옵서 그 어느 쪽이든 합당하다고 생각하시는 대로 처분하여 주시기를 바랍니다. 그 하나는 성상께서 쾌유하실 때까지 임시로 태자께서 성상을 대리하여 일을 처결하여 주시는 방안입니다. 다음은 마마께서 역시 임시로 성상을 대리하여 쾌유하실 때까지 일을 처결하여 주시는 방안입니다."

발 뒤에 좌정한 설리와 층계 밑에서 엮어 내려가는 자기의 모습이 그림처럼 머리에 떠올랐다. 옛일을 생각하면 이것은 분명히 심술궂은 마물(魔物)의 희화(戱畵)가 아닐 수 없었다.

그러나 산전수전 다 겪은 왕건은 냉정히 발 뒤에서 울릴 대답을 기다리는 마음의 여유를 간직하고 있었다.

희화는 이것이 처음이 아니다. 선종을 만난 날 희화는 시작되었고 그 후로는 희화의 연속이었다. 앞으로도 희화는 계속될 것이다. 생각하면 인생 자체가 희화로 엮은 병풍이었다.

아무리 기다려도 발 뒤에서는 응대가 없었다. 이런 자리에 처음 나온 지라 도통 생각이 떠오르지 않는 것인지, 혹은 자기가 차지하고 들어앉을 궁리를 하는 것인지, 판단이 서지 않았다.

기다리다 지친 대신들은 서로 마주 보고 이상하다는 얼굴이었다.

"어찌하오리까?"

왕건은 묻지 않을 수 없었다.

"무얼 말씀인가요?"

발 뒤에서 천연스러운 목소리가 울렸다. 그 솔직담백하던 설리도 이십 년 가까이 권좌에 앉더니 사람이 달라진 모양이다.

그렇다고 이대로 물러갈 처지도 못 되었다.

"아까 말씀드린 두 가지 방안 중에서 어느 쪽을 택하시겠는지 여쭙는 길입니다."

발 뒤에서는 뜻밖의 응대가 날아왔다.

"나라의 대신들이 마음에도 없이 윗사람의 비위를 맞추려고 드는 것이 과연 옳은 일일까요?"

왕건은 알아들었다. 예성강에 빠져 죽어 버리겠다고 두 눈을 세모꼴로 곤두세우던 그 성미가 그대로 살아 있구나.

방안은 하나인데 두 번째는 왕후의 비위를 거스르지 않으려고 붙인 군더더기에 틀림없었다.

이쪽에서는 전각 안이 보이지 않지마는 안에서는 밖에 서 있는 자기들이 훤히 내다보인다. 거지발싸개들로 비쳤으리라.

"황공하오이다."

왕건은 허리를 굽히는 도리밖에 없었다.

"추운 날씨라 긴 말은 하지 않겠소. 시중은 내일부터 태자를 보필해서 국사를 잘 처리해 주시오."

발 뒤에서 인기척이 사라지자 대신들은 한 대씩 얻어맞은 기분으로 물러나왔다.

다음 날부터 태자 청광(青光)이 정전에 나와 일을 시작했다. 나이 열여덟. 설리와의 관계 때문에 그가 태어났다는 소식을 듣고 한때 마음에 구름이 낀 일도 있었으나 생김새며 훤칠한 키며 누구의 눈에도 선종을 벗겨 쓴 호남아였다.

왕건은 하루에 한 번은 그를 만나 의논도 하고 중요한 일의 처결도 받았다. 성품도 아버지를 닮아 대범하고 어지간한 일은 맡기고 간여하려고 들지 않았다.

기사(騎射)에도 능하고 글도 자기 앞가림은 넉넉히 했다.

사냥이나 식전에서 마주치는 일이 흔히 있었기에 짐작은 갔으나 가까이 대할수록 그가 마음에 들었다. 선종에게 만일의 일이 생기더라도 이런 후계자가 있으니 태봉국의 앞날은 걱정할 것이 없다고 생각했다.

"시중 어른은 어려서부터 아버지의 친구분이라지요?"

한번은 이렇게 물었다.

"친구라니 황송한 말씀이구, 어려서부터 모셨지요."

"아버지뿐 아니라 어머니두 그러시던데요."

"그렇게 생각해 주시는 두 분의 마음씨가 고마울 따름입니다."

신하라기보다 스승, 때로는 아저씨같이 대해 줄수록 왕건은 더욱 정중하게 대했다. 사람을 망치는 빈틈은 이런 데서 싹튼다는 이치를 그는 모르지 않았다.

"아버지는 왜 한쪽 눈만 성하실까요?"

어린애 같은 질문도 했다.

"그건 신도 알지 못합니다."

왕건은 일체 쓸데없는 소리는 하지 않았다.

선종의 상처는 부기가 내리고 차츰 아물어 갔다. 원래 건장한 몸이라 부서졌던 머리뼈도, 의원들은 붙을 것 같다고 했다.

그러나 겨울이 다 가도록 그는 의식을 회복하지 못했다.

왕건은 태지 청광을 도와 성의를 다해서 일했다. 모든 것이 선종이 있을 때와 다름없이 굴러갔고 염려했던 국내의 혼란도 없었다.

그러나 견훤은 무서운 사람이었다.

섣달 그믐께부터 완산성에 들어가 있는 세작들이 심상치 않은 보고를 해 왔다.

"애꾸놈이 대갈통까지 박살이 나서 왕창 병신이 됐으니 차제에 들었다 놔야겠다."

견훤이 이렇게 벼른다는 것이다.

벼를 뿐만 아니라 새해에 들어서자 사실로 나타났다.

운명

설을 앞두고 선종에게 충성을 맹세한 고을의 장군들과 직할지의 태수, 진장(鎭將)들로부터 빠짐없이 조정에 축하 공물(貢物)이 왔으나 나주에서는 통 소식이 없었다.

무슨 변고가 생긴 것은 어김없는데 알아볼 재간이 없었다. 변고가 있다면 배 한두 척을 보내서 될 일이 아니었다.

새해(914년) 정월도 열흘이 지났다.

시중 처소에서 일을 보고 있는데 젊은 관원이 흥분해서 뛰어들었다.

"마침내 나주에서 사람이 왔습니다."

"들라구 해라."

남루한 입성의 청년이 문간에서 허리를 굽혔다. 나주에서 거느리고 있던 낯익은 군관이었다.

"너 혼자냐?"

"네……."

젊은 군관은 머뭇거렸다. 긴히 이야기할 일이 있는 모양이다. 왕건은 방 안에 있던 관원들을 내보내고 단둘이 마주 앉았다.

"너 무척 고생한 모양인데 무슨 곡절이냐?"

"공물을 싣고 오다가 견훤의 수군에게 당했습니다."

"이디서?"

"세 척으로 오다가 백강구(白江口, 금강 하구) 앞바다에서 세 척이 모두 불타고 배에 탔던 사람들은 몰살당했습니다."

"저런!"

"밤중이라 저는 바다에 뛰어들어 헤엄쳐서 목숨을 건졌습니다."

"고생이 많았다."

왕건은 그에게 더운 차를 권하고 위로했다.

"사잇길로 오면서 보니 백강구에는 견훤의 수군이 백 척 남짓 있었습니다."

이것은 새로운 소식이었다.

견훤은 수군을 대수롭게 보지 않았고 나주를 점령한 왕건의 군대도 독 안에 든 쥐라고 장담해 왔었다. 그런 견훤인 만큼 수군에는 주력하지 않았다.

백여 척. 이제 수군의 이점을 깨달은 모양이다. 이대로 그것을 방치한다면 나주는 본국과의 연락이 두절되고 정말 독 안에 든 쥐 같은 신세가 될 것이다.

"조정에서는 요즘 나주의 형편을 아십니까?"

"나주에 무슨 변동이 있었느냐?"

"이틀이 멀다고 배를 띄웠는데요."

왕건은 알 만했다. 도중에서 견훤의 수군에게 붙들렸거나 침몰당했을 것이다.

"나주의 형편을 말해 봐라."

"사실인지 아닌지 모르지마는 성상께서는 사냥을 하시다가 호랑이에게 물려 아주 등신이, 죄송합니다, 돼 버렸다. 이런 소문이 파다합니다."

"누가 그런 터무니없는 소문을 퍼뜨린단 말이냐?"

"나주에서두 소문의 뿌리를 캐느라고 애썼습니다마는 딱히는 알 수 없고 견훤 쪽에서 퍼뜨린 듯합니다."

견훤은 이쪽보다 나으면 나았지 못하지 않은 탐지능력을 갖춘 유능한 장수라고 생각하는데 군관이 말을 계속했다.

"그 때문에 병사들 사이에는 동요가 자심합니다. 본국에서 연락은 오지 않지, 사실인가 부다구 말입니다."

"수고가 많았다. 물러가 쉬어라."

군관을 내보내고 나서 움직여도 크게 움직여야 할 때라고 생각했으나 조정의 형편이 이 모양이고, 가서 나주를 휘어잡을 마땅한 장수도 떠오르지 않았다.

그런데 다음 날은 더욱 희한한 소식이 날아들었다.

"뱃길로 아무리 보고를 드려도 소통이 되지 않길래 육로를 걸어왔습니다."

나무꾼으로 변장한 나주 군관은 이렇게 서두를 꺼내고 유장(留將) 금언의 전갈을 구두로 전했다.

"새해에 들어서면서 서해안에는 견훤의 수군이 출몰하고 육지에서도 무시로 변경을 침범하여 나주 백성들은 불안에 떨고 있습니다. 조정에서 무슨 대책이 있기를 바랍니다."

"편지는 없느냐?"

"만일의 경우를 위해서 편지는 없고 말로 전해 드리라고 했습니다."

"너는 군관으로 직접 병사들과 접촉이 많았을 테니 네 소견도 말해 봐라."

"우선 큰 문제는 폐하께서 어떻게 되셨다, 심지어 돌아가셨다는 소문입니다. 이것을 씻을 방도를 강구해야 하겠고, 다음으로는 고향을 떠난 지 여러 해 되는 병사들이 적지 않습니다. 이들을 빨리 교체하는 것이 좋을 듯합니다."

왕건은 고개를 끄덕였다.

크게 움직이는 것은 추후에 하더라도 나주에 있는 장병들에게 서울 사람의 얼굴이라도 보여야 하겠다고 생각했다. 소외(疎外), 고적(孤寂)이 군중심리를 움직이기 시작하면 걷잡을 수 없는 결과를 가져온다는 것을 왕건은 잘 알고 있었다. 그는 생각 끝에 군관에게 물었다.

"너, 오늘과 내일 쉬고 모레 다시 나주까지 걸어갈 기운이 있느냐?"

군관은 내키지 않는 대답이었다.

"기운은 있습니다마는……."

"네 수고를 생각하면 몇 달이라도 쉬게 하고 싶지마는 나주까지의 사잇길을 아는 사람이 없다. 사람을 보낼 일이 있는데 인도해 줬으면 좋겠다."

"그렇게 하지요."

맥없이 물러가는 군관의 뒷모습에서 나주의 흔들리는 인심을 보는 느낌이었다.

나주는 왕건의 손으로 점령했고 작년 여름까지 오랫동안 머문 연고로 해서 시중이 된 지금도 자기에게 직접 보고하고, 자신도 무심코 들었으나 이래서는 안 되겠다는 생각이 들었다.

모함을 받을 여지도 있고, 대신들이 빗나갈 염려도 있었다.

그는 병부령 구진을 위시한 관계 대신들을 불러 의논하고 함께 태자 청광을 찾아 자초지종을 설명한 연후에 동병을 청했다.

"대신들의 의견이 그렇다면 해야지요."

청광은 선선히 응하고 나서 병부령에게 물었다.

"장수는 누구로 하지요?"

구진은 머뭇거리다가 왕건을 쳐다보았다.

"나주 일이라면 시중 어른이 제일 잘 아시는 터이온데……."

"시중, 누가 좋겠소?"

"좀 생각할 여유를 주시지요."

왕건이 이렇게 대답하자 청광은 구진을 향했다.

"이건 병부령의 관장 사항이니 우선 고을에 동원을 명령하고 시중에게 장군도 천거하시오."

동병은 결정됐으나 장수에 대해서는 결론 없이 물러나왔다.

이튿날, 종일 기다려도 병부령 구진은 아무도 천거하지 않았다.

다음 날 아침, 나주 군관의 인도로, 왕건은 심복 능산을 떠나보냈다. 전에 함께 나주에 있어 그 고장 사정을 익히 알고, 침착하고 용감하여 장병들의 신임도 두터운 인물이었다.

그가 나타난 것만으로도 조정에 대한 믿음이 생길 것이고 그의 입으로 동병이 있다고 하면 안 믿을 사람이 없고 동요는 저절로 가라앉을 것이다.

그런데 다음 날 신기한 일이 일어났다. 임금 선종이 의식을 회복하고 말도 한다는 것이다.

왕건은 궁중으로 불려 들어갔다.

그가 들어서자 의원들은 물러가고 태자 청광만 남았다. 선종은 자리에 누운 채 일어나지 못했으나 정신은 말짱했다.

"시중, 내가 아픈 동안 고생이 많았소."

"이렇게 차도가 계시니 반갑기 이를 데 없습니다."

"아직두 가끔 머리가 뽀개지는 것만 같소……. 그런데 시중, 작년에는 그런 죽을 고비를 당했으니 새해부터 연호(年號)라두 고쳐서 기분을 바꿔 볼까 하는데 어떻겠소?"

이 판국에 뚱딴지 같은 소리였으나 굳이 반대할 이유도 없었다. 국호와 연호를 자주 바꾸는 것은 그의 고적하고 허진한 환경의 소치라고 일찍부터 단정하고 있었다.

"그렇게 하시지요."

"정개(政開)가 어떻겠소?"

"좋을 듯합니다."

"오늘이 며칠이더라?"

"정월 열사흗날입니다."

"그럼 시중의 생신이 아닌가. 너, 선물은 보냈겠지?"

청광을 향해 눈을 치떴다. 처음에 의원들로부터 들은 바와는 달리 아주 멀쩡했다.

"좋은 말 한 필을 내리셨습니다."

청광이 입을 열기 전에 왕건이 대답했다.

"그럼 내일은 정월 대보름, 내가 등극한 지 몇 해째더라?"

"만 십삼 년이올시다."

"내일부터 정개루 시행하지."

"알겠습니다."

제정신을 찾은 것은 좋으나 처음에 오른 화제가 하필이면 연호라 왕건은 뒷맛이 개운치 않았다.

군을 움직이는 것은 군주의 대권(大權)에 속하는 일이라 제정신을 찾은 이상 알리지 않을 수 없었다.

"동궁께서는 나주 일을 말씀드리셨는지요?"

왕건은 청광에게 물었다.

"대충 말씀드렸습니다."

왕건은 더 이상 말할 것도 없어 일어서려는데 선종이 불렀다.

"시중."

"네."

"장수는 누구루 했소?"

"병부에서 천거하기로 돼 있습니다."

"으-응, 내가 보기에는 나주에는 시중이 가야 할 것 같소."

청광이 얼른 끼어들었다.

"시중이 떠나시면 여기 일이 걱정입니다."

"여기 일은 여기 일이구, 우선 급한 불부터 끄고 봐야 한다."

일리 있는 말이었다. 또 임금의 병도 이쯤 되었으면 떠나도 무방할 듯 싶어 왕건은 서슴없이 대답했다.

"신이 가겠습니다."

"언제 떠나겠소?"

"내일은 가일이니 모레 떠나겠습니다."

"이번 출정에는 백강장군(百舡將軍)이라 칭하시오."

"네."

선종의 글자놀음은 국호나 연호에 국한된 것이 아니었다.

이렇게 되면 임금의 친정으로 돌아가는 것인지, 태자의 대리가 계속되는 것인지 분간이 서지 않았으나 왕건은 자기가 간여할 일이 아니기에 묻지 않았다.

그는 자기 처소에 돌아오는 즉시로 여러 고을에 사람을 보내 동원된 병력은 일률로 정주 포구에 집결할 것을 명령했다.

대보름이자 선종의 등극 기념일인 정월 보름날을 넘긴 다음 날 왕건은 집을 나섰다. 궁중에 들어가 선종에게 하직인사를 드리려고 했으나 머리에 통증이 심해서 아무도 만나지 못한다고 했다.

그는 태자 청광을 만났다.

"정말 오늘 떠나시나요?"

"떠나야지요."

전승의 비결은 신속 과감하게 움직여 적의 의표(意表)를 찌르는 데 있다.

견훤은 병든 임금을 두고 시중인 자기가 움직이리라고는 생각지 못할 것이고, 설사 움직이더라도 정주 포구에는 함선이 불과 몇 척밖에 없으니 이를 보충하려면 몇 달 걸릴 것으로 계산할 것이다.

"병부령은 큰 병력을 나를 함선이 부족하다고 걱정이던데요."

"황금만 있으면 됩니다."

"얼마나 있으면 될까요?"

"많을수록 좋습니다."

청광은 시종을 불러 동궁에 있는 금덩이를 모두 가져오라고 일렀다. 왕건은 웃었다.

"사람이 혼자 힘으로 들고 갈 정도라면 차라리 없는 것만 같지 못합니다."

"참, 그렇구만. 이봐, 지금 곳간에 있는 금은 남김없이 내다 말에 실어라."

말에 금을 실는 동안 청광은 왕건과 함께 차를 나누었다.

"시중 어른은 전쟁이 즐거우신가 봐요."

"사람 잡는 일이 즐거울 까닭이 있겠습니까?"

"아무도 나주 가는 것을 달가워하지 않는 눈치던데요. 그런데 시중 어른은 아버님 말씀이 떨어지자 서슴지 않고 가겠다고 나서시니 말입니다."

"그것이 무사의 길이 아니겠습니까."

"무사의 길도 어려운 일이 한두 가지가 아니겠어요."

"그렇습지요. 성상께서도 이 어려운 길을 마다 않고 달려서 우리 태봉국을 세우셨습니다."

"나라를 세우는 데도 무(武)가 필요하고 유지하는 데도 필요하겠지요?"

"나라가 있는 이상 무는 없을 수 없지요. 더구나 아직도 군웅이 할거하고 있으니 더욱 필요할 것입니다."

"시중 어른이 안 계시는 동안 계속해서 활과 도창(刀槍)을 연마하리다."

"그런 무기를 쓰는 법도 소홀히 해서는 안 되겠지마는 그것은 일반 병사들의 무술이올시다. 장수, 더구나 군왕의 무는 용인(用人)에 있습니다. 자신의 마음을 닦고, 닦은 마음으로 뭇사람을 이끌어 뜻대로 부리는 데 있다는 뜻입니다."

"네……."

"특히 중요한 것은, 군왕의 무는 그 목적하는 바가 살상에 있는 것이 아니라 사람을 구하고 지상에 평화가 오도록 하는 데 있다는 것을 잊지 말아야 합니다."

"아버님께서도 비슷한 말씀을 하셨지요. 지금 이 지상은 예토(穢土)다, 장차 하강하실 미륵 부처님의 뜻을 받들어 이 예토를 정토(淨土)로 바꾸는 것이 군왕의 책무다, 이렇게 말씀입니다. 어려워서 알 듯 모를 듯 했으나 쉽게 풀어 깨우쳐 주시는 시중 어른의 말씀을 들으니 이제 알 만합니다. 명심하지요."

"폐하는 하늘이 내신 분입니다. 그 큰 뜻을 따르시면 그르침이 없을 것입니다."

시종이 들어와 짐을 다 실었다고 아뢰었다.

왕건은 사양했으나 청광은 함께 말을 달려 성 밖 멀리까지 전송을 나왔다.

뱃길이라 출정군은 기병 아닌 보병들이었다. 쇠둘레와 그 주변에서 동원된 천여 명의 지휘는 백옥삼에게 맡기고, 왕건은 십여 기를 거느리고 예성강변 영안성으로 달렸다.

도중에서는 고을마다 수십 명에서 수백 명에 이르기까지 대오를 지어 서쪽으로 전진하는 병사들이 눈에 띄었다. 입성도 괜찮고 체구도 당당한 청년들이었다. 이 몇 해 동안 평화가 계속되어 백성들에게 여유가 생긴 덕분이라고 생각했다.

그 밤으로 영안성에 당도한 왕건은 병사들을 여러 포구에 보내고 옛집으로 직행했다. 예고 없이 오는 길이라 대문을 두드리는 소리에 잠을 깬 육촌아우 왕신(王信) 부부는 맨발로 달려 나와 맞아들였다.

"그래, 장사는 잘되느냐?"

촛불을 켜든 왕신을 따라 건넌방에 들어간 왕건은 자리에 앉으면서 물었다. 아버지를 따라 금성까지 갔다가 아버지가 돌아가자 아우 왕육(王育)과 함께 온 낮이 눈물로 범벅이 되도록 울던 어린 왕신, 이제 삼십에 가까운 청년이 되었다.

왕건은 아버지의 유언에 따라 이 형제를 극진히 돌보았다. 글도 소망대로 배우게 했고 의식도 풍족하게 대 주었다.

장성하면서 그들은 무사도 관리도 싫고, 장사를 하겠다 하였다. 왕건은 그들이 원하는 대로 형 왕신은 영안성, 아우 왕육은 송악성의 옛집을 각각 맡기고 함께 영안성에서 장사를 하도록 했다.

"세상이 조용하니 큰 이문은 없어도 그럭저럭 괜찮습니다."

"아이들두 잘 크구?"

"안방에서 자구 있는데 깨울까요?"

왕건은 작년 여름 이 고장을 지날 때 본 어린 남매를 생각했다.

"아니다. 아침에 보지."

"왕육도 잘 있습니다. 정초에 딸을 보았습니다."

"응, 소식은 들었다. 이번에 들를 수 있을지 모르겠다."

"먼 길을 가시나 부지요?"

"급히 나주로 가는 길이다."

"형, 벼슬도 좋지마는 고달프시겠어요."

"팔자가 그런가 부다. 넌 장사 길을 잘 택했다."

"참, 저녁 진지는 어떻게 하셨어요?"

"오다가 주막에서 먹었다."

"추우실 텐데 따끈한 술을 한잔 드릴까요?"

"한잔할까?"

왕신의 부인이 밖에서 아궁이에 장작을 때고 있으나 온돌이 더우려면 멀었다. 세찬 바람 속을 뚫고 온지라 몸에 밴 냉기를 털어 버릴 길은 술밖에 없었다.

졸지에 들이닥쳤건만 안주는 진수성찬이었다. 생선, 제육, 닭과 노루고기에 말린 산채를 무친 것도 몇 가지 있었다.

"별안간 어떻게 이런 성찬을 마련했지?"

왕건은 술을 들고 안주를 집으면서 물었다.

"장사를 하다 보니 불시에 괄시 못할 손님이 나타나는 경우가 있어서……."

"그렇겠구나."

왕건은 안주를 삼키고 화제를 바꿨다.

"서해와 예성강 연안 포구에 지금 당장 쓸 수 있는 배가 몇 척이나 있을까?"

"배에 대해서는 왕육이 잘 아는데, 지금이라두 가서 불러올까요?"

"그럴 건 없다. 포구마다 병정들을 보냈으니 내일 아침 일찍 좌상들이 여기 모일 게다."

"그렇게 급하신가요?"

왕신이 물었다.

"급하다."

"형님답지 않게 왜 그렇게 성급하시지요?"

"장사도 때를 놓치면 안 되지? 전쟁두 마찬가지다."

왕건은 술잔을 기울이면서 말머리를 돌려 이 고장 친지들의 근황을 물었다. 왕신은 일일이 답변하다가 불쑥 이런 말을 던졌다.

"형, 여기가 고향이라는 걸 잊지 마시오."

"그건 무슨 소리냐?"

"이 고장 사람들이 형에게 얼마나 기대를 거는지 아시오? 그 기대를 저버리지 말란 말씀이오."

"더욱 모를 소리를 하는구나."

"배 한 척에 목숨을 건 백성들로부터 배를 뺏으면 어떻게 되지요? 더구나 형을 하늘같이 믿는 고향 사람들로부터."

"고향 사람이구 타관 사람이구, 그런 짓은 안 한다."

"역시 형은 된 사람이오."

왕신은 일어섰다.

"아침 일찍 손님들이 오신다니 주무셔야겠지요?"

왕건은 몸도 녹고 방도 더워오기에 상을 물리고 잠자리에 들었다.

이튿날 해 뜨기 전에 가게에 나왔던 왕육도 소식을 듣고 달려왔다.

"형, 또 전쟁에 나가신다면서?"

"응, 계수씨는 산후가 괜찮으냐?"

왕건은 삼십을 바라보면서도 애티가 가시지 않은 그에게 미소를 던졌다.

"괜찮아요."

"이번에는 길이 바빠 못 들르겠다."

"폐하두 너무하셔."

"그런 소리 하는 게 아니다."

"지나간 이십 년 동안 형이 집에 계신 날이 며칠이나 돼요? 밤낮 전쟁터에 내몰구."

"얘, 이 일대의 포구를 모두 합쳐서 말이다. 삼십 명 이상 타구, 그만큼 짐도 실을 수 있는 배가 몇 척이나 있을까?"

"한 팔십 척은 될 거예요. 형은 폐하께서 너무하신다구 안 생각해요?"

"며칠이면 그 배들을 정주 포구에 모을 수 있을까?"

"넉넉잡구 이틀이면 되지요. 오 년 만에 돌아온 형을 반 년 만에 또 나주에 가서 싸워라. 그런 인정머리 없는 처사가 어디 있어요?"

"너 금년에 몇이더라?"

"스물여덟이에요. 모두들 어진 임금이라지만 형에게는 너무해요."

"스물여덟이라. 맞았다. 나보다 열하나 아래였지."

"우리네 장사치두 그렇게는 사람을 안 부려요."

"장사는 괜찮게 된다지?"

"형, 정신이 오락가락하는 건 아니오?"

"오락할 때두 있고 가락할 때두 있다."

"머리에서 발끝까지 능구렁이가 다 됐구만."

"미꾸라지쯤 됐겠지."

왕육은 소리를 내어 웃고 나서 계속했다.

"형은 우리 집안의 기둥이 아니에요? 걱정이 돼서 그래요."

"걱정은 예성강에 던져 버리구 어깨나 주물러라."

왕육은 뒤로 돌아 그의 어깨를 주무르기 시작했다.

해 뜰 무렵부터 포구의 좌상들이 하나둘씩 사랑채에 모여들었다.

왕건은 왕신, 왕육 형제와 조반을 함께 하고 좌상들이 다 모이는 것을 기다려 사랑채로 나갔다.

대개 아는 얼굴이라 수인사는 간단히 끝났다.

"시일이 없어 찾아뵙지 못하구 이처럼 오시라구 해서 미안합니다."

이렇게 서두를 뗀 왕건은 차를 권하고 나서 말을 이었다.

"여러분 포구에서 배를 가지신 분은 그 배를 저에게 팔도록 해 주십사 하는 것이 저의 부탁이올시다."

좌중에서는 여러 가지 질문이 나왔다.

"배도 가지가진데 얼마나 큰 배가 소용되시나요?"

"적어도 삼십 명 이상 탈 수 있는 동시에 그만한 무게의 짐도 실을 수 있는 돛배라야 하겠습니다."

"값은 어떻게 주시지요?"

"값은 좌상 여러분에게 일임하겠습니다마는 새로 그만한 배를 만들 비용에다 배가 완성될 때까지 종전에 그 배가 벌어들이던 액수를 보태서 드려야겠다는 것이 제 생각이올시다."

좌중은 웅성거렸다. 배는 배대로 제값을 받고, 앉아서 그 배가 벌어들이던 수입까지 받는다면 이런 장사는 하늘 아래 없을 것이다.

"새 배와 낡은 배의 구분은 어떻게 합니까?"

"일일이 구분하기도 어려우니 쓸 만한 배는 낡은 것과 새것을 막론하고 같은 크기에 같은 값을 드리겠습니다."

"값은 어디서 무엇으로 주시지요?"

"정주 포구까지 끌어오시면 거기서 금으로 드리겠습니다."

"값에 대해서 이견이 생기면 어떻게 하시지요?"

"이견이 있을 수 없습니다. 아까 말씀드린 바를 참작해서 좌상 여러 분이 값을 매긴 문서에 수결해 보내 주시면 그대로 시행하겠습니다."

"언제부터 받으시지요?"

"지금부터 내일 밤 자정까지 받겠습니다."

"뱃사람들 중에 장군을 따라갔으면 하는 사람도 간혹 있는데 어떻게 하면 됩니까?"

"여러분이 천거하시면 능력에 따라 등용하겠습니다."

"내일 밤 자정까지라면 서둘러야겠는데 그 밖에는 하실 말씀이 없습네까?"

제일 늙은 노인이 물었다.

"있습니다. 배마다 고치솜 한 근, 콩기름, 깨기름 가릴 것 없이 다섯 되씩, 이것도 여러분이 매기는 값을 드리겠습니다."

좌상들은 일어섰다.

왕건은 그들을 대문 밖까지 배웅하고 들어와 떠날 차비를 했다.

"내일 밤까지라면 오늘 하루 쉬고 아침에 떠나시지요."

왕신이었다.

"아니다. 정주에 가서 할 일이 있다."

"형, 정주까지 따라가서 떠나는 걸 전송해두 괜찮아요?"

"능구렁이를 따라다니다가는 물리기 십상이다."

왕건은 한 눈을 찡긋 하고 왕육은 씩 웃었다.

"미꾸라지라면서."

"그 애기는 그만두자. 병사들은 어디루 가는지도 모르구 고향을 등지고 오는데 장군이라는 자의 친척이 포구까지 전송 나온다면 사기에 영향을 미친다."

왕육은 그의 두 손을 잡고 눈물을 글썽거렸다.

"형, 정말 몸조심하시오."

다감한 청년이었다.

왕건은 대문 밖에서 기다리고 있던 병사들과 함께 말에 올라 정주로 치달았다.

서해 연안에 사는 병사들은 이미 당도해 있었다. 뭍에 있는 시간보다 바다에 있는 시간이 많고 바다에 생계를 의존하는 그들은 배를 연장 다루듯 하는 솜씨가 있었다.

이번 출정군은 이천오백 명이었다. 왕건은 함선 수를 칠십 척 남짓으로 잡고 이들 병사들 중에서 이 함선들을 움직일 인원을 따로 떼어 놓고 다시 건장한 병사 이백 명을 선발했다.

그는 열 척으로 편성되는 화공대(火攻隊)를 머리에 그리고 있었다. 민첩해야 하니 다른 배들보다 인원이 적어야 하고 바다에 익숙한 병사들이어야 했다.

경험으로 보아 뭍에서 자란 병사들은 처음 배를 타면 멀미를 해서 바다에서는 쓸모가 없었다.

왕건은 군관들로 하여금 선발된 이백 명에게 화공 연습을 시켰다. 배에서 배로, 붙은 불을 손으로 던지는 경우와 창끝으로 던지는 경우, 적선에 뛰어들어 불을 댕기는 경우 등, 바다에서 자란 병사들은 반나절로 대강은 익힌 듯싶었다.

여러 포구에서 배들이 모여드는 가운데 그날 해질 무렵까지 각처에서 동원된 이천오백 명 전원이 정주에 집결하였다.

다음 날은 대휴식이었다. 병사들은 장막 속에서 터진 군복을 꿰매기도 하고 장기도 두었다. 낮잠을 자는 병사도 있고, 바다를 처음 보는 병사들은 추위를 무릅쓰고 바닷가를 오락가락하기도 했다.

나머지 배들은 그날 해가 지기 전에 모두 포구에 들어왔고, 배 값을 두둑이 받은 선주들은 주막을 찾아 한잔 술로 우선 몸부터 녹였다.

왕건은 하루 종일 장막에서 나오지 않았다. 군관들과 함대의 편성과 배치를 의논하고, 그것이 끝난 후에는 각자가 할 임무를 간명하게 설명해 주었다.

추운 때라 해가 떨어지자 모든 병사들에게 과음하지 않을 정도로 술도 나눠 주었다.

그도 군관들과 함께 따끈한 술을 들었다. 술을 마셔도 그저 마시지 않았다.

"승전을 축하합시다."

이렇게 한마디 하고 죽 들이켰다. 따라 들이켠 군관 중에서 질문이 나왔다.

"싸우기도 전에 승전입니까?"

"승전이다."

자신 있게 단언하는 그의 위세에 눌려 더 이상 왈가왈부가 없었다.

술이 얼마만큼 들어가자 다른 질문이 나왔다.

"성상께서 위독하시다는 게 사실입니까?"

"위독한 고비는 넘기셨다."

이제 숨길 것도 없었다.

"항간에는 아직도 위독하시다는 소문이 파다한데요."

"위독하다면 시중인 내가 이렇게 외지로 출정할 수 있겠느냐?"

"하기는 그렇습니다."

"장군께서는 견훤의 군대를 어떻게 보십니까?"

"강병이다."

아무것도 아니라는 대답을 기대했던 군관들은 멍하니 그를 바라보왔다.

"그렇게 강병이면 싸우기도 전에 승전 축배는 무엇입니까?"

배짱이 두둑한 군관이 파고들었다.

그러나 왕건의 대답은 간단명료했다.

"우리는 더욱 강병이다."

얼근히 취한 군관들은 자신감을 얻고 각기 자기 장막으로 흩어져 갔다.

이튿날 새벽, 왕건의 함대 칠십여 척은 서서히 움직여 서해를 남하하기 시작했다.

왕건은 해와 달이 뜨는 시각을 염두에 두고 함대의 속도를 조절하면서 남으로 항진했다.

항진하면서도 적 함대와 부딪칠 경우에 대비해서 주야 각 한 번씩 전투훈련이 있었다. 그중에서도 화공대는 자는 시간을 빼고는 훈련에 훈련을 거듭하여 병사들 사이에 불평이 일어나고 불평은 왕건의 귀에도 들려 왔다.

그는 담당 군관들을 불러 놓고 타일렀다.

"그다지 오래지 않다. 참고 견디도록 너희들이 깨우쳐 주어라."

대개는 말없이 듣기만 했으나 병사들과 같은 불만을 품은 군관도 있었다.

"얼마나 계속되는 것인지 몰라도 이대로 가다가는 사흘이 안 가 모두 쓰러지겠습니다. 우선 살구 봐야 할 게 아닙니까?"

"좋은 말을 했다. 살기 위해서 단련하는 것이다. 너 전쟁터에 나가 본 일이 있느냐?"

"아직 없습니다."

"전쟁이 벌어지면 단련되지 못한 병사들은 적의 칼밥밖에 될 것이 없다. 미리 단련해 둘 것이냐, 아니면 죽을 것이냐. 둘 중에 하나다."

"반드시 화공은 있을 것입니까?"

"있다. 백강구에 견훤의 함선 백여 척이 몰려 있다는 소식이 들어왔다. 우리의 목표는 이들을 몰살하는 데 있다."

배에 오른 이상 감출 것이 없었다. 기밀이 샐 염려도 없고, 군관들에게는 정황을 옳게 알려 명확한 행동목표를 갖게 하는 효과가 있을 것이었다.

공연히 사람을 들볶는 것이 아니라, 분명하고도 엄청난 목표가 있다는 것을 알게 된 군관들의 얼굴은 긴장하고 더 이상 군소리가 없었다.

백강구의 접경에 당도한 것은 축시(丑時) 중반(새벽 세시)이었다.

사람이고 동물이고 잠든 자는 더욱 깊은 잠에 녹아들고 긴장한 초병(哨兵)들도 쏟아지는 잠과 씨름해야 하는 시각이었다.

서남풍이 희미하게 부는 으스름 달밤.

왕건의 함대는 돛을 내리고 서서히 백강구를 포위하였다.

왕건은 강으로 진입하는 화공대의 선두함에 탔다. 이런 일에 익숙한 군관들이라면 함대의 총지휘를 맡은 자기가 나설 계제가 아니었으나 그런 군관들은 드물고 더구나 병사들은 이 며칠 사이에 벼락치기로 훈련한 신병들이라 싸움이 벌어지면 겁부터 앞설 것이다. 자기가 앞장설 필요가 있었다.

정주를 떠난 후로 군관들에게 몇 가지 일러두기도 했다.

"화살이 닿는 거리가 칠팔십 보니 낮에는 서로 훤히 보이지마는 밤에는 다르다. 어두운지라 이쪽의 손해만 보이고 적의 손해는 보이지 않으니 우리가 진 것이 아닌가 걱정하고 싸울 의욕을 잃는 수가 있다. 적도 우리와 마찬가지로, 아니 그 이상으로 고통스럽다는 것을 주지시키고 격려해야 한다."

"쉴 때나 항진할 때나 배들을 밀집(密集)시켜서는 안 된다. 적의 화공이 있을 경우 한 배에만 불이 붙어도 다른 배에 옮겨 붙어 전멸하기 십상이다."

선두의 왕건은 병사들이 소리 없이 젓는 배 위에 서서 양안을 번갈아 보고 전진했다.

얼마 안 가 남안(南岸)에 일렬로 잠자듯 닻을 내린 배들이 그의 밝은 눈에 들어왔다.

그는 손을 들어 속도를 더하라는 신호를 보냈다.

차례로 신호를 받은 십여 척의 배들은 적을 처음 대하는 불안과 공포, 그리고 공명심이 엇갈리는 가운데 소리 없이 적 함대로 접근해 갔다.

적선 백여 척의 정면에 일정한 간격을 두고 포진한 화공대는 선두의 왕건이 탄 배에서 부싯돌이 번쩍이는 것을 신호로 행동을 개시했다.

무기는 간단했다. 사람의 힘으로 던지기 알맞은 돌에 그물을 씌우고 그 위에 솜을 싸고 끈을 늘어뜨린 것이었다.

한 배에 열 명씩, 솜에 기름을 묻혀 불을 달아 지체 없이 적선을 향해 던지기로 되어 있었다. 적선 한 척에 다섯 개씩.

불덩이가 몇 개 날아간 연후에야 적진에서는 북이 울리고, 바로 물가 장막에서 사람들이 뛰고 호통치고 아우성치는 소동이 벌어졌다.

밤중이라 배에는 소수 인원만 남고 육지에 올라 잠잤던 모양이다.

그래도 화살은 날아오고 맞아 쓰러지면서 비명을 지르는 병사들이 있었다.

왕건은 병사들이 던지는 것과 타는 적선들을 냉정히 지켜보다가 던질 것을 다 던진 것을 확인하고 후퇴를 명령했다.

후퇴라도 바다로 나가는 것이 아니라 강심(江心), 화살이 닿지 않을 만한 거리로 물러서 부상병들의 치료를 명령하고 적의 동태를 주시했다.

반드시 예상한 대로 된 것은 아니었다. 당황한 나머지 적선에 미치지 못한 것도 있고 지나쳐 육지에 떨어진 것도 있었다. 또 한두 개 떨어진 것을 몸으로 덮쳐 꺼 버리는 용감한 적병들도 있었다.

그러나 정통으로 맞은 배들은 불기둥이 치솟고 탔던 병사들은 물속으로 뛰어들었다. 불꽃이 날고, 불붙은 배가 바람에 밀려 성한 배를 덮치고 맞은 배나 맞지 않은 배나 모두가 화염에 싸여 견훤의 수군 백여 척은 하루 새벽에 자취를 감추게 되었다.

서두를 것도 없었다. 배를 잃은 적병들은 육지에서 고함을 지르고 욕설을 퍼부었다. 강심의 화공대는 죽은 듯이 조용했다.

먼동이 트면서 적 함대의 정체는 완전히 드러났다. 다 타서 가냘픈 연기만 올리는 배도 있고 아직 마지막 타는 불길이 바람에 불꽃을 튀기는 배도 있었다. 어떻든 견훤의 수군은 사라졌다.

그는 화공대를 이끌고 강구에 나와 전 함대에 돛을 올리고 남진을 계속했다.

왕건은 혼자 생각했다. 만약 견훤의 함대가 훈련을 쌓아 제구실을 하였다면 멀리 북상하여 대동강으로 진입할 수도 있었을 것이다.

진입하면 무방비 상태에 있는 평양 일대를 점령하고 마치 태봉국이 적의 후방에서 나주를 차지했듯이 백제의 견훤도 우리 후방에 거점을 마련해서 큰 두통거리가 되었을 것이다.

적의 사상자는 알 길이 없었으나 우군에는 부상 열 명에 사망자는 없었다. 역사에도 이렇게 깨끗한 승리는 드물 것이다.

그는 화공대를 해체하고 그 병사들에게는 휴식을 주는 한편, 선도함을 제외한 모든 함선의 장병들에게 술을 내렸다. 추운 계절이라 죽음이 눈앞에 어른거리는 속에서는 잊을 수도 있었으나 긴장이 풀리면 추위는 한층 기승을 부리게 마련이다.

백강구를 떠나 남으로 십여 리, 견훤의 백제 깃발을 단 배 한 척이 아침 햇살을 받고 바다에 떠 있었다. 배는 곧 선도함 오륙 척에 포위되어 싸우지도 않고 항복했다.

태봉국의 함선은 목포 연안에 있고 북에는 없으니 남쪽을 감시하라는 명령을 받았다고 했다. 왕건은 배만 뺏고 장병들은 쪽배로 뭍에 올려 보냈다.

도중에서 해적선 몇 척을 부숴 버리고 목포에 들어간 것은 다음 날 해질 무렵이었다.

포구로 들어가면서 왕건은 바다에 닻을 내린 팔십 척 가까운 함선들을 바라보고 금언은 용기는 있어도 지략(智略)이 부족한 장수라고 생각했다.

견훤에게 밤낮으로 침공을 당하면서 이처럼 유력한 함대를 잠자게 버려 둔다는 것은 말이 되지 않았다. 서해를 북상하여 연안을 들부수고 그의 배후를 위협하는 것이 정석이 아닌가.

바람에 나부끼는 태봉국 백강대장군 왕건(泰封國百舡大將軍王建)이라는 깃발이 시야에 들어오자 이 고장에 있던 병사들은 물론 백성들도 나루터로 달려왔다.

그들은 무작정 그의 주위에 몰려들어 환성을 질렀다. 절망 속에 갇혔던 사람들이 자기를 풀어 줄 부처님이라도 나타난 듯 그들의 얼굴에는 생기가 돌았다.

추위와 멀미, 그리고 전투의 공포와 싸우면서 뱃길을 내려온 병사들은 불과 며칠 사이에 몰라보게 달라졌다. 왕건은 이 밤만이라도 이들을 더운 방에서 재우고 싶었으나 목포는 몇 채 안 되는 어민들이 모여 사는 한촌(寒村)이었다.

일반 병사들은 장막, 화공에 참가한 병사들만 민가에 분숙(分宿)시키고 왕건은 장막으로 들어갔다.

이 고장을 지키는 군관이 포구에서부터 따라붙었으나 긴 말을 하지 않고 돌려보냈다. 그는 더운 술로 몸을 녹이고 일찍 자리에 들어 곤히 잠들었다.

이튿날 아침. 이른 조반을 마친 왕건은 쇠둘레를 떠날 때와 마찬가지로 백옥삼에게 보병들의 지휘를 맡기고 자신은 십여 기와 호위병을 거느리고 나주를 향해 말을 달렸다.

금언은 군관들을 거느리고 도중까지 마중 나왔다. 그중에는 얼마 전에 사잇길로 은밀히 보낸 능산의 얼굴도 보였다. 목포 군관이 밤사이에 알린 모양이었다.

서로 마음이 통하는 사이라 긴 말이 필요 없었다.

성내에 있던 백성들도 남문 밖에 몰려나와 그를 반겼다. 새벽 일찍부터 왕 장군이 구름같이 많은 군대를 이끌고 목포에 올라왔다는 소문이 퍼졌다는 것이다.

그들은 오랫동안 쌓였던 시름이 풀린 듯 금언은 그들의 얼굴에서 사라졌던 웃음이 되살아났다고 일러 주었다.

왕건은 공청(公廳)으로 직행했다.

"우선 여기 사정부터 듣읍시다."

자리에 앉은 왕건의 첫마디였다.

금언은 난처한 얼굴로 대답했다.

"동에서 쳐들어와 동으로 군대가 가면 이번에는 북에서 내려오고……. 때로는 동시에 여러 방면에서 쳐들어오니 갈피를 잡을 수 없었습니다."

금언은 꾸미지 않고 대답했다.

왕건은 자기가 떠나던 작년 여름과는 달리 광대뼈가 튀어나오고 훌쭉하게 마른 금언을 바라보다가 짤막하게 위로했다.

"그동안 심로(心勞)가 많았겠소."

"만사 저의 역부족입니다."

금언은 변명도 없었다.

결국 적의 의도대로 이리 뛰고 저리 뛰어 적의 손바닥에서 놀아난 셈이었다.

생각에 잠기고 있는데 금언이 입을 열었다.

"오정도 지났는데 옆방에서 점심을 드시면 어떨까요?"

"그게 좋겠군."

왕건은 옆방에 들어가 금언, 능산과 함께 미리 차려 놓은 점심상을 마주했다.

금언은 상 위에 놓인 잔에 돌아가면서 술을 붓고 나서 잔을 쳐들었다.

"장군의 대승을 축하드립니다."

능산은 술을 들면서도 이상한 얼굴을 했다.

"대승이란 무슨 말씀이지요?"

그는 잔을 내려놓고 물었다.

"백강구에 박아 놓은 세작이 오늘 새벽에 달려와서 장군께서 견훤의 수군을 아주 몰살해 버렸다는 겁니다."

원래 금언의 성미가 느긋한 것은 알았지만 이 지경인 줄은 몰랐다. 성급한 사람이 아니더라도 아까 처음 만났을 때 한마디쯤 인사가 있었을 것이고, 경우에 따라서는 칭송과 아첨이 자자했을 것이다.

능산은 왕건을 건너다보았다.

"사실은 사실이오."

"요즘 쇠둘레에서 한잔하고 송악에 와서야 어 - 취한다고 하는 느림

보가 있다더니 금언 장군두 비슷하시군요."

능산이 한마디 했으나 금언은 남의 일같이 대답했다.

"아마 그런가 부지요."

능산은 좋은 얼굴이 아니었다. 자작으로 술을 한 잔 죽 들이켜고 나서 물었다.

"내가 간여할 일이 아니라서 잠자코 있었습니다마는 견훤이 그토록 보채는데 목포의 수군을 잠자도록 내버려 둔 것은 무엇 때문이지요?"

"그 얘기는 차차 두구 합시다. 대장군께서두 먼 길에 피곤하실 터이구……."

"내게 상관 말구 두 분 할 얘기가 있으면 하시오."

왕건은 시장한 김에 국에 밥을 말아 들이켜듯이 먹었다. 금언은 놀리던 숟가락을 놓고 천천히 엮어 내려갔다.

"배수지진(背水之陣)이라는 것이 따로 있습니까? 퇴로(退路)가 없으면 배수지진이지요. 능산 장군, 안 그렇소이까?"

"그렇지요."

"하루, 길어서 이삼일이면 몰라도 몇 달 혹은 몇 해가 갈지도 모르는 처지에서 배수지진을 친다는 것은 자멸지책(自滅之策)이 아니겠소이까?"

"……."

"목포의 수군은 이 나주의 퇴로올시다. 지금같이 어려운 처지에서 그나마 부족한 병력을 싣고 이 수군이 떠나 버린다면 남은 병정들과 백성들은 퇴로도 없이 버림받은 것으로 알고 큰 혼란이 일어날 것입니다. 애써 손에 넣은 나주를 잃을 염려가 있지요."

"북상해서 견훤의 배후를 치고 대장군께서 몰살하셨다는 그의 함대를 없애 버렸다면 정황은 달라지지 않았겠습니까?"

"육지에서도 겨우 견훤의 침공을 지탱하고 있는데 수군에 그런 병력을 돌릴 여유가 없었지요. 그건 아마 견훤이 바라는 바였을 것입니다."

"옳은 말씀이오."

능산이 더 말하려는 것을 왕건이 가로막았다. 자기가 멀리서 생각한 것과 현지에서 직접 당한 금언의 생각에는 차이가 있고, 자기의 생각은 잘못이고 금언이 옳다고 생각했다. 느긋한 만큼 끈덕지게 싸웠고, 생각이 부족한 듯하면서도 생각할 것은 다 하는 사람이다. 그는 금언을 달리 보았다.

화제를 바꿔 몇 가지 궁금한 것을 물은 왕건은 공청을 나섰다. 길을 오가는 병사들은 그를 보고 반색을 했으나 대개는 추위에 몸을 오그리고 멀어져 갔다.

"왜 저렇게들 기운이 없지?"

옆을 따라오는 능산에게 물으니 묘한 대답이 돌아왔다.

"늙었지요."

"늙다니?"

"대장군께서 처음 이 고장에 오신 것이 육 년 전이 아닙니까. 일부 교체한 병력도 있지마는 육 년을 그대로 눌러 있는 병사들도 적지 않습니다."

"……."

"그때보다 여섯 살씩 더 나이를 먹었단 말입니다."

"……."

"군관은 몰라도 일반 병사들은 삼십이 넘으면 쓸모없는 노병(老兵) 아닙니까?"

"……."

"그런 병사들이 수두룩합니다."

"……."

"이런 전력(戰力)으로 견훤을 막아 낸 금언 장군은 뛰어난 장수지요."

"그럼 아까 금언 장군에게 그 듣기 거북한 소리를 한 건 무슨 까닭인가?"

"누구 하나 그 고초를 알아주는 사람이 있습니까. 대장군 앞에서 직접 속에 있는 말을 하도록 기회를 마련해 드린 거지요."

"자네가 나한테 이야기할 수도 있었을 터인데……."

"저는 공사를 사사로이 논하는 성질이 아닙니다."

체구가 장대한 능산, 그만큼 생각도 깊은 사람이었다. 어쨌든 밀고 밀리면서도 강대한 견훤 군을 막아 내고 나주를 잃지 않은 것은 금언의 공이었다.

"오셨구만, 잉."

아기를 업고 문간에서 기다리던 오 씨는 말을 내리는 그의 옷자락을 잡고 눈물을 글썽거렸다.

능산은 말고삐를 틀어 돌아가고 왕건은 집 안으로 들어갔다.

"어디 한번 안아 볼까."

아들을 왕건에게 넘긴 오 씨는 부엌으로 내려갔다.

금년에 세 살, 이목구비는 그런대로 괜찮은데 온 얼굴에 삿자리 같은 주름이 갔다.

"애 얼굴이 왜 이렇지?"

그는 부엌에 대고 물었다. 칠 개월 전에 떠날 때도 없던 주름이다.

"가을부터 이상하더니만 차츰 그렇게 됐어라우."

오 씨는 상을 들고 들어오면서 대답했다.

"점심은 먹었어."

공청에서 먹은 것도 사실이지만 아기의 얼굴을 보니 더욱 입맛이 떨어졌다.

"그래두 하느라구 했는디 드는 척이라두 하시라우."

"생각없어."

왕건은 아이를 자리에 누이고 아랫목에 드러누웠다.

"인정머리가 없구만, 잉?"

오 씨는 와당탕 상을 내려놓고 그대로 버티고 섰다.

"잘난 척하지 마시라우. 내가 어부의 자식이면 당신은 장시꾼의 자식 아닌기여? 뭐가 잘났어라우?"

이쯤 나오면 그대로 넘어갈 성미가 아니다. 왕건은 동네 창피해서도 억지로 일어나 앉았다.

"뚱딴지 같은 소리. 곤해서 그랬는데 잠이나 들게 술이나 한잔 줘."

오 씨는 붉으락푸르락 눈을 흘기다가 앉아서 잔에 술을 따랐다.

잠자코 마시는데 또 오 씨가 쏘아붙였다.

"이 애, 얼굴이 이상해서 기분이 안 좋다 이거지라우?"

"기분이 좋을 건 없지 않소?"

"흥."

"흥이라?"

"왜 자기 잘못은 덮어두구 나만 가지구 이러니저러니 하지라우?"

"자기 잘못이라니?"

"애가 누구 앤기여?"

팔뚝질을 하는 품이 온 집안을 들었다 놓을 기세다.

"내 아이지."

"틀렸구만."

"틀려?"

"남자가 혼자 애기를 낳는 법도 있어라우?"

"……."

"똑 찍어 말해서 우리 둘의 아기가 아닌기여?"

"맞았소."

"기분 나쁜 건 나두 마찬가지여."

"사내자식이 기름강아지처럼 생긴 것보다는 이처럼 울퉁불퉁 생긴 것이 낫지."

"그거 진심이 아니제?"

진심일 수 없었다. 괴상하게 생겨도 분수가 있지, 삿자리 같은 주름이 오락가락한 얼굴은 처음 보았다.

"특이하게 생겼으니 특이한 사람이 될지두 모르지."

왕건은 또 무슨 푸념이 나올까 싶어 한마디 실없는 소리를 하고 드러누웠다. 이 한마디는 묘한 반응을 일으켰다.

"당신두 사람 보는 눈이 있구만, 잉?"

오 씨는 옆으로 다가앉았다.

"내가 사람을 얼마나 많이 다뤄 봤다구."

왕건은 그의 넋두리를 빨리 꺼야겠다고 격에 맞지 않는 허풍기까지 발동했는데 넋두리에 더욱 부채질한 셈이 되었다.

"그라문 그렇지. 점바치고 관상쟁이고 이 애를 본 사람은 다 칭찬이 자자하당께로. 큰사람이 된다구 말이여."

"그럴 거야."

왕건은 어설프게 맞장구를 쳤으나 오 씨는 더욱 신이 났다.

"천하를 덮을 큰 인물이 된다, 이거여."

"되구 말구."

이쯤해서 그만두려니 했더니 오 씨는 세차게 입을 놀렸다.

"애 이름이 무(武)제?"

"무지."

"요새 행세하는 사람들은 이름 외에 자(字)라는 것이 있다는디 사실이여?"

"있지."

"자는 누구나 불러두 괜찮은갑데."

"괜찮지."

"큰사람이 될 아이 보구, 어중이떠중이들이 쑥덕공론이 많은가 분디, 무? 배추는 아니구 무여? 이런당께로, 되지 못하게시리."

"보지 않는 데서는 임금두 욕을 먹는 법이래. 팽개쳐 둬."

"난 못 팽개쳐 둔다, 이거여."

입씨름이 싫어 잠자코 있었으나 물러설 오 씨가 아니었다.

"시시하다 이거여?"

"그렇다구 도리 없잖아?"

오 씨는 문갑에서 종이 한 장을 꺼내 그의 앞에 펼쳐놓았다.

'승건(承乾)'이라고 적혀 있었다.

"이건 뭐야?"

"애기의 자구만이라우. 돈푼 주구 지었제."

"자라는 건 성인이 된 연후에 짓는 거야."

"큰사람이 될 아이인데, 지으면 지었지 자기들이 어쩔 것이여? 이제부터 승건이 아니구 무니 배추니 입을 나불거리는 인간들은 가만 안 둘 것이니께 두구 보시라우."

칠수록 더욱 요란한 북이나 진배없는 이 여인의 입을 다물게 하는 길은 옳다고 치켜세우는 것밖에 없었다.

"아주 좋은 이름, 아니 자야."

오 씨는 흡족했고 왕건은 잠이 들었다.

이튿날부터 왕건은 부지런히 돌아갔다.

신구 병력을 교체하고 오래된 병사들은 목포에 보내 배로 서해를 북상하여 고향에 돌아가게 했다.

민정도 살폈다. 먼 고장의 백성들은 괜찮았으나 변경의 백성들은 공포에 떨고 될 수만 있으면 나주 성내로 이사하려고 했다. 나주성 주변에는 황무지가 넉넉히 있는지라 왕건은 이를 허락하고 그들에게 농토를 나눠 주었다.

변경도 두루 살피고 금언의 설명을 들었다. 견훤은 기백 혹은 천여 기의 기병집단으로 바람같이 쳐들어와 마을들을 짓부수고 건장한 남녀를 붙잡아 간다고 했다.

이쪽은 속도가 느린 보병들이라 쫓아가야 그들은 이미 사라진 후요, 추격하려야 기병과 보병은 상대가 되지 않는다는 것이다.

금언은 가는 곳마다 품에서 문서를 꺼내 들고 몇월 며칠에는 어디로 쳐들어와서 어디로 빠져나갔고, 그 시각은 이러저러했다고 눈에 보이듯이 일러 주었다.

변경에 험요한 산지대나 큰 강이 있다면 막기 쉬울 터인데 그런 것이 없었다.

그러나 왕건은 견훤 군의 행동에서 일정한 법칙을 발견했다.

쳐들어온 길로 돌아가지 않고 언제나 다른 길을 택한다는 것, 동틀 무렵에 왔다가 해가 뜨면 사라지곤 했다.

이것은 일거에 나주를 점령하려는 것이 아니라 무시로 침범해서 백성들을 공포에 떨게 하고 병사들을 지치게 해서 저절로 무너지기를 바라는 것이라고 판단했다.

왕건은 생각 끝에 병력을 요지에 집중 배치했다. 병력을 분산해서 항상 적보다 열세에 서는 것은 하지하(下之下)다. 일부를 희생하더라도 강력한 병력으로 적에게 결정타를 퍼부어야 한다고 판단했다.

그는 금언과 의논해서 병력 배치를 바꾸었다. 주로 그들의 퇴로라고 짐작되는 대목에 강력한 복병을 배치하고 진입로의 요소요소에는 소수 병력을 배치해서 어두운 때는 횃불, 밝은 때에는 연기 또는 갖가지 깃발로 신호를 보내 적의 동태를 알리게 하였다.

변경에서 십 리, 경우에 따라서는 이십 리까지 백성들이 철수하였으니 적이 월경했다고 곧 피해를 볼 것은 없었다.

백성들도 큰 부락에 모여 살게 하고 부락 주위에는 통나무를 찍어다 말이 뛰어넘을 수 없을 만큼 높은 울타리를 둘러쳤다.

전법은 효과가 있었다. 적이 쳐들어와도 십 리, 이십 리 밖에서 보내는 신호로 그들이 가는 방향을 알고 대비할 수 있었다. 목표가 되는 부락에는 제때에 병력이 이동하여 울타리 안에 숨어 활에 살을 재우고 기다리다가 사격을 퍼부었다.

말 머리를 돌려 후퇴하다가는 뜻하지 않은 복병에 걸려 전에 없는 피해를 내고 도망쳤다.

쇠둘레에서는 시중의 자리를 오래 비울 수 없으니 나주가 조용해지는 대로 곧 돌아오라는 기별이 여러 차례 왔다.

적지 않은 성과가 있기는 했으나 지금 떠나면 장병들의 사기가 떨어질 것이고 견훤이 어떻게 나올지도 알 수 없는 일이었다. 이쪽에서 전법을 바꾸면 바꾸는 대로 앉아서 보고만 있을 견훤이 아니었다.

사실을 고하였더니 병부령 구진을 시중으로 앉혔으니 나주 방위에 전념하라는 전갈이 왔다.

양지바른 언덕에 새싹이 트고 농부들이 씨앗을 뿌릴 무렵부터 견훤은 조용해졌다. 여름이 가고 초가을이 와도 그는 이상할 정도로 꼼짝하지 않았다. 웬일일까?

젊은 군관들 중에는 이제 견훤도 별수 없으리라고 장담하는 축도 있었으나 금언, 능산, 백옥삼 같은 노련한 장수들은 그렇지 않았다.

왕건은 그들을 불러 놓고 의논했으나 도무지 견훤의 뱃속은 알 수 없다는 것이 일치된 의견이었다.

왕건도 짐작이 안 갔다. 타고난 명장인 견훤이 그 정도로 단념할 까닭이 없고, 무엇인가 생각하고 있을 터인데 그것을 알아낼 도리가 없었다.

경계를 강화하고 농사를 독려하면서 더욱 많은 세작들을 견훤의 강토에 파송하여 아무리 사소한 일이라도 지체 없이 알리라고 하였다.

금년의 농사는 대풍이라고 했다. 추수를 앞두고 미풍에 나부끼는 황금의 물결을 바라보면서 왕건은 흡족했다. 이만하면 나주의 군사와 백성들을 먹이고 본국에 보낼 여유도 있을 것이다.

가을이 깊어가도 별다른 소식이 없었다. 다만 세작 한 사람으로부터 견훤의 백제 땅에서는 서둘러 추수를 한다는 소식이 들어왔다.

"추수 때 추수하는 것이 무엇이 이상하냐?"

"남쪽보다 북쪽이 추수가 빠른 것은 당연한 일이다."

"그런 시시껄렁한 것을 보고하는 세작도 세작이냐?"

장수들 가운데는 대수롭게 보는 사람이 별로 없었으나 왕건은 그렇지 않았다.

예년보다 빠르면 얼마나 빠르냐, 그것을 알고 싶었다. 그러나 아무도 아는 사람이 없고, 적어 둔 기록도 있을 까닭이 없었다.

보고를 보내온 세작은 농촌에서 잔뼈가 굵은 사람이다. 그는 딱히 셈할 수는 없었으나 빠르다는 것, 그것도 이상하게 빠르다는 것을 타고난 느낌으로 알았을 것이다.

이어 병사들까지 동원해서 추수한 곡식을 털어 집이나 관가의 곳간으로 옮긴다는 소식이 들어왔다.

왕건은 이 나주가 아니더라도 어디든 크게 동병(動兵)할 조짐이라고 판단했다. 그는 모든 농촌에 시각을 다투어 추수하라고 영을 내렸다.

그러나 때는 늦었다.

그리고 전에 경험하지 못한 기묘한 전쟁이 벌어졌다.

북풍이 제법 세차게 부는 날이었다.

견훤의 기병집단 오천은 천 명씩 다섯 갈래로 경계를 넘어 쳐들어왔다.

곧바로 나주를 공격하는 줄 알았으나 그렇지 않았다. 변경에서 활을 당기는 이쪽 보병들은 아예 무시하고, 부락을 치는 일도 없었다.

부대마다 지정된 길을 남으로 달리다가 추수를 앞둔 곡식의 벌판이 나타나자 이변이 생겼다.

기병들은 이리저리 말을 내려 흩어졌다. 흩어진 기병들은 창끝에 솜을 비끄러매고 기름단지에 불렸다가 부싯돌을 쳤다.

그들이 창끝에서 타는 불길을 곡식에 들이대면 곡식은 마른 섶같이 소리를 내고 타기 시작했다.

세찬 바람을 타고 불은 온 벌판에 번지고 가까운 산에도 옮겨 붙었다.

견훤의 기병들은 대담하게 더욱 남진했다. 간혹 왕건 군이 접전하려고 들어도 재빠른 기동력으로 이를 피하고 멀리 달려 곡식이 서 있는 벌판은 닥치는 대로 불바다를 만들고야 말았다.

그들은 해가 너울거릴 무렵 불과 연기와 아우성으로 뒤범벅이 된 나주를 뒤로하고 유유히 사라졌다.

왕건은 난생처음 이런 참패를 당했다. 또 사람 아닌 곡식을 상대로 하는 전쟁은 처음이었다.

나주 고을의 햇곡은 적어도 반은 탔으리라는 것이 중론이었다.

다시 침공이 있을 것을 예상하고 대비했으나 다음 날도 없었고 열흘이 지나도록 변경은 잠잠했다.

왕건은 선종의 나라 태봉국과 이 나주의 관계를 다시금 냉정하게 생각했다.

육 년 전 이 고장을 점령했을 때 태봉국은 적의 잔등에 비수를 꽂은 격이라고 크게 환영했다. 견훤이 친히 대군을 거느리고 와서 이것을 탈환하려고 부진 애를 쓴 것을 보면 그도 같은 생각이었던 모양이다.

지금 와서 생각하면 언제부터인지는 몰라도 견훤의 생각이 달라진 것이 분명했다. 틈이 있으면 침공은 해도 여기저기 소란을 피우고 물러갔을 뿐 나주를 짓밟으려고 든 일은 없었다.

더구나 이번같이 막강한 기병집단이 나주성을 포위했다면 일은 단순치 않았을 것이다. 그런데 곡식만 태우고 돌아갔다.

왕건은 자기의 처지 아닌 견훤의 처지에서 나주를 생각하다가 견훤은 뛰어난 안목을 가진 인물이라고 감탄했다. 그는 단순한 무장이 아니라 사물의 이면을 꿰뚫어보는 눈이 있고, 불행을 행으로 전환시키는 능력을 가진 정치가였다.

견훤은 나주를 짓밟을 의사가 없는 것이다. 나주가 자기의 등에 박힌 비수에는 틀림없으나 숨이 넘어갈 만큼 대단한 비수는 못 된다.

이 비수를 거꾸로 이용해서 태봉국의 선종에게 무거운 짐이 되게 하리라, 왕건은 견훤의 의도를 이렇게 읽었다.

무시로 들볶되 죽지 않을 만큼 들볶고, 살려두되 기승해서 날뛰지 못할 정도로 목숨이나 부지하게 하는 일이다. 먼 뱃길로 병력을 교체하는 것만도 쉬운 일이 아닌데, 병사들뿐 아니라 백성들이 먹을 양곡까지 실어 나른다는 것은 태봉국으로서는 힘에 겨운 일이 아닐 수 없다.

'나주가 나 견훤에게는 등에 꽂힌 비수라고 하자. 선종, 너에게는 발목에 붙어 떨어지지 않는 무거운 바위라는 것을 알라.'

왕건은 그의 속을 들여다보는 느낌이었다.

장수들을 모아 놓고 의논했으나 대개는 북에서 크게 쳐내려오는 수밖에 없다는 주장이고 더러는 별수 없이 말라죽게 생겼다고 탄식하는 축도 있었다.

왕건은 자기 생각은 말하지 않았다. 조정에 앉은 사람들이나 여기 있는 장수들이나 바다를 잘 아는 사람은 별로 없었다. 쓸데없는 소문만 날 것이다.

그는 조정에 실정을 고하고 식량을 부탁하는 한편 배를 더 만들고 군마(軍馬)를 더욱 양성할 것을 건의했다.

타지 않은 곡식은 물론 타다 남은 곡식을 거둬들이고 산채와 야채도 긁어모아 병사들이고 백성들이고 같은 양을 나눠 주었다. 부족하나마 본국에서 식량도 왔다.

해를 넘기고 씨앗을 뿌리는 계절이 와서 농촌을 돌아보는데 쇠둘레에서 맹랑한 소문이 들려왔다.

"조정에는 등신만 앉아 있는 줄 아나, 자기가 말하지 않아도 군마는 기르고 있지 않은가?"

"군마가 탐나는 모양인데 귀신이 아니구서야 지금 같은 배로 군마를 나주까지 어떻게 나른단 말이냐?"

대신들이 이렇게 빈정거린다는 것이다. 서두르지 않으면 금년 가을에도 같은 변을 당하리라. 왕건은 목포에 내려가 배에 올랐다.

안팎으로 어려운 때라 고을에 순시를 나간 것으로 하고 능산 한 사람만 데리고 떠난 행차였다.

정주에서 배를 내린 왕건은 언제나 하듯이 세달사를 찾아 허공 스님의 영전에 절하고 뒷산으로 올라갔다.

선종의 어머니 산소에는 전에 없던 사리탑이 하나 서 있었다. 왕건은 능산과 함께 큰절을 하고 나서 인도하는 스님에게 물었다.

"누구를 모신 사리탑이오?"

"모신 이는 없구, 지난겨울 어명으로 세운 것입니다."

왕건은 지난번 선종을 찾았을 때 들은 바가 있는지라 더 이상 묻지 않았다.

나주에서 듣기로는 임금 선종은 병이 나았으나 태자가 여전히 내리를 계속하고 큰 일만 친히 처결한다는 이야기였다. 사리탑과 태자의 섭정(攝政), 차츰 세속을 청산하고 영원한 길을 떠날 차비를 하는 것일까. 왕건은 도를 닦는 선종의 모습을 그리면서 산을 내려왔다.

영안성에 들러 왕신의 집에서 여장을 풀었다.

"동네 사람들에게 알릴까요?"

"아니다. 이번 길은 조용히 왔다 조용히 가야 하는 길이다."

소식을 듣고 달려온 왕육과 넷이 저녁식사를 마치자 능산은 곤하다면서 사랑채로 자리를 비켰다.

"형, 우리두 장사를 좀 합시다."

왕육이 운을 뗐다.

"장사라니?"

"나주가 견훤에게 짓밟혀서 식량이 태부족이라면서요. 여기서 양곡을 싣구 가면 큰 장사가 될 것 같은데."

장삿길에서 벗어난 지 이십 년, 그 생각을 못했다.

"그 고장을 다스리는 내가 어떻게 너희들에게 장사를 시키느냐?"

"나주에두 장사치는 있을 게 아니에요."

"있지."

조정에서 보내는 양곡으로는 태부족이었다. 채소에 콩, 거기다 잡곡을 조금 섞어 죽으로 연명하는 것이 나주의 실정이었다. 장사치들끼리 물자를 유통하는 것은 무방할 것이다.

"형이 끼어들 건 없어요. 우리 장사치들끼리 할 테니까요."

"허지만 도중이 위험하다."

"바다를 건너 중국에도 가는걸요."

"황폐한 고장이라 양곡을 가지구 가도 바꿔 올 물건이 없을 거다."

왕육이 대답을 못하자 왕신이 끼어들었다.

"전에 중국에 몇 번 가 봤더니 난세일수록 사람은 제 살 도리를 합디다. 그 남루한 옷 속에서 금두 나오구 옥두 나오구. 나주도 마찬가지 아니겠어요?"

"그러나 다른 사람은 몰라두 너희들은 안 된다. 내가 거기 있는 한은 말이다."

"형의 신세는 안 져요. 슬금슬금 몇 번 다녀온 사람도 있는걸요."

금시초문이었다. 장사란 무서운 존재라고 새삼 실감했다.

"허나 남은 그렇게 생각하지 않는다. 너희들은 아예 나주 장사는 단념해라."

"높은 사람의 친척 되기두 어렵네."

젊은 왕육이 시큰둥했다.

"형님 말씀이 옳다. 다른 사람들이야 하건 말건 우린 나서지 말자."

왕신은 아우에게 한마디 하고 왕건을 향했다.

"형, 지난번 떠날 때보다 많이 수척하셨네."

"객지생활이 어디 고향만 같으냐?"

왕신은 침을 삼키고 묘한 소리를 했다.

"형은 알구 계시겠지요?"

"뭔데?"

"모르세요?"

"몰라."

"폐하의 소식 말씀이에요."

"폐하께서 어떻게 되셨는데?"

"여기 장사치들 사이에 퍼진 소문인데 머리가 도셨대요."

왕건은 가슴이 철렁했다. 호랑이에게 그 변을 당했을 때 의원들은 낫더라도 제구실을 못하리라고 했다. 그러나 작년 정월에 떠날 때 정신이 말짱하길래 크게 걱정하지 않았다.

"너, 그런 소리 함부로 입 밖에 내지 마라. 당치도 않은 소문도 있으니까."

"하여튼 떠도는 소문은 그래요."

"누가 그러던?"

"소문이라는 것이 어디 머리가 있구 꼬리가 있는가요? 어쨌든 그런 소문이 은근히 퍼졌어요."

"돌아두 왕창 돈 것은 아니구 살짝 도셨대요."

"살짝?"

"아침부터 저녁까지 도는 것이 아니구 어쩌다가 이상한 소리를 하시는데 보통 사람이 보아서는 잘 모른다나 봐요."

"가령 어떤 소리를 하시는데?"

"구중궁궐의 일을 우리가 어떻게 알겠어요? 그렇다는 소문이지."

왕건은 일찍 잠자리에 들었다. 사실이라면 이처럼 큰일도 없었다.

자는 둥 마는 둥 잠을 설친 왕건은 이튿날 새벽 일찍 쇠둘레로 말을 달렸다.

밤늦게 당도한 왕건은 능산을 궁중과 시중 댁에 보내 도착을 알리고 곧바로 집에 들렀다.

"나주 형편은 대강 들었어요. 고생이 많으셨지요?"

부인 유 씨는 손수 밥상을 들고 들어와 식사를 권했다.

"난세라 어디나 마찬가지지."

왕건은 대수롭지 않게 대답했다. 궁금한 것은 영안성에서 들은 쑥덕공론이었으나 사실이라면 유 씨의 입에서 제일 먼저 나올 법도 하건만 아무 말도 없었다.

"성상께서는 여전하시겠지?"

예삿일이 아니기에 무탈한 말로 넌지시 떠보았다.

"참으로 정의가 깊으신 분이세요. 초하루와 보름에는 빠짐없이 진귀한 물건과 좋은 약재를 보내시구……, 지난번에는 감기에 걸렸다는 소문을 들으시구 의원까지 보내 주시지 않았겠어요?"

유 씨는 진정으로 고마운 눈치였다.

그렇다면 영안성에 퍼진 소문은 헛소문이 아닐까?

"재작년에 그 변을 당하실 때는 큰일 나시는 줄 알았구만. 원래 건장하신 분이라 그렇게 끔찍한 상처두 이겨내시구 옛 모습으로 돌아오셨으니 과연 하늘이 내신 분이지."

"하기는 그 일을 당하신 후로는 성상께서두 생각이 달라지셨는가 봐요. 큰 일은 태자분에게 맡기시구 요즘은 주로 경(經)을 쓰신다나 봐요."

"경이라는 거야 부처님의 말씀을 적은 것인데 천오백 년도 더 전에 돌아가신 부처님의 말씀을 어떻게 적으신단 말이오?"

"저두 자세한 건 몰라요. 읽어 보신 분들 중에는 아첨이 아니라 정말 훌륭한 말씀도 많다구들 한대요."

쑥덕공론은 전연 근거가 없는 것도 아니라고 생각하는데 유 씨가 덧붙였다.

"그래서 맹랑한 공론도 있나 봐요."

"맹랑한 공론?"

"중들이 종알댄다나 봐요."

"도통한 스님은 몰라두 보통 중들이야 원래 종알대는 것으루 먹고사는 종자들이 아니오?"

왕건도 웃고 유 씨도 웃었다.

"중이 고기 맛을 들이면 절간에 빈대도 안 남아난다고 하잖아요? 내원당(內願堂, 대궐 안에 있는 절간) 주지로 있는 종뢰(宗儡)가 배는 부르겠다, 할 일은 없겠다, 종알대는 중들을 상대로 권세 맛을 톡톡히 보려고 드는가 봐요."

은부가 쫓겨날 때 종뢰도 말이 많았으나 뚜렷한 증거가 없고 중의 신분이라 유야무야로 제자리에 그냥 눌러 있게 되었다.

유 씨는 상을 물리고 잠자리에 들어 말을 계속했다.

"당신은 신중한 분이니 실수는 없겠지마는 곤하시더라두 들으세요. 그 종뢰가 농간을 부려서 석총(釋聰) 스님을 잡아 가뒀대요. 성상을 비방했다는 죄목으로 목이 달아날 거라는 소문이에요."

석총 스님은 성 밖의 조그만 암자에 살면서 설법뿐만 아니라 의술에도 능통해서 가난한 사람들을 구제하는 데 일생을 바쳐 온 스님이었다. 왕건이 생각하기에는 허공 스님이 돌아가신 후로 그를 덮을 고승은 없었다.

"무어라고 비방했는데?"

"성상은 요망한 소리를 써내는 비승비속(非僧非俗)의 괴물이라구 했다나 봐요."

석총은 설사 속으로 그렇게 생각했더라도 그런 소리를 입 밖에 낼 사람이 아니다. 이것은 필시 종뢰의 이간질일 것이다. 종뢰는 원래 도를 닦을 위인은 못 되고, 도를 빙자해서 권력의 꼬리에 붙은 파리에 지나지 않는다. 뭇사람들의 존숭을 받는 석총의 목을 따는 시퍼런 서슬, 그것은 속된 권력의 단맛일 수도 있으리라.

그런데 유 씨는 이불 밑에서도 소리를 죽이고 귓속말로 속삭였다.

"하지만 폐하께서두 이상하신 데가 있기는 있나 봐요."

"어떻게?"

"이건 비밀 중에서도 비밀이에요."

"……."

"인간쓰레기들을 말끔히 없애야 이 세상에 정토(淨土)가 온다구 말씀하신대요."

"그건 옳은 말씀이 아닐까?"

"당신두 그렇게 생각하세요?"

"……."

"전 쓰레기예요. 저 같은 건 죽어야 한단 말이지요?"

"당신이 왜 쓰레기야?"

"전 잡다한 생각으로 가득 찼으니 인간쓰레기지 뭐예요?"

"나두 마찬가지야."

"그럼 이 세상 모든 사람을 없애 버리구 무어가 남지요?"

"……."

"아무두, 아무것두 없는 정토, 그런 정토가 무슨 소용이 있어요?"

"……."

"전 도를 닦는다는 건 잘 몰라요. 허지만 부족한 인생들이 부족한 것을 메우려고 애쓰고, 애통하고, 서로 돕는 것이 사람 사는 세상이 아니겠어요? 그러는 가운데 좋은 세상이 오면 그것이 정토라고 생각해 왔는데 사람의 목을 싹싹 잘라야 정토가 온다니 말해 무얼 하겠어요. 그만둡시다."

왕건은 오래도록 생각하고 대답했다.

"잘못 전해진 말일 거야. 성상은 그런 분이 아니지. 이 세상에 정토가 온다면 사람과 사람이 미움을 버리고 부처님의 마음으로 돌아갈 때 비로소 가능하다구 말씀하신 분이 바로 성상이시거든."

이튿날 해돋이에 왕건은 궁중으로 불려 들어갔다. 임금 선종은 층계 밑까지 내려와 그의 두 손을 잡고 반겨 주었다.

"견훤의 수군을 전멸시킨 일이나 어려운 처지에서 나주를 지탱한 일이나 자네가 아니고는 어느 누구도 할 수 없는 일이었소."

"모두가 폐하 위광(威光)의 소치올시다."

"우선 조반이나 들면서 이야기합시다."

두 사람은 임금과 신하라기보다 친구같이 손을 잡은 채 나란히 층계를 올라 방으로 들어갔다. 선종은 적어도 왕건에게만은 격식을 차리는 일이 없고, 왕건도 임금이 이렇게 나오는 것을 마다할 수도 없었다.

방에는 겸상으로 차린 조촐한 식탁이 놓여 있었다. 팥과 보리가 반쯤씩 섞인 밥에 찬도 별다른 것이 없었다. 임금이 되기 전이나 지금이나 무엇이 달라졌을까? 왕건의 눈에는 별로 다른 것이 보이지 않았다.

"우리 오래간만에 같이 식사를 하세."

선종은 시녀들까지 물리치고 단둘이 마주 앉았다.

"그런 변을 당하시고도 성체 강녕하시니 이보다 더한 나라의 경사는 없는가 합니다."

선종의 왼쪽 머리에 어린애 손바닥만 하게 나타난 허물을 보면서 왕건은 위로 겸 치하를 드렸다.

"액땜이겠지……."

선종은 간단히 받아넘기고 젓가락을 놀리면서 말을 이었다.

"조정에 올린 글은 잘 보았소. 마필이 부족한 건 알 만한데 마필을 나르자면 큰 배가 있어야겠는데 몇 마리라면 몰라두 수백, 수천 마리를 나를 배들을 어떻게 만드느냐는 것이 공론이오."

"몇십 마리씩 나를 배는 얼마든지 만들 수 있습니다. 신이 필요한 것은 군미 천 필이면 족합니다."

"대신들 중에 배나 바다를 아는 사람이 없는 것이 탈이야. 필요한 배는 얼마든지 만드시오."

"감사합니다."

왕건은 놀리던 숟가락을 멈추고 약간 머리를 숙였다. 나주에서부터 걱정하던 일이 선종의 한마디로 해결되었다.

"견훤은 우리가 공연히 나주를 점령하고 허우적거리길 바라지만 우리가 기병대만 갖추면 어림두 없지. 한 대를 치거든 열 대 쳐요. 나주는 끝까지 견훤의 등을 쑤시는 비수 노릇을 해야 하오."

견훤도 영웅, 선종도 영웅, 영웅들이 보는 눈은 같은가 보다. 왕건은 두 사람 다 몇백 년에 한 사람쯤 태어나는 인걸이라고 생각했다. 항간에 퍼진 것은 헛소문이다.

"석총 스님이 갇히셨다는데 사실입니까?"

"내가 글을 좀 썼더니만 괴물이구 어쩌구 비방했대. 그래서 잡아 가둔 모양이구만."

왕건은 종뢰를 생각했으나 남의 험담이 될 듯싶어 그만두었다.

"스님의 인품으로 보아 그럴 분도 아니지마는, 설혹 사실이더라도 놓아 주시는 것이 옳을 듯합니다."

"사실이더라도?"

"보지 않는 데서는 임금도 욕을 먹게 마련이라는 속담이 있지 않습니까?"

"있지."

선종은 식사를 마치고 숭늉으로 양치질을 하면서 빛나는 한 눈으로 그를 건너다보았다. 왕건도 양치질을 마치고 잠자코 있는데 선종이 물었다.

"그래서?"

"신이 무엇을 알겠습니까마는 세상을 다스리는 일은 네모난 그릇에 담은 것을 둥근 바가지로 퍼내듯이 좀 어수룩한 구석을 남기는 것이 좋다고 들었습니다."

선종은 상을 물리고 하나밖에 없는 눈을 감고는 오래도록 말이 없었다.

어색한 침묵이 오래도록 계속되자 왕건은 불안했다. 기분이 상한 것은 아닐까. 아무리 임금을 위해서 한 말이라도 억울한 화를 부를 수 있는 것이다.

"외람된 말씀을 드려 황공합니다. 신은 이제 물러갈까 합니다."

머리를 숙이는데 선종이 눈을 뜨고 내려다보았다.

"아니야. 좋은 말을 해 줬어. 석총은 즉시 방면토록 하지."

선종은 그 자리에서 관원을 불러 석총 스님을 풀어 주라 명령하고 돌아앉았다.

"자네가 내 옆에 있어 줬으면 좋겠는데, 자네가 아니고는 나주를 지탱할 사람이 없고……."

"어진 대신들이 많은데……."

"아니야. 지금처럼 터놓고 이야기해 주는 사람이 있어야 하는데 대신 중에는 한 사람두 없어."

"……."

"자네 이야기를 듣고 옛날 죽주에서 구박을 주던 기훤이두 생각하구, 전쟁이 끝날 때마다 불러들여 좀스럽게 전과(戰果)를 캐어물으며 행여

내 힘이 커질세라 경계하던 북원의 양길을 생각했구만. 둥근 바가지는 고사하구 갈쿠리로 구석까지 파내려는 인물들이었지."

"그렇습니까?"

왕건은 이것도 저것도 아닌 대답을 했다.

"기북한 말이라두 사양 말구 일러 줘요. 사고무친이라 자네밖에 말할 사람이 있어야지."

"감사합니다."

"언제쯤 떠날 작정인가?"

"곧 정주에 내려가서 배를 만들어야 할까 합니다."

"군마 천 필, 새로 장병도 삼천오백 명을 붙여 주지, 힘닿는 대로 양곡두 마련할 터이니 염려 말구 일해 주게."

"황공하기 그지없습니다."

절하고 일어서려는데 따라 일어서던 선종이 도로 앉혔다.

"잊을 뻔했군. 그 변을 당하고부터 인생이 며칠이 아니라는 걸 더욱 생각하구 틈틈이 적은 거야. 별것은 못 되고 내가 몸소 체험한 일, 불도를 닦으면서 생각한 일, 세속을 살면서 느낀 일들을 틈틈이 적은 것인데 가까운 사람들에게 선물하려고 몇 벌 필사(筆寫)를 시켰거든. 틈이 있거든 읽어 봐."

"고맙습니다."

제목은 없이 표지는 백지였다. 그런데 별안간 선종의 눈알이 무섭게 굴렀다.

"종뢰의 말로는 미륵육부경(彌勒六部經)이 문제가 안 된다는 거야. 미륵태봉경(彌勒泰封經)이라고 하면 어떠냐는데 자네 의견은 어때?"

바로 이거로구나. 머리의 어느 한구석에 이상이 생긴 것이 틀림없었다.

"읽어 보기도 전에 말씀드리는 것이 황공하옵고, 또 지존께서 쓰신책이라 삼가 읽고 생각할 여유를 주시지요."

"그게 좋겠군."

선종은 고개를 끄덕이고 왕건은 물러나왔다.

전정(殿庭)을 지나는데 선종을 모시는 늙은 의원과 마주쳤다.

"성상의 환후 때문에 고생이 많았겠소."

"네……."

의원은 깊숙이 읍했다.

"이제는 안심해도 무방하겠지요?"

"글쎄올시다."

"아직 안심이 안 되신단 말이오?"

"글쎄올시다."

왕건은 더 묻지 않았다.

대궐 정문 안에 있는 내군부 앞을 지나다가 내군장군 원회와 마주쳤다. 십 년 가까이 연상인 원회는 군복만 입지 않았다면 어김없이 소박한 농부였다.

"간밤에 오셨다는 말씀은 들었습니다."

원회는 반백의 수염을 미풍에 나부끼며 정중히 군례를 올렸다. 헤어진 지 일 년 남짓에 유달리 늙은 얼굴이었다.

"장군의 그동안의 마음고생, 가히 짐작하고도 남음이 있소이다."

원회는 나라의 원로다. 왕건은 정중히 위로했으나 원회는 인사치레가 없었다.

"급한 일로 오신 모양인데 언제 떠나시지요?"

"시각을 다투어 떠나야지요."

"이렇게 헤어지기는 서운하구 제 처소에서 차 한잔이라두 대접하구 싶은데…….”

“좋습지요.”

왕건은 그를 따라 들어갔다.

“사처에서 벌집 쑤시듯 달려드는 나주를 용케 지탱하셨습니다.”

차를 들면서 원회는 처음으로 왕건에게 치하를 했다.

“나주보다두 백 배는 더 중요한 이 서울을 탈 없이 수습해 오신 장군의 심려가 얼마나 컸겠습니까?”

원회는 잠자코 있다가 혼잣말같이 탄식했다.

“성상께서 예전 같으시다면 무슨 걱정이겠습니까마는…….”

적어도 내군장군은 모든 것을 알고 있을 것이다. ‘글쎄올시다’로 일관하는 의원들의 사연도, 궁중의 내막도 그는 알고 있어야 하고, 알아야 할 사람에게는 알려야 할 처지에 있다. 그 때문인지 그의 심로(心勞)가 여전히 계속되고 있는 것이 눈에 보이는 듯했다.

“성상께서는 어떠신가요?”

원회는 한참 생각하다가 입을 열었다.

“의원들에게 함구령을 내렸어도 쑥덕공론이란 틈으로 새어나가는 바람 같아서 막을 길이 없습니다……. 공론은 사실이지요.”

“의원들은 무어라는데요?”

“방도가 없답니다.”

“…….”

“뇌수의 한 구석이 잘못되셨는데 지금은 이상한 증세가 나타나는 일이 드물지마는 시간이 갈수록 이것이 잦아지고 나중에는…….”

원회는 망설이다가 계속했다.

“나라의 기둥이신 어른께는 말씀드리는 것이 도리겠지요. 나중에 황공한 말씀이지마는 광증(狂症)으로 변하시게 마련인데 그리 되면 도리가 없답니다."

생각했던 것보다 사태는 심각했다.

"그러시다면 모든 정사를 태자분께 맡기시구 쉬시도록 하시지요."

"저야 일개 수문장이 아닙니까? 국가대사를 놓고 무어라구 할 처지가 못 되지요."

"시중에게 말씀드리셨나요?"

"은밀히 말씀드렸고, 시중은 모모한 대신들과 의논해서 태자분을 섭정으로 정하시고 편히 쉬시도록 어전에 아뢰었답니다."

"안 들으셨구만."

"멀쩡한 사람을 병신으로 만든다구 진노하셨답니다. 그러시다가, 중병 중에도 중병이라 신자(臣子)로서 어찌 재발을 염려하지 않을 수 있겠습니까? 폐하께서는 아직 피곤해 보이시는데 완쾌를 바라는 신 등의 충정을 살펴줍시사 하구, 의형대령이 말씀드렸더니, 생각해 보겠다고 그럴싸하게 들으셨답니다."

의형대령이라면 강직하기로 이름난 박질영이다.

"그런데 왜 일이 안 됐지요?"

"모사들 때문이지요."

"모사들이라……."

왕건은 원회를 바라보았다.

"며칠 후 성상께서는 전에 모였던 대신들을 불러 놓고, 조금 거짓말도 섞였겠지마는 하여튼 반나절이나 잠자코 바라보기만 하셨답니다."

"참다 못해 시중인 구진 어른께서 무슨 언짢은 일이라도 계신지 여쭈어보신 모양입니다."

"그런데 성상께서는 뜻밖에도 웃으시면서 말씀하셨다나 봐요. 언짢기도 하고 고맙기도 하시다고요. 멀쩡한 사람을 병신으로 보는 것은 언찮고, 몸을 걱정해 주는 것은 고맙고, 그러니 이번 일은 없던 것으로 하자. 지금 내가 정사에서 손을 떼면 이 나라는 끝장이 나는 것이라구 못을 박구 자리에서 일어서셨답니다."

"그 며칠 사이에 모사들이 책동했다는 말씀이군요."

"그렇습지요. 결과를 보면 머리들도 비상한가 봅니다."

"어떤 사람들인가요?"

"깊은 내막을 아는 대신들은 걱정이 태산 같은데, 겉도는 대신들이 낌새를 차리고 쑥덕공론을 퍼뜨리는 것도 걱정입니다. 제일 안된 것은 내막을 잘 아는 종뢰올시다."

왕건은 전부터 사람으로 보지 않던 종뢰의 이름이 나오자 울컥 올라오는 것을 참고 있었다.

"내쫓아 버리시지요."

"아까도 말씀드렸지마는 저는 수문장에 불과합니다."

원회는 덕이 있는 사람이라 궁중의 수비군은 그에게 심복하고 있다. 그가 마음만 먹으면 종뢰 한 사람쯤 쥐도 새도 모르게 처치할 수도 있으련만 그는 그런 일과는 담을 쌓은 우직한 인물이다.

"거기다 쫓겨난 은부가 있지 않습니까? 그것이 은밀히 종뢰와 내통해서 아무래도 무슨 바람이 일 것 같습니다."

은부가 꿈틀거리기 시작했다면 원회의 말마따나 바람이 일든지 비가 오든지, 어쨌든 무사할 수는 없을 것이다.

"……."

"심지어 그 종뢰라는 중은 성상께서는 미륵불의 하생(下生)이라구 아첨이랍니다."

"미륵불의 하생?"

"성상이 내원당에서 예불을 마치고 차를 드실 때에 그랬답니다. 문밖에 지켜섰던 시녀가 엿듣구 중전께 말씀드렸지요."

"……."

"중전께서두 걱정이 되셨던지, 입 밖에 내지 못하게 하시구, 저에게 궁중 단속을 신신당부해 오셨습니다."

"……."

"성상께서 쓰셨다는 글도 반쯤은 종뢰가 썼다는 것이 중론입니다."

참으로 많은 사람들이 피를 흘려 이룩한 것이 이 태봉국이다. 그런 태봉국이 요망한 중 한 사람의 손에 놀아난다는 것이 될 말인가.

"성상 같은 병에 걸린 사람은 자칫하면 참된 부처님의 가르침과 무당의 횡설수설을 혼동해서 병세가 악화될 염려가 있답니다. 의원들은 이것을 걱정하고 있습니다."

"……."

"신들린 무당은 마치 자기 자신이 신령님인 양 옛일과 앞일을 보기라도 한 듯이 단언하고, 현세의 길흉화복을 좌지우지한다고 큰소리치지 않습니까? 미륵불의 하생이라 자꾸 치켜세우면 그런 증세를 유발할 염려가 있답니다."

매일 옆에서 속삭이는 종뢰의 달콤한 충동질과 칭송. 정신에 이상이 생긴 선종이 여기 넘어가서 스스로 미륵불을 자처한다면 이것은 무당굿으로 끝날 일이 아니다.

왕자(王者)가 화를 내면 백 리에 시체가 즐비하고 천 리가 피바다로 변한다는 말이 있다(伏屍百里 流血千里). 그런 왕자가 광증(狂症)이 생긴다면 어떻게 될까? 화를 내는 결과에 비할 바가 아니고, 천하는 수라장이 되고 말 것이다.

왕건은 정색을 하였다.

"내군장군, 이 칼을 잠깐 빌리십시다."

궁중이라 내군부의 장병 외에는 아무도 무기를 가질 수 없었다. 왕건도 무기가 없는지라 일어서 탁자 옆에 세워 둔 원회의 칼을 집어 들었다.

원회는 싸움터에서 단련된 무사답게 침착하면서도 능숙한 솜씨였다. 어느 틈에 손잡이를 잡은 왕건의 손을 우람된 두 손으로 덮치고 가로막아 섰다.

"왜 이러십니까?"

"종뢰의 목을 쳐서 나라의 화근을 없애 버려야지요."

"한 칼로 한 사람을 치는 것은 필부(匹夫)의 용기요, 만인을 움직여 만인을 진압해서 세상을 구하는 것이 대장부의 용기라고 들었습니다."

"필부의 용기도 상대 나름이지요. 종뢰같이 나라의 중앙에 앉아 못된 조화를 부리는 자는 역적 만 명에 해당된단 말이외다."

"하여튼 시중 어른, 잠깐만 앉아 몇 말씀 더 들어주시지요."

원회는 벌써 전에 시중을 그만둔 왕건을 여전히 공대하고 억지로 교의에 앉혔다.

"저는 궁중의 공기를 알고 있습니다. 지금 성상께서는 종뢰를 보살이라구까지 부르시는 처지에 그를 처단하신다면, 황공한 말씀이지마는 아직도 가벼운 폐하의 환후는 일거에 광증으로 변해서 이 태봉국은 당장 쑥밭이 될 것입니다. 폐하의 무서운 성미를 아시지 않습니까? 이 쇠둘레는 물론, 전국에 영이 내려 죄가 있고 없고 간에 무수한 사람들이 끌려와서 피는 강물같이 흐르고 나라는 결딴나고……."

"……."

왕건은 듣고만 있었다. 아무리 언짢은 일이 있어도 마음 깊은 곳에서는 냉정히 사세를 계산하는 왕건은 원회의 말이 옳고 자기가 선종의 신임을 과신했다고 판단했다.

"다행히 폐하께서는 어쩌다 이상한 말씀을 하셔도 아직 사리에는 어둡지 않습니다. 때가 너무 늦기 전에 나라의 주석(柱石)이신 시중 어른 같은 분들이 소리 없이 잘 처리해 주시는 것이 순리가 아니겠습니까?"

옳은 말이다. 그러나 지금은 시중도 아니고 변방의 일개 장수에 불과한 자기에게 그런 힘이나 기회가 있으리라고는 생각되지 않았다.

원회는 슬그머니 칼을 벽장 속에 넣고 이런 말을 했다.

"땅 파는 재주밖에 없던 제가 무얼 알겠습니까마는 만사 순리대로 하는 것이 좋고, 무리는 파탄의 시초로 알고 있습니다."

"……."

"시중 어른에 대한 폐하의 신임은 세상이 다 아는 일이고, 폐하께서 저렇게 되신 후로부터 중전마마께서 믿는 분도 시중 어른 밖에 없으니 두 분을 위해서 잘 부탁합니다."

"중전께서……."

"네."

오래도록 본 일이 없으나 외로운 설리로서는 믿을 데가 자기밖에 없다는 것도 이해가 가는 일이다. 선종, 설리 그리고 자기, 모두가 외로운 사람들이다. 하기는 왕족을 비롯해서 거문 거족들이 몰락하는 난세에 일어설 것은 외로운 백성밖에 없는 것도 무리는 아니다.

설리는 적어도 의원들이 아는 만큼은 선종의 병을 알고 있을 것이다. 의원들이 가망이 없다고 판정했을 때의 설리의 절망이 눈에 보이는 듯했다.

그러나 절망으로 주저앉을 설리가 아니다. 겉으로나마 선종이 멀쩡하게 나서지 않았다면 대신들을 불러 무슨 방책을 세웠을 것이다.

무엇을 생각했을까?

합당한 방도가 없는 것도 아니다.

백주(白州, 배천)에는 좋은 온천이 있고 푸른 바다와 철따라 바뀌는 아름다운 산천이 있다. 어차피 불치의 병이니 목숨이 다할 때까지 거기 모시고 극진히 대접하면 할 도리는 다하는 것이다.

태자 청광은 스물하나, 아버지를 닮아 헌헌장부로 장성하였고, 그릇도 크게 태어났다. 새로 일어서는 나라인 만큼 대신 장군들도 쓸 만한 인재들이 필요한 만큼은 있다. 크게 잘할 것도 없이 평범하게만 끌고 나가도 나랏일을 그르칠 염려는 없다.

설리의 생각도 그런 것이 아닐까?

그러나 왕건은 다음 순간 암담한 생각이 들었다. 남편과 아내의 사이라 설리가 이런 생각을 선종에게 말하지 않았을 까닭이 없다. 그것을 선종이 일언지하에 거절하는 광경이 그림에 그려 놓은 듯이 뇌리에 나타났다. 다른 것은 차치하고 선종 자신이 자기는 병이 아니라고 우기는 데는 도리가 없었을 것이다.

창업주가 흔히 빠지기 쉬운 천재관(天才觀), 자기는 하늘이 낸 천재요, 자기를 덮을 자는 없고, 자기가 하는 일은 언제나 옳다는 고집 -, 이것을 이겨낼 장사는 없다고 하는데 더구나 설리에게 그런 힘이 있을 리 만무했다.

선종은 인생의 밑바닥을 체험한 탓인지 전에는 그런 기색이 보이지 않았다. 그러나 요즘 와서 미륵불의 하생 운운으로 아첨하는 종뢰를 갈수록 신임하는 것을 보면 그의 마음속에는 역시 천재관이 도사리고 있는 모양이었다.

태봉국을 망치는 자가 있다면 바로 선종의 이 천재관일 것이다. 이 당치도 않은 천재관이 발동하지 못하도록 울타리 속에 가두지 않으면 큰 파란이 일어날 것은 뻔한 일인데 지금은 그것을 분명히 내다보는 사람은 설리 이외에는 없는 것 같다.

무력으로라도 그렇게 하는 외에는 태봉국은 살 길이 없다. 왕건은 빈 잔에 손수 차를 따르면서 원회에게 물었다.

"긴 말씀은 그만두시고, 내가 지금이라도 내원당에 들어가 종뢰의 목을 조른다면 장군은 어떻게 하시지요?"

"체포 투옥하고 어명을 기다리겠습니다."

원회의 표정은 엄숙했다.

"그래서 내 목을 따라구 하시면 어떻게 하시지요?"

"따야지요."

"내가 장군에게 동병(動兵)을 요청한다면?"

"어명 없는 동병은 있을 수 없습니다."

원회는 우직한 무장이다. 그것은 좋으나 이런 환경에서 그 우직에 일말의 불안도 없지 않았다.

왕건은 일어섰다.

"여러 가지로 고맙소이다."

"나주는 갈수록 위험한 모양인데 부디 몸조심을 바랍니다."

원회는 궁궐 밖까지 나와 말에 오르는 그를 배웅했다.

왕건은 천천히 말을 몰면서 생각이 많았다. 이 나라는 이대로 가면 곪아터지는 수밖에 없는데 실로 어쩔 도리가 없다. 아니, 도리는 있는데 도리가 통할 수 없는 것이 현실이다. 아마 이런 것을 운명이라고 부르는 모양이다.

그는 필요한 관서를 찾아 용건을 의논하고 집에서 그 밤을 보내고는 동이 트자 서남으로 말을 달렸다.

갈림길

왕건은 말을 달리면서 간밤에 부인 유 씨가 하던 말을 되씹었다. 잠을 이루지 못하고 엎치락뒤치락 하자 유 씨는 이런 말을 했다.

"걱정한다고 피는 꽃이 시들 것도 아니고, 시들어 가는 꽃이 다시 필 것도 아니잖아요? 마음을 느긋하게 잡수세요."

"꽃 얘기가 아니라 나랏일을 생각하는 중이오."

"짐작하구 있어요."

"……."

"제가 무얼 알겠어요? 허지마는 부처님이구 공자님이구 더없이 훌륭하신 분들이 그렇게도 애쓰셨지마는 세상은 제 갈 길을 가구 있잖아요?"

"……."

왕건은 말하지 않았다. 인간의 소망이야 어떻든 구름은 바람에 흘러가고 쏟아질 소나기는 쏟아지게 마련이다. 뱀이 착해서 개구리를 먹을 수 있는 것도 아니고 개구리가 악해서 먹히는 것도 아니다. 인간 세상에서도 악한 사람이 못되는 것도 아니고 착한 사람이 잘되는 것도 아니다.

천지자연의 운행에는 인간이라고 예외일 수는 없다.

그러나 말이다. 강아지는 마을을 뛰놀고 황소는 사방 십 리의 산야를 휩쓸어 사람의 애를 먹이기도 한다.

별수 없다고 보면 그렇지 않은 것이 없지마는 적어도 생을 타고 이 세상에 난 이상 사람이고 짐승이고 운신(運身)의 여지가 있는 것도 사실이다.

어떤 자는 칼을 휘둘러 제왕이 되고, 어떤 자는 종의 신세로 주인의 보이지 않는 고삐를 벗어날 수 없고, 또 어떤 자는 문전걸식을 하며 떠돌아다닌다.

하여튼 넓고 좁고 간에 몸을 움직일 여지가 있는 것이 인간이요, 무엇인가 하는 것이 인간이다.

"종뢰만 없다면……."

마음 깊은 곳에서는 근본, 근본인 임금 선종에게 큰 탈이 났다고 걱정하면서도 왕건은 돌아누우면서 이렇게 중얼거렸다.

"당신, 종뢰의 이야기는 입 밖에 내지 마세요……."

유 씨는 사이를 두고 계속했다.

"요즘 눈에는 보이지 않아도 폐하를 움직이는 건 종뢰란 걸 모르세요?"

"……."

"당신의 나주와 쇠둘레는 천 리, 종뢰의 내원당과 포정전은 오십 보(步)예요."

왕건은 말뜻을 모르지 않았다. 절대 권력자와 내왕할 수 있는 거리의 길고 짧음은 권세의 크고 작음과 비례한다.

그러나 이상한 것은 설리다. 종뢰와 임금의 거리가 오십 보라면 설리와 임금 선종의 거리는 밥상을 마주하면 한 자, 잠자리에 들면 거리라는 것은 아예 없는 것이나 마찬가지다. 그런 설리가 멍청하다면 몰라도 남달리 똑똑한데 종뢰를 어쩔 수 없다는 것은 알 수 없는 일이다.

둘 사이에 무슨 병통이 생긴 것은 아닐까?

"당신은 지금 시중이 아니고 나주 장군이세요. 중신(重臣)이구 어쩌구 하는 말에 귀를 기울이지 말고 나주 장군 이상으루 행세하지 마세요."

이미 마음에 작정한 일이라 왕건은 응대를 하지 않았다.

"모두들 종뢰를 좋지 않게 보는데 이상한 데가 있기는 있는 모양이에요."

"어떻게?"

"자기는 금강산에서 태어났는데, 부모도 조상도 친척도 없고 나면서부터 중이래요."

"나면서부터 중이 어디 있소?"

"그 사연이 묘해요……."

유 씨는 다가누웠다.

"종뢰는 미륵불을 섬기려고 하늘에서 내려온 불동자(佛童子)라는 소문이 퍼지고 있어요."

"누가 그런 소문을 퍼뜨리는 거요?"

"소문이라는 거야 밑도 끝도 없이 퍼지는 것이 아니에요? 근원은 아무도 모르지요."

"그런 소리를 믿는 사람이 있을까?"

"믿는 사람도 있구 코웃음 치는 사람도 있나 봐요."

"하필이면 그런 것이 내원당의 주지라, 나 참."

"걱정하는 사람두 있대요. 무슨 바람이 일고야 말 것 같다구."

"그럴지도 모르지."

"허지만 일으켜 보았자 얼마나 큰 바람을 일으키겠어요? 꼴뚜기가 하늘루 올라가겠어요?"

"알 수 없지. 지금 각처의 장군들도 건달, 어부, 농부, 심마니 등 근본을 따지면 가지각색이니까."

"분수겠지요."

"분수?"

"기름진 땅에 뿌리를 박은 나무는 푸성진 열매를 맺구, 위태로운 절벽에 붙은 바위는 때가 오면 굴러 떨어지는 것이 하늘의 이치가 아니에요?"

"도통한 스님의 얘기 같군."

"들은풍월을 한번 해 보는 거예요."

"어떤 사람은 임금두 되구 대신이 되구, 또 어떤 사람은 평범한 백성, 심지어 거지까지 되는데, 알 수 없는 것이 분수의 조화란 말이야."

유 씨는 오래도록 잠자코 있었다.

"잠들었어?"

"아니에요. 촌수가 먼 얘기 같아서 그래요."

"허허……. 촌수가 먼 얘기가 차라리 속 편할지두 모르지."

"장사 얘기예요."

"나두 옛날에는 장사꾼이었는데……."

왕건은 영안성 점포에서 물건을 팔고 사던 자기의 모습이 머리에 떠올랐다.

"돌아가신 할아버지가 그러시는데 느긋하게 분수를 지키는 것이 제일이고, 속이 달아서 이리 뛰고 저리 뛰는 사람이 성공하는 것을 보지 못하셨대요."

"……."

"안달한다구 대부(大富)가 되는 것도 아니구, 사람이 잘났다구 되는 것도 아니다. 때와 장소와 사람이 맞아떨어질 때 비로소 크게 되는 법이다. 이것이 맞아떨어지지 않으면 부지런해도 밥숟가락이나 먹고 게으르면 거렁뱅이가 되는 거지. 만사 느긋해라. 늘 이렇게 말씀하셨어요."

"……."

"아까 종뢰 걱정을 하셨지마는 할아버지 말씀대로라면 걱정할 것은 없지 않을까요? 장사의 이치가 나랏일에두 통할지는 모르지마는……."

대체로 통할 것이다. 그러나 장사는 물건을 다루고 정치는 사람을 다룬다.

이 점이 다르다. 물건을 갉아먹는 좀벌레를 없애야 하듯이 사람을 해치는 흉물은 치워야 한다. 그렇지 않고는 나라를 지탱하는 인재를 갉아먹고 나중에는 나라 자체가 망한다. 망하는 장사는 몇 사람의 고통에 그치지마는 강물처럼 피를 흘려야 하는 것이 망국민의 운명이라고 한다.

종뢰는 없어져야 한다.

그러나 다음 순간 왕건은 다시 생각했다.

종뢰가 없어져야 한다는 것은 뜻있는 사람이라면 이론이 없을 것이다.

그러나 지금의 자기, 왕건은 멀리 떨어진 나주의 장군이요, 종뢰는 임금을 움직이는 지렛대 같은 존재다. 어떻게 해 보려야 도리가 없다.

분수라는 말은 부모에게서도 들었고 나이 지긋한 이웃 어른들에게서도 심심치 않게 들었었다. 분수.

어려서는 사람이 되라는 정도로 새겨들었고, 장성해서는 힘에 넘치는 일은 생심도 내지 말라는 뜻으로 해석했다. 지금 생각하면 모진 비바람의 역사를 거친 끝에 얻은 인간의 생생한 체험의 소산일시 분명했다.

때와 장소와 사람이 맞아떨어져야 크게 된다고 했다는 유 씨 할아버지의 이야기, 틀린 말이 아니다. 이렇게 모두가 맞아떨어진다는 것은 사람이 하려고 해서 되는 것이 아니고 우연이 아니면 하늘의 조화일 것이다.

유방(劉邦)은 잘 맞아떨어져서 제왕이 되었고, 그보다도 인물이 컸다는 항우(項羽)는 그렇지 못해서 백전백승의 명장이었건만 결국 스스로 목숨을 끊는 신세가 되었다.

종뢰 생각은 말자. 광풍이 일려는 이 시기에 멀리 떨어진 나주 장군이 분수에 없이 흥분, 잡념, 곁눈질을 한다는 것은 어울리지도 않고 될 일도 아니다.

분수 - 지금의 자기에게 꼭 맞는 옷이라고나 할까. 나주 이외에는 생각조차 않으리라.

왕건은 생각을 털어버리고 말에 채찍을 퍼부었다.

영안성에는 해가 떨어지기 전에 당도했다. 이번에는 몇 달 묵어야 하지 않겠느냐면서 능산은 말(馬) 시중을 들 병정 한 사람만 남기고 나머지 십여 기와 함께 그대로 정주를 향해 말을 달렸다.

하룻밤 쉬고 가라고 해도 듣지 않았다.

"바닷가에 장막을 치고 한잠 자렵니다."

말수가 적은 이 거구의 사나이는 재차 왕건의 친척집 신세를 지기는 싫은 모양이었다.

왕건은 능산을 보내고 왕신의 집을 찾았다.

요즘 영안성을 주름잡는 꽈배기, 괄괄이와 왕신, 왕육 형제가 저녁식사를 하다가 달려 나와 마중했다.

병정을 사랑채로 들여보내고 왕건은 건넌방에서 그들과 어울렸다.

형제가 이들을 대접하는 자리인 모양이었다.

식사를 들면서 얼마 전 영안성의 좌상이 된 꽈배기가 서두를 뗐다.

"나주 장사는 밑지는 장사야, 남는 장사야?"

왕건은 말뜻을 알아들었다.

"아직은 모르겠다."

"내가 보기에는 아무래도 밑지는 장사일시 분명한데 일찌감치 걷어 치우는 게 어떨까?"

괄괄이가 끼어들었다

"나주 일이야 나라에서 하는 전쟁이지 우리네가 하는 장사와는 다르잖아?"

취기가 약간 돈 꽈배기는 한쪽 소매를 걷어 올렸다.

"느으들 나를 꽈배기라구 하지마는 말이다. 꽈배기에게두 보는 눈이 있다."

"아는 바가 있다 이 말인데, 니가 알아봤자 별것이 있어? 마침 잘됐다. 너 왕거미, 속 시원히 세상 돌아가는 이야기를 좀 들려주려무나."

괄괄이가 가로막았으나 꽈배기는 팔을 내저었다.

"전쟁이구 장사구 이치가 다를 게 뭐야? 밑지는 장사, 밑지는 전쟁을 하는 시러베아들이 어디 있어?"

왕건은 웃으면서 대답했다.

"맞는 말이다. 전쟁과 장사뿐이야? 농사구, 고기잡이구 세상만사 다 그렇지."

괄괄이가 고개를 끄덕이고 딴 소리를 꺼냈다.

"그 얘기는 그만두구 수상쩍은 소문이 도는데 세상 돌아가는 얘기를 좀 해 주려무나."

묻지 않아도 임금이 돌았느냐, 안 돌았느냐, 그것을 알고 싶은 모양인데 무어라고 해야 할지 왕건은 난처했다.

"걱정할 건 아무것두 없다. 모두 헛소문이다."

왕건은 궁리 끝에 이렇게 대답하고 화제를 돌리려는데 꽈배기가 빈정댔다.

"너, 칼잡이 이십 년에 거짓말의 도사가 됐구나. 눈 하나 까딱 않구."

"도사?"

"너, 코를 알지?"

"코?"

뚱딴지 같은 소리에 좌중은 웃었으나 꽈배기는 웃지 않았다.

"장사꾼의 코 말이다. 여기 앉아서두 쇠둘레의 냄새, 나주의 냄새, 들어올 것은 다 들어온다."

"……."

왕건은 웃기만 하고 대답하지 않았다.

"너두 왕년에는 장사꾼이었지마는 우리가 무얼루 장사를 하는지 알아? 코다, 코."

꽈배기는 손가락으로 자기 코를 가리키면서 일어섰다.

"잘 얻어먹었겠다, 형제들끼리 얘기두 있을 테니 물러가야지."

괄괄이도 따라 일어섰다.

두 사람을 보내고 상을 물리자 왕건은 왕신에게 물었다.

"오늘은 무슨 날이냐?"

"무슨 날은 아니구 의논하려구 두 분을 모셨어요."

"걱정되는 일이라도 있느냐?"

"그게 아니구 장사를 늘릴 것이냐, 아니면 줄일 것이냐, 의논했어요."

"잘 되면 늘리구 안 되면 줄이는 것이 장사가 아니냐?"

"형, 우리에게까지 시침 따누만."

왕육이 씩 웃었다.

"시침이라니?"

"아까 좌상 말씀마따나 장사꾼의 연장은 코예요. 세상 돌아가는 공기를 제일 먼저 마시는 것이 장사꾼이라는 건 형도 아시지요. 폐하의 머리가 돌기 시작한 것도 냄새를 맡구 있어요."

"……."

왕건은 못 들은 척했다.

"그 머리가 지금은 알 듯 모를 듯 천천히 돌지마는 인젠가는 왕창 돌아 버린다는 것까지 알구 있단 말씀이에요."

"그런 소문이 널리 퍼졌느냐?"

"공연히 입을 놀렸다가 목이 달아나게요. 알 만한 사람 몇이 알고 있어요."

옛날 강돌 영감에게서 보았지마는 큰 장사꾼이란 보통 사람들이 아니다. 손을 뻗칠 데는 다 뻗치고 알아낼 것은 무슨 재간을 부려서라도 알아내고야 마는 인종들이다. 그렇다고 자기 입에서 비슷한 말이라도 나가면 문제는 달라지겠기에 입을 다물고 있는데 왕신이 끼어들었다.

"왕창 돌아 버리면 세상은 난장판이 되지 않겠어요? 그래서 두 분을 모셔 놓구 소견을 듣던 길이에요."

"……."

왕건은 듣기만 하고 응대를 하지 않았다.

"형님 생각에는 세상이 어떻게 될 것 같아요?"

왕신이 물었다.

"모르겠다."

"난장판이 된다면 미리 장사를 줄이구 금이라두 사 두는 게 좋지 않겠어요?"

"그것두 모르겠다."

"형님이 모르시면 누가 안단 말이오?"

"아무두 모르지."

왕건도 사실 판단이 서지 않았다.

"형님도 매정해졌구만."

형제는 서운한 눈치였으나 왕건은 화제를 바꿨다.

"배를 급히 만들어야겠는데 이 일을 너희들과 좀 의논하자."

"공짜로 만들어 나라에 바치라는 것은 아니겠지요?"

"합당한 값으로 사는 거다."

팔고 사는 이야기가 나오자 형제는 눈빛이 달라졌다.

"몇 척이나 만드는데요?"

"많이 만들어야겠다. 다만 이 여름이 가기 전에 나주에 당도하도록 해야겠는데 그것이 걱정이다."

팔 년 전 처음 나주 정벌을 위해서 만든 배들은 작년 병력교체 때 돌아와 지금 정주 포구에 있다. 덜 마른 나무로 서둘러 만든 배들이라 목포에서도 수리에 애를 먹었고, 팔 년이 지난지라 낡아서 손을 보아도 싸움에 제구실을 할 만한 것은 많지 않았다.

이런 사정을 쇠둘레의 조정에 고해도 바다에서 멀리 떨어진 육지에서는 실감이 나지 않는 양, 인사치레로 몇 척씩 정주의 상인들로부터 사서 보내는 것이 고작이었다.

조정에 요청하는 것도 한두 번이지 자주 할 수도 없는 일이라 목포에서도 배를 만들었다. 그러나 재력도 달리고 장인(匠人)도 모자라 만드는 데는 한계가 있었다.

임금 선종의 허락을 받은 터이라 이 기회에 태봉국의 수군을 아주 일신하고 싶었다.

"그야 하면 되지요."

왕신은 대수롭지 않게 대답했다.

"걱정은 재목이다. 이제부터 찍어서 만들 판인데 톱으로 켠 것을 빨리 말리는 방도는 없을까?"

옆에 앉은 왕육이 씩 웃었다.

"무어가 우스워?"

왕건은 그를 아래위로 훑었다.

"빨리 말리는 방도를 생각했어요."

"어떻게?"

"이제부터 말릴 것이 아니라 이미 마른 나무를 쓰면 어떨까요?"

"농담할 때가 아니다."

"저두 농담이 아니에요. 제값만 주신다면 마른 나무들이 앞을 다퉈 나설걸요."

"무슨 소린지 알 수가 있어야지."

듣고만 있던 왕신이 차근차근 설명했다.

나주 정벌에 성공했다는 소식이 처음 전해졌을 때에는 외진 고장이 얼마나 지탱되랴 싶어 아무도 눈을 돌리는 사람이 없었다.

그러나 일 년이 가고 이태가 되어도 나주는 끄떡없고 태봉국의 영토로 굳어질 기미가 보이자 상인들의 생각이 달라졌다는 것이다.

어차피 많은 배가 내왕할 것이다. 배는 수명에 한계가 있을 뿐 아니라 폭풍에 침몰도 하고 전쟁하다가 불에 타거나 부서지기도 한다.

나주가 버티고 있는 한 배는 무진장 필요할 것이고 돈은 무더기로 쏟아질 것이다. 상인들은 이렇게 의견을 모으고 실천에 들어갔다는 것이다.

왕신은 말을 끊고 왕건을 쳐다보았다.

"미리 말씀드리지만 이건 형님만 아셔야 해요."

"왜?"

"그럴 연유가 있구, 또 상인들끼리 그러기루 약속이 돼 있어요."

"비밀이라면 지켜줘야지."

왕건은 간단히 대답했다.

"워낙 큰 일이라 한두 사람의 재력으로는 안 되지요. 그러나 이 예성강 일곱 포구와 서해안 여러 포구의 상인들이 모여서 큰 사람은 크게 내고 작은 사람은 작게 내서 동사를 하기루 했어요."

"……."

"재작년이지요. 형님이 시중으루 오시기 전에 돈이 다 걷혀서 일을 시작했어요. 예성강을 따라 백 리도 더 거슬러 올라가면서 선재(船材)가 될 만한 굵직한 나무들을 베었지요. 뗏목으로 묶어 예성강으로 내려다가 이 포구, 저 포구, 적당한 구석에 감춰 뒀단 말입니다."

재작년에 벤 나무라면 만 이 년, 제대로 말랐을 것이다. 왕건은 하늘이 도운 일이라고 생각했다.

"너희들두 그 동사에 낀 모양이구나."

"끼었지요."

"그건 좋은데 왜 감추지?"

"지금 폐하가 들어서신 후 평온이 계속되구 백성을 들볶는 일두 적어졌지마는 세상일을 어떻게 알아요? 만사 튼튼한 것이 제일이라구 감추기로 했구 또 감췄다구 죄가 될 것은 없지 않아요?"

"죄 될 것은 없지."

"또 있어요. 지금 폐하에 대해서 이상한 소문이 들리기는 하지마는 여태까지는 잘하시잖았어요? 그런데 그 밑에서 노는 벼슬아치들 중에는 벌써 상종 못할 것들이 나타나기 시작했더구만요."

"세상에는 이런 사람두 있구, 저런 사람두 있는 게 아니냐?"

"형님두 높이 되시더니만 세상이 아물아물, 잘 안 보이는 모양이구만."

"……."

"그건 낮이면 우선 조반은 먹었고, 저녁이라면 점심은 먹은 사람의 얘기지요."

"그럴듯한 얘기를 하는데 내가 알기로는 너희들 끼니 걱정을 한 일은 없을 터인데."

"전 막일을 하는 사람들을 많이 상대하기 때문에 좀 알아요."

"……."

"작년 가을에 견훤이 나주의 곡식에 불을 질러 야단난 일이 있지요? 양곡은 낡은 배에라도 그럭저럭 실을 수 있으나 이들을 호위할 함선은 튼튼해야 하니 되도록 빈틈없이 만들라, 돈은 아끼지 않는다, 이런 영이 내렸어요."

"……."

"여섯 척을 만들라기에 만들었지요. 형님두 보셨겠지마는 있는 정성을 다 들인 배들이었어요."

"응."

왕건은 그 당시 무심히 보았으나 지금 생각하니 왕신의 말대로 유달리 튼튼한 함선들이었다.

"배를 만들어 놓으니 쇠둘레에서 관원이 내려왔는데 무슨 생트집이 그렇게두 많은지."

"……."

"화가 난 괄괄이가 대들려는 것을 꽈배기가 말리고는 저를 슬쩍 불러요. 이런 때 너의 형 이름을 좀 써먹자, 이러겠지요."

왕건은 언짢은 얼굴이었으나 왕신은 웃었다.

"염려 마세요. 비뚤어지게 써먹은 건 아니니까."

왕건은 잠자코 왕신을 바라보았다.

"그 관원이 트집을 잡는 대로 뜯어 고쳤다면 배는 목포는 고사하구 기껏해야 당성(唐城, 남양만)쯤에서 가라앉았을걸요."

"……."

"그래서 꽈배기가 시키는 대로 제가 나섰지요. 왕건 장군의 아우 왕신이올시다, 이랬단 말입니다."

"……."

"정말이지 형님이 그렇게까지 대단하신 줄은 몰랐어요."

왕건은 여전히 입을 다물고 그에게 흰눈을 던졌다.

"갈지자(之) 걸음으로 거드름을 피우던 것이 별안간 두 손을 모아 쥐구, 아, 그러십니까, 몰라봬서 죄송합니다, 이러겠지요."

"……."

"이 배들을 만드는 데 간여했느냐구 묻길래 했다구 했지요."

"……."

"그 어른의 계씨께서 간여하셨다면 어련하실라구……. 배는 모두 잘된 것으로 조정에 아뢰겠습니다."

"……."

"그러구는 쇠둘레로 돌아갔어요."

"쓸데없이 나서는 게 아니다."

왕건은 좋은 얼굴이 아니었다.

"잘못한 건 그 관원이지, 제가 아니에요."

"네가 잘못했다."

"제가요?"

"누구든지 앉을 자리가 있구, 설 자리가 있는 법인데 그걸 분간해야지."

"이런 때 앉을 자리, 설 자리가 어디 있어요? 잘못 되는 일은 우선 막구 봐야지요."

"막는 데두 순서가 있어야지."

"저는 못 알아듣겠어요."

"어느 포구의 좌상이든 좌상이 나서서 주장할 일이지, 네가 왜 나서?"

"형님 이름을 한번 내세웠다구 너무 그러지 마시오."

왕신은 안색이 달라졌다.

"내 이름이든 누구의 이름이든 팔지 마라. 버릇이 된다."

"그렇다구 형님 덕을 본 것도 없어요."

왕신은 목청을 높였다.

"……."

"왕창 손해를 봤으니 덕은 무슨 덕이에요?"

"……."

"배를 검사한 관원이 돌아가자 며칠 후 배 값을 가지구 다른 관원이 나타났는데 세상에 그런 벽창호는 처음 보았어요."

"……."

"판자 값, 돛 값부터 못 값까지 일일이 따지는 것까지는 좋아요. 나중에 합산을 해 놓고는 무작정 반으루 싸악 깎는단 말이에요."

"왜?"

"왜구 뭐구 있어야지요. 반이라면 반으루 알 것이지 무슨 잔소리냐, 고래고래 고함을 지르는데 백성이 무슨 힘이 있나요?"

"그래서 또 네가 나섰겠구나."

"안 나설 수 있어야지요."

"……."

"돈은 아끼지 않는다 해 놓구서는 정당한 값을 청구하는 것까지 반으로 깎는 건 나라가 백성을 협잡하는 게 아니구 뭐예요?"

"……."

"이번에는 나서라구 해서 나선 것이 아니구 분을 참지 못해서 대들었어요. 사람을 버러지루두 안 보는데 어떻게 참아요?"

왕신은 주먹을 불끈 쥐었다.

"이러시면 우리는 굶어 죽으란 말밖에 안 되는데 한번 다시 따져 봅시다, 하구 나섰지요. 그랬더니 다짜고짜 주먹으로 양미간을 후려치지 않겠어요? 건방진 놈의 새끼라구."

"……."

"옆에 섰던 괄괄이가 이분은 왕 장군의 아우 되시는 분입니다, 하구 형님의 이름을 내세우더군요."

"……."

"단박 효과가 날 줄 알았는데, 그래서 어떻단 말이냐? 이렇게 나오는 데는 창피두 하구 별수 있어야지요."

이름을 팔지 말라고는 했지만 왕건은 유쾌할 수 없었다. 어떤 인간일까?

"젊은 사람들은 화가 나서 이것들을 물에 처넣구 배는 불을 질러 버리자는 것을 좌상들이 말렸어요. 망할 수는 없으니 참아야 한다면서 모두들 사과하구 다시 청을 드렸어요."

"……."

"형님은 잘 모르실 겁니다마는 혈구진(강화도) 포구의 좌상에 일산(一山)이라는 노인이 있었습니다."

"……."

"좌상들이 사정하다 못해 마지막으로 그 노인이 한마디 했어요. 백성이란 먹는 일을 하늘같이 아는데(民以食爲天), 이래 가지고 배를 만든 백성들을 어떻게 먹여 살리겠느냐구요."

"……."

"그랬더니 그 관원이 한참 노려보다가 노인의 수염을 잡아 흔들었어요. 시골뜨기 늙은것이 무얼 안다구 문자는 쓰느냐, 그러구는 따귀까지

한 대 쳤어요."

"……."

듣고 있던 왕건의 얼굴이 한 번 움씰할 뿐 말은 없었다.

"그 순간, 뒤에 서서 지켜보던 노인의 아들이 달려 나가 관원을 걷어차고 멱살을 잡아끌고 밖으로 나왔어요. 다른 청년들도 합세해서 개처럼 치고 차고 바닷가에 가서 물에 던져 버렸지요."

"죽었어?"

"다른 사람들이 달려들어가 끌구나와서 죽지는 않았어요. 성난 노인의 아들과 그 친구들이 밟아 죽인다는 것을 겨우 말렸지요. 자칫하면 반역으로 몰려 이 고장은 쑥밭이 된다구, 배 값은 뒷전이구 의원을 부르구 약을 쓰구, 반이나 죽은 것을 겨우 살렸어요."

"그 관원의 이름은 뭐라든?"

"임춘길(林春吉)이라더군요."

왕건은 짐작이 갔다. 종뢰의 심복으로, 병부(兵部)에 있다가 요즘 순군부(徇軍部)로 옮겨 안하무인으로 노는 인간이었다. 병부는 군정(軍政)을 다루고 순군부는 군령(軍令)을 다루니 직접 병력을 동원할 수 있는 부서라 더욱 세도를 부린다는 소문도 들었고, 벼슬은 높지 않아도 뒤에 종뢰가 있는지라 상관들도 그의 눈치를 본다는 공론이었다.

"살아서 돈이지 죽은 후에 돈이 무슨 소용이냐구, 거둘 대루 거둬다 임춘길에게 바치구 용서를 빌어서 겨우 무마가 됐어요."

"배 값은 어떻게 하구?"

왕건은 물었다.

"받은 뇌물이 흡족했던지 태도가 싹 달라졌어요. 왕 장군의 고향이라 장군의 체면을 보아서 이번 일은 없던 것으로 하구 여러분의 요구대루 지급한다면서 다 내 주구 갔어요."

"경위야 어떻게 됐건 일은 잘된 셈이구나."

"형식으로야 제값을 받은 것으로, 문서두 깨끗하지요. 그러나 바친 뇌물 값을 빼고 나니 배 값은 반도 못 받은 계산이 나왔어요."

"……."

"그래서 우리 상인들끼리 약조를 했지요."

왕신은 목소리를 낮추고 말을 이었다.

"관을 믿지 말고, 관을 상대로 하는 장사는 무슨 핑계를 대서든지 하지 않기루 말입니다. 재목을 감춰 둔 것도 그때 당하고 보니 잘한 일이었지요."

"……."

"배를 만드는 데 얼마나 많은 사람의 손이 간다는 건 형님도 잘 아시잖아요. 품삯을 믿구 양식을 꾸어 먹은 사람, 당장 끼니가 없다구 눈물을 훌쩍이는 아낙네들, 홀아비가 된 아버지에게 손목을 끌려와서 배가 고프다구 발을 구르는 아이들 – 야단들이었지요."

"……."

"손해를 본 장사치들은 어찌할 바를 모르구 멍청하니 있는데, 꽈배기가 그래뵈두 인물입디다. 굶는 사람들을 보구만 있을 수는 없다, 더구나 우리를 믿구 일한 사람들이니 품삯부터 가리자구 나서니 반대하는 사람이 없더군요. 그 자리에서 임춘길로부터 받은 것을 나눠 주고 보니 별로 남은 것이 없어요. 돛이니 쇠붙이 값 같은 건 고스란히 빚으로 남구. 동사를 한 사람 중에는 빚으로 쓰러질 뻔한 사람들두 있었지만 굵직굵직한 장사치들이 변통을 해서 우선 당장은 모면했어요. 장차 어떻게 될지는 모르지요."

임금 선종이 제정신일 때는 생각조차 할 수 없는 일이었다. 임춘길, 습기가 차는 곳간에 곰팡이가 생기듯이 묘한 병으로 묘하게 돌기 시작한 선종의 조정에도 곰팡이가 돋기 시작한 것이 틀림없었다.

왕건은 일을 시작하면 시일이 걸릴 터이니 틈을 보아 쇠둘레에 가서 선종을 뵙고 백성들의 손해를 보상하고 임춘길을 처벌할 궁리를 하다가 그만두었다.

권력의 향방을 재빨리 느끼는 피부를 가진 것이 벼슬아치라는 족속들이다. 임춘길이 여기 와서 그렇게 행패를 부리기까지에는 종뢰와 나왕건에 대한 임금의 신임도를 저울질했고 종뢰에게 더 무게가 있다고 판단했을 것이다.

설사 이번에 뜻대로 된다 하더라도 배만 되면 자기는 멀리 나주로 가고 종뢰는 여전히 선종 옆에 붙어 있게 마련이다.

인간세상에서 인자하기로는 어머니를 덮을 사람이 없다고 한다. 그렇게 인자한 어머니도 세 사람만 짜고 거짓말을 불어넣으면 자기자식도 의심한다는데 날마다 선종의 귀에 대고 멀리 떨어진 자기를 헐뜯는다면 자신은 물론 고향 사람들 모두가 욕을 볼 염려가 있다.

왕건이 눈을 감고 생각하는 것을 지켜보던 왕신이 물었다.

"임금은 머리가 돌구 못된 벼슬아치들이 하나둘 나타나기 시작하구, 세상이 잘못돼 가는 게 아니에요?"

"모르겠다."

왕건의 목소리는 차분했다. 옳게 가던 세상이 도중에서 빗나가기 시작한 것은 사실인데 제자리로 돌아올지, 생각지도 못할 판국이 벌어질지 막막했다.

"그래두 배는 만드시나요?"

왕건은 고개를 끄덕였다.

"만들어야지."

"작년에 그런 일을 당하구 모두들 외상으로 만들 힘은 없어요."

"돈은 가지구 왔다. 자재가 닿는 대로 즉시 지급한다."

형제의 얼굴에는 일시에 활기가 나타나고 젊은 왕육이 응석처럼 물었다.

"배를 만드는 사이에라두 세상이 뒤집히면 어떻게 하지요?"

"그런 일은 없다."

왕건은 단언하고 나서 혼잣말같이 중얼거렸다.

"무슨 길이 없을까……?"

형제가 하는 이야기는 처음으로 듣는 것은 아니었다. 나주에 있을 때 함선건조 문제로 송악의 상인들과 관원들 사이에 약간의 말썽이 있었다는 소리를 풍문으로 들었다.

그러나 크게 번졌다는 소리도 뒷소문도 없었고, 현지의 일이 바쁜 데다 자기 소관도 아니기에 대수롭게 생각지 않고 잊고 있었다.

자세한 내막은 이제 처음 들었다.

다른 고장에서도 이런 일이 있었는지는 알 수 없으나 적어도 자기가 알기로는 선종의 조정과 백성들 사이를 크게 찢어 놓은 첫 사건이었다. 한때 성군(聖君)이라는 칭송까지 듣던 선종, 그에게 백성들이 등을 돌리는 말썽이 일어났다는 것은 심상한 일이 아니었다.

쇠둘레에서 유 씨가 말하던 분수라는 말을 되씹었다. 자기는 지금 나주 장군에 불과하다. 역시 조정의 일에는 입을 다물고 귀를 막는 것이 옳을 것 같다.

다만 안된 것은 자기를 아껴주고 기대를 걸고 있는 고향 사람들이 크게 피해를 당하고 패가망신하게 된 사람까지 생긴 일이었다.

이들에게 합당한 보상을 할 수 있는 길은 없을까. 인정도 인정이려니와 칼을 잡은 무사에게 가장 요긴한 것은 자기의 터전이다. 고향 송악이라는 중요한 터전이 크게 요동쳤으니 대책이 있어야겠는데 통 생각이 떠오르지 않았다.

등잔의 기름이 거의 타도록 입을 다물고 말이 없는 왕건을 지켜보던 아우 왕육이 기름을 채우면서 물었다.

"형, 무슨 시름이라두 있어요?"

"으, 응, 아니다."

왕건은 희미하게 웃어 보였다.

"형 별명이 무언지 아세요?"

"별명?"

"심심산천이래요. 꽈배기 형이 붙였어요."

"그거 좋은 별명이구나."

"벼슬을 하려면 그래야 하는지는 몰라두."

"?"

"남의 소리는 들어가두 자기 소리를 내는 일이 없으니 통 그 뱃속을 모르겠다, 그러더군요."

"쓸데없는 소리는 그만두구, 배 만들 얘기나 하자. 저번에 그런 일이 있었으니 딴소리는 없을까?"

"형님이 하신다면 믿구 나설 겁니다."

왕신은 간단히 대답했으나 왕육은 따지고 들었다.

"처음부터 끝까지 형님이 여기 계시는 거지요?"

"있지."

"값까지 말끔히 치르구 떠나시는 거지요?"

"그럼."

"아까 말씀대로 자재가 들어만 오면 그때그때 즉시 값을 주시겠지요?"

"주지."

"그럼 될 거예요."

불신의 바람은 다른 사람들뿐 아니라 왕건 자신의 집안에도 스며들고 있다는 것을 실감했다.

왕건은 그런 내색은 하지 않고 이번 조선계획의 윤곽을 이야기했다. 수많은 말들을 실어 보낼 전례 없이 큰 배들을 만든다는 이야기에 형제는 우선 놀라는 눈치였다.

뿐만 아니라 병사들과 식량을 나르기 위해서 낡은 배들은 다시 손을 보아야 하고 새로운 배들도 수십 척 만들 계획이라는 소리를 듣고 왕육이 탄성을 발했다.

"거창한 일이에요! 오래간만에 모두들 신나겠다."

그러나 왕신은 아우를 흰눈으로 보고 있었다.

"너는 생각이 좀 다른 모양이구나."

왕건이 왕신에게 물었다.

"형님 말씀이라면 나서겠지요. 그러나 신이 나고 안 나고는 두구 보아야 할 겁니다."

"……."

왕건은 말귀를 알아들었다. 한번 덴 사람들이라 경계할 것은 뻔한 일이다.

"형님이 이 고장 사람이구 다들 믿는 것도 사실이지마는, 지난번에 혼들이 나서 신이 날지는 모르겠어요."

"그래두 형님이 하시는 일이라면 다르지 않겠어요?"

왕육은 여전히 큰소리였으나 왕신은 신중했다.

"믿기야 믿겠지요. 그러나 지난번 일로 일꾼들 중에는 굶어 본 사람이 적지 않고 빚에 시달려 목을 맨 사람도 몇 사람 있어요. 이런 쓰라림은 겪어 본 사람이 아니구는 모른다지 않아요? 제 생각으로는 관원들을 길들이는 좋은 방법은 며칠 굶겨 보는 일이라구 생각하는데 형님 생각은 어떠세요?"

"좋은 생각이다."

"신나서 하는 일과 억지로 하는 일에는 차가 있잖아요?"

"있지."

"예전처럼 있는 정성을 다해서 좋은 배를 만들려면 달리 방도를 생각하셔야 할 거에요."

"어떻게?"

"그건 저두 모르겠어요."

"알아듣겠다. 오늘은 곤하니 그만 자자."

이튿날 조반을 들면서도 손을 멈추고 가끔 생각에 잠기던 왕건은 사랑채에서 자고 난 병정을 데리고 길을 떠났다.

"며칠 다녀올 테니 기다리지 마라."

그는 사흘을 걸려 예성강 일곱 포구와 서해안 염주(鹽州, 연안), 백주(白州), 바다를 건너 혈구진(穴口鎭) 등 여러 포구를 찾아 그럴 만한 사람들에게는 모두 인사를 드리고 협력을 부탁했다.

사람의 마음이란 바람 부는 대로 휩쓸린다는 것을 그는 알고 있었다. 세월이 좋을 때에는 시중까지 지낸 사람이라 떠받들었지만 요즘같이 은근히 술렁거리는 때에는 그 마음에 동요가 생기지 않을 수 없을 것이다.

세상이 어떻게 될지 모른다. 너 왕건이 시중이요 장군이라 했지만 되다 보니 그렇게 된 것이지, 따지고 보면 왕륭의 아들, 우리와 같은 장사치가 아니었더냐? 팔자에 없는 벼슬을 하더니 세상이 뒤집히는 날이라도 오면 어떤 꼴을 하게 될지 두고 보자.

이런 생각을 하는 사람도 없다고는 할 수 없을 것이다.

중요한 것은 사람과 사람이 정으로 맺어지는 일이다. 그보다 더 큰 힘은 세상에 없을 것이다.

그는 좌상들을 비롯한 유력한 사람들이나 친구들뿐만 아니라 예전에 처음으로 정주에서 함대를 창설할 때 일하던 장인(匠人)들까지 길에서 마주치면 말에서 내려 손을 잡고 반겼다.

역시 왕건은 된 사람이다. 혈구진을 끝으로 정주에 상륙했을 때는 이런 풍문이 들려왔다.

그러나 정주에 장막을 치고 기다리던 능산은 불만이었다.

"고향에 오셨으니 인사치레도 좋지마는 나주 일이 걱정입니다."

"왜?"

"그동안에라두 견훤이 들이치면 어떻게 합니까?"

"안 들이칠 거요."

능산은 알 수 없다는 얼굴로 왕건을 바라보았다.

"견훤은 명장이오."

"네……."

"동시에 임금이오."

"네……."

"지금 군사를 움직여 씨를 못 뿌리게 하구, 뿌린 씨를 파헤치게 할 수도 있을 거요. 그러나 이것은 가을에 마른 곡식을 태워 버리는 데 비하면 열 배의 수고와 시일이 걸릴 거요."

"……."

"동병한다면 식량과 무기를 나를 백성도 동원해야 하는데 그리 되면 견훤도 농사에 지장이 있지 않겠소?"

"네……."

"또 있소. 봄과 여름 기껏 수고를 해서 지어 놓은 곡식을 불살라 버리는 것이 손쉬울뿐더러, 농민들로서는 헛수고에서 오는 실망이 얼마나 크겠소? 명장인 데다 백성을 다루는 임금인 견훤이 그걸 모르겠소? 그러니 가을에 추수가 닥칠 때까지는 나주 사람들이 땀을 흘리고 지치게 내버려 두리라는 것이 내 판단이오."

능산은 이번에는 고개를 돌리고 대답을 하지 않았다.

"능산 장군은 생각이 다른 모양이구만."

"한 가지 여쭈어 보겠는데 배를 만드는 일에까지 장군께서 매달려 있어야 하십니까?"

"그럼 누가 이 일을 감당하겠소? 전에도 그러지 않았소?"

"……."

능산은 또 대답이 없었다.

"내 말이 틀렸소?"

"틀렸습지요."

앉은키도 훨씬 큰 능산은 퉁명스러운 대답이었다.

"말씀해 보시오."

"당시는 태봉국에서 함선이나 수군에 대해서 아는 사람치고 장군을 덮을 사람이 없었지요. 그러나 칠 년이라는 세월은 짧지 않습니다."

"……."

이번에는 왕건은 대답하지 않았다.

"지금도 바다에서 싸우는 수전에는 장군을 덮을 사람이 없지마는, 배를 만드는 일에까지 처음부터 끝까지 간여하셔야 되는지는 모르겠습니다."

왕건은 수군에 관한 한 자기를 덮을 사람은 없고 함선의 제작에서 전투에 이르기까지 자기가 없이는 안 된다는 자부심이 있었다. 말수가 적은 능산의 한마디는 이 자부심에 찬물을 끼얹는 것이나 진배없었다.

그렇다. 이 칠 년 동안 몇몇 장수를 비롯해서 많은 군관들이 수전에 익숙해졌고 배를 만드는 데도 지식과 안목이 있는 군관들이 즐비하게 양성되었다. 언제나 냉정을 잃지 않는 왕건은 생각 끝에 고개를 끄덕였다.

"장군의 말이 옳소. 달리 할 말은 없소?"

"한꺼번에 많이 드리면 실례가 될 테니 천천히 드리지요."

"들을수록 재미있는걸."

"그럼 말씀드릴까요? 아까 견훤은 추수까지는 안 쳐들어온다고 말씀하셨는데, 정말 견훤이 안 온다면 그를 명장이라구 할 수 있을까요?"

"무슨 소리요?"

왕건은 얼른 알아듣지 못했다.

"제 생각으로는 쳐들어올 것 같습니다."

"왜?"

"장군 같은 분까지 그렇게 생각하시는데 쳐들어온다구 생각할 사람이 있겠습니까? 그러니 견훤이 명장이라면 이런 기회를 놓칠까요?"

"계속하시오."

왕건은 이 과묵한 사나이로부터 새로운 것을 배우는 느낌이었다.

"제가 졸병으로 여러 싸움에 참가한 끝에 처음으로 군관에 임명됐을 때의 일입니다. 성상께서 부르시더니 이렇게 말씀하시더군요."

"……."

"장(將)의 비결에는 세 가지가 있다. 첫째는 부하의 인심을 잡고 둘째, 자기의 의도를 나타내지 않고, 셋째는 적의 의표를 찌르는 일, 즉 적이 오리라고 대비하고 있을 때는 가지 않고, 안 오리라고 방심할 때 기습공격을 가하는 데 있다, 이러시더군요."

왕건은 생각이 없을 수 없었다. 칠 년의 세월, 태봉국의 수군도 그 세월만큼 장성했다. 자기가 아니면 함선조차 만들지 못할 것으로 생각한 것은 분명히 자기도취였다.

함선을 만드는 일은 능산의 의견대로 다른 사람에게 맡기는 것이 옳다. 자기가 의도하는 대로 설계만 꾸며 주면 옳게 감독할 군관은 얼마든지 있다.

농번기를 계산에 넣고 견훤이 움직이지 않으리라고 단정한 것도 안이한 생각이다. 견훤의 기병대가 농사의 중요한 고비마다 한 차례씩만 휩쓸고 지나가도 나주의 금년 농사는 반타작도 힘들 것이다.

능산이 선종으로부터 들었다는 훈계는 처음 쇠둘레를 찾았을 때 자기도 들었다. 다 옳은 말이라고 생각했으나 이십 년이 흘러 재상까지 지내는 동안 희미해져 버렸고 수군에 관한 한 아집(我執)과 자부심도 생겼다. 세월과 더불어 남도 성장한다는 것을 잊었다.

"장군의 말씀대로 여기 일을 서둘러 기틀을 만들어 놓구 나주에 내려가기로 합시다."

"……."

능산은 듣기만 하고 응대가 없었다.

"다른 소견이라두 있소?"

"소견이라기보다두……, 나주에 가시기만 한다구 견훤을 막을 수 있을지. 그것이 걱정입니다."

하기는 그렇다. 왕건이 없으면 오고, 있으면 안 올 견훤이 아니다. 무엇으로 그 많은 견훤의 기병대의 행패를 막는다? 왕건은 막연했다.

"장군께서 견훤이 안 오리라고 생각하시는 것과 마찬가지로, 견훤은 보졸들밖에 없는 우리를 역시 안 쳐들어오리라고 생각할지도 모르겠습니다."

능산은 불쑥 이런 말을 했다. 나주에 있는 기천 명의 보졸을 모두 동원해도 견훤의 농사를 망친다는 것은 생각조차 할 수 없는 일이고, 군략(軍略)으로 보아도 나주 군을 모조리 견훤의 도살장으로 보내는 결과밖에 되지 않을 것이다.

이쪽의 의도를 드러내지 않고, 적이 대비하고 있을 때에는 움직이지 않고, 방심할 때에 친다. 선종은 실지로 그렇게 행동했고, 그것으로 크게 성공했다. 지금 병들어 그렇지, 선종은 역시 타고난 군략가요 뛰어난 무사에 임금다운 임금이었다.

그러나 자기는 많은 전투를 치렀어도 선종과 함께 싸운 일은 없었다. 졸병 때부터 그를 따라다닌 능산은 장막 밖의 바다를 내다보다가 이런 말을 했다.

"참고가 되실는지 모르겠습니다마는 옛날 울오어진(蔚烏御珍, 울진)을 치고 동해안을 북상하다가 별안간 대적과 맞부딪친 일이 있습니다. 초창기라 이쪽의 무장은 보잘것이 없구 적은 갖출 것은 다 갖추구……. 화살도 다 떨어졌는데 돌격해 봐야 적은 세 배나 되니 칼과 칼이 부딪치기 전에 적의 화살에 전멸할 판이라 참으로 난감했지요."

능산은 말을 끊고 옛일을 회상하듯 또 바다를 내다보다가 말을 이었다.

"그때 성상께서 하시는 걸 보구 정말 하늘이 내신 분이라구 생각했습니다."

"……."

"좁은 계곡이었어요. 비뇌성(非腦城, 경기도 가평)에서 전사하신 장일(張一) 장군을 아시지요? 그분을 불러 몇 마디 속삭이시더군요. 명령을 받은 장일 장군이 군도(軍刀) 이외에는 짐을 다 버리고 저 산으로 올리뛰라구 하길래 죽자 사자 뛰었지요. 잡목이 우거진 험한 산이었어요."

"……."

"산에 올라가자 구구전승으로 명령이 오는데 알맞은 나무를 찍어 보통 창의 두 배 길이로 창을 만들라는 거예요. 끝을 뾰족하게 깎아서 시키는 대로 했지요."

"……."

"깎으면서 내려다보니 지금도 그렇지마는 그때도 가사를 입으신 성상께서는 마상에서 두 손에 방패를 잡고 적의 화살을 요리조리 막으시면서 적장에게 외치시는 거예요. 우리 둘이 겨루어 천명(天命)이 너에게 있다면 네가 살고, 내게 있다면 내가 살 것이 아니냐. 불쌍한 병정들을 죽일 필요가 없으니 어서 나오라. 참으로 신선 같은 모습이었어요."

"……."

"건달 장군들이 다 그렇잖아요? 자기는 못 나서구 병정들 틈에 끼어 돌중이라구 욕설만 퍼붓다가 저놈을 잡으라구 고함을 지르더군요."

"……."

"성상은 혼자시구 적은 천 명도 훨씬 넘는지라 얕잡아보구 달려드는데 성상께서는 화살이 닿을락 말락 한 거리를 두고 골짜기 어구로 말을 달리세요. 그것도 재기라도 하듯이 화살은 한 자 아니면 두 자 정도 성상의 뒤에 떨어지더군요."

"……."

"적진에도 말 탄 군관이 몇 명 있었어요. 그까짓 돌중 하나쯤 너희들이 처치해서 공을 세우라구 외치는 소리가 들립디다. 하여튼 군관들은 움직이지 않고 보졸들만 기를 쓰고 따라붙었어요. 허지만 발로 뛰는 사람이 말 탄 사람을 당해 냅니까? 끝까지 따라가는 병정도 십여 명 있었지만 대개는 도중에서 쓰러졌어요."

"……."

"골짜기를 벗어나자 거기까지 쫓아갔던 병정들도 기진맥진해서 돌아섰습니다."

"……."

"그들이 제자리에 돌아올 무렵이었습니다. 골짜기를 벗어났던 성상께서 말 머리를 돌려 또다시 슬슬 골짜기로 들어오신다는 말씀입니다."

"또다시?"

"네. 군관들은 또 병정들을 내몰더군요. 지금도 그렇지만 대장이 죽으면 그 군대는 없어진 것이나 마찬가지 아닙니까? 그걸 노렸는가 봐요."

"……."

"병정들은 군관들의 채찍에 못 이겨 또 따라붙었어요. 힘이 다 빠졌는데 또 쫓으려니 오죽하겠어요. 뛰지두 못하구 뛰는 시늉을 하더군요. 성상께서는 전처럼 적과 일정한 거리를 두고 천천히 말을 모시구. 골짜기를 벗어나자 적병은 다시 돌아왔어요. 이렇게 또 한 번 하고 나니 적병들은 녹초가 되고, 저희들은 나무창을 깎고 실컷 쉬고도 남았지요."

"……."

"그때 성상께서 오솔길로 말을 몰고 올라오십디다. 숲 속에 앉아 있는 저희들을 찬찬히 돌아보시고 또 장일 장군을 부르십디다."

"……."

"무슨 말씀을 하셨는지는 몰라두 장일 장군의 명령은 이렇게 내렸어요. 기침소리 하나 내지 말구 엎드려 있다가 적이 올라오거든 나무창으로 배나 옆구리를 찌르든가 사타구니를 찔러 라."

"군도면 됐지, 나무창이라……."

"그때는 물어볼 틈도 없었지만 정작 써 보니 신묘한 효과가 있습디다."

별로 웃는 일이 없는 능산의 입가에 미소가 감돌았다.

"적이 정말 올라왔던 모양이군."

"올라왔지요."

밀림 속에 군사를 집결하는 것은 자고로 병법에서는 금기로 되어 있다. 화공(火攻)을 받으면 꼼짝할 수 없기 때문이라 했는데 적장은 어떻게 나왔을까.

"화공을 안 받았소?"

"화공이라니요?"

"적이 숲을 에워싸구 불을 지르지 않았느냐 말이오?"

"지르려구 덤볐지만 한여름인데 붙어야지요. 안 되니까 군사들을 내몹디다. 쳐들어가서 몰살하리구."

"……."

"기진맥진한 병정들이 칼이니 창이니 들고 흐느적거리면서 올라오는데 우리들은 나무 틈에 엎드려 기다리구 있었지요. 그럭저럭 올라오기는 했는데 숨이 턱에 차서 허덕이는 것들을 길쭉한 창으로 냅다 찔렀지요."

"적은 가만있구?"

"가만히야 안 있었지요. 칼을 휘두르자니 숲 속이라 걸리는 데가 많아 안 되고, 창을 내지르기도 했지마는 졸지에 만든 나무창이라도 이쪽이 두 배나 기니 당할 재간이 있어야지요. 게다가 지칠 대로 지쳤겠다, 정말이지 썩은 호박을 찌르는 것이나 다를 것이 없었습니다."

"……."

"적은 반 이상 죽었을 겁니다. 비명이 산을 뒤덮고 남은 자들이 무기를 팽개치고 도망치기 시작하자 북이 울리면서 적을 추격하라는 장일장군의 명령이 들리더군요. 산을 쏟아져 내려갔지요."

"……."

"골짜기에 남아 있던 적장과 군관들은 잽싸게 말을 타고 도망치는 바람에 그들이 팽개치고 간 무기니 식량을 고스란히 손에 넣었을 뿐 아니라 우리가 앞서 팽개쳤던 것들도 찾을 대로 찾으니 물자가 얼마나 많겠어요. 싸움도 많이 해 보았지마는 이때처럼 신나는 싸움도 흔치 않았습니다."

"……."

"골짜기의 야영은 위험하다구 벌판에 나가 시냇가에 진을 치구 실컷 먹고, 며칠 동안 늘어지게 쉬었습니다."

"……."

"그때는 모두 합해야 오백 명 안팎이라 한 식구 같았지요. 성상께서두 군사들과 함께 식사를 하시구 잠도 같이 주무시구."

적장이 신통치 않았던 것도 사실이겠지마는 왕건은 새삼 선종을 보통 사람이 아니라고 생각했다. 병법을 알되 거기 얽매이지 않고 때와 환경에 따라 자유자재로 활용하는 명장이었다.

군사들과 침식을 같이했다는 소리는 전에도 들었지마는 능산의 입에서 들으니 더욱 실감이 났다. 그런 소박한 기질 때문인지 쇠둘레의 도성도 백성들의 노고를 생각하고 중요한 대목 외에는 석재를 쓰지 않고 흙으로 쌓아올린 토성이고, 대궐도 조촐한 건물이다.

"그 당시는 군사들과 허물없이 말씀도 하시구, 때로는 농담도 잘하셨지요."

능산은 옛날이 그리운 얼굴이었다.

"어떤 군사가 식사를 하면서 장군께서는 미리부터 그런 신묘한 계책을 생각해 두셨느냐구 여쭈었더니 웃으면서 나는 귀신이 아니다. 적과 마주치리라는 생각조차 못했다, 이러시더군요."

"……."

"길쭉한 나무창은 어떻게 생각하신 겁니까 했더니, 생각하려구 해서 하신 것이 아니라구요. 다급한 김에 주위를 둘러보니 창에 알맞은 잡목숲이 눈에 뜨이는 순간 머리에 떠올랐다구 하십디다. 그때 또 이런 말씀도 하셨는데 지금도 가슴에 새기고 있습니다."

능산은 마음으로부터 선종을 우러러 받드는 말투였다.

"고대루 옮기면, 천지간에는 없는 것이 없다, 사람의 눈이 이것을 보지 못할 뿐이지, 이러세요."

왕건은 도승(道僧)의 소리를 듣는 느낌이었다.

천지간에는 없는 것이 없다. 왕건은 마음속으로 그 뜻을 새기고 있었다. 하늘과 땅 사이, 삼라만상(森羅萬象)이라는 말 그대로 무한량의 사물과 그 사물들이 빚어내는 현상으로 차 있다. 지혜가 짧은 사람의 눈으로 그것을 제대로 알아보지 못하는 것은 차라리 당연한 일이다.

더구나 사물과 사물 사이에 일어나는 모순과 조화, 그로 인해서 쉬지 않고 움직이는 대자연과 그 속에서 명맥을 이어 가는 인간 사회의 미묘한 흐름을 옳게 볼 수 있는 눈을 가진 자가 있다면 부처님이 아니면 성인일 것이다.

잠자코 생각하던 왕건은 능산을 쳐다보았다. 선종이 그 다음에 무엇이라고 했을까, 궁금했다.

"알 것도 같고 모를 것도 같은 말씀이라 모두들 멍하니 앉아 있는데 성상께서 물으세요. 우리는 무기도 아무것도 없이 여기 이렇게 앉아 있다고 하자. 그런데 별안간 적이 활을 쏘면서 몰려온다면 어떻게 할 것이냐?"

"……."

"아무도 대답을 못했지요. 성상께서는 시냇물 속에 즐비하게 깔려 있는 돌멩이를 가리키면서 저기 얼마든지 있지 않느냐? 하시겠지요. 그때에야 보니 물속에는 사람의 손으로 던지기 알맞은 돌멩이가 얼마든지 있습디다."

"……."

"한참 있다가 마주 앉은 병정이 물었어요. 허지만 화살은 백 보(步)까지도 날아오는데 돌멩이는 기껏해야 사오십 보 날리는 것도 힘겹지 않습니까. 돌멩이는 도중에 떨어지고 저희들은 화살에 맞아 쓰러지고, 싸움이 되겠습니까?"

왕건은 더욱 흥미가 동했다.

"성상께서는 빙긋이 웃으세요. 돌멩이는 보이는 모양인데 또 보이는 게 없느냐?"

"……."

"또 대답하는 사람이 없었어요. 보이는 게 있어야지요. 그런데 폐하께서는 다시 시냇물을 가리키세요. 저 속에 들어가는 거다. 저쪽 시냇가 둑은 하늘이 만들어 주신 토성이 아니냐. 바싹 붙어서 머리만 내놓고 기다리다가 적이 알맞은 거리에 오면 소나기같이 돌 세례를 퍼부으면 어떻게 될 것 같으냐?"

"……."

"나는 몇 해 싸움을 치르는 가운데 한 가지 배운 것이 그것이다. 적은 이러저러한 것을 가졌는데 우리는 없다, 이것은 싸우기도 전에 패할 징조다. 아까도 얘기했지마는 천지간에는 없는 것이 없다. 제대로 보고 활용하느냐 못하느냐, 이것이 갈림길이다, 이러시더군요."

왕건의 머리에 번뜩이는 것이 있었다. 여태까지 견훤의 기병이 항상 마음에 걸렸고, 이렇다 할 대책이 떠오르지 않았다. 그러나 자기에게는 견훤보다 우세한 수군이 있다. 지금까지 이것을 진지하게 생각한 일이 없었다.

견훤이 기병으로 오면 수군으로 대항하면 된다. 이쪽이 기병을 갖출 때까지는 열세를 면할 수 없다고 체념했던 왕건은 마음이 달라졌다.

그런데 능산이 마무리를 짓듯 말을 이었다.

"장일 장군이 여쭈었어요. 돌멩이 세례로 일단 물러선 적이 이쪽 형편을 알고 돌아서 옆으로, 즉 측면으로 공격해 오면 어떻게 하십니까?

성상께서는 뒤를 돌아보고 험한 산을 가리키시더군요. 때를 놓치지 않구 저 산으루 올리뛰어야지, 전진 후퇴의 기(機)를 재빨리 보는 것이 장수가 할 일이 아닌가?"

왕건은 자기가 가담하기 전의 활약이 눈에 보이는 듯했다.

능산의 이야기를 들으니 불과 기백 명으로 시작한 선종이 짧은 시일에 국토의 반을 차지한 연유가 더욱 뚜렷해졌다.

그는 높은 데서 사물을 넓고 깊게 보고 기회를 포착해서 자유자재로 활용하는 천재, 그 위에 사람을 쓰는 데 뛰어난 머리를 가진 인물이다.

윗사람이 될 만해서 된 사람, 왕건은 선종이 자기보다 몇 등 위라고 생각했다.

"그토록 만사에 출중하시던 성상께서 저렇게 되셨으니……."

능산은 혼잣말같이 뇌까렸다. 그도 쇠둘레에 집이 있으니 은근한 소문을 들은 눈치였으나 왕건은 못 들은 척했다.

"그대로만 끌구 나가셨다면……."

능산이 아쉬운 듯 중얼거리는 것을 왕건은 한 귀로 흘리고 딴소리를 꺼냈다.

"함선을 만드는 일인데, 내일 포구의 좌상들이 여기 모일 것이오. 우리 그 의논을 좀 합시다."

왕건은 품에서 목책을 꺼내 한 장 한 장 넘기면서 설명했다. 장마다 글씨가 조목별로 씌어 있고, 군데군데 배의 그림, 때로는 배의 치수와 그 속에 탄 말의 크기를 적은 숫자까지 적어 넣은 그림도 보였다.

능산은 함대의 웅대한 규모와 그가 설명하는 대담한 작전구상에 황홀한 듯 귀를 기울였다.

백여 척의 함선을 새로 만드는데 그중에는 구유를 중심으로 양쪽에 각각 수십 마리의 군마(軍馬)가 나란히 서서 먹이를 먹는 그림도 있었다. 문서에 적힌 치수를 보니 몇 마리의 말이라면 풀어 놓아도 그 속에서 능히 뛰놀 수도 있는 크기였다.

"이것은 역사에 없는 큰 배올시다. 이런 배만 있다면 나주에서 고통을 받는 마필의 부족을 메울 수 있겠습니다."

전쟁에서 반생을 보낸 능산은 왕건의 의도를 곧 이해하였다. 그러나 백여 척의 함선 외에 이런 배까지 만들려면 엄청난 비용이 들 터인데 몇 척이나 만들 수 있을까, 그것이 의문인 모양이었다.

"이런 배를 적어도 열 척 이상 만들어 우선 마필, 다음으로는 인원과 식량을 단시일 내에 나주로 실어 나르는 민첩성을 확보하자는 것이 목적이오."

"좋은 생각이십니다. 그러나 이번에 가져오신 비용으로는 태부족일 듯한데 그것이 염려됩니다."

"성상께 말씀드렸는데 필요한 만큼 언제든지 보내주시기로 돼 있소."

"성상께서……."

"성상의 말씀은 언제나 철석같고 한 번도 어김이 없었소."

"그렇습지요."

능산은 지난날의 선종을 생각하고 두말없이 수긍했다.

"그러나 이번 일에는 생각할 일이 두 가지 있소."

왕건은 능산에게 이 일을 맡기기로 이미 결심하고 당부하듯 한마디 한마디 이어 갔다.

"첫째는 견훤의 성품이오."

능산은 말없이 왕건을 바라보았다. 배를 만드는 일과 견훤의 성품이 무슨 상관일까?

"견훤은 실수를 되풀이할 장수가 아니오."

더욱 거리가 먼 이야기가 나왔다.

"네……."

"작년에 우리의 화공(火攻)으로 함대가 전멸하지 않았소?"

"네……."

능산은 어중간한 대답이었다.

왕건은 견훤의 움직임을 잘 알고 있었다. 전멸을 당했다고 주저앉을 견훤이 아닌지라 새로 재목을 벌채하는 중인데 백강구에서는 화공에 강한 배를 만들려고 이모저모 시험을 하고 있다는 이야기도 들려주었다.

"이런 견훤에게 우리는 어떻게 대응하는 것이 좋을 것 같소?"

"글쎄올시다……."

능산은 생각이 떠오르지 않을뿐더러 당장 급한 것이 나주의 농사를 보호하는 일인데 아직 만들지도 않은 적의 함대 이야기는 절실하게 들리지도 않았다.

"지금 생각하실 일은 그보다도 나주의 금년 농사가 아니겠습니까?"

왕건은 고개를 끄덕였다.

"그렇지요. 견훤이 오지 않으리라고 본 내가 잘못이고, 역시 장군의 소견대로 온다고 보아야지요. 그러니 나는 나주로 내려가고, 장군이 새 함대를 만드는 일을 맡아 주시오. 이런저런 생각을 한꺼번에 하다 보니 말이 두서없이 나왔나 보오."

능산으로서는 자기가 왕건 대신 정주에 남아 새로운 함대의 창설을 맡는다는 것은 생각지도 못한 일이었다.

"이게 어디 제가 감당할 수 있는 일입니까?"

"염려할 게 없소."

"싸움터에서 칼을 휘두르는 일이라면 사양하지 않겠습니다마는 배를 만드는 일은 아주 백지라서……."

"장군도 바다에서 얼마나 많이 싸웠소? 일은 장인(匠人)들이 하는 것이니 싸움에 견딜 만한지, 그것만 살펴 주시면 되는 거요."

"……."

능산은 입을 다물고 대답이 없었다.

왕건은 차로 목을 축이고 나서 바다를 내다보았다.

"우리 본국과 나주를 차단하자면 어차피 함선이 필요한데 견훤에게는 한 가지 결함이 있소. 성미가 급하단 말이오. 내가 보기에는 재목이 제대로 마르기 전에 서둘러 배를 만들 것 같소."

"……."

"서둘러야 할 형편인 것도 사실이지마는……."

"……."

"또 한 가지 알아 두실 건 백강구에서 저들이 궁리하고 있는 배들은 두께가 한 치 안팎이라구 하오. 경쾌한 속도로 공격과 후퇴에서 우리를 앞지르자는 것이겠지요. 이런 사정을 감안해서 여기 대항할 수 있는 함선들을 만들어 달라는 것이 내 부탁이오."

어떻게 감안하라는 것인지 능산은 이해가 가지 않았다.

"감안이라구 말씀하셨는데……."

왕건은 이 묵중한 사나이에게 처음으로 농담 아닌 농담을 걸었다.

"장군, 단단히 마른 나무는 덜 마른 나무보다 강하고, 한 치는 두 치보다 약하지 않겠소?"

농담을 모르는 능산은 곧이곧대로 대답했다.

"그렇습지요."

"화공에 혼난 견훤은 우리의 화공을 염두에 두고 신속한 함선운동을 위해서 속도에 정신을 쏟을 것이오. 한 번 적에게 드러난 전법(戰法)은 두 번 성공하기 어렵다는 말이 있지 않소? 화공은 이제 머리에서 씻어 버리고 딴 방도를 찾아야지요. 적선의 두께가 한 치라니 적어도 두 치

이상 가는 튼튼한 함선들을 만들어 적선을 만나면 무조건 힘으로 들이받아 엎질러 버리자는 거요."

적이 하나를 생각하면 둘을 생각하고, 좌를 생각하면 우를 생각하는 왕건, 능산은 전부터도 그에게 심복하여 왔지마는 더욱 심상치 않은 인물로 보였다.

그는 듣기만 하다가 물었다.

"우리도 단단히 마른 재목을 마련하려면 시일이 걸리지 않겠습니까?"

"재목은 마련돼 있소."

왕건은 덤덤하게 대답하고 능산을 한동안 쳐다보다가 새삼 그의 이름을 불렀다.

"능산 장군."

왕건은 한마디 한마디 신중히 이어 갔다.

"여러 가지 얘기를 했소마는 이것은 다 사람의 짧은 머리에서 짜낸 계책이 아니겠소? 하늘의 조화는 신묘해서 비바람 한 번으로 모든 것이 뒤집히는 일이 얼마나 많소?"

능산도 여러 전쟁에서 경험한 일이었다. 오랜 시일을 두고 계획을 짜고 빈틈없이 준비해도 하늘이 한번 진동하면 인간이 쌓아 올린 것은 홍수에 밀려가는 개미집이나 다를 것이 없었다.

"옳은 말씀이십니다."

"이 인간의 부족함을 조금이라도 메워 주는 것이 있다면 나는 사람의 정성이라구 생각하오. 지성(至誠)이면 감천(感天)이라는 말은 헛말이 아닐 것이오."

"네……."

능산은 도사 같은 이야기를 하는 왕건을 바라보기만 했다. 무슨 소리를 하려는 것일까?

왕건은 글, 더구나 문자와는 거리가 먼 이 투박한 사나이에게 지성이니 감천이니 한 것이 쑥스러웠다. 그는 말투를 바꿨다.

"그릇도 정성들여 만든 것과 그렇지 않은 것은 다른데 배도 이치는 마찬가지요. 비슷한 인원, 비슷한 함선이 부딪쳤을 때 어디서 차이가 날 것 같소? 함선을 만든 장인들의 정성이지요. 정성이라는 것을 무게로 따질 수 있다면 열 근 들여 만든 함선은 다섯 근 들여 만든 함신보다 튼튼하고, 따라서 이기게 마련이 아니겠소?"

능산은 수긍하면서도 미심쩍은 얼굴이었다.

"성상께서는 천지간에 없는 것이 없다구 하셨는데……, 약한 함대라도 장수가 뛰어난 경우에는 무슨 방책이든 나올 수 있지 않겠습니까?"

선종이나 왕건 같은 뛰어난 장수 밑에서 싸움으로 지새운 능산은 '정성'이라는 막연한 말보다 근사하게 싸움을 지휘하는 장수의 모습이 실감이 났다.

"성상의 말씀은 백 번 옳지요. 외곬으로 생각 말구 그 말씀을 바다에 옮겨 보시오. 평소에 성상께서는 정성을 다해서 군사들을 단련하셨으니 성상의 군대는 수군으로 치면 정성들여 만든 뛰어난 함선이란 말이오. 뛰어난 함선이 뛰어난 장수이신 성상의 뜻대로 정성껏 움직여서 백전백승을 거둔 게 아니겠소? 천지간에 없는 것이 없고 장수가 아무리 훌륭해도, 군사들이 멍청해서 제대로 움직여 주지 않는다면 어떻게 되겠소?"

"네……."

"아무리 능숙한 목수라도 썩은 나무로는 집을 못 짓는 법이오."

"알아들을 만합니다. 결국……."

일찍이 호미를 던지고 칼을 잡은 능산, 쉬운 말에는 머리가 잘 돌았다.

"배를 만드는 일꾼들이 정성을 다하도록 마음을 쓰라는 말씀 같은데……."

"맞았소."

왕건은 갖은 풍상을 다 겪은 이 소박한 사나이에게 하지 않아도 될 말을 장황하게 늘어놓은 듯 뒷맛이 개운치 않았다.

"몇 가지 드릴 말씀이 있습니다."

능산은 골똘히 생각하고 나서 천천히 입을 떼었다.

"장군께서는 밥그릇이라는 걸 생각해 보신 일이 있습니까?"

난데없는 소리에 왕건은 입을 벌렸다.

"밥그릇이라……."

능산은 그 큰 눈으로 왕건을 물끄러미 바라보기만 하고 좀처럼 웃는 일이 없는 그의 입가에 희미한 자조(自嘲)의 그늘이 스쳐 갔다.

"전에는 성상께서 아껴 주셨고, 근년에는 장군께서 믿어 주시니 고마우신 일이지요. 장수다운 장수라구. 그러나 저는 두 분께서 생각하시는 바와는 달리 전쟁이라면 아주 진저리가 나는 인간입니다."

태봉국에서는 적어도 열 손가락 안에 꼽히는 능산의 입에서 이런 소리가 나올 줄은 몰랐다. 그를 처음으로 대한 지 이십 년, 도시 필요한 용건 외에 다른 이야기를 하는 것도 오늘이 처음이었다.

왕건은 입을 다물고 그를 바라보는 수밖에 없었다.

"밥그릇을 찾아 호미를 들고 집을 나선 것이 이 능산이올시다. 어쩌다 일거리를 찾아 김을 매고 산에 가서 나무도 해 왔습지요."

"……."

"허지마는 자기도 먹기 바쁜 세상에 삯일을 시킬 사람 찾기란 하늘의 별 따깁디다."

"……."

"장군께서는 굶어 보신 일이 있습니까?"

능산이 자기뿐만 아니라 어느 누구에게도 대어 놓고 이런 질문을 한 것은 이것이 처음이 아닐까.

십오 년 전 선종의 명령으로 양길의 북원성을 비롯해서 접경의 성들을 칠 때 한두 끼 거르는 일은 흔히 있었다. 먹을 것이 없어 거른 것이 아니라 전투 중에 그 틈이 없었기 때문이다. 걸렀지 굶은 것은 아니었다.

나주에서 견훤과 고전(苦戰)할 때에는 양도(糧道)를 끊기고 하루 세 끼 내리 굶은 일이 있었다. 그때 굶은 고통이라는 것을 처음으로 실감했다.

그러나 능산의 말투로 보아 이런 것은 굶은 축에도 들 것 같지 않았다.

"글쎄……."

"성인도 사흘을 굶으면 도둑질을 한다구 합니다마는 물만 마시면서 정말 사흘 굶으니 제정신이 아니더군요. 근처에 인가가 있었다면 도둑질이 아니라 건드리기만 하면 살인도 했을 겁니다."

"……."

"깊은 산중이었지요. 이름도 모를 풀뿌리를 시냇물에 휘저어 씹었지마는 기운은 자꾸 빠지구 머리는 어지럽구……."

"……."

"산다는 것이 참으로 짐스럽고 지긋지긋합디다. 아물거리는 정신 속에서 생각한 것이 목을 매는 일이었습니다. 등지고 앉은 소나무를 쳐다보고 나서 허리띠에 손을 가져갔지요. 이제 순간이면 끝난다……."

"……."

"그런데 바로 옆에 큼지막한 뱀이 다발처럼 몸을 틀고 엎드려 있는 것이 눈에 들어오겠지요."

"……."

"정신이 아물거렸으니 언제부터 거기 있었는지두 몰랐습니다."

"……."

"사람이란 묘합디다. 저도 왜 그랬는지 지금 생각해도 모르겠어요. 하여튼 금방 죽을 사람이 돌을 들어 있는 힘을 다해서 쳤지요."

"맞았는가?"

왕건은 처음으로 응대를 했다.

"맞아도 정통으로 미리를 맞아 미친 듯이 몸을 뒤틀더군요. 돌은 얼마든지 있겠다, 어디서 기운이 솟았는지 마구 퍼부었지요."

"……."

"성한 데 없이 찢어졌습니다."

"……."

"이것이 제가 뱀과 인연을 맺은 시초지요."

왕건은 능산을 따라다니는 몇 가지 기담(奇談)이 머리에 떠오르면서 생각이 많았다.

능산은 지금도 길을 가다가 뱀을 만나면 가끔 능숙한 솜씨를 보인다고 들었다. 어떻게 된 셈인지 뱀은 능산에게는 죽은 목숨인 양 맥없이 목을 잡히고 가죽을 벗겨도 꼼짝을 못하고, 능산은 이것을 날것으로 씹어 먹는다는 것이다.

그렇다고 징그러워하는 부하들에게 먹으라고 권하는 일도 없고 부하들더러 거들라는 일도 없다고 한다.

뱀뿐만 아니라 때로는 개구리, 메뚜기, 심지어 쥐까지 손수 잡아 날것을 먹는 버릇이 있는데 누가 물어도 그 내력을 말하는 일이 없고, 그렇게 맛이 좋으냐고 물어도 대답하는 일이 없다는 것이다.

능산은 계속했다.

"뱀을 먹고 나니 눈에 보이는 것은 다 비슷합디다. 개구리구 올챙이구 닥치는 대로 삼켰지요. 배가 차니 정신도 드는 듯합디다."

능산의 이야기를 들으면서 왕건은 생각했다. 인간의 생명이 어쩔 수 없는 벼랑 끝에 밀렸을 때 그가 하는 행동은 사람의 머리에서 나온 것이 아니라 생명 자체가 스스로 보존하려고 일으키는 생존본능이 아닐까.

그러나 다음 순간 그런 생각 자체가 인생의 구경꾼들이나 하는 한가로운 사치에 불과하다는 생각이 들었다.

인생의 밑바닥의 밑바닥, 그것을 몸소 체험한 능산으로부터 직접 들으니 항상 깨어 있듯 냉정한 그의 가슴에도 비감(悲感)이 엄습해 왔다.

"뱀 한 마리로 일이 천천히 달라지기 시작하더군요. 죽으려던 마음이 희미해지면서 자기도 모르는 사이에 호미를 들고 오솔길을 따라 어슬렁 어슬렁 걷기 시작했지요."

"……."

"왜 또 움직이기 시작했는지 지금 생각해도 알 수 없습니다. 가다가 병정 오륙 명과 마주쳤어요. 후에 알고 보니 양길 장군의 부하들이었는데 그중 두목으로 보이는 자가 말을 걸더군요. 몸집이 좋다. 내 부하가 되라 이거지요."

"……."

"두메산골의 농사꾼이 군대를 압니까. 어쩌다 보는 병정 나부래기들은 못된 짓이나 하구. 원래 병정이 된다는 것은 생각도 해 본 일이 없었지요."

"……."

"귀신이 시켰는지 불쑥 한다는 말이 '거기는 밥그릇이 넉넉하오?' 하고 물었단 말입니다."

"……."

"병정들은 허리를 꺾고 웃습디다. 지금 신라 백성치구 잘 먹고 못 먹는 것은 제쳐놓고 먹을 걱정 없는 데가 있다면 군대밖에 더 있느냐? 밥그릇? 하하……, 하면서 또 웃어요."

"……."

"시키는 대루 병정들을 따라갔습니다. 그때 심정대로 말씀드리자면 그들을 따라간 것이라기보다 밥그릇을 찾아간 것이지요."

"……."

"이래서 저는 세상에서 밥그릇을 첫째로 보는 버릇이 생겼습니다."

"……."

"허기진 사람을 앞에 놓구 일에 정성을 다해라, 심지어 나라에 충성을 다해라 해서 되겠습니까? 부처님이 직접 설법하신대도 들을 사람이 없을 겁니다."

왕건은 고개를 끄덕였다.

"옳은 말이오. 그러나 새로운 함선들을 만드는 일에 밥그릇 이야기는 무관할 것 같소. 경비는 충분하니까."

능산은 다시 장막 밖으로 바다를 내다보다가 고개를 돌렸다.

"조정에 정말 밥그릇을 아는 사람들이 몇이나 됩니까?"

왕건은 대답이 궁해서 잠자코 있었다.

"제가 처자식에게도 하지 않던 옛얘기를 말씀드린 것도 그 때문입니다. 장군은 다른 대신들과는 다르시지요. 허지마는 밥그릇의 슬픔을 진정으로 아시는지 모르겠습니다."

"밥그릇의 슬픔이라……."

처음 듣는 소리였다. 원회가 그렇듯이 양길의 부하로 출발한 사람들은 지위는 낮아도 나이는 왕건보다 위였고 능산은 도중에 들어갔으나 원회보다도 연상이었다.

"장군은 나라의 기둥이신데 아직 사십도 안 되셨으니 앞으로 할 일이 많으실 겁니다. 빈 밥그릇이 허기진 사람의 귀에 울리는 슬픈 가락을 아신다면 나라는 잘될 겁니다."

능산의 말투는 정중하였으나 풍상을 겪은 형이 젊은 아우를 타이르는 태도였다. 부하이면서도 연상이고 고난으로 치면 몇 배 더 겪은 능산인지라 대등한 말투도 쓰고 때로는 하대를 하면서도 왕건은 마음으로 그를 무겁게 보아 왔다. 그만큼 이 한마디는 그의 가슴에 와 닿았으나 유달리 할 말도 없어 잠자코 있었다.

잠시 침묵이 흐른 끝에 능산이 입을 열었다.

"충분한 비용이라 말씀하셨는데 제가 보기에는 부족합니다."

"부족해요?"

"그렇게 많은 배를 만들려면 동원될 백성들도 많을 터인데 가을이 오기 전, 여름 안으로 만들어야 하니 농사꾼은 폐농을 해야겠지요?"

"그건 부득이하지 않소?"

"일이 끝나면 그 숱한 농사꾼들은 내년 햇곡이 나올 때까지 무엇으로 입에 풀칠을 하지요?"

왕건은 능산이 빈 밥그릇의 가락을 내세운 이유를 알았다.

재목 값과 상인들의 정당한 이문, 일꾼들의 품삯, 그것으로 족하다고 생각했었다. 그런데 듣고 보니 생각할 것도 없이 능산의 이야기가 옳았다.

"무슨 방도가 없겠소?"

"저더러 맡으라고 하셨는데 맡기시려면 처음부터 뒤처리까지 남기지 말구 맡겨 주시지요. 비용도 더 있어야 하구."

비용은 자기 뜻대로 될 일이 아니었으나 선종에게 말하면 될 듯싶었다.

"그렇게 합시다."

"또 한 가지, 이 정주 포구도 제 휘하에 넣어 주시지요. 그러자면 나라의 법도상으로는 나주를 관장하시는 장군의 강역으로 들어와야 할 것입니다."

이것은 어려운 일이었다. 국토의 처분은 임금의 소관이지 촌토라도 신하의 마음대로 될 일이 아니었다.

"왜 그러시오?"

"정주가 없는 나주가 이렇게 맥을 쓰겠습니까? 여태까지는 장군의 위신으로 겉에 나타난 것은 없지마는, 저 같은 사람이 큰 일을 통제한다면 이 고장 관원들이 돈에 침을 흘리고 재주를 부릴 염려가 있고, 쇠둘레의 힘깨나 있는 사람의 손이 뻗칠 염려도 있다고 보아야 하지 않겠습니까? 제 힘으로는 못 막습니다."

왕건은 그를 다시 보았다. 단순한 장수라고 생각했는데 보는 것이 깊고 넓은 인물이다. 글만 좀 배웠다면 이런 사람이야말로 찢어진 난세를 수습하는 데 알맞은 재상일 것이다.

"내일 좌상들이 모인 연후에 쇠둘레에 다녀오리다."

왕건은 이렇게 대답했다.

능산은 알아듣고 더 이상 말이 없었다.

"내 한 가지 모를 것이 있소."

왕건이 물었다.

"무슨 말씀이신데요?"

능산은 왕건을 바라보았다.

"장군, 지금도 가끔 뱀이나 개구리를 날것으로 든다는데 사실이오?"

"사실입니다."

"그렇게 맛이 좋은가요?"

"……."

능산은 묵묵부답이었다.

"좋은 모양이군."

왕건의 말투에는 빈정대는 기미가 풍겼다. 바라보던 능산이 퉁명스럽게 한마디 던졌다.

"좋고 나쁘고 할 것 없이 장군께서 직접 맛보시지요."

"난 못해요. 입에 맞지 않는 것을 어떻게 먹는단 말이오?"

"……."

능산은 왕건을 한 번 훑어보고 또 말이 없었다.

전에 없는 일이라 왕건은 슬그머니 화가 동했으나 습성대로 얼굴에는 나타내지 않았다.

"대답하기 싫은 모양이군."

능산은 눈을 감고 오래도록 생각하다가 눈을 떴다. 큰 일을 앞두고 작은 일로 틈은 아닐망정 비위라도 상하는 것은 좋지 못하다고 생각하는 눈치였다.

"말씀드리지요. 그때는 별맛이었습니다. 그 후 저도 밥숟가락이나 먹게 되니 입이 차츰 기승해서 그런 것이 맛있을 까닭이 있겠습니까? 뱀은 다시 징그럽고 개구리의 냄새는 고약하구, 여느 사람들과 다를 게 없지요."

"그런데 왜 계속 손을 대시오?"

능산은 망설이다가 대답했다.

"……뱀 한 마리로 붙을 수도 있고 끊어질 수도 있는 하찮은 인간의 생명, 이 현실을 잊지 않으려는 것입니다."

만사에 덤덤한 이 사나이가 싸움에는 용감하고, 벼슬을 탐내는 일도 사치를 하는 일도 없는 것은 생명의 본바탕을 그렇게 보는, 이를테면 무사(無私)의 체험에서 우러나온 것일까?

왕건, 나 자신은 어떨까? 발 한 번 헛디디면 저 서해에 빠져 죽을 수도 있고, 행여 지푸라기 하나로 목숨을 건질 수도 있을 것이다. 능산과 다를 것이 없다.

부처님의 가르침을 따르면 세상은 오묘한 일투성이지마는 적어도 하루하루를 이어 가는 인간의 생명을 인간의 눈으로 볼 때에는 능산의 말이 어김없는 현실이다.

어김없는 현실이라도 될 수만 있으면 잊고 싶은 것이 왕건의 심정이었다.

"장군의 생각은 알겠소마는 기왕 이 세상에 태어난 바에는 쓰라린 일은 속히 잊고 즐거움을 찾아 각기 위를 향해서 가는 것이 좋지 않겠소?"

"……."

능산은 대답이 없었다.

"생각이 다른 모양이구만."

"오십을 바라보는 오늘까지 숱한 사람을 접해 왔습니다마는 천박한 것이 인간입디다. 호된 경험을 하고도 얼마 안 가 이것을 잊고 우쭐해서 사람을 사람으로 보지 않고, 사치하고……."

왕건이 가로막았다.

"출중한 사람이야 다르겠지마는 평범한 인간살이가 다 그런 것이 아니겠소?"

"장군까지 그렇게 생각하실 줄은 몰랐습니다. 우쭐하건 사치하건 혼자 사는 세상이라면 누가 무어라 하겠습니까? 남을 해치니 탈이지요."

"……."

"아까 밥그릇 얘기가 나왔습니다마는 신라가 왜 저 꼴이 됐습니까? 밥그릇 때문이 아닙니까?"

신라와 밥그릇, 왕건은 귀를 기울였다.

"대대로 밥그릇 때문에 땅을 파고, 굶을까 시름으로 지새우다가 가는 것이 백성들의 평생이 아니겠습니까. 장군은 어떻게 생각하시는지 몰라도 밑바닥 백성들에게 그 밖에 길이 있나요?"

"……."

"차츰 세상 물정을 알면서 이런 생각이 들더군요. 저같이 하찮은 생명의 갈림길이 뱀 한 마리에 있었다면 나라의 갈림길은 밥그릇에 있다구 말입니다."

"……."

"예전에는 강건했구, 또 강건했으니 통일두 했겠지요. 그러나 이백 년 평화에 우쭐해 썩구……, 죽 먹는 백성들의 밥그릇을 털어다 술을 빚어 노닥거리구, 허기진 백성들을 끌어다 으리으리한 집들을 지으니 이게 죽으라는 말이지 살라는 말입니까. 버러지라도 들고일어났을 겁니다."

일상 무심히 보아 넘기는 밥그릇 속에 심장(深長)한 뜻이 담겨 있다. 신라뿐이 아닐 것이다. 예로부터 흥망을 거듭한 나라들의 속사정은 밥그릇에서 비롯되었을 것이다.

능산같이 몸소 체험한 사람의 이야기에는 절실한 실감이 있었고 왕건은 자기의 생각이 한 치쯤은 깊어지는 느낌이었다.

"오늘 장군에게서 배운 바가 진실로 많았소이다."

왕건이 머리를 숙였다.

"어울리지도 않는 함대 창건을 맡기시는 바람에 분수에 없이 입을 놀린 것 같습니다."

능산은 농부 같은 손으로 얼굴을 훔쳤다.

"빈말이 아니오. 우리 오래간만에 술이나 한잔씩 나눌까요."

둘은 별로 말이 없이 생선을 안주로 술을 나누면서 오래도록 바다를 내다보곤 했다. 왕건은 주량이 적은 반면 술을 즐기는 편이고 능산은 즐기지는 않았으나 아무리 마셔도 취하는 법이 없었다.

도중에 능산의 입에서는 생각지도 않던 질문이 나왔다.

"장군께서는 사람을 죽여 본 일이 있습니까?"

"글쎄……. 어려서 당나라를 내왕할 때 해적들과 싸우느라구 활은 많이 쐈소. 그러나 내가 쏜 화살에 맞았는지 안 맞았는지 알 수야 없지요."

"어른들이 무어라구 안 합디까?"

"한 번 싸움이 끝나면 적어도 네가 한 놈은 쓰러뜨렸다구 칭찬을 하시더구만. 그러나 지금 생각하면 공치사 같구 맞은 것은 없었다는 생각이 드는군요."

"그럴까요?"

"장군도 나주에서 견훤과 많이 싸워 보지 않았소? 육전과는 달리 바다에서는 배와 배가 거리를 두고 싸우니 우리 쪽 사상자는 금방 눈에 들어와도 적의 손해는 알기 어렵지요. 더구나 모두들 쉬지 않고 퍼붓는 화살 중에 어느 화살이 맞고 안 맞고, 어떻게 알겠소?"

"그렇긴 하지요. 그럼 육지에서 칼이나 창으로 사람을 죽인 일은 있습니까?"

왕건은 잠시 생각하고 나서 대답했다.

"없군요."

"일부러 그러셨나요?"

"되다 보니 그렇게 된 거지요."

"그래두 장군께서 출전하신 싸움에 실패는 없었지요."

"그것두 되다 보니 그렇게 됐겠지요."

능산은 다시 입을 다물고 관상이라도 보듯이 왕건을 바라보았다.

능산은 졸병부터 올라온지라 죽이지 않으면 죽어야 하는 일 대 일의 싸움을 수없이 겪은 사람이었다.

전쟁이라면 진저리가 난다더니 그 생각을 하는 것일까.

"선두에 나가려고 하신 일은 있습니까?"

"있지요. 허지마는 그런 기회도 없었고, 군관들이 감싸는 바람에 뒤에서 이래라 저래라 하는 사이에 결판이 나곤 했소."

능산은 또 말없이 왕건을 바라보기만 했다.

"왜 물으시오?"

"돌아가신 장일 장군을 생각했습니다. 장군과는 쇠둘레에서 잠시 상종하시구 얼마 안 가 전사하셨으니 잘 모르실 겁니다."

"잘 모르지요."

"저같이 배운 건 없어도 말을 잘 타고 무기라면 무어든지 귀신같이 다루는 용장(勇將)이었지요."

"……."

"하루는 성상께서 그분을 크게 꾸중하시는 걸 들었습니다. 혼자 불러 놓고 말씀하셨지마는 저는 마침 성상의 시중을 드는 당번이라 옆방에서 들었지요."

"……."

"명주 장군의 항복을 받고 쇠둘레를 향해 진격할 때였습니다. 그분이 오백 명을 거느리구 선봉을 섰는데 적은 천 명이었어요. 원래 용감한 분이라 말을 달려 진두에 나가서 종횡무진으로 창을 휘두르는데 볼 만합디다."

"이겼겠군."

"이겼지요. 그런데 이쪽두 절반이나 죽지 않으면 부상을 입었고 장일 장군도 다리에 부상을 입었습니다."

"……."

"성상께서 부르시더니 말소리는 조용해두 노하신 것이 분명합디다. 대뜸 자네는 장(將)인가 졸(卒)인가, 이렇게 물으세요."

"장인가 졸인가……."

"장 장군이 장이라구 대답하니까, 성상께서 물으세요. 군대란 싸움을 위해서 있는 것인데, 장과 졸은 어떻게 달라야 하지? 장 장군은 대답을 못합디다."

"……."

"장은 그 부대의 머리다. 오백 명이면 오백 명을 움직여 적을 부술 생각을 해야지 앞으로 뛰어나가 적병과 일 대 일로 겨루고 돌아다녔으니 자네 부대는 사람으로 치면 머리 없는 몸뚱이같이 멋대로 꿈틀거릴 수밖에 더 있었겠나? 그러니 저렇게 많은 사상자를 냈지."

"……."

"일 대 일로 싸워 이기는 것은 졸병의 용기요, 장수의 용기는 위기에도 침착하게 머리를 써서 만인을 움직여 만인을 제압하는 데 있는 거야. 이삼십 명 거느리는 군관은 병졸들의 사기를 위해서도 앞장서야지만 장군은 달라."

"……."

"죄송합니다, 알아들었습니다, 하구 돌아서려는데 성상께서 한마디 더 하시더군요. 장군의 칼은 지휘도(指揮刀)지 살인도(殺人刀)가 아니라는 걸 명심해 둬요."

"……."

"저는 팔자라는 걸 믿지 않습니다마는 장군께서 지나온 행적을 생각하면 장일 장군과는 달리 천생 장(將)으로 태어나신 분 같아서 실없는 소리를 해 보았습니다."

"되다 보니 그렇게 됐다니까."

"그게 중요하지요. 누구나 애쓴다구 되는 일두 아니구, 저절로 그렇게 되니 심상한 일이 아니지요."

"그보다두 함대 창건 얘기를 끝맺지."

"아직도 하실 말씀이 있습니까?"

능산은 이상한 얼굴을 했다.

"아까 공사가 끝난 뒤의 일을 걱정하지 않았소?"

"그 말씀입니까? 전 머리가 어설퍼서 세밀한 문제가 나오면 어지럽습니다. 오늘 저녁 식렴에게 몇 마디 말씀하시면 날이 새기 전에 근사한 안이 나올 터인데요."

옳은 말이었다. 몇 마디 대강만 일러 주면 기대 이상으로 일을 처리하는 천성(天成)의 행정가가 바로 식렴이었다.

왕건의 목책에 적힌 것도 대강만 일러 줬을 뿐 빈틈없는 계획서로 만든 것은 식렴이었다. 이렇다 할 전공이 없는지라 숨은 일꾼으로 이십 년 가까이 되어도 하급 장군도 못 되고, 급이 높은 군관으로 왕건 휘하에 있었고 이번에도 그를 따라왔다.

"그렇게 하지."

왕건은 응낙하고, 두 사람은 또 이렇다 할 이야기 없이 가끔 바다를 바라보면서 생각이 나면 술잔을 기울였다.

"식렴에게 잘 타일러 주시지요. 여기 있는 한은 저에게 절대 복종해야 한다구."

능산이 왕건에게 부탁했으나 왕건은 내키지 않는 얼굴이었다.

"식렴을 여기 둘 생각을 했소?"

"안 되나요?"

"그건 곤란한데."

"나주에서두 필요하시기야 하겠지마는 큰 일은 없을 것이구……. 따로 필요한 데가 있습니까?"

"식렴은 내 친척 동생이오."

"그런 소리는 들었는데 몇 촌 동생입니까?"

왕건은 웃었다.

"능산 장군답구만."

붓 대신 칼을 잡았을 뿐 군인들의 세계도 관료사회이기는 매일반이다. 상사와 동료는 물론 뾰족한 부하들의 집안 사정까지 살펴 두었다가 생일이나 제사같이 명분이 서는 날만 오면 남에게 뒤질세라 출세의 밑거름으로 인사치레를 하는 풍습도 다를 것이 없었다.

사귄 지 이십 년. 부르기 전에는 찾아오는 일도 없고, 공무 이외에 쓸데없는 말도 없는 능산, 별종(別種)이라면 별종이었다.

"사촌동생이오."

"저는 머리가 둔해서, 듣기는 들었을 터인데 사촌인지 십촌인지 통 생각이 나야지요."

능산은 멋쩍게 웃었다.

"사촌이든 십촌이든 친척을 이런 일에 관련시키는 건 곤란하오."

"장차는 몰라두 지금 태봉국에서 이보다 더 큰 역사가 어디 있습니까? 무엇보다 중요한 것이 합당한 일꾼인데 식렴을 덮을 사람이 없단 말입니다."

"합당해도 친척은 곤란하오."

"큰 돈이 오구 가서 그러시지요?"

"그렇소."

"신라같이 썩은 나라는 몰라두 태봉국은 아직 생생합니다. 큰 돈이건 작은 돈이건 옆으로는 안 샐 겁니다."

"그래도 친척은 곤란하오."

"모략이나 의심을 받기 싫다는 말씀 같은데, 입바른 소리를 한마디 하자면 장군께서는 때로 너무 영리하신 듯합니다. 나라의 기둥이 그래서야 쓰겠습니까?"

왕건에게는 뼈 아픈 한마디였다. 몸가짐을 삼간다는 이름 아래 남의 입에 오를 일과는 일체 담을 쌓은 것까지는 좋았다. 그러나 그것이 지나쳐 모든 사람의 인심을 얻으려고 팔방미인으로 흐르고, 해야 할 말, 해야 할 일을 안 한 것은 없는가?

나주에 간 것은 선종이 시킨 일이지마는 중앙의 답답한 분위기에서 도피하려는 심정은 없었던가?

확실히 그런 면이 있었다.

능산이 한마디 더 했다.

"한말씀 더 드려도 좋을까요?"

"해 보시오."

"지금 성상께서 병환이시라 뜻있는 사람들은 다 걱정인데 장군은 그 말씀만 나와도 피하시더군요. 장군께서 진정으로 발 벗고 나서도 방책이 없을까요?"

"없소!"

이 대목에서는 왕건은 단호했다. 어떻게 할 여지도 없고 자칫 잘못 건드렸다가는 내란의 위험이 있다는 것이 그의 판단이었다.

"저와는 성격이 다르시군요."

다르다는 것은 새삼 아는 일이 아니다.

외곬의 능산이 네모난 바위라면 자기는 둥근 바위다. 부서져도 외곬로 구르는 것이 능산이라면 길을 살피면서 갈 만한 대목을 골라 가는 것이 이 왕건이다.

능산 같은 사람은 단순한 무인(武人)이지마는 자기는 무인인 동시에 정치가다. 다른 것이 당연하다.

뒤에서 욕하는 사람들은 장사꾼의 근성이 남아 있다고 종알댄다는 소문도 들었다. 장사꾼의 근성. 좋은 근성도 있고 그렇지 못한 근성도 있다. 좋은 근성은 탓할 것이 아니라 본받아 마땅하지 않은가?

"장군 같으면 어떻게 하겠소?"

왕건이 물었다.

"성패를 불고하구 내밀어 보는 거지요."

"……."

"어차피 뱀 한 마리로 끊어졌다 붙은 목숨 아닙니까. 약차해서 그렇게 끊어지면 그만이지요. 대수로울 것도 없구 슬플 것도 없구."

왕건은 들었던 술잔을 놓고 그를 똑바로 보았다.

"성패를 불고한다고 했는데 개인의 일은 그럴 수두 있겠지요. 그러나 나랏일은 성공해야지 실패해서는 안 되오. 만백성을 사지에 몰아넣어서야 쓰겠소?"

"……."

"장군은 오늘날까지 왜 살아왔소? 지금도 밥그릇을 찾아 헤매는 것은 아니지요?"

"밥그릇과 뱀, 그런 밑바닥에서 통곡하는 백성이 없어지는 일이라면 목숨을 바치려고 그 기회를 찾아 오늘에 이르렀습니다. 아직 기회를 못 찾아 목숨을 부지하구 있지요."

"바로 그게 나랏일이오. 그런 백성이 없도록 한다면서 모든 사람을 그런 처지로 만들어 버린다면 죽어도 눈을 못 감을 것이오."

"……."

"알아들었소?"

"사람마다 갈 길이 있나 봐요. 장군의 길은 높고 넓고 제 길은 좁고 험하다는 것을 느꼈어요. 그러나저러나 장군은 저보다 몇 단 위이고, 제가 그 밑에 있는 건 당연한 일이라는 걸 새삼 깨달았습니다."

"……."

"이야기가 빗나갔는데 식렴은 저에게 주십니까, 안 주십니까?"

"안 준다면 어떻게 하겠소."

"저도 안 하지요."

"군률로 다스리면 어떻게 하겠소?"

"군률?"

능산은 씩 웃었다. 멸시에 찬 그의 표정, 적어도 왕건은 처음 보는 능산의 표정이었다.

"군률을 모르시오?"

"알지요. 필요하시면 언제든지 목을 베시지요."

거기에는 삶도 죽음도, 이승도 저승도 뛰어넘은 엄숙한 인간의 표정이 있었다.

"식렴을 드리지요."

왕건은 양보하지 않을 수 없었다.

이튿날 일찍 모여든 좌상들을 능산에게 소개한 왕건은 식렴과 두세 명의 기병만 거느리고 쇠둘레로 달렸다.

어두워 도착했으나 일이 급하다니 선종은 곧 만나 주었다.

전같이 책상에 앉아 글을 쓰다가 돌아앉은 선종은 식렴도 알아보았다.

"옛날 발참어성에서 만난 일이 있지. 계산에 밝은 서사였는데 아직도 서사냐?"

"지금은 군관이올시다."

왕건이 대신 대답하고 식렴이 정서한 계획서를 펼쳐 놓았다.

선종은 죽 훑어보고 고개를 끄덕였다.

"예정을 바꾸어 왕 장군은 나주로 내려가고 능산이 대신한다? 잘 생각했소. 장(將)은 집으로 치면 기둥 같아서 제자리에 있어야 백성들의 마음이 든든하거든."

"네……."

"전번에 묻는 것을 잊었는데 함선은 언전에 하던 것처럼 포구마다 나눠서 만드는 것이오? 한꺼번에 수십 필의 말을 실을 수 있는 큰 배들도 있던데."

"큰 배는 바다에 면한 정주에서 만들고 그다지 크지 않은 배들은 예성강변의 여러 포구에서 나눠 만들 작정입니다."

선종은 가타부타 말이 없었다.

어려우리라고 생각했던 정주의 나주 귀속문제도 쉬이 풀렸다.

"우리 처지로 보면 서해는 중요한 길인데 정주는 이쪽 끝이고 나주는 저쪽 끝이라, 한 사람이 통제하는 것이 편리하겠지. 이제부터 정주는 나주 장군의 절제를 받기로 하지. 이렇게 되면 수군, 요즘은 해군이라구두 하는 모양인데, 하여튼 수군의 일은 왕 장군이 도맡는 것이오."

"그렇게 알고 일하겠습니다."

"한 가지 묻겠는데 왜 능산을 대리로 택했소?"

"그는 수륙(水陸)에서 다 같이 유능한 장군이올시다."

"……."

선종은 응대가 없었다.

"합당치 않으시면 바꾸겠습니다."

"그런 건 아니오. 예로부터 한 사람에게 여러 가지를 기대하지 말라. 한 가지만 잘하는 것으로 족하다고 했소. 능산은 유능한 장수니 그것만으로도 나라의 보배가 아니겠소?"

"그렇습니다."

"거기다 배까지 만들라는 것은 감당 못할 일을 맡겨 모처럼의 보배에 흠이 갈까 걱정한 것이오."

"……."

"그러나 장군도 생각하는 바가 있겠지요. 유능한 장수만으로는 이해가 되지 않아 묻는 것이오."

"지당하신 말씀이십니다. 이번에 만드는 배는 전함입니다. 능산이 수전에서 얻은 경험을 살려, 대강을 제시하고, 계수에 밝은 식렴이 설계하고, 이것을 장인들이 제작한다면 전쟁에 쓸 만한 배가 되지 않을까 하는 것이 신의 생각이었습니다."

선종은 고개를 끄덕였다.

"옳은 생각이오. 능산은 유능한 장수니 전체 통솔도 잘할 것이오."

그러나 역사가 끝난 다음의 사후처리 얘기를 했더니 선종은 고개를 흔들었다.

"동원되었던 농부들에게 내년 햇곡이 날 때까지 무상으로 공급한다? 공짜는 사람들의 마음을 허황되게 하는 독약이라고 했는데 다른 길이 없겠소? 정당하게 일하고 정당한 품삯을 받도록 해야지요."

선종의 말도 옳고 능산의 주장도 옳고 왕건은 갈피를 잡지 못했다.

선종은 왕건을 바라보다가 물었다.

"이번에 백여 척까지 만들면 우리 수군은 삼백 척 안팎으로 늘어날 것으로 아는데 틀림없소?"

"그렇습니다."

"배를 수리하고 때로는 새로 만들기도 하는 큼직한 선창(船廠)을 생각해 본 일이 있소?"

"황공하오나 수군을 거느리는 장수는 누구나 바라는 일입니다. 다만 나라의 살림을 생각해서 감히 어전에 말씀을 드리지 못했을 뿐입니다."

"……."

"기왕 말씀이 계셨으니 드리겠습니다마는 여기 전부터 세밀한 계획을 도면으로 만들어 지금도 품속에 간직하고 있습니다."

"그걸 한번 보여 줄까?"

식렴이 내놓은 것은 정주와 목포, 두 고장의 새로운 신창 도면으로 숫자가 빽빽이 쓰인 문서였다.

선종은 문서를 보려다 말고 식렴에게 일렀다.

"눈이 텁텁해서……. 너, 설명해 봐라."

신라같이 역사가 오래되어 법도니 격식이니 하는 것이 까다로운 나라에서는 일개 군관이 어전, 더구나 내전에서 임금과 지척에서 마주 앉는다는 것은 생각조차 할 수 없는 일이었고, 신생 태봉국에서도 흔한 일은 아니었다.

다만 선종은 그런 것을 따지는 성품이 아닌 데다 나라의 중신인 왕건이 데리고 들어오는 사람이라 관원들도 별말 없이 통과시켰을 뿐이다.

식렴이 망설이는 것을 보고 선종은 왕건에게 일렀다.

"피곤하면 두구 가도 괜찮소."

"아, 아니올시다."

식렴은 떨리는 목소리로 설명을 시작했다.

"나무가 살아서는 물과 병존(竝存)하지마는 일단 찍어서 재목으로 쓰이는 날부터는 물에 약하고 종당에는 썩게 마련이라……."

선종이 가로막았다.

"선창 얘기를 해라."

긴장했던 식렴은 더욱 긴장해서 소리 없이 한숨을 내쉬고 목소리는 여전히 떨렸다.

"……나무로 만든 배는 물에 약하고 수명에 한계가 있어 일정한 시일이 지나면 버리고 새로 만들어야 합니다. 또 뜻하지 않은 고장도 있고, 폭풍, 전쟁 등으로 심한 파손을 입는 경우도 자주 있습니다. 그러므로 정주에 큰 선창을 새로 만들고, 목포에 그 삼분의 일 정도 되는 것을 만들어 관원과 장인들을 상주시켜 항상 대비하심이 좋을까 합니다."

평소의 식렴답지 않게 막연한 소리만 나왔다. 왕건은 임금이라는 자리가 풍기는 위엄, 공포감 같은 것을 생각하는데 선종의 목소리가 울렸다.

"옳은 말이다, 그대로 하면 백성들은 항시 일자리가 있겠지?"

"그렇습니다."

"동원되었던 농부들은?"

"내년 봄까지 일해야 될 것입니다."

식렴은 침착을 회복하고 인원과 자재, 소요 시일까지 들어 가며 명쾌하게 설명했다.

"좋은 계획이다. 왕 장군, 그대로 하지."

"황공하오이다."

일어서려는데 시녀가 들어와 아뢰었다.

"진지는 어떻게 하오리까?"

"왕 장군, 함께 식사할까?"

식렴은 물러가고 왕건은 겸상으로 선종과 마주 앉았다.

식사를 하면서 눈여겨보아도 선종은 이상한 데가 없었다. 생각하는 것도 정상이고 기억과 판단도 명석했다.

선종은 몇 마디 식렴의 칭찬을 하고 나주로 화제를 돌렸다.

"자네는 정주에서 배를 만들 것이 아니라 나주에 내려가서 견훤을 막는 것이 백 번 옳지. 전번에 왔을 때 그 말을 하려다 그만뒀는데 생각을 잘 바꿨어……."

단둘이 되니 '자네' 소리로 바뀌었다.

"전쟁이라는 것은 묘해서, 적이 안 온다고 방심하면 오고, 온다고 대비하면 안 오고 그런 게 아닌가?"

능산과 같은 소리를 했다.

두 사람은 다 같이 반생을 전쟁으로 일관했고, 자기는 철이 들 때까지 장사를 하다가 이 길로 들어섰다.

전쟁의 계산과 장사의 계산은 같을 수도 있지마는 다를 수도 얼마든지 있다. 자기는 이십 년이 지났어도 장사의 계산을 청산하지 못한 구석이 있는 모양이다.

선종은 반주도 들고 유쾌하게 이야기를 끌고 갔다.

"아까 문서를 보니 견훤은 씨를 뿌리는 것을 방해하고, 뿌린 씨를 파헤치고 등등, 적정(敵情)을 세밀히 예측하곤 예정을 바꾸어 자네가 내려가는 것이 좋겠다고 했더군. 누가 만든 문서이건 아무래도 좋은데 자네도 그렇게 생각하는가?"

"그런 경우도 생각해 두는 것이 좋지 않을까 합니다."

"그야 알 수 없지 . 그러나 내가 견훤이라면 그런 수고는 안 해 . 더구나 이미 뿌린 씨를 파헤친다는 것이 쉬운 일인가? 적지에서."

"네……."

"농사에는 철이 있고 농민은 무력하지 않은가? 적절한 때를 골라 말을 단련시키는 셈치고 기마대가 휩쓸고 지나가면 제때에 씨를 못 뿌리고 김맬 때를 놓치는 소동이 처처에서 벌어지겠지. 그런 속에서 농사가 돼야 얼마나 되겠는가. 가을이 오면 그 변변치 못한 곡식을 태워 버린단 말이야."

"……."

"군략(軍略, 작전)은 도끼로 장작을 큼직하게 뽀개듯이 명쾌해야지

잔꾀를 부려서는 안 돼. 정황은 각각으로 변하는데 맞을 리 있나?"

"옳은 말씀이십니다."

왕건은 진정으로 그렇게 생각했다. 선종의 생각은 대범하고 자기의 계책은 너무 세밀했다.

"자네 나주에 내려가면 견훤을 어떻게 막아 낼 생각인가?"

"저쪽에 기마대가 있는 대신 이쪽에는 목포에 함선 팔십여 척이 있습니다. 이를 이용할 작정입니다."

"그렇지. 적이 장군 하면, 이쪽은 멍군 하는 것이 유능한 장수가 할 일이지."

"……."

"그러나 말일세. 바다에 농사를 짓는 법은 없는데 그건 어떻게 할 셈인가?"

"작은 함대로 구분해서 밤이면 어디든 여기저기 상륙해서 휘저을까 합니다. 이쪽은 보졸들뿐이니 멀리 들어갈 수는 없고 해안이 가까운 고장은 씨를 뿌린 땅을 모조리 짓밟고 곡식포기를 뽑아 버리고, 난장판을 벌이다가 날이 밝기 전에 철수하도록 할 생각입니다."

"……."

선종은 듣기만 하고 대답이 없었다.

"마음에 안 드십니까?"

"자네, 장사를 해 봤지?"

생각지도 않던 질문이 나왔다.

"네……."

"독을 팔든 단지를 팔든 이문만 남으면 마찬가지 아닌가?"

왕건은 알아차렸다.

장사는 무엇을 팔든 이문을 남기면 되고 전쟁은 어디를 치든 적에게 손해를 입히면 되는 것이다.

왕건은 입속의 음식을 씹는 것도 멈추고 생각에 잠겼다.

견훤에게 너무 집착한 것이 아닐까. 나주의 가장 아픈 대목이 농사요, 그는 이 대목을 칠 수 있는 많은 기병대를 가지고 있다.

농사가 아픈 대목이기는 견훤의 상토에서도 다를 것이 없다. 그러나 나주에는 그것을 쳐부술 기병대가 없다.

보졸들이 밤중에 견훤의 서해안을 쳐 보아야 그의 발가락 하나 건드리는 데 지나지 않는다.

적어도 작년 추수를 짓밟힌 후의 자기는 견훤에게 끌려다닌 느낌이다. 농사를 치니 이쪽에서도 농사를 친다? 너무 단순했고 견훤의 의도대로 우왕좌왕한 형국이다.

명장이라는 소리를 듣는 견훤은 역시 자기보다 일일지장(一日之長)이 아닌 삼일지장은 있다고 보아야 하겠다.

선종은 이것을 꿰뚫어보고 있다.

독이든 단지든……. 그렇다, 전쟁의 이문은 적에게 주는 손해의 크고 작음에 있다. 농사 이외에 견훤이 아파할 대목은 없을까?

이따금 반주를 기울이며 지켜보던 선종이 말을 걸었다.

"내가 너무 자잘한 데까지 얘기한 것 같군. 하여튼 배는 예정대로 만들구, 전에 말한 식량과 병력 삼천오백은 언제든지 움직일 수 있도록 영을 내려놓았어. 이번 길에 전부 싣구 가도 좋구 일부라도 무방하구, 하여튼 좋다구 생각되는 대로 해요."

"고마우신 말씀입니다."

왕건은 선종을 천재라고 생각해 왔다. 견훤이 아무리 명장이라도 선종의 머릿속에는 그의 술책을 막아 버릴 방안이 있을 듯해서 넌지시 말을 던졌다.

"성상께는 신묘한 계책이 있을 듯싶은데……."

"신묘한 계책? …… 없지."

선종은 웃었다.

"그럴 리 있습니까?"

그러나 선종은 상을 물리고도 한참 있다가 입을 열었다.

"나주의 일은 나보다 자네가 익히 알고 있으니 지금 생각이 안 나더라도 차츰 방안이 떠오르겠지. 염려할 건 없구……."

그는 말을 끊고 잠시 생각하다가 띄엄띄엄 이어 갔다.

"장지장(將之將)은 큰 테두리를 제시하는 것으로 그쳐야지, 그 이상 나가서는 못쓰지."

"네……."

"전쟁이라는 것은 닦아 놓은 길을 가는 것과는 다르거든. 생각지도 않던 데서 적과 부딪치기두 하구, 그 밖에 인력으로는 어쩔 수 없는 폭풍, 우설(雨雪), 역질 등등 잡다한 일이 나타나게 마련이니 임기응변으로 대처할 수 있도록 장(將)에게는 최대한 재량권이 있어야지. 나주 일은 자네가 알아서 처리해요."

"여러모로 심려를 끼쳐 드려 죄송합니다."

"나는 어릴 때부터 자네를 잘 알지 않는가. 크게 이기지 못하더라도 크게 패하는 일은 없는 건실한 인품이라 걱정하지 않네(不大勝亦不大敗)."

옳게 본 것 같다. 자기는 비상한 사람이 못 되는 대신 한 걸음 한 걸음 생각하면서 실수 없이 걸어온 사람이다.

잠자코 있는데 선종이 생전 들어보지도 못한 소리를 중얼거렸다.

"마이트레야."

무어라고 할 수도 없어 입을 다물고 있는데 다시 한 번 '마이트레야' 했다. 그 순간 분명히 흰자위를 뒤집어 까는 것이 보였다.

잠시 전까지도 출중한 지도자의 판단과 모습이 역력하던 사람이 순식간에 돌아 버린 것이다. 역시 병은 낫지 않았고 정신은 현실과 이상한 세계 사이를 오락가락하고 있다. 도대체 마이트레야가 무엇일까? 무당의 넋두리 같은데 그동안 무당들이 은밀히 손을 뻗치고 있는 것은 아닐까?

"자네, 이 누리(宇宙)에 세계가 몇 개 있는지 아는가?"

선종이 가사 깃을 여미면서 물었다. 왕건은 어려서부터 절간에 드나들었으나 중과 중, 절과 절에 따라 하는 말들이 달랐다.

"스님에 따라 우리가 사는 이 세계와 극락에 지옥뿐이라는 분도 있구, 무수한 세계가 있다는 분도 있구……. 신 같은 사람이 어찌 알겠습니까?"

선종의 눈에서 흰자위가 한 번 굴렀다.

"무수한 세계가 있구, 세계마다 부처님이 있어 다스리는 거야. 가령 서방 극락세계는 누가 다스리지? 아미타여래가 다스리지 않나?"

"네……."

"우리가 사는 이 사바세계도 그 많은 세계 가운데 하나에 지나지 않는다는 걸 알아 둬."

"네……."

왕건은 멍청하니 앉아 멍청한 맞장구를 치는 자신이 주체스러웠으나 일어서 나와 버릴 계제도 못 되었다. 그런데 선종의 입에서 또 기묘한 소리가 새어 나왔다.

"마이트레야."

정신이 혼미한 사람을 상대로 무한정 앉아 있을 수도 없는지라 왕건은 물었다.

"무슨 분부를 내리셨습니까?"

"아니야. 그 많은 불토(佛土)들은 제각기 불력(佛力)으로 살기 좋은 세계가 되었는데 이 사바세계만은 갈수록 걷잡을 수 없는 혼란을 더하여 가니, 하루속히 미륵불이 오셔 가지고 쓸구 씻구 깨끗이 만들어 주셔야겠다, 그 생각을 했지. 마이트레야."

"신은 천학(淺學)해서 알아듣지 못했습니다마는 아까부터 몇 번 하신 그 신묘한 말씀은 무슨 뜻이온지……."

"아, 마이트레야."

"……."

"얼마 전 일이지. 내원당에서 예불을 하고 깜빡 조는데 풍악과 함께 마이트레야시여, 마이트레야시여, 하고 장엄한 소리가 들려온단 말이야. 잠을 깨니 아무 일도 없었던 듯이 옆에 종뢰가 서 있을 뿐 모든 것이 조용하더군."

"……."

"마이트레야 소리만은 귀에 쟁쟁하길래 혹시 무슨 뜻인지 아느냐고 종뢰에게 물었으나 모른다지 않겠나."

"……."

"그러나 이것은 범상한 일이 아니니 알아보아야 한다구 종뢰는 그날부터 여기저기 이름난 고승을 다 찾아다녔으나 모두 몰라."

"……."

"그만해 두라구 했으나 종뢰는 근실한 사람이 아닌가. 금강산까지 찾아가서 아주 덕이 높은 도승에게서 겨우 알아냈지. 미륵불이야. 천축(天竺, 인도)말로 미륵불은 마이트레야, 알았지?"

제정신을 가진 사람이라면 종뢰의 장난이라는 것이 뻔하건만 선종에게는 그런 기색이 보이지 않았다.

보이지 않을뿐더러 더욱 희한하게 나왔다.

"그 도승의 말인즉, 풍악에 맞춰, 시여 시여, 하는 존대까지 나왔으니 내가 어김없는 미륵불이라는 거야. 미륵불께서 이미 강림하셨으니 지상의 낙토는 이미 건설된 것이나 진배없다, 중생이여 기뻐하라, 이러면서 춤까지 추더라는군."

"……."

"자네 생각은 어때?"

머리가 돈 권력자 앞에서 한 치라도 빗나가면 목이 달아나기 십상이다. 그렇다고 영합할 수도 없기에 신중히 말을 골라 가면서 대답했다.

"대단히 경사스러운 일입니다. 그 덕이 높으시다는 금강산의 도승을 모셔 오시지요."

"그게 또 신통하단 말일세. 종뢰가 모셔 오려구 춤추는 스님에게 절하고 일어서니 온 데 간 데 없더라는 거야. 온 금강산을 다 찾아 헤매다가 할 수 없이 그냥 돌아왔지."

"……."

불교가 요하(遼河)를 넘어 고구려에 들어온 지 오십사 년, 남으로 내려가 이차돈(異次頓)의 순교로 신라에서 공인된 지도 삼백팔십칠 년, 백성들의 마음속에 깊숙이 뿌리를 내리고 있다.

그러나 불교는 한문으로 전해 왔고, 천축말과는 상관없이 그 역사를 엮어 내려왔다.

혜초(慧超)와 같은 소수의 구도승(求道僧)을 예외로 한다면 천축말이란 우리에게는 아득한 고장의 산울림만큼의 상관도 없었다.

어쩌다 들어온 것은 한문으로 변형되어 밀려든 불교의 홍수를 따라 표류하는 지푸라기 몇 개에 지나지 않았다. 그 몇 개의 지푸라기조차 뭇 사람들이 생사의 갈림길을 헤매고 피를 흘리는 난세가 오래 계속되자 사람들의 기억에서 사라진 지 이미 오래되었다.

그런데 종뢰가 어디서 주워 온 것인지는 몰라도 자취를 감춘 천축말 한마디로 재간을 부린 것이다. 그것조차 맞는지 틀리는지, 아는 사람이 있을 리 없다.

땅바닥에 엎어져도 그냥 일어설 종뢰가 아니다. 하다못해 깨진 바가지 조각이라도 집어 들고야 일어설 종뢰, 왕건은 전보다도 더욱 불길한 예감이 들었다.

틈을 보아 일어서려는데 선종이 눈을 지그시 감았다 뜨고 또 시작했다.

"맞아떨어지는 대목이 없는 것도 아니야."

"네……."

"이러니저러니 하지마는 석가여래께서 이 사바세계의 중생을 말끔히 제도하셨다면 미륵불은 낮잠이나 자지, 이 세상에는 왜 와? 한 번으로 안 됐으니까 다시 한 번 해 본다, 이거 아닌가? 말하자면 미륵불은 석가불의 재생(再生)이다. 나는 요즘 이렇게 생각하는데 자네 생각은 어때?"

"신 같은 사람이 그렇게 깊은 데까지야……."

"그리 생각하니 더욱 짚이는 데가 있단 말이야. 자네, 석가여래는 정반왕(淨飯王)의 아들이라구 배웠지?"

"그렇습니다."

"요즘 아주 희귀한 책을 구해 보았더니 임금의 아들이 아니구 젊어서는 용감한 무사로 날렸다는 거야."

"……."

왕건은 처음 듣는 소리였으나 정신 나간 사람의 헛소리라 생각하고 귀담아 듣지도 않았다.

"불교에서 인연(因緣)이니 연기(緣起)니 하는 것을 빼면 뭐가 남아? 아무것두 없지. 내 얘기를 듣구 생각나는 게 없어?"

왕건은 난처해서 대답조차 나가지 않았다.

상기한 선종은 연거푸 차를 들이키고 잔을 탁자에 놓으면서 왕건을 노려보았다.

"아직두 생각이 안 나?"

"글쎄올시다."

"머리가 빠른 줄 알았더니 그렇지두 않군."

"……."

"석가여래는 왕자냐 무사냐, 그건 보지 못했으니 나도 모르지. 둘 중에 하나는 맞을 게 아냐?"

"그렇겠습지요."

"나는 왕자인 동시에 무사요, 그 위에 젊어서부터 수도를 했으니 내가 한 수 위라고 할 수도 있지 않은가."

"네……."

"석가여래 같은 부처님이 다시 이 세상에 태어난다면 축생(畜生)이나 보통 사람은 아닐 것이구 부처님에는 틀림없겠지?"

"그럴 것입니다."

선악의 행실에 따라 여러 가지로 전생(轉生)하는 것이 사실이라면 선종의 말이 틀리지는 않을 것이다.

"그런 저런 인연을 생각하면 나더러 석가여래 다음에 이 세상에 온다는 미륵불이라고 하는 것도 과히 틀린 말 같지 않거든."

왕건은 미친 사람에게 덜미를 잡힌 심정이라 어떻게 해서든지 빨리 자리를 뜨고 싶었다.

"지당한 말씀이십니다."

"자네두 그렇게 생각하는가?"

선종은 기분이 좋았다. 왕건은 이때다 싶어 머리를 숙이고 일어섰다.

"아침 일찍 떠나야 하기에 이만 물러가겠습니다."

"참 그렇지. 어서 가 봐요. 만사 조심하구."

선종은 일순에 또 사람이 달라졌다.

"나주를 확보하는 데는 아무것두 아끼지 않을 터이니 마음놓구 해 봐요."

마루까지 배웅 나와 이런 소리도 했다.

세상에는 병도 가지가지다. 여름과 겨울이 순식간에 바뀌는 듯한 묘한 병, 세상을 한 손에 틀어쥔 사람이 세상을 그렇게 이리저리 뒤집으면 그 이상 큰일도 없을 것이다.

궁중에서 물러나온 왕건은 어두운 길을 말을 달리다가 원회를 찾았다.

"예정이 바뀌어 나주로 직행하게 돼서 어전에 아뢰려고 아까 도착했습니다. 이번에 가면 당분간 뵙지 못할 듯해서 하직인사차 들렀습니다."

원회는 마당에까지 내려와 그의 손을 잡고 방에 들어갔다.

"성상께서 명령을 바꾸신 겁니까?"

차를 권하는 원회의 표정이 어두웠다.

"아니, 이쪽에서 사태를 보아 계획을 바꾸고 지금 막 그렇게 여쭌 것입니다."

원회는 말이 없고, 왕건이 물었다.

"성상의 환후는 어떠신가요?"

"그 환후는 생명과는 관계없고, 오장육부가 모두 튼튼하시니 장수하실 것이랍니다."

원회는 억양 없이 대답했다.

"그 환후는 아무래도 고칠 길이 없답니까?"

원회는 말없이 고개를 흔들었다.

왕건은 다시 한 번 생각하고 서두를 떼었다.

"저런 환후로 장수하신다면……."

이제 문제는 종뢰니 은부 따위가 아니라 선종 자신에게 있는 것이 엄연한 사실로 굳어졌다. 종뢰와 은부, 그런 것들은 썩은 음식에 붙어 분수없이 날치는 파리에 지나지 않는다.

원회는 그를 바라보고 다음을 기다리다가 고개를 돌리고 중얼거렸다.

"사람이라는 것은……."

원회는 망설이다가 계속했다.

"사람이라는 것은 엄청나게 클 수두 있지마는 같은 사람도 말할 수 없이 왜소해지고, 마침내는 없느니만 못하게 되는 경우도 있지 않을까, 저는 요즘 이런 생각이 듭니다."

굴곡이 심한 선종의 운명을 한탄하는 여운이 풍겼다.

"하늘은 왜 하필 그런 병까지 마련해 두었을까요?"

어린 날부터 함께 지나온 일을 생각하고 있던 왕건도 가슴이 싸늘했다.

"우리같이 배우지 못한 사람들은, 모르는 것은 운명으로 돌리지 않습니까? 운명이라구 할밖에 할 말을 모르겠습니다."

"……."

"한 가지 위안은 태자께서 장성하시고 또 총명하시니 나라의 앞날은 걱정할 것이 없을 듯합니다."

원회는 차를 권하면서 이렇게 말했다.

"그렇겠지요."

왕건은 대답은 그렇게 하면서도 생각은 달랐다. 백제는 은고(恩古)라는 젊은 왕후 한 사람 때문에 망조가 들었고, 고구려는 형제 싸움으로 망했다.

건장해서 장수하리라는 절대권력자, 머리가 돌았으니 바람이 불기 시작하면 백제나 고구려에 비할 수 없는 참사가 일어날지도 모른다. 권력이라는 도끼를 놓아 주면 일은 달라질 수도 있건만 놓을 사람도 아니고, 놓으라고 말할 사람도 없고, 달리 방법도 없다.

광풍(狂風)이 도중에서 멈추는 법이 없듯이 일은 갈 데까지 갈 것 같고, 그 결말이 어떻게 될는지 예측이 서지 않았다.

긴말을 해야 소용이 없기에 왕건은 원회와 하직하고 집으로 돌아왔다.

모든 것이 어쩔 수 없는 갈림길에 와 있는 느낌이었다. 선종도 태봉국도 그리고 자신도.

다음 날 쇠둘레를 떠난 왕건은 해질 무렵에 정주로 돌아왔다.

능산의 믿음직한 처사, 식렴의 빈틈없는 계획, 거기다 왕신, 왕육 형제의 협력으로 상인들도 마음을 돌리고 협력할 태세를 갖추고 있었다. 왕건이 쇠둘레에 갔던 일도 뜻대로 되어 능산도 만족했다.

왕건은 어명으로 주변 고을에서 집결하는 군사들과 양곡을 기다리는 며칠 동안, 다시 한 번 상인들을 찾아 부탁하고 나주 길을 떠났다.

부두에 전송 나온 능산은 성미 그대로 작별인사가 따로 없었다.

"여름이 다 가기 전에 반드시 새 함대를 끌구 나주에 가 뵙겠습니다."

"능산 장군이 맡았으니 잘될 것이오. 나는 정주 일은 잊고 떠나니 그리 아시오."

왕건이 웃으면서 응대했으나 능산은 웃지 않았다.

"잊으시오."

한마디뿐이었다.

왕건은 밤과 낮을 가리지 않고 남으로 항진하면서 여름 동안 견훤을 막아 낼 생각에 골몰했다. 목책을 세울 일, 함정을 팔 일, 복병을 매복할 일, 모두가 고달픈 일들뿐이었다.

다른 방도는 없을까?

그러다가도 떠날 때 부인 유 씨가 하던 말이 가끔 머리를 스쳐 갔다.

"당신은 나주 장군이니 나주 밖의 일, 특히 쇠둘레의 일은 잊으세요."

앞날은 하늘만이 아는 것이다. 소리를 내지 말고 조용히 지켜보리라.

먹구름

서해를 남하하면서 왕건은 전에 없이 한가하였다.

해변의 절묘한 산천, 끝을 알 수 없는 푸른 바다, 구름 한 점 없는 맑은 하늘 – 처음 대하는 듯 새삼 대자연의 아름다움이 가슴을 쳤다.

열아홉에 선종을 따라나선 지 만 이십 년, 수없는 전쟁에서 죽고 사는 놀음을 벌이고, 고을의 백성들을 다스리고, 재작년과 작년에 걸쳐서는 잠시나마 시중으로 중앙의 정사에도 간여했다.

난세라 어쩔 수 없지마는 생각하고 의논하는 일, 또 실천에 옮기는 일들 때문에, 자연 속에 살면서도 자연은 안중에도 없이 산에서 날뛰는 짐승들과 별로 진배없었다. 간혹 어느 고장의 경개(景槪)가 어떻다는 이야기가 안 나온 것은 아니지마는 그것은 지나가는 김에 나오는 말의 양념에 지나지 않았다.

너무나 오랫동안 자연을 잊고 인간사에 골몰하여 왔다.

자기로서는 처음으로 대자연을 단편이 아닌 전체로 음미하고 감탄하는 기분이었다. 그 그늘에는 슬픔과 괴로움으로 충만한 인간사회가 있는 것도 사실이지마는 어떻든 이 세상은 한번쯤 지나가 볼 만한 희한한 고장이었다.

구십을 넘기는 사람도 있지만 보통 인생 오십이라고 한다. 아버지를 비롯해서 세상을 떠난 자기 주변 사람들을 생각해도 과히 틀린 말이 아니다.

금년에 서른아홉, 앞으로 십 년 남짓 남아 있다. 장사치에서 무사로 길을 바꿔 재상에 이르기까지, 즐거움은 별로 없고 괴로운 일로 이어진 이십 년이었다. 앞으로 남은 인생이 그 절반인 십 년이라면 이 아름답고 광대무변한 대자연을 등지기에는 아쉽고 짧은 세월이다.

난세라는 것도 인간이 만든 것이지 자연과는 관계없는 일이다. 이 난세에도 꽃은 피고 강물은 여전히 흘러 바다로 들어가고 해와 달은 어김없이 뜨고 지고 대자연은 유유히 자기의 길을 가고 있다.

찢어진 세상을 다시 합쳐 대자연과 함께 순리대로 흘러가는 세상을 만들 수는 없을까. 화초가 아름다움을 다하고 때가 오면 지듯이 사람마다 타고난 재주가 필 대로 핀 연후에 저절로 지는 그런 세상, 그것이 안된다면 서로 물고 뜯는 짐승들의 무리와 다를 것이 없다.

조각난 그릇은 아교로 붙일 수도 있지마는 버리고 새로 만들어도 그만이다. 그러나 조각이 났다고 버릴 수 없는 것이 인간세상이다. 붙이는 길밖에 없다. 그런데 지금같이 군웅이 서로 상대를 쓸어버리려고 칼을 간다면 피만 한정 없이 흘리고 더욱 산산조각이 날 것이다.

무력으로 난세를 수습한 예도 있으나 지금 우리 형편으로는 선종이 아니면 견훤인데, 끝까지 싸워서 결판을 낸다면 얼마나 많은 사람들이 더 죽어야 할까.

화합(和合), 그렇다, 이 난세를 고칠 약은 화합뿐이다. 조각난 것은 사람이 아니고 사람들의 마음이다. 얼었던 마음이 녹아 물이 되고, 그것이 합치면 다시 평화가 올 것이다. 약하다고 남을 업신여기지 말고, 강하다고 자기만 고집할 것이 아니라 강약이 다 같이 안심하고 마음을 합칠 수 있는 길은 없을까?

그는 지는 지혜라는 것을 생각했다. 강자가 약자에게 지는 지혜, 강자가 약자에게 머리를 숙이는 겸손, 그것은 우선 멸망의 공포에서 해방되는 첫걸음이요, 화합의 시초도 될 수 있지 않을까. 그러나 자기는 선종 휘하의 일개 무장으로 천하대사를 어떻게 할 처지가 못 된다.

선종은 뛰어난 인물이다. 처지는 어떻든 정분으로 말하면 사석에서 내가 생각하는 바를 털어놓지 못할 바도 아니다. 그러나 병든 선종은 예전의 선종이 아니다.

배가 인주(仁州, 인천) 근처를 지날 무렵, 병정들이 웅성거리고 왕건은 생각의 세계에서 현실로 돌아왔다.

나주에서 본국으로 오는 연락함선 오륙 척이 시야에 들어오고, 속도를 더해 다가왔다.

왕건은 함대에 정지를 명령하면서 심상치 않은 예감이 들었다. 어제 연락이 왔는데 오늘 또 온다? 무슨 변고가 있는 것은 아닐까.

연락함선에서 쪽배가 내리고 중키에 날씬한 사나이가 홀로 배를 저어 장군기가 펄럭이는 왕건의 모선을 향해 왔다.

눈이 밝은 왕건은 멀리서도 종희(宗希)임을 알아보았다. 군관도 아닌 장군 종희가 웬일일까? 더욱 심상치 않은 생각이 들었다.

설리의 사촌, 자기가 선종의 휘하에 들어갈 때 함께 따라나선 친구였다.

셋이 다 동갑, 생일로 쳐서 자기가 제일 연상이고, 다음이 종희, 설리의 순서였다. 그래서 지금도 사석에서는 자기를 형이라 부르는 다정한 사이였다.

집안의 내력인지 몸매가 날씬할 뿐 아니라 얼굴도 곱상한 편이었다. 그러나 어려서부터 날래기로는 동네에서 같은 또래 중에서는 첫째 아니면 둘째 이하로는 떨어지지 않았다

왕건과는 다시없는 친구였으나 몇 번 싸우기도 했다. 그때마다 어느 틈에 치는지 눈통에 불이 번쩍이고 종희는 저만치 물러서 노려보고 있었다.

아픈 눈을 비비고 덤벼들었으나 몸을 살짝 피하면서 또 한 대 치고 비켜서 노려보곤 했다.

종희와 싸워서 이겨 본 일이 없고 그때마다 종희는 털끝 하나 다치는 법이 없었다. 자주 싸운 것은 아니고 또 싸움이 끝나면 그 순간부터 다시 친구였다.

쇠둘레로 가기 전해 여름의 일이다. 어른들이 시키는 대로 둘이 포구에 나가 배를 손질했다. 낡은 돛을 새것으로 갈아 얽어매고 부러진 가름대를 도끼로 부수고 대신 마른 통나무를 알맞게 톱질하는데, 마을의 이름난 건달이 나타났다.

어슬렁어슬렁 다가오더니 바구니에 담긴 주먹밥을 들여다보고 한마디 했다.

"역시 어른을 알아보는군."

그는 모서리에 걸터앉아 주먹밥을 집어 먹으면서 흰소리를 했다.

"어른 대접 치고는 약간 소홀하군. 닭이라도 한 마리 삶아 오구, 술도 몇 잔 있어야 인사가 아닐까?"

원래 그런 인간이라 둘이 다 못 들은 척 못 본 척 응대를 하지 않았다.

"허어, 입은 있는데 대답은 없겠다?"

"……."

"세상에는 범절이라는 게 있는데 이거 영 소식불통이로군."

"……."

"산해진미를 갖춰 놓구두, 이거 아무것두 차린 게 없어 죄송합니다 하는 것이 인사가 아니야?"

"……."

"주먹밥 몇 개 놓구 어른 대접이 말이나 돼? 정 뭐하다면 주찬을 말로라도 보충하는 성의가 있어야 사람의 도리지."

"……."

"왜들 대답이 없어?"

"……."

"잘난 척하는가? 좋다. 나는 세상이 다 아는 백수건달이다. 너희들은 뭐냐? 대대루 뱃놈이지? 너희들, 하늘이 뒤집혀두 뱃놈을 면할 줄 알아? 바다에 빠져 뒈진 조상들두 부지기수라, 한 가지 초를 친다면 거룩한 물귀신의 자손들이라구 할까?"

"……."

"역시 말이 없군. 너희들 오늘따라 귀가 칵 막혔니?"

"……."

"너희들, 매라는 걸 알지?"

"……."

"매는 기막힌 선생이다. 특히 귀머거리들에게는 말이다."

순간 건달은 발밑에 있던 망치를 집어 냅다 던졌다.

왕건은 둔탁한 충격에 모로 쓰러지고 순간 벌떡 일어서는 종희가 눈에 들어왔다. 맞은 것은 분명한데 어디가 어떻게 되었는지 종잡을 수 없었다.

그때 그 일을 생각하면 지금도 종희라는 이름만 들어도 범연할 수 없었다.

종희는 왕건을 업고 무작정 뛰었다.

왕건은 도중에 이마가 축축하고 눈에도 들어가기에 처음에는 땀인 줄 알고 손바닥으로 훔쳤다. 온통 피투성이였다. 그제야 머리가 터진 줄 알고 통증이 왔다.

"종희야, 내 머리가 터진 게 아냐?"

"응."

종희는 울고 있었다. 한쪽 팔로 가끔 두 눈을 훔치면서 한참 뛰다가 불렀다.

"왕건아……, 아프지 않아?"

그는 흐느끼면서 겨우 말을 이었다.

"집에 가서 동여매면 괜찮을 거야."

그러나 피는 계속 쏟아져 어깨까지 적셨다. 종희는 또 소매로 두 눈을 훔치고 이를 갈았다.

"내, 이 원수는 꼭 갚구야 만다."

왕건을 업은 종희는 의원의 집으로 뛰어들었다.

"웬일이냐?"

늙은 의원은 놀란 얼굴이었으나 대답을 기다리지 않고 바삐 서둘렀다.

"뭐든지 좋다. 큼직한 천을 가져오너라."

외치면서 마당에 달려 나와 장독에서 손수 된장을 두 손으로 훔쳐다 상처를 메우고 며느리가 가져온 삼베천으로 동여맸다.

"괜찮겠습니까?"

종희가 물었으나 대답하지 않고 약장에서 고약을 꺼내 화로에 대고 기름종이에 녹여 발랐다.

동여맸던 천을 풀고 된장 위에 고약을 바른 종이를 붙이면서 일렀다.

"곧 탕약을 지어 보낼 테니 얼른 집에 데려다 누여라. 움직이면 안 된다."

종희는 다시 왕건을 업고 뛰었다.

마당에서 널빤지에 대패질을 하고 있던 왕건의 아버지 왕륭은 피범벅이 된 아들을 보고 제정신이 아니었다.

"어쩐 일이냐?"

"천천히 말씀드릴게요. 꼼짝 말구 누워 있어야 한답니다."

두 사람은 방에 들어가 왕건을 자리에 누였다. 누이고 나서 왕륭은 또 물었다.

"어떤 놈이냐? 설마 너희들이 싸운 건 아니겠지?"

묻는 왕륭은 몸을 떨고, 아들을 이 꼴로 만든 자가 보이기만 하면 죽이기라도 할 기세였다.

"그 건달이에요."

건달이라면 영안성에서는 다 통하는 이십 대 중반의 청년이다. 이름을 물으면 '바위'라고 했다가 '오산'이라고도 하고 그때그때 생각나는 대로 대답하는 인간이라 건달로 통할 수밖에 없었다.

일 년 전에 늙은 어머니와 함께 나타난 인간이었다.

북쪽에 살다가 오랑캐들의 등쌀에 못 이겨 이리로 왔다고 하는가 하면 동해 쪽에서 왔다고도 했다. 직업은 없고 예성강을 오르내리며 심약한 뱃사람이나 농사꾼에게 시비를 걸어 먹을 것을 뜯어내는 것이 일이었다.

왕건의 아버지가 살기 띤 눈으로 내달으려는 것을 종희가 붙잡았다.

"우선 왕건을 돌보셔야지요. 곧 약국에서 약도 보낸답니다."

일하는 여인이 한 사람 있기는 했으나 분풀이보다 아들의 목숨을 구하는 것이 급하다고 생각했던지 자리에 주저앉아 소리 없이 눈물을 흘렸다.

"건달은 제게 맡기세요."

종희는 그 길로 집에 가서 도끼를 들고 건달의 집을 찾아갔다.

"이 건달 놈의 새끼, 나오라!"

문간에서 소리를 지르는데 뒤에서 대답이 돌아왔다.

"그러지 않아도 여기 나와 계시다."

그제서야 포구에서 어슬렁어슬렁 돌아오는 길인 모양이었다.

홱 돌아보니 조금 떨어진 길바닥에 건달이 언제나 질질 끌고 다니는 몽둥이를 짚고 서 있었다.

"이 어른더러 납시라구 말씀하셨는데 무슨 일이실까?"

건달은 이죽거리고 씩 웃었다.

종희는 달려들어 다짜고짜 도끼로 내리쳤다. 그러나 날쌘 그도 도끼를 헛치고, 비켜선 건달은 한말씀 했다.

"세상을 잘못 타고나서 건달이라는 소리까지 듣지마는 내가 그래 뱃놈의 도끼에 맞아 죽을 사람으로 보여?"

종희는 다시 내려 갈겼으나 또 헛쳤다. 건달도 어지간한 물건이었다.

종희는 한숨 돌리면서 그를 노려보았다. 어느 대목을 치면 실수가 없을까?

그렇지, 도끼라는 것은 위에서 아래로 내리치는 것으로 되어 있고 누구나 그렇게 생각하게 마련이다. 불시에 옆으로 휘둘러 다리몽둥이를 분질러 놓고 보자.

그는 마음을 진정시키고 잔뜩 노리다가 별안간 도끼를 옆으로 한 바퀴 핑 돌리고는 제김에 휘청거렸다.

여간내기가 아니었다. 훌쩍 뛰어 도끼를 피한 건달은 휘청거리는 종희의 덜미를 잡고 도끼자루를 거머쥐었다. 빼기지 않으려고 요동을 쳤으나 종희로는 턱도 없는 억센 손아귀였다.

도끼를 빼어 멀찌감치 집어던진 건달은 종희를 땅바닥에 내던지고 한 발로 그의 가슴을 지그시 내리 밟았다.

"요 피라미가 분수없이 날뛰었겠다. 죽구 싶어 환장인 모양인데 완전히 죽여줄까, 반쯤 죽여줄까?"

종희는 힘을 내어 그의 얼굴에 침을 올려 뱉었다.

"그 죄로 논하자면 마땅히 죽일 것이로되 젖비린내 나는 애송이라 반쯤 죽일 것이로다."

그로부터 어떻게 짓밟혔는지 정신을 잃고 축 늘어진 것을 동네 사람들이 집으로 업어다 주었다.

왕건은 여름내 누워 있다 가을에 들어서자 털고 일어났다. 그러나 종희는 뼈도 여러 군데 부러지고 멍이 안 든 데가 없어 가을이 다 가서야 기동을 시작했다.

법이 제구실을 할 때 같으면 건달은 죽든지 적어도 다리 하나쯤 휘어지는 벌을 면치 못했을 것이다.

그러나 이미 난세가 시작된 지 여러 해 되었다. 난세라도 건달 장군들이 쥐고 흔드는 고장이라면 법 비슷한 것이 시행되었을지도 모른다.

그러나 무역을 업으로 하는 영안성은 상인들이 스스로 다스리는 곳이고, 상인들은 모질지를 못했다.

건달도 붙들려 오고 의원도 불려 왔다.

"종희도 위중하고, 특히 왕건은 종이 한 장 차로 목숨을 부지했습니다."

의원의 이런 증언을 듣고 남 못지않게 흥분하면서도 내린 결단은 미지근하기 이를 데 없었다.

"죄는 괘씸하되 노모를 봉양해야 하는 터인즉 볼기 스무 대를 때려 이백 리 밖으로 내쫓을지로다."

그리하여 건달은 영영 이 동네에서 자취를 감췄다. 어느 건달 장군 밑에 붙었다고도 하고 먼 두메에서 농사를 짓는다는 이야기도 있었으나 뜬소문이 아니면 짐작에 불과하고 실지로 본 사람은 없었다.

왕건은 어려서부터 종희와는 그런 사이였다. 그런 인품은 집안의 내력인지 장성해서도 변하지 않았다.

사촌매부 되는 선종이 임금이 되었어도, 부르기 전에는 가는 일도 없고, 털끝만큼도 그것을 내세우는 일도 없었다.

그뿐이 아니었다.

선종이 측근에서 일을 보라고 해도 듣지 않았다. 외척이 정치에 관여해서 잘된 역사가 없다고 역사를 내세워 거절했다.

임금과의 인연으로 말하면 왕건 이상이라고 할 수도 있었고, 높은 벼슬을 해도 탓할 사람이 있을 리 없었다.

말은 하지 않아도 그런 것을 좋지 않게 알고, 자기 발로 자기 길을 걸어가기로 결심한 모양이었다.

스스로 원해서 왕건의 부하가 되었고, 졸병으로부터 시작하여 장군에 이르기까지 남다른 특전을 받은 일이 없었다.

언젠가 옛정을 생각해서 왕건이 선종에게 아뢰고 선종도 쾌히 승낙하여 군관이 된 지 얼마 안 되어 장군으로 승진시키려고 한 일이 있었다. 왕건은 그에게 알려 주면서 좋아할 줄 알았으나 종희는 안색이 변했다.

"공표하셨습니까?"

"종희, 단둘이 있는 자리에서까지 하셨습니까가 무언가?"

"단둘이라도 이것은 공사를 논하는 공석이올시다. 공표하셨느냐구 물었습니다."

"아직 공표는 안 했어."

"즉시 없던 것으로 해 주십시오."

"왜 그래?"

"군관이 된 지 엊그저께인데 장군으로 껑충 뛸 조목이 무엇입니까?"

"성상과의 관계, 또 나하구의 친분을 생각해 봐요."

왕건은 선종과 종희의 인척관계만 생각한 것은 아니었다. 장군의 자격이 있다고 생각해서 한 일이었다. 그러나 말하고 보니 종희의 성품을 생각하지 않았다고 후회되었으나 이미 쏟아진 말을 거둘 수는 없었다.

"장군이라는 것이 폐하와의 혈연이나 장군같이 높은 분과의 친분으로 좌지우지되는 겁니까?"

"내가 말을 잘못했어. 자네는 장군의 자격이 있고도 남아서 승진이 결정된 거야."

"그렇게 말씀이 왔다 갔다 해서야 쓰겠습니까? 저는 남과 같이 걸어갈 테니 공표되기 전에 그 장군 승진이라는 걸 당장 없던 걸로 해 주시지요."

타일러도 막무가내였다.

왕건은 도루묵으로 만드는 수밖에 없었다.

그 후에도 명분이 없는 승진은 한사코 반대였고 전공을 착실히 쌓아 장군이 된 사람이다. 그는 글자 그대로 스스로 된 장군이지 남이 시켜서 된 장군이 아니었다.

설리와의 관계도 묘했다. 자기가 없었더라면 설리와 결혼했을 터인데 자기가 중간에서 서성거리다가 선종에게 뺏기고 말았다. 그처럼 가슴 아픈 사정도 일찍이 내색조차 한 일이 없었다.

심상치 않은 것을 느끼면서 왕건은 다가오는 쪽배를 주시하였다

평소에도 종희는 공사가 아닌 이상 사사로운 일에 병사를 부리는 일

이 없었다. 행여 가일(暇日, 휴일)에 바람 쏘이러 바다에 나가도 자기 손으로 노를 잡았다. 그러나 이것은 사사로운 일일 수 없고, 놀이일 수는 더구나 없는데 장군이 혼자 노를 저어 온다는 것은 예삿일이 아니었다.

종희는 햇볕에 그을린 얼굴에 웃음을 띠고 줄사다리를 올라와 기다리고 서 있는 왕건에게 깍듯이 군례를 올렸다.

"그동안 심려가 많으셨겠습니다."

웃음으로 맞은 왕건은 대답 대신 그의 손을 잡고 도열한 병사들의 경례를 받으며 자기 처소로 들어갔다.

"많이 탔군."

단둘이 마주 앉자 왕건은 허물없는 말로 시작했다.

"타기는 마찬가진데, 형은 좀 수척한 것 같다."

"수척할 까닭이 있나?"

왕건은 손바닥으로 자기 얼굴을 쓰다듬었다.

"그런데 형……."

종희의 얼굴에서 웃음이 사라지고 중대한 이야기가 나올 기미였다.

"금언 장군이 보내서 왔는데, 폐하의 환후가 점점 더하시다는 것이 사실이오?"

"편지는 없어?"

"편지? 이 종희가 편지나 나르는 심부름꾼으로밖에 안 보여요?"

종희는 장군으로 병서에서 말하는 국가의 간성(干城)이다. 적어도 군사에 관해서는 직접 국사(國事)를 논할 처지에 있는 사람이요, 편지나 들고 다닐 처지가 아니다. 왕건은 실언을 했다고 생각했으나 웃음으로 얼버무렸다.

"내 요즘 눈이 잘 안 보인단 말이야, 그건 그렇구 무슨 일이야?"

"눈뿐 아니라 귀두 고장 난 모양인데 쉬운 말로 할까요? 폐하의 머리가 갈수록 돌아간다는 것이 사실이냐구 물었소."

따로 듣는 사람이 없는지라 종희는 임금에 대한 경어조차 빼고 왕건은 대답 대신 고개를 끄덕였다.

"사실이었구만."

종희는 길게 탄식했다.

"무슨 일이 있었어?"

"마구토막인가 마구간인가, 하여튼 무당 같은 소리까지 중얼거린다면서?"

"하지만 그런 시간은 잠깐이구, 대개는 멀쩡해서 예전같이 명석한 판단을 내리시니 염려할 건 없어."

"……."

종희는 더 이상 말이 없고, 왕건이 물었다.

"도대체 왜 그래?"

"완산성에 가 있는 세작들이 보내 온 보고라면서 사실이라면 큰일이라구 부랴부랴 나를 떠나보냈어."

"……."

"견훤은 자세히 알구 있어. 갈수록 미친 시간이 길어지구 멀쩡한 시간이 짧아질 것이다. 완전히 미쳐 돌아갈 때는 망하는 날이라 일거에 짓밟아 없애 버려야겠다. 그때 후고(後顧)의 염려가 없도록 슬슬 나주를 깔아뭉갤 차비를 하자 이런다는 거야."

"아니, 태봉국이 망하면 거기 딸린 나주는 저절로 무너질 터인데 견훤쯤 되는 사람이 그걸 모를라구?"

"형 때문이오."

"왜?"

"왕건이란 놈은 보통 인간이 아니다. 선종이 미친 지랄로 나라를 망치고, 이 견훤이 이것을 집어삼킨다고 하자. 뒤에서 가만있을 성싶어? 우리 백제 강토를 적어도 반쯤 먹으려고 들이칠 것이다, 이런다는군."

견훤의 판단대로 가만있을 수는 없을 것이다. 그러나 그것은 장차 있을 수도 있는 일이고 당장 견훤의 공격을 막아 낼 일이 걱정이었다.

"형을 만나면 잘 의논하고, 궁중에도 출입할 수 있는 처지니 쇠둘레에 가서 자세히 알아보고 오라는 거야."

"의논한다구 난들 별 재간이 있어야지."

"미칠 대로 미친 연후에는 어쩔 수 없잖아요? 늦기 전에 무슨 방도를 강구해야지 이대로 가다가는 도리 없이 망하는 게 아니오."

"망하구 흥하는 것은 하늘에 달렸는데 그렇게야 될라구."

"임금이 미치구, 그 미친 임금이 계속 나라를 좌지우지한다면 망하지 않구 배길까?"

"그렇다구 무슨 방책이 있어야지."

종희는 잠시 망설이다가 목소리를 낮췄다.

"형, 나주를 버려."

"나주를 버려?"

왕건은 상상도 못하던 일이었다.

"본국이 존망의 위기에 있는데 그까짓 나주가 뭐요?"

"나주를 버리면 수가 나나?"

종희는 엄청난 계획을 털어놓았다.

"나주의 병력을 모두 끌구 올라가서 쇠둘레를 점령해 버리는 거야."

좀체 놀라는 법이 없는 왕건도 놀라 잠시 후에야 말문을 열었다.

"그리구?"

"태자가 이미 장성한 데다 천성이 총명하니 폐하로 모시구 지금 폐하는 태상왕(太上王)으로 모시면 되지."

종희는 자신만만하고 계획도 명쾌했으나 아무리 기다려도 왕건은 대답이 없었다.

"못하겠다는 거지?"

왕건은 임금을 바꾸는 일에는 찬성이었고 전에도 그런 생각을 한 일이 있었다. 그러나 일은 일으키는 것이 중요한 것이 아니라 성공하는 것이 중요하다. 성공을 위해서는 생각할 일이 한두 가지가 아니었다.

"금언 장군도 같은 생각인가?"

왕건이 물었다.

"딱히는 말하지 않아도 태자를 자주 입에 올리는 것으로 보아 반대가 아닌 것은 확실해."

왕건도 그러리라고 짐작했다. 금언은 자기 공로를 알아주지 않는 선종에게 불만이 많은 사람이었다.

그러나 금언의 찬성만으로 될까?

가장 큰 문제는 적인 견훤이 속속들이 아는 임금의 병을 극비에 붙여 일반이 모르는 일이었다. 일반뿐만 아니라 중앙의 몇 사람을 제외하고는 고을의 장군들도 알지 못했다. 그들이 찾아와도 말짱한 때만 만나게 해 주었다. 만나면 정신이 예전이나 다름없고 판단도 명석한지라 의심의 여지가 없었다.

그들은 선종이 미쳤다는 소리는 견훤이 일부러 흘리는 모략으로 알고 코웃음을 치는 판국이다.

특히 원회를 비롯하여 당초부터 선종을 따라 종군한 장군이 오륙 명 있다. 원회는 내군부를 장악하고, 신훤(申煊)을 비롯한 장군들은 제각기 고을을 다스리고 적어도 천 명 이상의 병력을 거느린 사람들이다. 더구나 이 병사들은 선종의 창업정신을 이어받아 물불을 가리지 않는 정병들이다.

반역(叛逆)이 따로 없다. 임금을 거역하는 것이 반역이다. 태자를 세운다 하더라도 제정신이 아닌 선종은 감금 아닌 감금을 할 수밖에 없으니 대역죄인으로 몰릴 것이 뻔했다.

징병을 거느린 이들 선종의 충신들이 가만있을 리 없고 그 병력을 합치면 나주의 병력은 비교도 되지 않았다.

일단 붙으면 피는 한량없이 흐르고 태봉국은 어리석은 자의 표본으로 역사에 몇 줄 남기고 영원히 사라질 것이다. 못난 자들이 충성과 정의를 다짐하면서 열심히 망해 간 허허벌판에 진군하여 올라올 견훤의 모습이 눈에 보이는 듯했다. 이것은 참을 수 없는 일이다.

선과 악으로 구분되는 행적에 따라 인간의 운명이 좌우되는 것이 사실이라면 선종에게 무슨 잘못이 있을까. 유능한 무장이요, 너그러운 임금이었다.

병들었을 뿐이다.

병이 죄일 수는 없다.

하늘도 좋고 부처님도 무방하다. 인간세상을 관장하는 분이 있다면 선종에게 벌을 내리고 따라서 태봉국을 어떻게 한다는 것은 있을 수 없는 일이다.

만약 선종의 병을 핑계 삼아 심술궂은 짓이라도 한다면 그것은 하늘일 수도 부처님일 수도 없다. 아니면 하늘도 부처님도 무당이 만들어 낸 귀신처럼 있지도 않은 허깨비에 지나지 않을 것이다.

기다리면 무슨 길이 열릴 것도 같았다.

"결심이 섰어?"

종희가 물었다.

"섰지."

"좌야, 우야?"

"중간이다."

"중간? 가만 형세를 보다가 내 몸이나 살구 보자는 보신(保身)을 생각한 거지?"

"보신 아닌 하늘을 생각했지."

"왕거미!"

종희는 무서운 눈으로 노려보았다.

군에 들어온 이후 공석에서는 남과 다름없이 예절을 지키고 단둘이 있는 자리에서는 말은 터놓고 할망정 형으로 대접해 왔다.

그러던 종희가 이십 년 전, 어린 시절에 싸움을 걸 때처럼 왕거미라 부르고 금방 주먹질이라도 나올 기세였다.

"왜 그러니, 너."

왕건의 목소리는 조용했다.

"비겁한 자식."

"……."

흥분하면 말 한마디에도 오해가 있을 수 있고, 종당에는 싸움으로 번질 염려가 있기에 왕건은 바다를 내다보고 응대를 하지 않았다.

"고향에서 인물이 났다구 떠받들어 왔더니 사람을 잘못 봤다."

"……."

"이 방에는 너하구 나하구 둘 뿐이다. 너 하나쯤 순식간에 처치하는 것은 문제도 아니다."

"……."

"우리가 왜 돌중을 따라나섰지? 살살이 같은 너는 모르겠다마는 나는 평화를 위해서 지나간 이십 년 동안 있는 정성을 다했다. 너같이 인간 같지 않은 물건에게두 머리를 숙일 대로 숙이구."

“…….”

“반쪼가리 국토나마 평온을 찾았다구 보람을 느낀 것두 사실이다. 그런데 너는 뭐야? 그 평온마저 깨질 것이 훤히 내다보이는데 나설 생각은 않구, 뭐? 중간이다? 너두 인간이야?”

“…….”

종희는 일어서 문을 잠그고 자리에 돌아왔다.

“뒈지기 전에 할 말이 있거든 해 봐.”

“네 손에 죽게 됐으니 더 바랄 것이 없구 내 마음두 편하다.”

“너구리 같은 자식, 아까는 난데없이 하늘을 쳐들더니 이번에는 내 손에 죽으면 이러구저러구 입은 잘 까졌다.”

“지금 형세는 하늘에 맡기는 수밖에 없어 그런다.”

“하늘? 하하…….”

종희는 소리를 내어 웃었다.

“왕거미야, 우리가 하늘 덕을 본 게 있으면 한 가지라두 말해 봐.”

“…….”

왕건은 말이 막혔다. 맨날 하늘, 하늘 하지마는 막상 덕 본 것을 대라니 생각나는 것은 하나 없었다.

“왜 대지 못해?”

“오죽하면 하늘 생각을 했겠니?”

“슬슬 본심이 나오는구나. 너의 어머니와 동생들이 해적들 손에 참변을 당한 것두 하늘 덕이구, 우리 백부가 바다에 빠져 돌아가신 것두, 네가 설리를 애꾸에게 뺏긴 것두 하늘 덕이야?”

“…….”

“그건 우리 자신두 모르는 죄가 있어 그리 됐다구 해 둘까? 난세가 온 것두 하늘 덕이구, 그 때문에 사람들이 즐비하게 죽어간 것두 하늘

덕이야? 그 많은 사람들이 다 죄인일까?"

"……."

"아닐 게다. 그렇다면 하늘이라는 건 도대체 뭐야?"

"……."

이것은 왕건도 알 까닭이 없었다.

"하늘? 심술궂은? 아니다. 그것으로는 약하지. 머리에서 발끝까지 비틀어질 대로 비틀어진 괴물에 틀림없다. 안 그래?"

"나두 모르겠다."

"그런 주제에 지금 형세는 하늘에 맡기는 수밖에 없다? 알지두 못하는 하늘에. 협잡꾼 무당과 뭐가 달라? 다른 것이 있으면 말해 봐."

종희는 세모꼴 눈으로 왕건을 아래위로 훑었다.

"생각하면 다를 것두 없지."

왕건은 혼잣말처럼 뇌까렸다.

"나올 잡소리는 다 나온 모양인데 슬슬 시작해 볼까?"

"……."

"목을 졸라 줄까, 칼루 질러 줄까?"

"마찬가지다."

종희는 일어섰다.

"마지막으로 다시 한 번 묻겠다. 어느 쪽이야?"

"중간이다."

"후회는 없겠지?"

"없다. 함께 자란 친구와 고락을 같이하다가 가게 됐으니 이것두 복이지. 저승에 가서두 우리 같이 지내자."

"너 같은 너구리하구 이승에서 만난 것도 유한인데 저승에서 또 같이 지내? 혹시 만나더라두 모르는 것으로 해 다우."

"가만있자……. 너, 그리 좀 앉아."

"살구 싶어 꼬시자는 거야?"

"내 그렇게까지 비루하지는 않다."

"넌 비루하다."

"아무래두 좋다. 죽기 전에 할 말이 생각났는데 너 좀 앉아라."

종희는 흰눈으로 내려다보다가 앉았다.

"내 여태 잘못 생각했다."

"역시 중간은 될 말이 아니라는 거지?"

"그게 아니다. 지금두 중간이다."

"그럼 뭐야?"

"내가 죽으면 너두 여기서 살아서는 못 나갈 걸루만 생각했다. 너는 살아야 할 사람이다. 방법이 있으니 들어 봐."

"사람을 어떻게 보구 하는 소리야? 너를 없애구 난 살겠다. 나를 그렇게밖에 안 봤어?"

"피차 그런 소리는 그만두자. 사람이 죽는 것이 뭐 그리 대수로울 것이 있어? 너는 큰 계책이 있으니 되든 안 되든 그것을 해 봐야 할 게 아냐?"

"어리석은 생각이다, 이거지?"

"너는 외곬이라, 무슨 소리를 해두 귀에 안 들어갈 테니 얘기는 그만두구 네 함선으로 옮겨가자. 거기는 네 천하니 마음대로 처치하구 마음대루 공표해라."

"……."

뜻밖의 제안에 종희는 입을 벌리고 그를 바라보기만 했다.

"못 믿겠거든 네 심복들을 여기 모두 불러라. 이 함대의 지휘권이 필요하면 부장을 불러 내 입으로 공표해두 좋구, 유서가 필요하면 그것두 쓰라는 대로 써 주마."

"……."

침묵이 흘렀다.

"너, 죽을라구 환장했구나."

홍분을 가라앉힌 종희가 말을 걸었다.

"환장이라기보다 지쳤다."

"지쳐?"

"나라가 어디로 가는지, 앞은 캄캄하고 방책은 없구, 심신이 다 지쳤다."

"……."

"옛날 우리 함께 글을 배울 때, 이런 말씀을 들었지? 사람의 일생에는 몇 번 고비가 있다. 특히 공인(公人)으로서는 물러나야 할 때 물러나지 않고, 죽어야 할 때 죽지 않으면 아무리 공이 있더라도 일생을 욕되게 한다구 말이다."

"……."

"네가 죽을 각오를 하구 대든 심정두 알 만하다."

"……."

"지금 죽으면 별난 공도 없었지마는 욕될 것은 없을 것 같다. 그런 고비가 지금이라는 생각이 든다. 더 살아서 욕된 죽음을 한대두 별것도 아니지마는 하여튼 지쳤다."

"너, 도대체 왜 그러니?"

종희의 태도가 누그러졌다.

"나두 모르겠다."

왕건의 초췌한 얼굴에 쓸쓸한 바람이 스쳐갔다.

"……."

종희는 이 방에 들어온 후 처음으로 바다를 내다보고 희미한 한숨을 내쉬고는 한동안 생각하다가 물었다.

"그렇게 앞날이 캄캄하단 말이야?"

"캄캄하다."

"잘돼 가다가 왜 이렇게 됐지?"

"너 아까 중간은 어떻다구 좋지 않게 말했는데, 맞는 말이다."

"내가 과했다."

"아니다. 옳은 말이다."

"……."

"바로 성상의 환우가 중간이라 이것이 만사를 그르치는 근본이다. 돈 듯도 하고 안 돈 듯도 하고……. 아예 안 돌든지, 아주 완전히 돌든지 했으면 벌써 결판이 났을 터인데 어중간하니 이 모양이 된 거지."

"……."

"너나 나나 못 볼 꼴을 보기 전에 오늘 죽어 없어지는 것두 괜찮을 것 같다."

"그런데 왜 나주를 버리구 깨끗이 결말을 짓자는 데 반대지?"

"생각은 맞다. 그러나 맞는다구 성공한다는 법도 없다."

"맞는데 왜 성공을 못해?"

"너는 역시 단순한 무장이로구나."

"너는 무장이 아니야?"

"무장이지마는 좀 다르지. 함선을 만들다 보니 옛날 장사 근성두 되살아나구 중앙에서 지내다 보니 세상 돌아가는 것두 좀 알구."

"장사는 나두 해 봤다. 세상 돌아가는 것이 귀신놀음이나 되는 듯이 얘기하는데 내 귀에는 우습게 들린다."

"그러니 단순한 무장이지. 너 이 세상이라는 게 병정들처럼 앞으로 가라면 앞으로 가고 뒤로 가라면 뒤로 가는 줄 아냐?"

"……."

"거미줄 같다. 얽히구설켜서 잘못 건드렸다가는 큰일 난다."

"거미줄은 골치 아프다. 나주 병정들을 끌구 가서 안 될 조목을 얘기해 봐."

"골치 아파두 거미줄 얘기를 들어 줘야겠다."

왕건은 조리 있게 이야기를 끌고 갔다. 선종의 근황, 조정의 내막부터 국내 여러 고을을 다스리는 장군들의 실력과 친소(親疎)관계, 선종에 대한 충성도에 이르기까지 그림을 보듯 명쾌한 설명이었다.

"알아들었다. 나주를 버린다구 될 일이 아니구나."

"……."

"그럼 나도 이대루 나주에 돌아가야겠다."

"아니다. 급히 정주로 가서 능산 장군에게 돌아가는 판세를 얘기하구 이렇게 전해라. 밤낮을 가리지 말구 시각을 다투어 함선을 만들라. 그리구 지체 없이 인마(人馬)를 싣구 오라구 말이다."

일순 군령을 내릴 때의 엄숙한 표정으로 변했던 왕건의 얼굴이 다시 누그러졌다.

"너 쇠둘레를 떠난 지 몇 해지?"

"가만있자. 육 년인가, 칠 년인가?"

"오래간만에 쇠둘레의 바람을 쏘이는 것두 좋겠다. 정주에 들렀다가 가 봐. 시골 때두 벗기구."

종희는 빙그레 웃었다.

"중전께서두 반가워하실 거다."

"중전이구 뭐구, 설리가 불쌍하다. 어쩌다 미치광이의 마누라가 됐는지……."

왕건은 한 귀로 흘리고 딴소리를 했다.

"가거든 원회 장군을 만나 봐라. 좋은 사람이다."

"설리가 너하구 결혼했다면 오죽 좋았겠니?"

이미 꺼진 불이건만 왕건은 지금도 그 생각을 하면 가슴이 싸늘해졌다.

"쓸데없는 소리 말구 잘 다녀와라."

왕건은 줄사다리까지 함께 걸어 나와 멀어져 가는 종희의 함선들을 지켜보다가 함대에 전진 명령을 내렸다.

종희를 보내고 자기 처소에 돌아온 왕건은 남으로 항진하면서 멀리 수평선과 맞닿은 하늘을 바라보았다. 흰 구름 한 점, 부처님은 사람의 생사를 구름이 일고 지는 것과 다를 것이 없다고 했다.

아무것도 아닌 이 누리(宇宙)의 조화라고.

사실 구름이 일건 지건 사람에게는 아무것도 아니다. 반대로 구름도, 아니 이 세상 만물 다 같이, 사람이 죽건 말건 아무것도 아닐 것이다. 그러나 사람인 이상, 사람의 생사는 아무것도 아닐 수 없다. 피를 나눈 사람들은 잠을 이루지 못하고 비탄에 울고, 때로는 한 사람의 죽음으로 해서 젊은 여인은 밤마다 눈물로 베개를 적시고 어린것들은 허기를 못 이겨 먹을 것을 찾아 헤맨다.

무엇을 위한 조화냐?

적어도 사람에게 없느니만 못한 조화다. 삶이 없으면 죽음도 없고 따라서 기쁨도, 슬픔도, 눈물도, 굶주림도 없을 것이 아닌가?

아무리 길어도 백 년을 넘기지 못하는 인생, 기쁨만으로 충만해도 결국에는 죽음이라는 슬픔으로 끝나야 하는 조화를 어찌하여 이 세상에 내렸을까? 알 수 없는 일이다.

나라의 흥망도 그 같은 조화라면 이것은 더욱 기막힌 일이다. 승자나 패자나 수없는 젊은 생명들이 피를 쏟아야 하고 그 그늘에서는 그보다 몇 배나 많은 사람들이 눈물짓고, 탄식하고, 고달픈 세월을 엮어 가야 한다.

고구려와 백제의 경우처럼 인간이 인간을 닥치는 대로 도살하고, 개돼지처럼 끌어다 개돼지같이 부리는 경우도 있었다. 그런 짓을 한 당나라는 그보다 앞서 서쪽 남의 땅에 쳐들어가 남녀노소 가릴 것 없이 한꺼번에 십만 명을 생매장했다는 기록도 남아 있다.

이들 숱한 죽음은 부처님이 말씀하시는 죄와 무슨 관계가 있을까.

죄 없는 벌이 아닌가.

하늘이나 부처님이 전능하고 자비롭다면 이런 일이 일어날 수 없고, 일어나도 막을 수 있을 것이다. 그러나 역사는 인간의 피로 엮어 왔고 지금도 엮고 있다. 결국 하늘이나 부처님에게는 인간의 생사는 아무것도 아니라고 할밖에 없다.

생각하면 전쟁처럼 허무한 것도 없다. 가만있어도 죽어 없어질 아무것도 아닌 것들이 서로 죽이려고 짐승처럼 싸우는 패싸움, 이것이 전쟁이다.

인간세상에 이처럼 어리석은 일이 있을까. 이 누리의 법칙에 전쟁이라는 조화는 과연 빠뜨릴 수 없는 조목일까?

왕건은 다시 화합이라는 것을 생각했다. 길은 화합 외에 없고 모두가 진정으로 화합만 한다면 잡다한 문제들은 저절로 풀릴 것이다.

그러나 가망은 보이지 않았다.

선종이 제정신이라면 알아들을 것도 같지마는 저 지경이니 말할 것이 못 되고 견훤은 전쟁을 위해서 태어난 사람인 양 능수능란한 장수로, 전쟁을 오히려 즐기는 사람이다. 자신만만해서 칼로 천하를 통일하려고 드는 판이니, 화합이라는 말만 들어도 코웃음을 칠 것이다.

신라는 허약해서 전쟁이 겁나 피하고 싶을 뿐이지 힘만 있으면 모두 역적으로 몰아 쓸어버리려고 들 위인들이다.

하늘은 사람을 만들 때 화합의 지혜를 빼고, 서로 싸우는 독기(毒氣)를 집어넣은 모양이다.

승자의 횡포와 오만.

패자의 굴욕과 애통.

화합이 불가능하고 전쟁이 불가피한 이상 승자가 되는 길밖에 없다. 패자는 산송장으로 할 말이 없으나 승자는 마음만 있으면 횡포와 오만을 자제하고 패자에 대해서 굴욕 대신 관용, 애통 대신 위안을 베풀 권능이 있다.

전쟁은 이겨야 한다.

왕건은 밤에는 단잠을 자고 낮에는 수륙의 경개를 바라보면서 남진을 계속하여 목포에 상륙하였다.

그러나 일은 이미 벌어지고 있었다.

남국의 초봄.

새벽의 바닷가에는 글자 그대로 향기로운 바람이 불고 있었다. 왕건은 싣고 온 양곡을 배에서 메어 내리고, 병사들이 상륙하는 것을 지켜보면서 마중 나온 목포 군관에게 물었다.

"별일 없었지?"

"네. 접경에서 가끔 충돌이 있다고는 합니다마는 항용 있는 일이고, 고을 안은 아주 조용합니다."

종희가 이야기하던 내용은 모르는 눈치였다. 금언은 속이 깊은 사람이라 나주에 있는 지도부만 알고 일체 발설하지 않은 모양이었다.

원래 말은 말을 낳고 눈사람처럼 불어 나중에는 엉뚱한 결과를 빚어내는 경우가 흔히 있는 법이다.

비록 군대 안일망정 임금이 어떻게 되었다고 할 수는 없으나 생각이 얕은 장수 같으면 견훤의 동태가 이러저러하니 어떻게 하라고 쓸데없는 소동을 부릴 수도 있을 것이다.

세작의 보고가 그렇다 뿐이지, 실지로 견훤이 별다른 움직임을 보였다는 소리는 못 들었다. 전망이 서지 않고 대책도 마련되지 않은 터에 장수의 경망한 소리 한마디는 온 군대를 뒤흔들 수도 있다.

전쟁이라는 것은 장수의 훈시 한마디로 어떻게 되는 것도 아니다.

자연히 민간에 흘러나가 민심이 동요돼서 농사를 짓고 베를 짜는 일보다 내일이라도 난리가 날 듯이 살아남을 궁리에 바쁠 것이다.

금언은 역시 진중한 장수였다.

이야기한 군관뿐만 아니라 함께 나온 군관들도 천하태평이었다.

실지로 왕건 자신도 견훤이 왜 그런 말을 했는지 본심을 알지는 못했다.

명장은 본심을 드러내지 않는 법이다. 비록 가까운 신하들에게 했다 하더라도 자기가 하는 말이 퍼지지 않으리라고 생각할 견훤이 아니다.

어쩌면 나주의 민심이나 흔들어 놓자는 것이 아닐까. 그는 선종의 병을 알고 있다. 정도가 지나치면 태자가 대신 들어앉을 것이고 평온하게 바뀌어도 크건 작건 변동기에는 동요가 있게 마련이니 그때를 노리는 것이 아닐까.

그때까지, 친다 친다 협박해서 손해 될 것은 없다. 왕건은 그런 의심도 들었다. 전쟁의 역사를 생각해도 미리 치겠다고 공언해 놓고 치는 어리석은 장수는 없었다.

왕건은 목포의 군영(軍營)에 들어가 군관들과 조반을 들었다.

"견훤은 요즘 계집에 빠져 사족을 못 쓴답니다."

한 군관이 말했다. 견훤의 후궁에는 수십 명의 아름다운 여자들이 있고, 수시로 새 여자를 들인다는 것은 그들보다도 왕건이 더 잘 알고 있었다.

"자고로 영웅은 색(色)을 좋아한다구 했으니까."

왕건은 웃음으로 받아넘겼다.

"거기다 빔낮 얼근히 취해서 비틀거리구."

견훤은 뛰어난 전략가다. 태봉국의 백성들이 방심하도록 퍼뜨린 소문이라 생각한 왕건은 고개만 끄덕이고 응대는 하지 않았다. 견훤은 색은 좋아할망정 밤낮 술에 취해 비틀거릴 인물은 아니다.

식사가 끝나고 차를 마시는데 다른 군관이 한말씀 드렸다.

"견훤은 요즘 별난 버릇이 생겼답니다."

"?"

왕건은 말없이 그를 돌아보았다.

"난데없이 찰떡을 좋아해서 고을의 아첨배들이 집집마다 돌아다니면서 찹쌀을 긁어모아 진상한답니다."

사실이라면 이것은 그저 흘려 넘길 수 없는 일이다. 술을 좋아하는 사람이 떡을 좋아한다는 것은 고금에 없는 일이었다.

"너희들 어떻게 백제 사정을 그렇게 소상히 알지?"

왕건은 대수롭지 않은 듯 웃으면서 물었다. 이번에는 다른 군관이 답했다.

"저희들이야 이 목포를 지키면 그만 아닙니까. 알려고 해서 안 것이 아니라 얼마 전에 저의 친척도 출가를 해서 몰래 접경을 넘어왔는데 그런 소리를 합디다. 견훤은 꿀도 많을 터인데 하필이면 엿을 좋아해서 엿을 진상하는 놀음도 벌어지고 있답니다."

"엿?"

왕건이 반문했다.

"네, 엿이 틀림없습니다."

"……."

사실이라면 곡절이 있는 일이다. 군관들은 견훤을 알 까닭이 없으니 웃음거리로 알지마는 그런 맹랑한 일을 낙으로 삼을 사람이 아니다. 몇백 년에 한 사람쯤 태어날 전쟁의 명수, 범상한 인물이 아니다. 그가 떡이니 엿이니 하여 발도 안 되는 일로 세월을 보낸다는 것은 생각조차 할 수 없는 일이었다.

세상에 떠도는 소문은 허황된 것이 태반이다. 왕건은 이것도 그런 경우가 아닐까 하는 생각도 들었다.

"어느 한 고장에서 어쩌다 있었던 일이겠지."

"아닙니다. 몇몇 고장에서 넘어온 사람들이 다 같은 이야기였습니다. 견훤도 내년에 오십이라 몇 해 더 보챌 줄 알았는데 슬슬 노망이 시작되는 모양이지요."

좌중에는 폭소가 터졌으나 왕건은 웃음이 나오지 않았다. 사실에 어김없는 것이다. 민간에서 널리 하는 일은 하늘도 감출 길이 없는 법이다.

무슨 뜻일까 생각 중인데 제일 낫살 먹은 군관이 끼어들었다.

"견훤은 원래 거인이라 하루에 한 말쯤씩 찰떡을 쳐서 먹다 보니 여간해서 되겠습니까? 고을마다 진상하는 것도 이상할 것은 없지요."

견훤을 자기 이름자도 못 쓰는 무식쟁이라고 비웃는 것이 나주 관내에 떠도는 일반의 평이었다. 산돼지같이 기운이 세고, 전쟁에 용감한 것도 천생 둔하게 타고난 탓이지 별것도 아니요, 언젠가는 날뛰는 산돼지가 벼랑에서 떨어지듯이 날쌘 병사의 칼에 맞아 죽을 것이라고도 했다.

그러나 왕건은 알고 있었다. 견훤은 임금이 된 후로 글줄이나 하는 사람들에게 궁중의 큰 방을 주어 매일 출입하게 하고 밤에도 입직(入直, 숙직)을 시켰다. 따로 하는 일은 없으나 녹도 후하게 주었다. 놀고먹는 굼

벵이들이라고 욕하는 축도 있었으나 견훤은 못 들은 척했다.

낮에도 틈이 생기면 그 방에 들어가 목침을 베고 누워 심심하니 무엇이든 재미있는 이야기를 하라고 했다. 일과가 끝난 후에는 그런 시간이 더 잦고 더 길었다.

이리하여 그는 고금의 역사에서부터 성현의 말씀, 병법에 이르기까지 귀로 듣고 알 만한 것은 다 알고 있었다.

이야기를 듣다가 그 자리에서 잠이 들 때도 드물지 않았다. 그것이 밤인 경우에는 시녀들이 잠자리에 옮겨 누이느라고 애를 먹는 경우도 종종 있었다고 한다. 그러니 심심한 임금에게 재미있는 이야기를 해 드렸다고 생각했지 임금을 가르쳤다고 생각하는 사람도, 임금이 공부한다고 생각하는 사람도 없었다. 견훤을 무식하고 소견이 없는 둔자로 생각하는 것은 모르는 사람들의 이야기였다.

"아까 노망 얘기가 나왔습니다마는 견훤의 노망 바람은 군대 안에서두 불기 시작한 모양입니다."

군관은 왕건의 눈치를 살피면서 이야기를 계속했다.

"접경에서 병정 몇 놈을 붙들었더니 군량을 개혁한다구 건포를 만든다니 이게 노망이 아니구 무어겠습니까?"

왕건은 헛듣지 않았는가 되물었다.

"지금 무얼 만든다구 했지?"

왕건의 비위를 거슬렀다고 생각했던지 군관의 목소리는 떨렸다.

"사실입니다. 건포를 만든다는 건 틀림없는 사실입니다. 붙들린 놈마다 같은 소리를 하니 사실이 아니겠습니까?"

"그야 사실이겠지……."

군관이라야 근본을 따지면 건달 장군들과 다를 것이 없었다. 농사꾼, 어부, 사냥꾼, 심마니, 거기다 힘깨나 쓰는 씨름꾼에 도박꾼도 있었다.

싸움이 터지면 제일 먼저 도망가는 것이 도박꾼이라 자연히 없어지고 손이 닳도록 일하던 사람들이 전공(戰功)으로 올라간 것이 군관이었다. 말하자면 일 대 일의 싸움에 용감한 병사들 중에서 발탁되어 십여 명, 유능하면 몇십 명 거느릴 정도였다.

창이나 칼을 쓰는 데 모두 한가락씩 했으나 군사 전반을 알 까닭이 없고 가르쳐도 그럭저럭 알아듣는 사람이 몇십 명에 하나 될까 말까 했다. 그러니 맡긴 일만 충실히 하면 우수한 군관이요, 그 이상은 기대하기 어려웠다.

그러고 보니 능산이나 백옥삼 같은 사람은 같은 농사꾼 출신이라도 장재(將材)로 타고난 사람들이다. 능산은 지금 정주에 있고 백옥삼은 나주에 있고.

왕건은 천천히 잔을 들면서 아무렇지도 않은 얼굴로 묻기 시작했다.

"건포두 가지가진데 무슨 건포를 어떻게 만들었는지 들은 대루 얘기해 봐요."

"건포가 그렇게 중요합니까?"

군관은 긴장했다. 긴장하면 빠뜨리는 수도 있고 때로는 책망이 두려워 일부러 말하지 않는 대목도 있을 수 있다. 왕건은 부드럽게 나갔다.

"중요하다기보다 얘기가 재미있어 그런다. 군량을 그렇게 바꾼다니 괴이한 일이 아니냐?"

군관은 신이 나서 말문을 열었다. 두서가 없었으나 왕건은 시종 미소를 띠고 가끔 맞장구를 치며 끝까지 들었다.

"짐승이라는 건 산 것을 그냥 잡아먹어야 제맛이 나지 건포를 만들면 무슨 맛입니까? 그러니 노망이지요. 그렇지 않습니까?"

"그야 그렇지."

"노루구 산돼지구, 하여튼 백제 땅의 산짐승은 씨가 말랐을 겁니다.

불쌍하지요. 한 사람의 노망 때문에 아무리 짐승이라두 그 숱한 것들이 발버둥치다 죽어 갔으니 말입니다. 안 그렇습니까?"

"그거 못할 일을 했군."

"작년 겨울에는 병정들을 온통 동원해서 산을 뒤덮었답니다. 짐승을 잡으라는 영이 내려서 말입니다. 병정들은 고기를 포식할 생각을 하니 신이 안 났겠습니까? 그래서 기를 쓰구 잡았는데, 잡아 놓구 보니 일을 거꾸로 하더라 이겁니다."

"거꾸로?"

"건포라는 거야 먹고 남은 것을 상할까 봐 만드는 게 아닙니까? 그런데 열이면 아홉은 건포부터 만들구 나머지 시시한 것을 골라 몇 마리 잡아먹으라고 하니 신이 날 게 뭡니까? 병정들의 불평은 이만저만이 아니었다니 당연한 일이지요."

사이를 두지 않고 다른 군관이 또 새로운 이야기를 했다.

"얼마 전부터 바닷고기두 소금을 쳐서 포를 만드는 소동이 벌어졌답니다. 고금에 이런 미친 짓이 어디 있겠습니까? 생선은 싱싱할 때 먹어야 제 맛이 아니겠습니까?"

왕건은 끄덕이고 응대는 하지 않았다. 역사를 알 까닭이 없는 이들에게는 고금에 없는 미친 짓으로 생각되는 모양이었다.

마지막으로 목포 일대를 관장하는 상급 군관이 한마디 했다. 장군의 물망에 오른 사람이라 달랐다.

"씨도 먹히지 않은 일이고, 또 나주에서는 이미 알고 계실 것 같아 보고를 드릴까, 사실은 망설이던 중입니다. 고금에 이런 역사가 있습니까?"

"없는 것은 아니지."

왕건은 사태가 심각하다는 것을 느끼면서도 대수롭지 않게 대답했다.

우리도 원래는 멀리 북쪽, 사할리안강(黑龍江) 서북, 광활한 초원의 아득한 서쪽까지 휩쓸고 다니며 육식을 주로 하던 유목기마민족이었다. 역사에 딱히 기록은 없지마는 어느 시기에 어떤 사연이 있었던지 차츰 남으로 이동하여 반도에까지 들어왔고, 차츰 변질되었다. 유목을 버리고 땅에 정착하여 농사를 짓고 먼 조상 때의 일은 까맣게 모르고 있다.

우리들의 옛 고향인 아득한 북쪽 초원에서는 지금도 옛날 풍습을 그대로 간직하고 있다고 한다.

천하에 자기밖에 없는 듯이 뽐내던 한고조(漢高組)가 흉노(匈奴)에게 대패하여 몇 대를 두고 백여 년 동안 여자와 비단, 보물을 바치고 나라의 명맥을 유지한 것이나 그 후에도 중국은 줄곧 북방의 위협으로 기를 펴지 못한 것은 옛이야기로 치자.

이제 당나라는 이름조차 없어졌지마는 사분오열된 그 땅의 북쪽을 짓밟고 있는 것도 북방 초원에서 내려온 유목기마민족들이다.

한족(漢族)들이 힘은 모자라겠다, 글로나마 분풀이를 한다고 강(羌)이니 선비(鮮卑)니 융(戎)이니 못된 글자만 골라 이름을 붙인 족속들이다.

캐어 올라가면 우리와는 사촌 또는 육촌쯤 되는 사람들이다.

인구는 얼마 안 되는 그들에게 억세고 덩치 큰 한족들이 맥을 추지 못하는 이유는 무엇일까.

건포와 같은 가볍고 마른 군량을 실은 그들의 기병집단이 출동하면 행동이 신속하여 적을 기습 섬멸하는 데 능할 뿐 아니라 적어도 석 달 동안은 보급을 받지 않아도 된다.

반대로, 곡식을 먹는 한족은 험한 길, 때로는 길도 없는 땅을 허덕이면서 무거운 곡식을 날라야 하고 날라 가면 곡식을 물에 담가야 하고 다음에는 불을 때야 먹을 것이 된다. 또 사막이 아니더라도 어디나 물과

땔 것이 있으라는 법도 없었다.

그 위에 높고 낮은 대장들이나 말을 탔지 대개는 보졸들이다. 지녀야 할 무기만도 무거운데 식량을 지니는 데도 한계가 있어 며칠만 보급이 안 와도 굶게 마련이고, 굶으면서 싸울 수는 없는 노릇이다.

이런 판국에 북방의 기병집단이 바람같이 나타나 짓밟아 버리고 바람같이 사라지니 대적할 방도가 없었다. 역사가 가르치듯이 북방 민족도 종종 패했지마는 자기들끼리의 내분 때문이지 다른 이유는 없었다.

왕건은 이런저런 역사를 생각하고 그것을 이야기하려다 그만두었다. 이제 와서 이야기했다고 수가 날 것도 아니었다. 더구나 아직 대국을 알지 못하고 대책도 없는 터에 총대장인 자기가 섣불리 무어라고 했다가는 사기를 떨어뜨리고 자칫하면 군 내에 공포의 바람을 일으킬 염려가 있었다.

그러나 왕건은 속으로 계산하고 있었다. 찹쌀, 엿, 건포……, 일반사람의 귀에는 아무것도 아니리라.

그러나 군사에 밝은 왕건의 귀에 찹쌀은 미숫가루, 거기다 엿과 건포를 안장 뒤에 실으면 견훤의 기병들은 몇 달은 넉넉히 나주를 휩쓸고 다닐 수 있을 것이다.

바깥 하늘을 내다보며 생각하는 품이 언제 끝날지 알 수 없는지라 군관들은 서로 마주 보고 늙은 군관에게 눈짓을 했다.

늙은 군관이 말을 걸었다.

"장군, 아까 없는 것도 아니라구 말씀하셨는데 어떤 일이 있었습니까?"

왕건은 좌중을 둘러보고 물었다.

"너희들 뿔피리를 알지?"

뿔피리……, 엿이니 건포니 하다가 느닷없이 나온 뿔피리 소리에 군관들은 입을 헤벌렸다.

한동안 멍청히 앉아 있던 군관 중에서 또 늙은 군관이 물었다.

"뿔피리라면 황소 뿔로 만든 피리 말씀입니까?"

"맞았다."

"하나 소용되시는 모양인데 이거라도 좋으시면 쓰시지요. 저는 또 있습니다."

군관은 노끈으로 목에 걸었던 피리를 탁사 위에 내놓았다.

왕건은 그들의 우직함이 오히려 대견스러웠다. 우직하기에 외곬으로 싸워 이 나라를 지켜 왔다. 자잘한 재주와는 담을 쌓은 사람들이다.

배우지 못한 그들에게는 어려운 문자는 금물이다. 용맹을 자부하는 그 자부심을 북돋아 주어야지 허튼 문자를 썼다가는 알아듣지 못하는 자기의 무식을 한탄하고 여기는 자기가 있을 데가 아니라고 등지고 떠나 버리는 경우도 몇 번 있었다.

대개는 자기들같이 배우지 못한 견훤에게 넘어갔고 견훤은 그들을 잘 쓰다듬어 지금도 중용하고 있다.

"그거 참 좋은 뿔피린데 내가 가져두 괜찮을까?"

"그러문요."

군관은 영광이라는 듯 얼굴에 화색이 나타나고 왕건도 귀한 것을 얻은 듯 몇 번이고 만지다가 목에 걸었다.

바다에 가까운 고장이라 대개는 소라 피리(螺笛)를 쓰고 귀한 것도 사실이었다.

"소뿔을 보니 옛날 아버지가 하시던 말씀이 생각나는군. 재미있는 얘기야."

"……."

군관들은 침을 삼키고 그를 바라보았다.

"하루는 아버지와 함께 툇마루에 앉아 있는데 아버지께서 담장을 가리키신단 말이야. 너, 저기 뵈는 게 없니?"

"……."

"아무리 봐도 별게 없길래 안 보인다구 여쭈었더니 더 자세히 보라는 거야."

"……."

"그래서 눈으로 담장 위를 자세히 훑어가다 보니 담장 저쪽에서 소뿔이 움직이고 있지 않겠어?"

좌중에는 폭소가 터지고 왕건도 웃었다.

"그래서 소뿔이 보입니다, 했더니 그뿐이냐구 또 물으신단 말이다."

"……."

"눈을 비비고 다시 훑어봐야 소뿔밖에 보이는 것이 있어야지, 없다구 여쭈었더니, 허허 – 하구 탄식하시더라."

"야단맞으셨겠네요."

젊은 군관이었다.

"장님을 야단친다구 눈을 뜨나? 야단이 아니라 이런 말씀을 하시더군."

"……."

"눈에 보이는 건 소뿔밖에 없다 하더라도 그 소뿔이 움직이고 있으니 담장에 가려 안 보이는 황소까지 볼 줄 알아야지."

"저두 전에 소를 부려 밭두 갈아 봤지마는 별말씀 아니네요."

입빠른 군관이 한마디 하자 늙은 군관이 당황해서 무어라고 하려는 것을 제지하고 왕건은 계속했다.

"나두 그렇게 생각했다. 그런데 너희들이 알다시피 원래 나는 배를 부리구 장사하는 뱃놈의 집안이었잖아? 이 목포에 있는 너희들은 잘 알겠지마는 배라는 것이 왜 그렇게 고장이 자주 나는지, 맨날 손질해야 하구, 큰 바다에 나가서두 바람이 안 일면 배가 가야 말이지, 며칠이구 손바닥에 피가 나도록 노를 저어야지, 고달프기 한량없는 일이더라. 한번은 당나라에 갔다 오다 해적을 만나 죽을 고비를 넘기니 이번에는 폭풍이라, 그 노릇 정말 못하겠더라."

"……."

"참 소뿔 얘기가 바다로 뛰었구나. 아버지 말씀이 소뿔만 보여도 아황소로구나, 검은 구름이 뜨면 비가 올 조짐이로구나, 이런 데서부터 시작해서 머리를 써야 장사지, 소뿔이면 소뿔, 구름이면 구름, 그래 가지구는 장사를 못한다……."

왕건은 차를 한 모금 마시고 계속했다.

"가물면 곡가는 오르구 소금값은 떨어지겠다, 세상이 흉흉하면 비단값이 내리고 금값이 오르겠다, 이렇게 하나를 보구 두셋을 미리 내다봐야 장사가 되지, 올 것이 온 다음에 무슨 장사냐? 만사 그런 법이다, 이러시더란 말이다."

멍청하니 옛이야기처럼 듣고 다음을 기다리는 군관들이 태반이었으나 높은 군관은 눈빛이 달라지면서 왕건을 향했다.

"견훤이 하는 일이 시시하게 보이지마는 혹시 무슨 조짐이 아니겠습니까?"

"글쎄, 나두 짐작이 안 가."

왕건은 흐리멍덩하게 대답했다. 윗사람으로서 이런 때 아는 척하거나, 더구나 꾸짖는 것처럼 어리석은 일도 없을 것이다. 부하를 모욕해서 자신을 잃게 하는 결과밖에 가져올 것이 없었다. 또 금언은 어디선가 알려 와서 모르지 않을 것이다.

예전 같으면 선종도 알 터인데 이번에 만났을 때 그런 소리가 한마디도 나오지 않은 것을 보니 모르는 것이 확실했다. 적정을 탐지하고 앞을 내다보는 데 천재 같은 소질을 가진 선종이었다. 머리가 돌기 시작하더니 만사가 일그러지는 모양이다.

"지금 생각하니 오십 전에 노망도 이상하구, 건포니 떡이니 하는 것도 묘하단 말씀입니다."

높은 군관이었다.

"듣구 보니 그렇군."

왕건의 대답은 여전히 흐리멍덩했다.

"장군께서는 전쟁도 무수히 치르셨는데 짐작이 안 가십니까?"

"글쎄……."

"시시펑덩한 얘기라구 모두들 웃어넘기구, 또 저희들이 아는 일이면 나주에서는 더 잘 아실 듯해서 보고를 안 올렸는데 지금 와 보니 그것도 꺼림칙합니다."

"보고는 하는 게 좋지. 보는 눈들이 다르구, 또 조그만 데서 큰 조짐을 찾아내는 경우도 있으니까."

"저희들이 안다면 다른 데서두 다 알 것이구 보고를 올리는 데두 있을 터인데 여러 군데서 같은 소식을 올리면 귀찮아하시구 꾸중하시는 일은 없습니까?"

"꾸중이라니? 같은 천 조각도 여럿을 모으면 포대기가 되지 않아? 군사 소식도 그런 거다. 여러 군데서 들어오면 적의 동태를 폭넓게 알구 물건을 만들 수 있지마는 어쩌다 한 군데서만 들어오면 물건이 안 되지. 마치 천 조각 하나만으로는 이것도 저것도 안 되듯이 말이다."

왕건은 그들이 알아들을 수 있도록 되도록 쉽게 이야기했다.

"보고를 드릴 걸 잘못했구만요."

"지나간 건 지나간 거구, 앞으로는 아무리 사소한 것이라도 적에 관한 일은 보고하는 것이 좋을 게다."

"알아듣겠습니다."

하늘은 사람을 여러 가지로 만들었다. 그러나 아무리 둔한 사람에게도 한 가지 재주는 넣어 주었다. 목수, 미장이에서부터 완력에 이르기까지. 그중에서 이들은 용감이라는 특성을 타고났다.

이런 사람들을 조화롭게 잘 쓰는 출중한 사람이 천하를 통일할 것이다. 왕건은 생각하면서 자리에서 일어섰다.

"이제 가 봐야지."

목포를 떠난 왕건은 나주로 말을 달리면서 견훤을 생각했다. 그가 움직인다면 사월 중순쯤이 아닐까. 기병은 강점이 많지만 단점도 있다. 말도 먹어야 하는데 말먹이까지 싣고 다닐 수는 없는 일이다. 그러니 초목이 제대로 피어나는 사월 중순으로 보는 것이 과히 틀리지 않을 것이다.

삼월도 거의 갔으니 시일이 촉박하다. 서둘러야 하겠다고 생각하면서 쉬지 않고 말을 달려 해가 떨어지기 전에 나주에 당도했다.

금언 이하 군인들과 관원들이 성 밖까지 마중 나오고 부인 오 씨도 어린 아들의 손목을 잡고 맨 앞줄에 서 있었다.

왕건은 그들의 인사를 받고 금언에게 일렀다.

"집에 들렀다 올 터이니 장군들은 저녁을 마치고 공청에 모이도록 해주시오."

부인도 나온지라 함께 온 군관에게 말을 맡기고 걸었다. 큰 성도 아니고 먼 거리도 아니었다.

시중드는 여자에게 아이를 업히고 옆에 따라붙은 부인은 성큼성큼 걷다가 뒤로 처지는 왕건을 보고 입을 삐쭉 했다.

"그래 가지구 어떻게 장군 노릇을 하지라우? 여자만두 못 걷누."

수륙 이천 리를 내왕하면서 이십여 일을 밤낮 노심초사하고 보니 잘 단련된 왕건도 전에 없이 지쳤다. 그는 응대하지 않았다.

"나두 한번 쇠둘레에 데리구 가 주지라우, 잉?"

또 한마디 나왔다.

"내 좀 피곤하니 천천히 얘기하지."

오 씨는 투덜거리다가 입을 다물었다.

그러나 집에 들어서자 또 입을 놀리기 시작했다.

"우리 애기 선물은 뭘 사왔는기여, 잉?"

"나, 잠깐 눈을 붙일 테니 저녁을 빨리 지어요."

그러나 오 씨는 자리를 펼 생각도 않고 선 채로 계속했다.

"내 선물은 뭣이라요? 늘 다홍치마 얘기를 했는디 이번에는 사 왔겠지라우, 잉?"

왕건은 목침을 베고 눕자 코를 골기 시작했다. 병도 피곤도 모르고 지나온 삼십구 년, 몸에는 자신이 있던 그도 땅속으로 녹아들 듯 온몸이 노곤했다.

얼마나 잤을까?

몸을 잡아 흔들고 왱왱거리는 소리에 어렴풋이 정신이 들었으나 계속 잠이 쏟아져 일어나지 못했다.

"저녁을 빨리 하라더니 이게 뭐여? 닭을 잡아 놓구 기다리는디."

오 씨는 두 팔을 잡아 일으켜 앉혔다. 앉기는 했으나 정신을 차리려고 해도 졸림은 가시지 않았다.

먼 길, 바다와 육지를 누빈 이천 리의 고달픈 여행이었으나 전에는 이런 일이 없었다. 며칠 낮과 밤을 계속 전투를 지휘하다 틈을 보아 잠시 눈을 붙였다가도 누가 깨우기만 하면 눈을 감았다 뿐이지 잠든 일이 없었다는 듯이 가벼운 동작으로 일어났었다.

그런데 애써 정신을 차려도 완전히 잠을 털어 버릴 수 없었다.

내년이면 사십, 사십을 넘으면 죽음에 나이의 선후가 없다더니 차츰 그런 지경으로 다가서는 징조일까?

그보다도 이번에 겪은 마음고생이 사람을 녹인 것은 아닐까?

마이트레얀가 뭔가 괴상한 소리를 중얼거리는 선종을 대할 때의 마음의 충격, 충직한 원회의 이야기를 들어도 희망이 보이지 않는 앞날, 오다가 종희에게서 들은 견훤의 근거 있는 장담, 거기에 대해서 대책을 노심초사한 심로(心勞), 이 이십여 일 동안 마음은 쉴 새 없이 매를 맞아 온 셈이다.

그렇다. 마음을 너무 썼기 때문이다. 몸은 아직 씽씽하다. 힘을 주어 두 눈을 감았다 떼는데 그때까지 옆에 지켜 서 있던 오 씨가 꽥 소리를 질렀다.

"내 모를 줄 알았으라우, 잉?"

왕건은 그를 쳐다보았다.

"쇠둘레에 있다는 유가라는 계집에게 쏙 빠져 녹초가 됐지라우? 축 늘어져 가지구 꼴 보기 좋다."

된 소리건 안 된 소리건 잠이 말끔히 달아났다.

"빨리 저녁상을 가져와요."

왕건은 자고 난 얼굴을 두 손으로 쓰다듬었다. 일 보는 여자가 상을 들고 들어와 왕건 앞에 놓자 오 씨는 아기를 안고 마주 앉았다.

이미 어둡기 시작했다. 왕건은 서둘러 식사를 하는데 또 오 씨가 붉으락푸르락했다.

"당신두 사람이여?"

오 씨가 큰 소리로 대들었다.

왕건은 놀리던 젓가락을 멈추고 마주 보았다.

얼른 식사를 마치려고 부지런히 수저를 놀리다 보니 쳐다볼 사이도 없었으나 눈초리로 보아 처음부터 노려보고 있었던 모양이다.

"왜 그래?"

왕건은 놀리던 손을 멈추고 물었다.

"오랫동안 나그넷길을 떠났다 돌아왔으면 그동안 집안에 별일 없었나, 당신 고생 많았겠다, 한마디쯤 하는 것이 사람의 도리가 아니라요? 그린디 이건 뭐여? 쓴 오이쪽 보듯. 이 집은 밥집이구 나는 밥집 여편네다, 이거지라우?"

왕건은 어떻게 상대를 해야 할지 엄두가 나지 않았다. 집에 들어서니 지칠 대로 지쳐 말도 하기 싫었고 머리는 견훤 문제로 착잡하던 참이라 그런 한가한 소리를 늘어놓을 생각을 못했다.

경위야 어떻든 안 한 것은 사실이다. 그런데 이 여자는 도대체 어떻게 생긴 인간이길래 자기만 알고, 남편의 처지조차 생각할 줄 모르는 머리를 떠메고 있을까.

그런 인사치레라면 어느 쪽이 먼저 하라는 법도 없고 어느 쪽은 하지 않아도 무방하다는 법도 없다. 남이 안 한 것만 생각나고 자기가 안 한 것은 생각도 안 나는 모양이다.

천성이 둔해서 남편의 마음속은 못 본다 하더라도 떠날 때보다 몰라보게 초췌해진 얼굴, 지친 모습을 보면 모를까?

하는 거동을 보니 모르는 것이 틀림없다.

남자가 남자다워야 하듯이 여자도 여자다워야 하지 않을까. 여자로 실격일 뿐 아니라 인간으로도 실격이다.

자기만 아는 것이 동물이라면 이 여자는 인간의 허울에 동물의 심사를 집어넣은 괴물이다.

상대하려야 여지가 없어 다시 젓가락을 놀리는데 이번에는 한층 높은 소리가 터져 나왔다.

"사람을 버러지루 안당께, 잉?"

"……."

"당신 뭐가 잘난 기여?"

"……."

"근본이야 당신네두 뱃놈, 우리집두 뱃놈, 털끝만치라두 나은 데가 있으면 쳐들어 보라 이거여."

"……."

"부처님이 망령이 들어 시중이다, 장군이다, 높은 자리에 앉혔다구 잘난 줄 아는가베."

상종할 상대가 못 되는지라 왕건은 아예 없는 것으로 치부하고 식사를 서둘렀다. 장군들은 이미 모였을 것이다.

"이불 밑에서 벌거벗은 걸 보면 우리 동네 사공들과 하나도 다른 게 없더랑께."

왕건은 기가 차서 손을 멈추고 쳐다보았다.

"다르다, 이거여? 다른 데가 있으면 똑 찍어 말해 보시라요."

"……."

왕건은 다시 식사를 계속했다.

"없으니까 말을 못하지라우."

어쩌다 이런 것을 만났을까. 그는 거머리를 생각했다.

옛날 송악 집에는 밭이 있어 기장이니 수수를 심었으나 한구석에 조그마한 논도 있었다.

아버지와 함께 논에 들어가 돌피를 뽑다가 거머리에 혼난 일은 지금도 잊히지 않는다. 종아리에 달라붙어 피를 뽑아 먹는데 어찌나 아픈지 소리를 지르며 아무리 떼어 버리려고 해도 감아붙어 떨어지지 않아 아버지가 달려와서 잡아채 없애 버려 주었다.

그런데 오 씨는 한술 더 떴다.

"우리 동네 사공 중에는 키두 크구 힘두 항우 같은 사람이 하나 둘이 아닌디 말이여. 당신 같은 건 열 사람이 한꺼번에 달려들어두 어림두 없지. 없구 말구, 잉."

이 여자의 배 속은 동물의 욕구로 가득 차 있다. 혼전의 정절이 문제가 안 되고 이혼도 새가도 자유로운 이 시절에 이런 여자는 묶어 둘 필요가 없다.

"지금이라도 그런 사내를 찾아가지. 말리지 않을 테니까."

왕건은 식사를 계속하면서 처음으로 응대다운 응대를 했다.

"지금 뭐라구 했간디, 잉?"

"좋은 사람이 하나둘이 아니라면서? 가도 말리지 않겠다구 했소."

"말 한번 잘했다. 그런 남정네들에 대면 당신은 피래미여."

"그럼 왜 날 쫓아왔어?"

"따져볼까, 잉? 처음에 쫓아온 건 당신이 아니구 누구였어라우? 내가 시침을 들었다면 할 말 없지만서두 곰곰 생각해 보시라 이거여. 내가 시침을 들었는가 당신이 억지로 쫓아왔는가, 비윗살 좋게시리. 하늘이 내려다보구 있당께."

이에는 할 말이 없었다. 여태까지 상대한 여자들도 많지마는 모두 저쪽에서 바쳤고, 그 후 이러니저러니 말 한마디 없었다.

그런데 이 여자만은 시침을 든 것이 아니라 그 아버지가 마다하는 것을 자기 발로 걸어가 그들의 오막살이에서 한 밤을 지낸 것이 일의 시초였다. 억지로 뺏었다고 해도 할 말이 없는 터수였다.

그러나 말이 나온 김에 그냥 들어갈 수는 없었다.

"시초야 어떻게 됐건 좋은 남자들이 있는데 왜 목포에서 예까지 쫓아왔어?"

"대장이라니 잘난 줄 알구 쫓아왔지."

"정작 와 보니 틀렸다, 이거지?"

"영 틀려먹었지."

"그러니 지금이라두 좋은 사람 찾아가라지 않아?"

"내가 왜 간다냐? 기왕 왔으니 대장 덕 톡톡히 봐야지."

"……."

"또오, 쇠둘레에 있다는 유가년하구 깨가 쏟아지게 살라구? 난 그런 꼴 못 본다 이거여."

더 이상 입을 열면 싸움이 될 것 같아 왕건은 오 씨가 무어라고 하건 못 들은 척 식사를 계속했다.

설리를 잃은 후 정식으로 결혼을 생각한 일이 없었다. 오다가다 만난 여자들도 적지 않았으나 그중에서 처라는 이름으로 한 지붕 밑에 사는 것이 유 씨와 오 씨다.

둘 다 제 발로 찾아온 여자들이다. 제 발로 찾아왔어도 유 씨와 오 씨는 천양지판으로, 유 씨는 어려운 일의 의논 상대도 되어 주는 여자요, 오 씨는 무작정 난장판이다.

그때 무슨 바람이 불어 이 여자네 오막살이에 밀고 들어가다시피 했을까? 후회를 해도 소용없고, 하여튼 일생 거머리를 하나 달고 다니게 생겼다.

식사를 마치고 옷을 갈아입는데 오 씨가 아기를 안고 일어섰다.

"우리 애기 이쁘지라우?"

조금 전과는 딴판으로 얼굴에 미소까지 띠었다.

"이쁘지."

왕건은 돌아보지도 않고 대답했다. 굴레 벗은 말 같은 어머니, 얼굴에 삿자리 무늬가 달린 쪼그랑 호박 같은 아들, 정이 가려야 갈 수 없었다.

오 씨가 투덜거리는 것을 못 들은 것으로 하고 밖에서 기다리는 말에 올라 공청에 당도하니 방에서 나주다, 아니다 대야성이다 하고 떠들썩하는 소리가 들렸다.

방에 들어가 좌정하자 금언이 보고했다.

"견훤이 각 고을에 주둔하고 있는 기병들에게 동원을 명령했다는 소식이 조금 전에 들어왔습니다."

무거운 침묵이 흐르는 가운데 왕건은 동원과 집결에서 공격에 이르기까지의 견훤의 능력을 속으로 계산하고 있었다. 약 보름, 짐작한 대로 초목이 제대로 피기 시작하는 사월 중순께일 것이다.

당면한 견훤의 소원은 나주를 쳐서 후환을 없애는 일과, 연전에도 치려다 뜻을 이루지 못한 대야성을 쳐서 신라의 목덜미를 잡는 일이다.

나주를 친다고 소문을 퍼뜨리고 대야성을 칠 수도 있다. 그것이 오히려 병법에서 말하는 양동(陽動)으로, 전쟁의 정도(正道)다.

그는 장군들의 의견을 물었다.

열에 아홉은 대야성이라고 단정했다. 나주를 친다는 것은 대야성을 치기 위한 위장술책이요, 양동이며 작년같이 가을에 와서 곡식에 불을 지르리라는 것이었다. 해마다 그 일을 되풀이하면 나주는 저절로 주저앉을 터인데 무엇 때문에 피를 흘리겠느냐 하는 것이 그들의 의견이었다.

만사가 책에 쓰인 대로 간다면 그들의 주장은 백 번 옳고 병서만 익히면 누구나 명장이 될 수 있을 것이다. 그러나 세상, 특히 전쟁은 그렇게 간단히 돌아가는 것이 아니다.

더구나 전쟁은 공격하는 주장(主將)만이 아는 목표가 있고, 그 목표 현장에서는 숱한 충성과 배신, 용감과 비겁이 뒤엉켜 아무리 천재라도 예견할 수 없는 삶과 죽음의 수라장이 벌어지는 법이다. 신중이라는 말이 듣기에는 그럴듯하지마는 아무리 신중을 기해도 예측하지 못한 일이 벌어지는 것이 전쟁이다.

이치로 말하면 장군들의 주장이 옳다. 그러나 왕건은 나주가 틀림없다는 신념을 가지고 있으면서도 근거를 대라면 할 말이 없었다.

"그 일은 모두들 오늘 밤 생각하구 또 생각해서 내일 아침 일찍 다시 토의하기루 하구, 쇠둘레에 다녀온 시말을 말씀드리지요."

이렇게 서두를 꺼낸 왕건은 자초지종을 자세히 설명하고, 침을 삼키면서 좌중을 둘러보고 나서 끝을 맺었다.

"여러분이 걱정하시는 성상의 환우는 소문과는 다르오. 아직 완쾌되시지는 않았으나 전과 다름없이 판단이 명석하시고 우리 나주에 대해서는 각별한 관심을 가지구 계시오."

장군들은 안도의 한숨을 내쉬었다. 양곡 천 석은 그렇다 하더라도 동병은 어명 없이는 못하는 법이다. 그런데 삼천오백 명을 증원하고, 그중 일천오백 명은 이미 목포에 상륙했다. 왕건의 보고는 사실임이 분명하고, 견훤이 퍼뜨리는 소문은 대야성을 치기 위한 술책이다.

그들은 확신하고 또 자신을 가졌다.

피곤도 하거니와 생각을 가다듬어야 하겠기에 왕건은 그들을 보내고 곧 집으로 돌아왔다.

대문을 들어서자 대청에서 기다리던 오 씨가 호들갑을 떨었다.

"안방에 자리를 해 놓았당께. 어서 들어오시라우."

난데없이 손목까지 잡아끌었다.

안방 한구석에는 아기가 자고 있었다.

"애기는 자는 얼굴이 더 이쁘지라우?"

잔다고 쪼그랑 호박상이 펴질 까닭이 없었으나 무어라고 하면 또 잡다한 소리가 나올 것 같아 머리를 끄덕였다.

"이쁘군."

한마디 남기고 옷을 벗는데 옷을 받으면서 오 씨는 입속에서 쉬지 않고 투덜거렸다.

자리에 누워 조용히 생각하려는데 초장부터 시비를 걸어왔다.

"인정미리 없게시리."

왕건은 대답하지 않았다. 대답하면 오 씨의 입에서는 할 소리 못할 소리 꼬리를 물고 나올 것이 뻔했다.

견훤의 처지에 서서 한번 생각해 보자. 왕건은 모든 것을 백지로 돌리고 생각을 정리하려는데 잠자코 옆에 누웠던 오 씨가 후닥닥 일어섰다.

"당신은 등신이여?"

"……."

"그럼 내가 등신이여?"

"……."

"난 분통이 터져 못 살겠당께."

횡 하고 미닫이를 열고 건넌방에 넘어가더니 우당탕거리고 법석이 났다. 법석댈 뿐만 아니라 고래고래 소리를 지르며 늘어놓는 푸념은 그칠 줄을 몰랐다.

"피곤하다구? 흥……, 왕복 이천 리 먼 길이 어쨌다는 거여? 물에서는 배에 앉고 뭍에서는 말을 타고, 앉아 갔다 앉아 왔는디 왜 피곤혀? …… 난 보지 않아두 다 안다. 그동안 밤낮 계집질루 세월을 보냈지라우? …… 얼이 빠져 축 늘어진 것만 봐두 알쪼지……."

머리를 정리하려야 도리가 없어 왕건은 듣기만 하다가 쇠둘레에 있는 유 씨 생각이 났다.

생각이 깊고 총명한 여자. 이런 때 전쟁이 임박한 것을 얘기하면 그럴듯한 지혜도 나올 만한 상대였다. 그러나 이 오 씨라는 여자는 얼굴부터 말상인 데다 하는 짓도 에누리 없이 굴레 벗은 말이다.

전쟁이 터질 것 같다고 한마디만 하면 시비는 그치겠지마는 그 대신이 밤으로 집안에서 세상 수선은 다 떨 것이고, 날이 밝으면 동네에 뛰쳐나가 전쟁이 터진다고 떠들지 않고는 배기지 못할 위인이다.

나주 장군 부인의 입에서 전쟁이 터진다는 소리가 나오면 어떻게 될 것인가. 비밀이라고 당부하면 비밀이라는 꼬리를 달아 구구전승 퍼뜨리지 않고는 배기지 못할 것도 뻔한 일이다.

온 나주 성내에 소동이 벌어지고 소동은 아직 태세도 갖추지 못한 군대에도 번져 일대 혼란이 일어나고, 공포의 바람까지 일으켜 싸우기도 전에 무너질 염려가 있다.

늦어도 아침까지는 총대장인 자기의 주견이 서지 않고는 지도부도 갈피를 잡지 못할 것이다.

왕건은 일어나 옷을 주워 입기 시작했다. 밤이라 공청에 나가면 조용해서 머리를 정리할 수 있을 것 같았다.

휭 하고 건너 온 오 씨가 소리를 질렀다.

"당신, 이 밤에 어디루 가능기여, 잉? 어디 가시내가 생긴 건 아니여?"

이쯤 의심하면 밤거리를 고함을 지르면서 쫓아오지, 그냥 있을 여자가 아니다. 왕건은 할 수 없이 입을 열었다.

"오늘 밤만이라두 조용할 수 없을까? 조용히 생각해야 하구, 생각해서 결말을 내야 할 중요한 일이 있단 말이야."

"핑계가 좋아 조용히구만. 내가 있어서는 그 조용히가 도망이라두 가는 기여?"

"……."

"길을 막구 물어보시라우. 나만큼 조용한 사람이 있는가."

"……."

오 씨는 왕건의 등을 떠밀고 건넌방으로 넘어갔다. 왕건이 서재로 쓰는 방으로 여러 가지 책을 꽂은 서가와 서류함들이 주위를 둘러싸고 있었다.

"화가 나서 잘 수가 있어야지. 여기 자리를 깔아 놓았으니께 그 조용히를 끼구 카 재미를 보시라우, 잉."

오 씨는 문을 콱 닫고 나가 버렸다.

왕건은 자리에 들지 않고 책상 위에 지도를 펴 놓고 마주 앉았다.

그는 지도를 보면서 생각했다. 견훤은 왜 하필 이 시기에 동병하는 것일까?

북방의 기마민족들이 초목이 무성할 때를 전쟁의 때로 택하는 것은 자기들에게 유리하고 농업을 주로 하는 한족(漢族)에게는 불리한 때이기 때문이다.

그러나 우리는 피차 농사에 의지하고 사는 백성들이다. 전쟁을 해도 피차 농사철을 피하는 것이 암묵리에 약속 아닌 약속처럼 되어 왔다.

침공을 당하는 측의 손해가 큰 것은 물론이지만 침공하는 측의 손해도 이만저만이 아니다. 무기와 식량을 운반하는 데 무수한 사람들을 동원하고, 부상병을 보충해야 하고, 부서진 무기를 보충하는 데도 많은 인력이 필요하다. 농사가 주업인데 농부들을 움직일 수밖에 없으니 농사가 제대로 될 리 없다.

견훤이 북방 기마민족의 전법을 써서 농민을 움직이지 않는다 하더라도 한계가 있을 것이다.

육식을 주로 하고, 타고 다니는 말에서 젖까지 짜서 마시는 그들도 삼개월이 한도라고 한다.

북쪽과 남쪽의 기후의 차도 있다. 우리 족속은 먼 옛날 조상들이 말젖을 마셨다는 사실조차 잊고 있다. 견훤의 병사들이라고 말젖을 마실 별

좋일 수 없다.

북쪽에 없는 미숫가루는 더운 지방에서 얼마나 갈까? 그는 무심코 안방에서 자는 오 씨를 불렀다.

"여보."

두 번 세 번 불러서야 잠이 덜 깬 목소리가 돌아왔다.

"왜 그런당가? 잠이 와서 죽겠는디."

그만큼 소동을 부린 끝이라 다른 여자들 같으면 잠을 이루지 못할 터인데 배짱도 두툼하고 뇌수도 두툼한 여자다.

"미숫가루 말이오."

"미숫가루 없당께. 밤중에 미숫가루는……."

젖혔던 이불을 덮는 소리가 대청 너머로 들려왔다.

미숫가루. 참으로 별것도 아니다. 그러나 이 순간에는 전쟁이라는 계산에서 빠뜨릴 수 없는 한 조목인데 알 만한 오 씨는 이 대목에서도 굴레 벗은 말이다. 아니, 어촌에서 자란 그는 모를지도 모른다.

어떻게 한다?

별채에서 문이 열리는 소리가 나고, 이어 마당에서 일 보는 여자의 목소리가 울렸다.

"대감, 부르셨습니까?"

작년 가을 접경에서 견훤의 군대와 충돌 중에 전사한 군관의 부인이었다. 사고무친이라 우선 끼니가 걱정이라는 소문을 듣고 친척 삼아 우리 집에 와 있으라고 데려온 삼십 전후의 여자였다.

남편과 함께 농사를 짓다가 남편이 자원해서 군대에 들어온 후로는 여러 해 동안 혼자 농사를 지어 그럭저럭 연명하다가 남편이 군관이 된 후 집에 들어앉은 여자였다.

왕건은 높이 되었어도 옛날 자기가 뱃사람으로 겪은 고생을 잊지 않는 사람이었다. 젊어서 목숨을 잃은 남편도 안되었지마는 그의 처지가 측은해서 정말 친척처럼 대하고 마땅한 군관이 있으면 재가를 시키려고 은근히 알아보는 중이었다.

왕건은 그를 달리 부를 길이 없어 부인이라고 불렀다. 원래 부인이라면 왕족인 진골의 아내를 지칭하는 말이었으나 난세와 더불어 말도 문란해졌는데 이를 원상으로 돌린다고 세상이 어떻게 될 것도 아니었다.

얼굴도 남만 못지않고 특히 머리가 빨리 도는 영리한 여자였다.

오 씨가 온 집안이 떠나갈 듯이 소동을 부렸으니 그도 자초지종을 알고 있을 것이다.

헛들었을 리 없는데 이렇게 나온 것을 보니 역시 머리가 빠르다.

고생 끝에 병졸에서 군관까지 올라온 사람의 아내였던지라 짚이는 데가 있었던 모양이다.

"부인은 알겠지. 미숫가루를 부대에 넣어 가지구 다니면 아무리 가도 상하지 않소?"

"웬걸요. 그다지 오래가지 못합니다……."

여자는 조리 있게 설명했다.

"비가 오면 습기가 차서 상하기도 하구, 잘못 간수하면 벌레도 나구, 딱히 얼마 가는지는 몰라두 오래가지 못합지요."

"육포나 어포는 어떨까?"

"어포는 해 본 일이 없어 알지 못합니다. 육포두 미숫가루나 마찬가지올시다."

어포는 더 빨리 상할 것이다.

그런데 느닷없이 안방에서 고함을 치면서 오 씨가 뛰쳐나왔다.

"저년이 환장을 했당께. 무슨 생심을 먹구 부르지도 않았는디 야밤중에 나와서 아양을 떠는기여."

왕건은 문을 열고 일렀다.

"할 일이 있으니 조용히 하구 모두 자기 방에 들어들 가요."

불빛에 오 씨의 손에 들린 방망이가 보였다. 오 씨는 맨발로 마당에 뛰어내려가 방망이로 여자를 내리쳤다. 그러나 여자는 살짝 피하면서 달랬다.

"마님, 왜 이러십니까?"

"몰라서 묻는기여?"

"모르겠습니다."

"요 불여우 같은 것이, 생각이 달라서 슬그머니 나와 아양을 떨었지?"

"아니올시다. 물으시길래 대답을 여쭈었을 뿐입지요."

"미숫가루구 포구, 시시껄렁한 걸 갖구 주거니 받거니 잘 놀아났겠다?"

"……."

여자는 대답을 하지 않았다.

"너 같은 불여우는 오늘 밤 내 손에 죽을 줄 알아."

오 씨는 또 몽둥이를 내리쳤으나 여자는 또 피했다.

이때 여자 종이 나와 사이에 서서 말렸다. 이 집에는 부부 종이 있었다. 북쪽에서 잡혀온 오랑캐였으나 태봉국에서 오래 지내는 동안 말도 남과 다름없이 통하고 유순한 데다 일도 잘했다. 시중을 면하고 작년 초에 다시 나주로 올 때 선종이 내린 선물이었다.

그러나 군관의 미망인이 온 후로 오 씨는 그들을 놀릴망정 이 여자를 가만두지 않았다. 공연히 시비를 걸어 쥐어박고, 없는 일도 만들어 쉴 틈 없이 들볶아 구박이 자심했다.

"비켜! 오늘 밤에 내가 저년을 죽이지 않으면 사람이 아니여."

피하기만 하던 여자가 정면으로 맞섰다.

"마님, 그럴 것 없어요. 제가 떠나면 될 게 아니에요?"

"죽어서 송장이 되기 전에는 이 집을 못 나간다. 천한 것이 어디다 대구."

"천해요? 저는 농부의 딸이구 농부의 아내였어요. 언제부터 마님 친정 같은 뱃사공이 그렇게 귀했던가요?"

예전 같으면 상상도 못할 대꾸가 나왔다.

천대받고 짓밟히던 사람이 참을 대로 참다 더 이상 참을 수 없어 괭이니 몽둥이를 들고 일어선 것이 이 난세의 시초였다. 일찍이 부귀를 독차지하고 사람을 사람으로 보지 않던 자들이 그 죗값으로, 짓밟던 자들에게 짓밟히고, 나머지가 신라 서울 금성 주변에 밀려 떨고 있는 세상이다. 귀천이 뒤바뀌는 세상, 왕건은 귀하다는 것이 별것도 아니라는 것을 알아낸 백성들의 소리라고 생각했다.

그러나 오 씨는 제정신이 아니었다.

"잉? 네년이 그렇게 나오는 걸 보니 필시 곡절이 있다. 떠난다구 하구 숨어서 쥐새끼처럼 재미를 보자는 거지, 아니여?"

오 씨는 방망이를 팽개치고 마당 구석의 도끼를 집어 들었다. 아무래도 일을 칠 것 같았다. 왕건은 마당에 내려가 오 씨의 손에서 도끼를 뺏고 호통을 쳤다.

"너, 방에 들어갈 것이냐, 죽을 것이냐?"

처음 듣는 왕건의 큰 소리는 옆에 있는 사람들뿐 아니라 오 씨에게도 섬뜩한 공포감을 주었다. 방에서 새어 나오는 불빛에 비친 그의 두 눈에는 억눌렸던 노기가 살기로 변한 듯 번뜩이고 있었다. 거기 서 있는 것은 화내는 일도, 남을 꾸짖는 일도 없던 인간 왕건이 아니라 이 일대에서는 생사여탈의 권능을 가진 나주 장군이었다.

오 씨는 덜덜 떨다가 여종의 부축으로 방에 들어갔다.

"제가 죽을죄를 지었습니다."

여자는 그에게 두 손을 모아 쥐고 머리를 숙였다.

왕건은 잠시 그를 내려다보고 섰다가 일렀다.

"내 방에 와요."

왕건이 도끼를 집어던지고 방에 들어가 다시 책상 앞에 앉자 여자는 조심스럽게 들어와 한구석에 쪼그리고 앉았다.

"부인은 이 집을 떠나는 게 좋겠소."

왕건의 첫마디였다.

"네."

여자는 분명히 대답했다.

"내 본뜻은 아니었다 하더라도 그동안 미안한 일들뿐이었소."

"대감의 고마우신 은혜는 죽어도 잊지 않겠습니다."

"나는 은혜를 베푼 일이 없소. 낭군을 전쟁에서 잃게 하고, 부인은 집에 데려다 구박만 받게 하구, 죄가 막심하지요."

"……."

여자는 소리 없이 눈물을 흘리고 있었다.

왕건은 붓을 들어 글을 써 내려갔다.

나주 관내의 모든 군인이나 관원은 누구를 막론하고 이 여자를 보호하고, 청이 있으면 들어주어야 할 것이며, 해치는 자는 엄히 다스린다는 내용이었다.

왕건은 이름 밑에 수결을 하고 여자 앞에 내밀었다.

"이름 없는 백성이 살기 힘든 난세요. 별것은 아니지마는 나주 관내에서는 쓸모가 있을 테니 간직하시오."

여자는 눈물을 삼키면서 소리 없이 머리를 숙였다.

"세상이 고르지 못한 것은 먹고사는 일뿐이 아니라 만사 다 그렇소. 배필만 하더라도 맞는 사람끼리 만나는 경우는 백에 하나도 안 될 것이구, 만나두 뜻하지 않은 일로 헤어지는 수도 허다하오. 하늘이 하는 일이니 인간의 힘으로는 어찌할 수 없지요……. 내가 바라는 것은 부인이 좋은 배필을 만나 재가하는 일이오."

여자는 종이를 집어 정하게 접으면서 입을 움직였으나 말이 되어 나오지 않았다. 그녀는 접은 종이를 품속에 간직하고 큰절을 하고 일어섰다.

하직 인사였다.

"잠깐만……."

돌아서 나가려는 여자를 불러 세운 왕건은 문갑을 뒤져 천에 싼 달걀만 한 것을 그의 손에 넘겼다.

"소용될 때가 있을 것이오."

여자는 깊숙이 머리를 숙이고 밖으로 나갔다. 왕건은 오 씨를 방에 모시고 나서 어쩔 줄 몰라 그때까지 마당에 엉거주춤 서 있는 여종을 보고 일렀다.

"아침 일찍 떠나시게 하구 오늘 밤은 네가 함께 자거라."

왕건은 제자리에 도로 앉았다.

세상은 고르지 못하다. 저렇게 영리한 여자와 무지막지한 오 씨, 아래위가 거꾸로 된 것만도 옳지 않은데, 구박을 받고 짓밟히다가 쫓겨난다는 것은 더구나 옳지 않다.

노새가 사자들에게 군림하여 거드름을 피운다면 어떻게 될까. 반드시 분란이 일어날 것이고, 세상은 뒤집히고야 말 것이다. 인간사회라고 다를 것이 없다. 오늘의 이 난세도 노새들의 압제에 항거하여 일어선 사자들의 반란이라고 보아도 과히 틀리지 않을 것이다.

생명조차 부지하기 어려운 세상, 밝은 운명을 개척하려고 길을 바꿨다가 남편을 잃은 이 여자가 장차 더듬는 것은 어떤 길일까? 길? 어쩌다 맞으면 길이고 그렇지 못하면 가시덤불이다.

떠나가는 여자를 생각하다가 오 씨가 부리던 광태를 생각했다. 그냥 두었으면 정말 도끼로 여자를 쳤을 것이다. 광태?

왕건은 갑자기 머리를 스쳐 가는 것이 있었다.

선종의 병이 생각보다 더한 것은 아닐까?

광태. 여태까지 미친 사람을 적지 않게 보았지마는 구경거리로 보았지 광태를 자기 일로 생각한 일은 없었다.

오 씨의 광태를 보니 사람의 머리가 일시 기능을 멈추고 사나운 짐승의 머리가 요동치듯 못할 짓이 없을 듯했다.

혹시 선종의 머리가 어떻게 된 것은 아닐까?

견훤은 만용을 부리는 사람이 아니다. 용장이라도 치밀한 계산 밑에 움직이는 용장이다. 농사철을 무릅쓰고 동병하는 데는 그만한 이유가 분명히 있을 것이다.

골똘히 생각한 왕건은 두 가지 중에 하나라고 판단이 섰다.

우선 선종이 아주 광태를 부리기 시작했다고 생각할 수 있고, 다음은 아직 거기까지는 가지 않았다 하더라도 큰 충격을 주면 단번에 광태를 부릴 단계에 와 있다고 생각할 수 있을 것이다.

어느 경우든 견훤으로서는 한바탕 소동을 부릴 가치가 있다. 그렇게만 되면 태봉국은 안으로부터 동요가 시작되어 마침내 무너질 것이요, 이것을 거둬들일 것은 견훤이지 허약한 신라일 수는 없었다.

견훤은 뛰어난 적정 탐지능력을 가지고 있다. 선종의 병세를 선종 자신의 대신들보다도 더 잘 알고 있다고 보아야 할 것이다.

세상 사람들은 나주에서 벌어지는 국지전(局地戰)으로 볼 것이다. 그렇게 보이면서 태봉국을 무너뜨리고 천하를 통일하자는 것이 그가 생각하는 대전략에 틀림없으리라.

그에게는 그럴 만한 이유가 또 있다. 내년이면 견훤은 오십이 되고,

오십을 넘으면 언제 죽을지 모른다는 것이 일반의 통념이다. 죽기 전에 천하를 통일하자는 것이 주야 소원인데 이런 기회를 놓칠 까닭이 없다.

여태까지 견훤을 명장이라고 생각해 왔으나 명장 이상이다. 대세를 보는 넓은 안목을 가진 큰 인물이다.

적의 의도가 분명해진 이상 이것을 막을 내책이 강구되어야 한다. 중요한 것은 나주에서 벌어질 전투보다 쇠둘레에서 취하는 조정의 조치다. 특히 선종의 주위에 있는 사람들은 비록 하찮은 인간의 경망한 한마디라도 나라의 운명을 그르칠 염려가 있다.

선종의 병은 나을 병도 생명에 관계되는 병도 아니다. 이대로 간다면 태봉국은 그의 광란에 시달리다가 쓰러질 수밖에 없으리라. 적은 이미 그것을 노리기 시작한 것이다.

자기가 지금 구진처럼 시중과 병부령을 겸했다면 온 나라에 사실을 알리고 군을 동원해서라도 선종을 조용한 데로 옮기고 태자를 옥좌에 앉혀 화근을 없앨 것이다. 그러나 구진은 몸을 사리고 보신책만 생각하는 위인이다. 의형대령 박질영은 강직해도 그럴 힘도 없고 정치라는 것을 모르는 행정가에 지나지 않는다. 그 밖의 대신들은 논할 것이 못 되고.

그는 원회를 생각했다. 적어도 궁중의 동요를 막고, 큰일을 단행할 수 있는 사람이 있다면 원회뿐이다. 선종에게 충성될 뿐 아니라 직책은 대궐을 수비하는 내군장군에 불과하지마는 나라의 원로로 대신들도 그에게는 머리를 숙이는 처지다.

그는 붓을 들어 나주의 정세와 자기가 보는 견해를 남김없이 적고 봉함을 했다. 다만 왕위를 바꾸는 일은 상대가 원회라도 적을 수 없었다. 머리가 잘 도는 사람이라면 거기까지 판단이 가겠지마는 그에게 기대하기는 어려울 것이다.

봉함을 하고 생각하니 원회는 글을 모르는 사람이었다. 필시 다른 사람이 읽어 줄 것이고, 그리 되면 국가의 최고기밀이 누설되어 어떤 결과를 가져올지, 두려운 생각이 들었다.

자기가 직접 다녀오는 것이 제일 좋겠지마는 정세가 급박한 터에 그럴 수도 없고, 어떻게 한다?

종희 생각이 떠올랐다. 지금쯤 쇠둘레에 있거나 정주에서 능산과 술을 마시면서 한탄하고 있을 것이다.

왕건은 다시 붓을 들어 종희에게 편지를 썼다. 내용은 원회에게 쓴 것과 별로 다를 것이 없고, 다만 왕위를 바꾸는 일을 완곡하게 풍기는 한 구절을 적어 넣었다. 곰곰이 생각하니 원회가 협력해 주면 가능할 것도 같았다.

끝에 가서 원회에게 보내는 편지를 동봉하니 다른 사람은 안 되고 직접 읽어 드리되 읽은 후에는 두 편지 다 불에 태워 버리라고 당부도 했다.

마지막으로 능산에게도 편지를 썼다. 적절하다고 생각하는 군관에게 책임을 맡기고 나머지 이천 명의 병사들을 거느리고 즉시 돌아오라는 내용이었다. 식렴도 함께 오라고 했다. 능산이 정주를 떠나면 식렴이 대신하는 것이 합당했으나 우선 급한 것이 전쟁이었다. 무기, 식량 등 보급행정을 위해서는 치밀한 식렴의 머리가 필요했다.

편지를 쓰고 난 왕건은 서남 일대의 지도를 펴놓고 들여다보기 시작했다. 처음 나주에 온 후 여러 해 걸려 만든 세밀한 지도였다.

견훤의 의도가 그런 이상 병력을 분산하지 않고 총력으로 나주성을 칠 것이다. 나주성이 떨어지면 나주는 머리가 떨어진 것이나 진배없으니 저절로 그의 손아귀로 들어갈 것은 그도 계산하고 있을 것이다.

나주와 백제의 접경에는 큰 강이나 태산준령 같은 천연의 장애물이 없는 것이 난점이었다. 견훤의 기병집단은 일사천리로 쳐내려올 수 있는 이점이 있었다.

그는 대병력이 진격할 수 있는 몇 개 통로를 지목하고, 다음에는 나주의 지도를 펼쳐 놓고 우선 피아의 병력부터 생각했다.

견훤은 일만을 넘는 기병을 갖고 있으나 정예는 오천 기, 신라나 주변의 건달 장군들은 개의할 것이 없으나 만에 하나를 위해서도 태봉국이 북으로부터 밀고 내려올 것을 생각하고 내비하시 않을 수 없으리라……. 그러니 일만 기를 반으로 갈라 오천은 북에 대비하고 정예 오천 기로 일거에 나주를 무찌르려고 나올 것이다.

이쪽은 지금 있는 삼천오백 명에 능산이 이천 명을 거느리고 오면 오천오백 내외, 그중 돌려보내야 할 노병과 병약자를 빼면 대체로 같은 오천 병력이라는 계산이 나왔다.

저쪽은 기병, 이쪽은 보병. 야전(野戰)은 생각할 수 없고, 성의 공방전으로 나가는 수밖에 없었다. 승패는 보급과 원군(援軍)에 달려 있는데 이쪽은 바다로 천 리, 적은 지척이다. 그렇더라도 군권(軍權)을 쥐고 있는 선종이 전만 같다면 걱정할 것이 없으나 그에게는 알리지 않고 기분조차 건드리지 말고 해야 할 전쟁이었다. 아무리 계산해도 승산은 열에 하나도 되지 않았다.

왕건은 웅주(熊州, 공주)의 이흔암에게 북으로부터 압력을 가해 줄 것을 요청하려다 그만두었다. 다만 천 명이라도 강을 건너려면 무기, 식량 등을 나를 많은 배가 필요한데 그 준비가 되어 있지 않은 그가 넓은 백강(白江, 금강)을 넘으려면 뗏목을 이용할 수밖에 없다. 이것은 무모한 일이고 견훤이 그것을 경계하지 않을 리도 없었다.

천명(天命)은 선종에게 있는 것으로 알았으나 견훤에게 있는 것 같다. 그것도 무방하다. 그가 천하를 통일해서 평화가 온다면 그것으로 족하고, 나무랄 것은 하나 없다.

그렇다고 아쉬운 일이 없는 것은 아니었다. 선종이 일어설 때의 그 정신, 그가 머리에 그리던 지상의 정토를 이룩하지 못하고 가는 것은 애석한 일이 아닐 수 없었다.

서른아홉 살, 반드시 죽을 전쟁이다.

죽는 것은 언젠가는 갈 길이니 아까울 것이 없었다. 또 무사가 싸움터에서 죽는 것은 신기할 것도 없는 일이다. 남은 것은 싸움다운 싸움으로 결판을 내고 무사답게 깨끗이 죽는 일이었다.

왕건은 다시 나주의 지도를 보다가 옆으로 밀어 놓고 결전장이 될 나주성 주변의 지도를 펼쳐 놓았다. 성안은 물론, 주위의 다리 하나, 노송(老松) 한 그루도 빠지지 않은 치밀한 지도였다.

그는 시간 가는 줄 모르고 주시했다.

첫닭의 울음소리가 부처님의 말씀처럼 그의 머리를 깨우치고 장차 벌어질 싸움의 양상이 그림처럼 떠올랐다.

인구가 희박한 시대라 산뿐만 아니라 나주성 주변의 평지에도 아름드리나무가 빽빽이 들어선 숲들이 적지 않았다. 왕건은 지도에 있는 크고 작은 숲들을 세고 숲과 숲 사이의 거리, 성과 숲 사이에 있는 전답의 크기, 숲과 산의 거리를 계산하고, 사람이 뛸 수 있는 평균속도를 생각했다.

기병은 여태까지 인류가 가진 가장 기동성이 빠른 병력집단이고, 같은 무기로 보병이 이와 정면으로 대결해서는 백전백패하게 마련이다.

그러나 기병에게도 약점은 있었다.

우선 보졸들은 숲에서도 요리조리 마음대로 움직일 수 있으나 기병은 숲에서는 그 특이한 기동성을 잃고 제 기능을 발휘할 여지가 없다.

다음으로 기병은 말을 잃으면 앉은뱅이를 면한 정도에 지나지 않는다. 오랫동안 기병생활만 한 자들은 바다의 게(蟹)처럼 두 다리가 밖으로 휘어 땅 위를 걸을 때에는 묘한 자세로 굼뜨기 이를 데 없다. 짐은 말에 싣는 것이 습성이 되어 자기 잔등에 지는 것을 역겨워한다. 항상 무거운 짐을 지고 산야를 뛰는 보졸들의 상대가 될 수 없는 것이 말을 잃은 기병의 실태다.

산과 숲을 이용해서 적을 역포위하고 파상(波狀)으로 공격하여 말부터 처치하고 다음에 엉기적거리는 것들을 짓밟으리라.

적의 약점을 찌르고 우리의 장점을 활용한다 ― 승패는 여기 달려 있다.

결전다운 결전의 전망은 섰다. 견훤의 힘의 핵심인 정예 오천 기를 이 나주 벌판의 귀신으로 만들어 버린다면 그것으로 족하다. 이제 죽을 자리를 찾았으니 더 바랄 것이 없었다.

왕건은 그대로 책상에 고꾸라져 세상모르고 잠들었다.

잠결에 귀에 익은 소리 같은 것이 희미하게 들려왔다. 잠귀가 밝은 왕건도 알아듣지 못하고 잠에서 헤어나지 못했다.

"안 된당께!"

찢어지는 듯한 오 씨의 목소리에 비로소 정신이 들었다.

"그러시면 할 수 없지요. 돌아가겠습니다."

금언의 목소리였다.

왕건은 눈을 비비면서 문을 열었다.

해는 이미 중천에 떠 있었다.

"장군, 미안하게 됐소. 어서 들어오시오."

금언은 시무룩한 얼굴로 들어와 선 채로 얘기했다.

"여러 장군이 번갈아 찾아뵈려다 주무신다기에 되돌아갔습니다. 주무시는데 방해가 돼서 미안합니다."

아침 일찍 회의를 소집해 놓고 대낮까지 잤으니 기다리다 못해 장군들이 번갈아 찾아왔다가 오 씨의 고함에 발을 돌린 것은 짐작이 가고도 남았다.

'이것이 금언 장군에게까지 고함을 질러댔으니 정말 가리는 것이 없구나.'

왕건은 민망하고 창피했으나 구구하게 변명할 수도 없었다.

"장군, 잠깐만 기다려 주시오."

왕건은 마당에 내려와 서둘러 세수를 하는데 여종 옆에 버티고 선 오 씨가 큰 소리로 말을 걸었다.

"간밤에는 미안하게 됐어라우."

"……."

왕건은 여종이 받쳐 든 수건으로 얼굴을 닦고 안방에 들어가 옷을 갈아입었다. 방을 나오려는데 오 씨가 또 큰 소리로 한마디 했다.

"잉? 오늘 조반은 내가 손수 지었는디 내가 지었다구 거들떠두 안 보시기라우?"

왕건은 또 다른 소리가 나올 것 같아 방바닥에 놓은 상에서 국을 한 모금 마시고 건넌방으로 넘어갔다.

"간밤을 새셨구만요. 저희들은 그것두 모르구……."

방 안을 둘러본 금언은 알아차린 모양이었다.

왕건은 책상 위의 편지와 흩어졌던 지도를 품에 넣고 재촉했다.

"어서 가십시다."

두 사람은 밖에서 기다리고 있던 말에 올라 공청으로 달렸다.

회의장에 들어서 좌정하자 금언이 선수를 써서 발언했다.

"장군께서는 어젯밤을 꼬박 새우신 데다가 조반까지 거르시구 오셨습니다. 먼 여행에서 돌아오시는 날부터 이렇게 노심초사하시는 장군의 노고를 생각하면 저부터 부끄러운 일이 한두 가지가 아니올시다."

냉랭하던 방 안의 분위기와 얼굴마다 감돌던 언짢은 표정이 사라지는 것을 피부로 느낄 수 있었다.

평소 같으면 주장의 양해도 없이 부장이 먼저 나선다는 것은 주제넘고 예의에 어긋나는 일이었다. 그러나 장군들의 심사가 오죽 뒤틀렸으면 금언이 이렇게 나왔을까, 왕건은 금인의 마음씨가 고마웠다.

그러나 왕건은 듣기 좋은 말로 장황하게 늘어놓는 성품이 못 되었다.

"일이 급하니 미안한 말씀은 뒤로 미루고 어제 토의를 계속합시다."

서두를 뗀 왕건은 어제처럼 장군 한 사람 한 사람에게 물었다.

그러나 어제와 마찬가지로 열에 아홉은 대야성이라 단정하고 나주를 친다는 것은 견훤의 거짓 술책이라고 했다.

왕건은 입을 다물고 끝까지 듣기만 했다. 듣고도 말이 없었다.

오랫동안 침묵이 흐른 끝에 한 사람이 물었다.

"장군께서는 어느 쪽이라구 생각하십니까?"

왕건은 사이를 두고 대답했다.

"그야 이 나주지요."

억양이 없는 가라앉은 목소리였다. 그만큼 확고부동하고 의심의 여지없는 현실로 들렸다.

장군들은 반문할 엄두도 못 내고 장내에는 긴박한 분위기가 감돌았다.

"점심 후에 금언 장군이 각자의 임무를 부여할 터이니 점심을 마치거든 이 자리에 모이도록 하시오."

왕건은 일어섰다.

그는 자기 방에서 금언과 단둘이 마주 앉아 병정들이 날라 온 식사를 같이 하면서 정세를 남김없이 설명했다.

확고한 신념은 정확한 정세 파악에서 나온다. 나주를 점령한 초기부터 고락을 같이했고, 장차 전쟁이 일어나면 일심동체가 되어야 하고, 만약 자기가 잘못되는 경우에는 자기를 대신할 사람이다.

왕건은 나주의 병력을 총동원해서 가장 몸이 날랜 병사들을 평지의 숲에, 그 다음가는 병사들은 산기슭, 능산이 거느리고 올 병사들의 태반은 산중턱에 배치하고 나머지는 성을 지키는 병사들과 합류하도록 하는 등 농성 전략과 함께 역포위 전술도 자세히 설명했다.

"이제 저도 모든 것이 명백해졌고 승산이 서는 것 같습니다."

"장군들에게 담당 구역과 임무를 지정해 주고, 우리의 전술에 따른 훈련의 대강도 설명해 주시오."

"목포에 있는 함선들은 어떻게 할까요?"

"본국과의 연락에 필요한 십여 척만 남기고 나머지는 정주에 돌려보내지요."

"고을의 백성들은 어떻게 할까요?"

"견훤이 당장 자기 백성으로 만들려는 사람들을 다치겠소? 안심이 안 되는 백성들은 기병이 올라가지 못할 험한 산으로 올라가라구 하시오."

왕건은 믿을 만한 군관 십여 명을 골라 편지를 맡기고 집에 돌아왔다. 금언은 잘할 것이다. 하루 이틀 실컷 자리라.

그러나저러나 견훤은 대단한 인물이다.

장군들마저 한결같이 그의 정말을 거짓말로 믿으니 그의 수법은 비상하다고 할밖에 없었다.

부처님의 거짓말을 방편(方便)이라 하고, 장수의 거짓말을 군략(軍略, 전략)이라고 한다. 견훤은 병법에 구애받지 않고 경우에 따라 거짓말과 정말을 적절히 구사하는 천재였다.

말을 내려 대문을 들어서는데 대청에 버티고 선 오 씨가 고함을 질렀다.

"그년에게 금덩이를 줬지라우?"

"줬지."

왕건은 대답하고 건넌방에 들어가 자기 손으로 자리를 깔고 누웠다.

오 씨는 간밤에 한번 혼나고도 버릇이 안 떨어져 별별 욕설을 다 퍼부었다. 죽기 전에는 나을 병이 아니라고 생각하면서 왕건은 잠 속으로 빠져들었다.

사월에 들면서 산과 들은 신록 일색으로 뒤덮이고, 피곤을 회복한 왕건은 날마다 말을 달려 병사들의 훈련을 돌아보고 이동과 배치 상황을 점검하면서 북에서 올 소식을 기다리고 있었다.

전쟁이 일어나리라는 소문은 일반에도 퍼지고 오 씨의 광태는 호들갑으로 변했다.

"전쟁이 터지면 애기는 독에 감추든지 아니면 땅굴을 파고 거적으로 덮을까 하는디 어느 쪽이 좋겠어라우?"

왕건은 이 어처구니없는 수선에 인간이 타고난 애처로운 운명의 발버둥을 보았다.

"안심해요."

날마다 떠는 호들갑에 날마다 같은 대답이었다.

그는 날로 짙어가는 신록에 인간사를 외면하고 흘러가는 대자연의 생명을 실감하면서 인간으로 태어난 서글픔이 가슴을 쳤다.

그러나 살아 있는 한 어느 피리에든지 장단을 맞춰 춤추지 않을 수 없는 것이 인간의 슬픈 운명이었다.

애수(哀愁). 삶은 애수였다.

왕건은 선종의 장단을 택했고, 그의 장단에 맞춰 전쟁이라는 춤으로 이십 년의 세월을 엮어 왔다. 이제 그 허무한 춤도 끝날 날이 다가오고 있다. 시작한 이상 출 대로 추고 조용히 사라지리라.

우선 능산이 식렴과 함께 이천 명의 병력을 거느리고 나타났다. 식량도 이천 석.

왕건은 오래 떨어졌던 형제를 만난 듯 그의 두 어깨를 잡고 반겼다.

같은 무기, 같은 연도(練度)의 군대가 싸우는 경우에는 수가 문제다. 더구나 적은 기병이라는 이점이 있다. 능산이 거느리고 온 이천 명이 때를 맞추지 못했다면 왕건의 치밀한 계획도 성공할 가망이 없었다. 능산이 예상보다도 빨리 온 데는 많은 무리가 따랐을 것이다. 그는 능산의 충직함이 고맙기 이를 데 없었다.

왕건은 일천 석을 풀어 보릿고개에 허덕이는 백성들에게 나눠 주라고 했다. 작년에 견훤에게 짓밟힌 데다가 짓밟히지 않은 고장도 작황이 좋지 않아 산채에 콩을 섞은 죽으로 연명하고 있었다. 세공을 제대로 못 받아 병사들도 앞서 왕건이 일천 석을 싣고 와서 나눠 주기 전에는 별로 다를 바가 없었다.

병사들이 많은지라 새로 강선힐(康瑄詰), 흑상(黑湘), 김재원(金材瑗) 세 장군도 능산과 함께 왔다. 왕건도 얼굴을 알 정도의 무난한 사람들이었다.

그들의 인사를 받고 나서 왕건은 능산을 자기 방에 불러 저녁에 초대했다.

집에 들러 한참 자고 난 거인 능산은 혼자 뚜벅뚜벅 걸어왔다.

왕건은 정세와 자기의 의도를 설명한 후 듣기만 하고 앉아 있는 그에게 종희의 소식을 물었다.

"그때까지 정주에 저하구 같이 있다가 장군의 편지를 보더니 부랴부랴 쇠둘레로 달려갔습니 다."

"병력은 빨리두 모았군."

"종희 장군이 쇠둘레에서 어떻게 했겠지요. 어명이 내렸다면서 각처에서 병사들이 강행군으로 모여들고 생각지도 않던 군량까지 오더군요. 제 힘으로 될 일입니까?"

종희는 잘 움직인다 생각하는데 능산이 물었다.

"전쟁을 앞두고 군량미를 민간에 풀어도 됩니까?"

왕건은 알아듣도록 설명을 시작했다.

"견훤은 장마가 시작되기 전에 끝장을 내야 하오. 마른 군량을 준비했다지마는 마른 날씨에 마른 군량이지, 젖거나 습기가 차면 얼마 못 가오."

"알겠습니다. 오다 보니 목포의 배는 모두 정주로 북상하구 있더군요."

"북상하라구 했소."

"장군께서는 비장한 각오시군요."

"살 가망보다 죽을 가망이 배도 넘소. 허지만 비장과는 거리가 멀고, 죽게 되면 덤덤히 사라지는 것이 소원이오."

"저는 성 밖에서 싸우게 해 주시지요."

"두구 봅시다."

왕건은 능산도 이번 전쟁에서 죽을 각오라고 짐작이 갔다.

사흘 후.

종희가 돌아왔다. 웃음이 없는 그의 얼굴에서 왕건은 쇠둘레의 공기를 짐작했다. 만사 한마디는 중요한 의미를 지니는 경우가 적지 않은지라 왕건은 잠자코 그를 바라보았다.

"다 틀렸다."

종희의 첫마디였다. 단둘이 앉은 자리에서도 앞서 배에서 주고받은 한 번을 빼고는 이렇게 나온 일이 없는 종희였다. 왕건은 기대는 하지 않았으나 한 가닥 희망을 건 것도 사실인지라 암담한 생각이 들었다.

"이러니저러니 해두 역시 애꾸가 문제더라."

종희의 말투는 자포자기였다.

"날이 갈수록 말짱한 시간보다 미친 시간이 길어진단다."

"중전을 뵈었어?"

"난났으니 이런 것도 알아낸 게 아냐."

왕건은 우울한 중에서도 궁금한 것이 있었다.

"그래도 제일 가까운 것이 중전인데 총명하신 분이라 무슨 수가 있을 법도 한데."

"말두 마라. 미친 시간에는 미쳐서 말이 안 되구, 말짱한 시간에는 말짱해서 말이 안 되구, 영 가망이 없더라."

"말짱한데 왜 말이 안 되지?"

"말짱한 시간에 쉬라구 하면 말짱한 사람을 병신으로 안다구 역정을 내는데 어떻게 한단 말이냐?"

"……."

"밧줄로 묶어 구석방에 처박는 수밖에 도리가 없겠더라."

"원회 장군은 만나 봤어?"

"만났다. 네 편지를 읽어 주구."

"뭐라든?"

"네 말대루 사람은 쓰겠더라. 이번에 그렇게 빨리 병력이 동원되구 식량이 모인 것두 영감태기 덕택이다. 마침 애꾸가 미친 때라 병부와 순군부(徇軍部)에 가서 자기가 책임진다구 나섰다더라."

역시 원회는 믿을 만한 사람이요, 고마운 일이라고 생각하는데 종희가 계속했다.

"그걸 보구 난 네가 사람 보는 눈이 있다구 은근히 너를 우러러보았다. 그런데 그다음은 아주 벽창호더라. 벽창호라두 천지개벽 이래루 그런 벽창호두 없을 게다."

"……."

"미치광이를 갈아치우는 문제를 넌지시 떠보았는데 통 알아들어야지. 생각다 못해 드러내 놓구 말했다. 이만저만하니 상왕으로 받들면 되지 않느냐, 갈자구 말이다."

"그랬더니?"

"벌떡 일어서더라. 중전마마의 지친이니 망정이지 딴사람 같으면 당장 목을 벤다, 썩 물러가라. 그 자리에서 쫓겨났다."

달리 말할 사람도 없고 도리도 없었다. 태봉국에는 먹구름이 끼고 폭풍우가 퍼부을 날이 언젠가는 반드시 올 것이다.

"이기는 전쟁인지 지는 전쟁인지 모르겠다마는 제일 위험한 데를 맡겨다우. 못 볼 꼴을 보기 전에 죽어야겠다."

왕건은 벽장에서 술병을 꺼내 종희에게 권하고 자기도 들이켰다.

왕건의 심정도 별로 다를 것이 없었다.

"두고 보자. 길이 있겠지."

그는 이런 말로 종희를 위로했다.

둥근 성품

왕건은 어쩐지 심란하고 몸도 피곤하여 종희와 취하도록 마시고, 다음 날은 하루 종일 집에서 뒹굴었다.

하늘에서 쏟아지는 비를 막을 길이 없듯이 병든 선종이 일으킬 비바람도 막을 도리가 없을 것이다.

그러나 역사를 돌이켜보면 아무리 어려운 문제라도 종당에는 어떤 형태로든지 해결되지 않은 일은 없었다.

전쟁이라는 것도 한편으로 생각하면, 문제해결의 방편이라고 보아도 무방할 것이다. 쌀도 오래되면 벌레가 생기듯이 평화도 오래 계속되면 안으로부터 곪아 터지게 마련이다. 이것을 해결하는 것이 전쟁이었다.

전쟁 또한 영원히 계속될 수 없고 승자와 패자가 갈리고, 승자의 새로운 질서 속에 다시 평화가 오곤 했다.

그리하여 세상에는 영원한 평화도 영원한 전쟁도 없었다.

태봉국은 건국한 지 만 십오 년, 곪아 터질 만큼 긴 평화도 아니었고 그럴 여건도 아직은 없다. 다만 임금 선종의 병이 문제일 따름이다.

충직한 원회가 옆에서 감싸고 대를 이을 태자가 총명하니 선종이 소동을 부리더라도 잘 수습되지 않을까? 그는 이렇게 희망을 가져 보다가도 허망한 생각이 들었다. 글줄이나 한다고 모아 놓은 대신들, 건국공신이면서도 일자무식이어서 고을에 남아 내막을 모르고 선종에게 무조건 충성을 다하는 장군들, 거기다 이 두 패의 상호관계, 이런 것을 생각하면 절망밖에 남을 것이 없었다.

대신들은 장군들의 무식을 비웃고 장군들은 붓과 입으로 행세하는 대신들을 우습게 보고 있다.

선종의 광란을 막지 못하면 태봉국은 사분오열되어 결국은 무너질 것이다.

종희의 말마따나 못 볼 꼴을 보기 전에 죽는 것이 좋겠고, 기왕 죽는 마당에 무사다운 싸움으로 이생을 끝맺고 싶었다.

맥없이 지고 맥없이 죽는 것은 이것도 저것도 아니다.

숲 속에 세 겹으로 포위망을 친다 하더라도 이쪽의 희망과는 달리 마른 군량이 제구실을 해서 보급을 받을 필요 없는 견훤의 기병집단이 석 달 동안 나주성을 포위하고 주변을 휩쓸며 난장판을 만든다면 승패는 이미 결정된 것이나 다름없다. 더 이상 원군(援軍)을 바랄 수 없는 이쪽은 사기가 떨어지고 싸움다운 싸움도 못하고 패할 것이다.

지는 싸움에는 배신이 따르게 마련이고 배신은 패전을 더욱 촉진한다. 길은 하나밖에 없다. 단기간에 결판을 내는 것이다.

그러나 아무리 생각해도 묘안이 떠오르지 않았다.

그는 금언, 능산, 종희 세 사람을 저녁에 초대했다.

자기의 전략 구상은 이미 금언을 통해서 장군들에게 알렸고, 장군들의 부서도 결정되었으나 자유로운 분위기 속에서 이들 최고 간부의 기탄없는 의견을 듣고 싶었다.

"모두들 까맣게 탔구만. 오늘 밤은 우리 식사를 같이 하면서 흉금을 터놓고 이야기해 볼까 해서 세 분을 모셨소."

왕건은 그들을 안방으로 인도했다.

한동안 말없이 식사를 하다가 고지식한 금언이 물었다.

"장군께서는 이번 전쟁에 승산이 있다고 보십니까?"

부장부터 마음에 동요가 있구나. 왕건은 적당한 대답을 생각하는데 종희가 볼멘소리를 했다.

"이러나저러나 모두 죽을 전쟁인데 이기면 어떻고 지면 어떻다는 겁니까?"

능산이 놀리던 수저를 멈추고 그를 건너다보았다. 무슨 말이 나올 줄 알았으나 보기만 하고 입은 열지 않았다.

"능산 장군, 무슨 의견이 있는 것 같은데……."

왕건이 말을 걸었다.

"의견이라기보다두, 죽고 사는 거야 결과를 봐야 알 일이구, 전쟁이라는 거야 이기려구 하는 것이지, 지려구 하는 전쟁도 있습니까?"

나머지 두 사람은 물론, 왕건도 가망이 없다고 생각하던 터이라 새로운 소식같이 들렸다.

"그럼 능산 장군은 이 전쟁에 승산이 있다구 보는 거요?"

금언이 물었다.

"그야 하기 나름이 아니겠습니까?"

능산은 아무렇지도 않게 대답하고 다시 식사를 들기 시작했다.

네 사람 다 전쟁을 많이 치렀으나 실전 경험이 가장 많은 능산의 한마디는 묵중한 인품 탓도 있고 해서 무게 있게 울렸다.

왕건은 그에게 물었다.

"의견이 있으면 말씀해 보시오."

능산은 망설이다가 천천히 말을 이어 갔다.

"의견이 없는 것도 아니지마는 장군께서 이미 군령을 내리셨는데 제가 왈가왈부해서야 쓰겠습니까?"

왕건은 담담하게 나왔다.

"거기 구애되지 말구 처음부터 새로 시작한다는 마음가짐으로 얘기해 봅시다. 견훤이 사월 중순에 올 것이라는 예측은 어떻게 생각하오?"

"맞을 것입니다. 달이 밝은 때이니까요."

왕건은 말이 먹을 초목을 생각했지, 달은 염두에도 두지 않았었다.

"달이요?"

"전에 폐하를 모시구 싸울 때 보니 기병이 제일 무서워하는 것은 캄캄한 밤에 야금야금 다가가서 말을 찌르는 일입니다. 달이 밝으면 그게 어렵거든요."

"거기까지는 생각을 못했소. 좋은 얘기를 들었구만……. 그리구?"

"제가 너무 나서는 것 같아서……. 다른 분들의 말씀도 들으시지요."

왕건은 금언과 종희에게도 물었으나 그들은 별다른 의견이 없었다.

"능산 장군, 기병들과 싸우던 얘기를 더 듣구 싶구만."

"저야 뭘 알겠습니까? 폐하께서 하시던 일을 말씀드리지요. 폐하께서는 낮과 밤에 따라 전법이 다르시더군요. 낮에는 큰 부대로 대적하고 밤에는 두세 명, 많아야 오륙 명씩 짝을 지으십디다. 그래가지구 소리를 내지 않구 어둠 속에 불쑥 나타나 말을 찌르고 어둠 속으로 재빨리 사라지곤 하는 전법을 쓰셨지요. 크게 움직이면 소리가 나구, 적이 미리 알게 된다구 말입니다."

왕건은 두 사람의 의견을 물었고, 두 사람 다 찬동하기에 선종의 전법을 따라 주야 이중편제(二重編制)로 바꾸도록 합의했다.

"또 생각나는 게 없소?"

왕건은 이십 년 동안 많은 전쟁에 참가했으나 보졸만으로 큰 기병 집단과 싸운 일은 없었다. 그것도 고립무원의 상태인 만큼 능산의 경험담은 천근의 무게를 가지고 있었다.

"다 알고 계실 터인데……."

"다 알고 있다니, 무엇이지요?"

"원회 장군으로부터 소식이 없었습니까?"

"없었는데."

"역시 그렇군요. 숲 속에 군량미를 비축하는 걸 보구 이상하다 생각하면서도 장군께서 남다른 계획이 있으신 걸로 생각했습지요."

왕건은 견훤의 기병이 숲 속으로 쳐들어오지 못할 것으로 단정하고 마음대로 밥을 지어 먹어도 관계없으리라고 생각했었다. 그러나 능산은 생각이 다른 모양이었다.

"능산 장군은 잘못됐다구 생각하는 모양인데……."

"숲 속에서 밥이나 지어 먹고 앉았다구 전쟁이 되겠습니까? 밤이나 낮이나 민첩하게 행동해서 적을 못살게 굴어야 하지 않을까요?"

"그렇지요."

"무거운 쌀을 지고 다니면서 민첩할 수 있겠어요? 단기에 결판을 내야 할 전쟁에 한가하게 밥을 지을 시간두 없을 터이구."

왕건은 경험이란 무서운 것이라고 생각하면서 배우는 심정으로 능산에게 물었다.

"지금 단기에 결판을 내야 한다구 했는데 장군도 그렇게 생각하오?"

"그렇습니다."

자기가 보는 것을 능산도 보고 있는 것이다.

"참, 원회 장군 얘기가 나왔는데 무슨 일이 있었소?"

"제가 떠나기 전에 여러 번 사람이 와서 연락이 있었는데 마지막으로 온 사람이 여러 가지 얘기를 합디다. 그때는 무슨 소린지 잘 몰랐습니다마는 여기 와 보니 원회 장군은 어디서 알았는지 나주 사정을 잘 알구 있더군요."

"……."

"그 사람이 얘기 끝에 이런 소리를 합디다. 나주 백성들은 먹기도 어려운 형편이구, 또 시일도 촉박하니 나주에서는 어려울 것이오. 이번 전쟁에는 적과 마찬가지로 가벼운 군량이 필요할 터이니 수일 내로 만들어 보내기루 돼 있소, 그러더군요. 그 당시 종희 장군이 쇠둘레에 계셨구 연속부절로 연락 함선이 내왕했으니 진작부터 알구 계신 줄 알았습니다."

"난 전혀 못 들었는데……, 그눔의 영감태기가 사람을 어떻게 보구설랑."

종희가 투덜거렸다.

원회도 실전으로 올라온 백전노장이다. 종희가 전한 편지에 실정을 썼으니 능산과 마찬가지로 경험에서 우러나온 대책이 떠오른 모양이었다. 글을 모르니 편지를 쓰지 못했을 것이고 능산에게 구두로 알렸을 것이다. 또 종희와 그처럼 언짢게 헤어지지 않았다면 한마디쯤 있었을지도 모를 일이었다.

하여튼 원회나 능산이나 난세를 위해 태어난 사람들이다. 원회가 그렇게 말했다면 어김없이 올 것이다.

어쨌든 능산의 이야기로 전술은 크게 달라지게 되었고, 그가 하는 소리는 하늘이 돕는 소리같이 들리고 싸움다운 싸움이 될 듯도 싶었다.

마지막으로 물었다.

"단기에 결판을 내려면 어떤 방도가 있겠소?"

"사람도 먹어야 하지마는 말도 먹어야 하지 않겠습니까?"

"말먹이야 산이고 들이고 무진장 있지 않소?"

금언이 끼어들었다.

"그렇습지요."

능산은 간단히 대답하고 입을 다물어 버렸다. 좌중은 옛날 경험담이라도 나올 것을 기대했으나 식사가 끝나고 차가 나올 때까지도 그는 다시 입을 열지 않았다.

"그래서?"

금언은 차를 한 모금 마시고 흰눈으로 돌아보는 품이 언짢은 눈치였다.

"어리석은 소리 같아서 그만두려고 했는데……."

"해 봐요."

"아무리 무진장이라도 배에 들어가야 먹는 것이 되지 않겠습니까?"

"배에 들어가야 먹는 것이 된다?"

금언이 반문하면서 웃자 종희는 더 큰 소리로 웃었다.

그러나 왕건은 알아들었다. 나주성을 둘러싼 평지에 있는 곡식과 풀은 오천 기가 먹는다면 길어야 열흘이다. 산에는 들어갈 수 없고, 열흘 후의 말먹이는 산과 산 사이의 몇 개 통로를 뚫고 나가 주변의 산야에서 구하는 수밖에 없을 것이다.

이 통로에 강력한 복병을 매복하여 나가는 것을 공격하고 행여 빠져나갔더라도 돌아오는 것을 또 치면 되는 것이다.

독 안에 든 쥐를 만들어 우선 말부터 말려 죽이는 작전이다. 이것도 아까 선종의 휘하에서 경험한 전투에서 배운 것이리라.

왕건은 이생에 끝장을 내더라도 괜찮은 모양으로 낼 수 있을 것 같았다. 그러나저러나 선종은 용병(用兵)의 천재다. 천재를 만들어 놓고 그 재주를 다 펴기 전에 저렇게 만든 것이 하늘이라면 그것은 무슨 심술일까, 생각하는데 금언이 그를 건너다보고 물었다.

"장군께서는 어떻게 생각하십니까?"

웃어넘기던 금언도 생각이 달라진 모양이었다. 왕건은 금언에게 대답하기 전에 능산을 돌아보았다.

"능산 장군, 좋은 것을 가르쳐 주어 고맙소."

이렇게 서두를 뗀 왕건은 견훤의 기병집단을 나주성 주위에 묶어 놓고 통로를 막아 독 안에 든 쥐를 만들어 버리는 계책을 이야기하고 능산에게 물었다.

"이것이 장군의 생각 같은데 어떻소?"

"맞습니다."

"그럴듯한 생각이오."

종희는 별로 말참견을 하지 않고 식사가 끝난 연후에도 차 대신 술을 찔끔찔끔 마시고, 금언은 아직도 확신이 서지 않는 눈치였다.

"견훤쯤 되는 장수가 그것을 계산에 넣지 못할 리가 없는데……."

"물론 넣겠지요."

왕건은 여태 장마까지로 생각했으나 견훤은 훨씬 단기에 결판을 낼 심산일 것이라고 짐작했다. 정예 오천 기라면 결코 무리한 계획도 아니다.

"그러나 통로를 막는 일이 그렇게 쉽겠습니까? 만약 뚫려서 마음대로 드나든다면 우리는 어떻게 되겠습니까?"

"그렇게 되면 별수 없이 이 나주는 잃는 것이지요."

왕건은 길게 말하지 않았다.

금언도 더 말이 없고 세 사람은 식사는 제쳐놓고 연속 술만 들이키는 종희를 바라보았다.

"왜들 이래? 사람 구경 처음 했나?"

그는 혀꼬부랑 소리였다. 왕건은 세상만사 이미 뒤틀렸고 나주에서 이기건 지건 별것도 아니라고 자포자기하는 그의 심정을 달래 줄 길이 없었다.

"술이 과하지 않아?"

종희가 내미는 잔에 술을 따라 주면서 왕건은 이렇게밖에 할 말이 없었다.

"과하면 어떻구 부족하면 어때?"

"……."

응대를 하면 무슨 말이 나올지 몰라 왕건은 웃음을 띤 얼굴로 바라보기만 했다. 술이 취해도 전에는 이런 일이 없던 종희다.

"웃기는 - 제엔장. 듣자하니 묘안이 백출인데 내가 보기에는 삼십육계 다 쓸데없구 죽는 것만 같지 못하다, 이거야."

"……."

왕건은 여전히 웃기만 했다.

검은자위와 흰자위를 번갈아 아래위로 굴리면서 왕건을 노려보던 종희가 별안간 고함을 질렀다.

"애, 왕거미. 내 말이 틀렸어? 틀렸으면 틀렸다구 알아듣게 말해 줄 수 없을까?"

"죽어두 이기구 죽어야지, 지고 죽으면 시시하잖아?"

왕건은 상 너머로 그의 손목을 잡았다.

"세상에 시시하지 않은 것이 뭐가 있어? 있으면 말해 봐!"

종희는 고래고래 고함을 질러댔다. 왕건은 얼른 집으로 보내든지 별채에 누이든지 해야겠다고 생각하는데 고함이 터져 나왔다.

"왕거미, 너 잘난 체하지 마라. 해는 이미 서산으로 넘어갔다."
그 순간 우당탕 소리에 이어 문이 열리고 오 씨가 팔뚝질을 했다.
"뭐 어째? 왕거미가 다 뭣이여?"
생각지도 않던 일이라 좌중은 멍하니 쳐다보기만 했다.
"장군, 장군 하지마는 시중을 지낸 대장군이여. 느으들 같은 쪼무래기 장군과 같은 줄 아는기여?"
입에 거품까지 물고 길길이 뛰었다.
그러나 취한 종희는 가만있지 않았다.
"그 말상 한번 희한하게 생겼구나. 듣자하니 너 왕거미, 저 말 엉덩이에 깔려 숨도 제대로 못 쉰다면서?"
"말상? 그럼 느으 여편네는 쥐상이여, 돼지상이여? 응? 난 못 참는당께로."
휭 하고 대청에서 마당에 내려가더니 장작개비를 들고 대청에 올라왔다.
"나와! 대갈통을 까 준다!"
왕건은 세상에 나서 이렇게 망신스러운 일은 처음이었다. 자리를 같이한 장군들을 볼 면목이 없고 어떻게 할 엄두도 나지 않아 그때까지 멍하니 앉았다가 일어섰다.
대청에 나와 오 씨를 밀친 왕건은 남자 종을 불렀다.
"이것은 사람도 짐승도 아니다. 괴물이다. 당장 짓밟아 없애 버려!"
오 씨를 종에게 넘기고 자리에 돌아온 왕건은 자작으로 술을 들이켜고 종희의 잔도 채워 주었다.
"종희야, 너를 볼 낯이 없다."
지위의 높고 낮음은 있어도 죽마고우라는 두 사람의 관계는 금언이나 능산이나 잘 알고 있었다.

그들은 세상 돌아가는 형편을 비관하는 종희의 언동이 지나쳤다 하더라도 탓하기보다 동정이 앞섰다.

그렇다고 손님을 청해 놓고 세상 없는 망신을 당한 왕건의 심사도 편할 까닭이 없다는 것도 모르지 않았다.

자리를 뜨고 싶어도 뜨면 두 사람의 처지가 더욱 민망할 형편이었다.

"댁의 술맛이 아주 그만인데 한잔 더 주시지요."

금언이 오리병을 기울이면서 왕건에게 눈길을 던졌다.

"내 창피해서 세상에 얼굴을 들구 다닐 수 있어야지. 취하기라두 해야겠소."

왕건은 여종을 시켜 새로 술상을 차려 오게 했다.

술을 들면서도 세 사람은 별로 말이 없었으나 종희는 가끔 혀꼬부랑 소리를 내뱉었다.

"친구의 여편네한테 장작개비에 얻어맞아 죽는다? 이건 역사에 없는 일이 아냐? 필시 기록이 될 터인데 너 왕거미, 이 종희의 이름이 역사에 남을 단 한 번의 기회를 망쳤겠다. 왜 말렸어?"

"미안하다."

"이게 미안하다루 될 일이야?"

"어떻게 하면 되지? 큰절이라두 해 줄까?"

"큰절? 잔말 말구, 사발술 석 잔이다."

왕건은 여종을 불러 종희가 요구하는 대로 사발 셋에 술을 부어 그의 앞에 나란히 놓게 했다.

종희는 혀꼬부랑 소리로 중얼거리면서 계속 들이켰으나 첫 잔을 반도 비우지 못하고 그 자리에 쓰러져 코를 골기 시작했다.

세 사람은 술은 들어갔어도 취할 정도는 아니어서 무탈한 이야기를 주고받았다.

"금년만은 제발 풍년이 들어 줘야 하겠는데 전란부터 시작되니 큰일입니다."

금언의 걱정에 왕건은 간단히 대답했다.

"곧 끝나겠지요."

밤도 깊고 왕건의 기분도 어지간히 풀린 것을 보고 금언이 일어서자 능산도 따라 일어섰다.

가까운 거리라 세 사람이 다 혼자 걸어왔었다. 왕건이 종을 부르려는데 능산이 종희를 업고 일어섰다. 어른이 아기를 업은 듯 힘든 기색도 보이지 않았다.

대문까지 배웅 나온 왕건은 그들이 멀어져 가자 하늘을 쳐다보았다. 보름을 얼마 남기지 않은 달은 유달리 밝아 보였다.

다음 날 일찍 잠이 깬 왕건은 무엇보다 궁금한 것이 목포 소식이었다. 원회가 보낸다는 마른 군량은 언제 올 것인가?

이번 전쟁에 달이 큰 몫을 한다면 보름을 전후한 열흘이 고비일 것이다.

앞으로 사흘이면 사월 십일, 견훤은 이날 침공을 시작할 가능성이 크다. 앞으로 사흘, 그는 여종이 날라 온 조반을 마치고 공청으로 말을 달렸다. 무엇보다 급한 것이 원회가 보낸다는 마른 군량이었다.

이미 도착했는데 군관들이 머리가 돌지 않아 곳간에서 잠을 재우고 있는 것은 아닐까?

공청의 정문에서 말을 내리는 목포 군관과 마주쳤다. 그의 뒤에는 짐을 실은 말, 노새, 당나귀 등 동작이 빠른 동물들이 줄을 잇고 그가 타고 온 말도 실을 대로 싣고 있었다.

왕건은 말에서 내려 군관의 인사를 받았다.

"정주에서 배로 온 것입니다. 도착하는 대로 촌각을 다투어 나주에 전하라는 전갈이기에 보고에 앞서 직접 싣고 왔습니다."

"응."

왕건은 동물의 행렬을 훑어보았다.

"제가 너무 서둘렀는지 모르겠습니다."

밤새 달려온 군관은 피곤한 기색이 역력했다.

"아니다. 잘해두 아주 잘했다."

"뒤에 걸음이 느린 소들도 따르고 있습니다마는 목포는 원래 보잘것 없는 고장이 아닙니까? 병정들이 각처에 나가 집에서 기르는 개와 고양이를 빼고는 네발짐승을 있는 대로 거둬들이고 있습니다마는 나머지가 모두 여기까지 오려면 빨라야 이삼 일 걸릴 것 같습니다."

수량이 얼마인지, 무엇이 들어 있는지 막연했다. 군관에게 물어도 모른다는 대답이었다.

"참, 장군에게 오는 편지가 있습니다."

왕건은 편지를 받아들고 군관과 함께 공청으로 들어갔다.

그는 군관을 옆방에서 식사를 들게 하고 자기 처소에 금언 이하 장군들을 불렀다. 간밤에 곤드레가 되었던 종희도 말짱한 얼굴로 앉을 자리에 앉아 있었다.

편지를 뜯으니 시중 겸 병부령 구진이 어명을 받들어 나주에 여사여사한 군량을 보내노라는 공문이었다. 공문은 그것으로 좋았으나 나주의 전세를 묻는 구절, 안부를 묻는 구절쯤은 딴 종이에 적어 보낼 법도 한데 그것도 없었다.

왕건은 유쾌할 수 없었으나 그런 것을 내색할 계제가 못 되었다.

그는 옆에 앉은 금언과 함께 열거한 품목과 수량을 훑어보고 장군들에게도 알렸다. 육포, 어포, 엿, 미숫가루 등 견휜이 갖췄다는 것은 다 들어 있고 수량도 엄청났다.

"목포에만 맡겼다가는 시기를 놓칠 염려가 있습니다. 이 나주는 물론 목포까지 내려가면서 마소, 당나귀 등을 모두 징발해서 늦어도 내일 안으로는 전부 가져오도록 하는 것이 어떻겠습니까?"

반백의 늙은 장군의 제의에 모두 찬동했다.

우선 성내에 있는 모든 마소들을 징발해서 목포로 내려보냈는데 왕건이 타는 말도 예외는 아니었다. 정세를 짐작했는지 밤을 새워 달려온 목포 군관은 군소리 한마디 없이 앞장섰다.

장군들은 의논을 계속하고 일부 편제를 내일 바꾼다는 발표를 끝으로 저녁 늦게 헤어졌다. 그러나 종희는 혼자 남아 기다리다가 물었다. 왕건은 간밤의 이야기가 나올 줄 알았으나 그게 아니었다.

"편제가 바뀌더라도 저는 변동이 없겠지요?"

"없소."

그는 깍듯이 인사하고 물러갔다. 종희가 나가자 밖에서 기다린 듯 능산이 들어섰다.

"저는 산중턱에서 전쟁 구경 하는 것보다 통로를 맡겨 주셨으면 합니다."

"좋소."

능산은 만족해서 돌아섰다.

왕건은 일과를 마치고 집에 돌아오니 생각지도 않던 광경이 벌어졌다.

대문을 들어서자 오 씨가 어디서 구했는지 옥졸들이 가지고 다니는 육모방망이를 들고 대청에 버티고 서 있었다.

노려보는 품이 기세가 여간 당당한 것이 아니었다.

간밤에 종더러 짓밟아 없애라고 했지마는 못할 것이라고 짐작은 했다. 그러나 어지간히 주물러서 다만 며칠이라도 잠잠할 줄 알았는데 이것은 마치 쥐를 노리는 고양이의 형국으로 남편 따위는 안중에도 없다는 태도였다.

왕건은 못 본 척하고 건넌방으로 들어가 여종을 불렀다.

"옷을 가져오너라."

여종이 들이민 옷을 갈아입는데 오 씨가 들어와 육모방망이를 짚고 섰다.

"너 왕거미, 어젯밤에 날 없애 버리라구 했겠다?"

왕건은 대답하지 않고 책상에 앉아 지도를 들여다보았다.

그러나 지도가 제대로 보일 리 없고 마음은 뒤에서 자기를 노려보고 있을 오 씨에게 쏠렸다.

"니가 날 없애 버리는 건 괜찮구, 내가 너를 없애 버리는 건 안 되구, 몇 군데 물어보니 법이 그렇게 돼 있는 모양인디, 이건 지랄이지 법두 아니여."

"……."

''왜 지랄인지 알겠어?"

"……."

"사 년 전인지 오 년 전인지, 삼삼하다. 하여튼 니가 날 겁탈해서 저 방에 있는 애까지 낳은 건 모른다구 못하겠지?"

"……."

"겁탈한 시러베아들이 겁탈 당한 여자를 죽이는 건 무방하구, 당한 여자는 그 시러베아들한테 꼼짝 못해야 쓴다니, 이것두 법이여? 지랄이지."

"……."

"육모방망이는 멋으루 갖구 다니는 줄 알아? 니 죽구 나 죽구 해 보자 이거여."

거머리라도 왕거머리다. 깊숙이 물렸으니 도리 없이 죽어 지내든가 관권을 발동하는 수밖에 없었다.

병정을 불러 내쫓을 수도 있으나 그 자체가 창피할뿐더러 나가도 온통 집안을 들었다 놓고, 왕건이라는 시러베아들에게 겁탈을 당하구 어쩌구 천하에 불고 다닐 여자다.

오랏줄에 묶어서라도 목포 친정에 보낼 수는 있으나 말 많은 세상이다. 전쟁을 앞두고 총대장이라는 자가 되지도 않는 핑계로 가족을 피난시켰다고 그럴싸하게 꾸며 퍼뜨릴 사람도 얼마든지 있을 것이다. 백성들뿐 아니라 병사들에게도 좋지 못한 영향을 끼칠 염려가 있다.

적어도 지금은 두 가지 다 안 될 일이다. 어떻게 된 머리기에 멧돼지처럼 내밀 줄만 알고 물러설 줄을 모를까?

"이봐 전쟁이야, 그것두 며칠 안에 터질 텐데 조용히 해 줘."

왕건은 부드럽게 나왔다. 전쟁이라고 하면 수그러들 줄 알았으나 그렇지 않았다.

"또 조용히여? 그깐놈의 전쟁, 이기건 지건 나하곤 상관없다 이거여."

"?"

"견훤에게 이긴다구 애꾸가 다시 시중 자리라두 시켜 줄 줄 아는기여, 잉?"

오 씨는 그때까지 책상을 마주하고 앉은 왕건의 어깻죽지를 잡아 돌려 앉혔다. 힘도 여간 센 여자가 아니었다.

"오늘 밤 결판을 내자. 나는 니를 생각해서 못된 것들 버르장머릴 가르칠라구 했는디 되레 망신을 주다 못해 종더러 짓밟아 없애라구 했겄다?"

주먹으로 때려누이지 못할 바도 아니었으나 이것이 사람마다 붙잡고 불어 댈 테니 창피 막심하고 참으로 난감하기 이를 데 없었다.

"부르셨습니까?"

밖에서 굵직한 목소리가 울렸다.

능산이었다.

부르지 않았다. 그런데 이렇게 나타난 것을 보니 누군가 중간에서 머리를 쓴 모양이었다.

왕건은 여종을 생각했다. 영리한 여자였다. 종의 처지에 주인 부부의 싸움을 어떻게 할 수는 없고, 오 씨의 성미로 보아 변고를 낼 것이 틀림없는지라 생각해 낸 것이 가까이 있는 능산이라고 짐작이 갔다.

왕건은 한숨을 내쉬었다.

"내 의논할 일이 좀 있어서."

"저도 의논 드릴 일이 있는데 마침 잘됐습니다."

능산은 그때까지도 육모방망이를 짚고 서 있는 오 씨에게 머리를 숙였다.

"간밤에는 유쾌하게 잘 놀았습니다. 이번 전쟁이 끝나면 두 분을 저희 집에 모실까 하는데 꼭 와 주시지요."

거구의 능산은 대답을 기다리지 않고 자리에 앉았다.

오 씨는 두 사람을 흰눈으로 번갈아 보다가 육모방망이를 끌고 안방으로 건너가 버렸다.

왕건과 능산은 여종이 겸상으로 차려 온 식사를 들면서 이야기를 주고받았다.

"장군, 전쟁은 이기고 봐야 할 게 아닙니까?"

능산이 먼저 말을 꺼냈다.

"그야 그렇지요."

"이기려면 적이 죽어야지 우군만 죽고도 이기는 법이 있습니까?"

"……."

왕건은 빙그레 웃었다.

"그런데 전쟁이 시작되기 전부터 말입니다. 장군이라는 분들이 이번 전쟁에는 죽어야겠다, 혹은 죽을 것 같다, 이렇게 나오면 병졸들은 어떻게 하지요? 장군들이 허무하게 나오먼 병졸들도 허무할 수밖에 없는데, 그렇게 허무한 군대가 이긴 역사두 있습니까?"

"장군도 짐작이 가겠지만 세상 돌아가는 것이 묘한지라 장군들 중에는 허무한 생각이 드는 분도 있는 게 아니겠소?"

"인력을 다한 연후에 무어라고 하든 그건 모르겠습니다. 그러나 하기도 전에 허무한 소리부터 하니 탈이지요."

"인력이라……."

"그렇습니다. 이 태봉국도 인력을 다해 세운 나라지, 가만있는데 부처님이 만들어 주신 건 아니지 않습니까? 모두들 부처님 부처님 하지마는 제 생각으로는 말씀입니다, 부처님은 사람의 일은 사람에게 맡기고 다른 일에 분주한 것 같습니다. 인력을 다하는 사람과 아주 못된 짓을 하는 사람을 구분하는 정도에 그치구."

왕건은 불서(佛書)도 읽고 설법도 들었으나 이처럼 그럴듯하게 들리는 소리는 처음이었다. 죄를 안 짓고 가만있는다고 착한 것은 아니다. 인력을 다하는 것이 착한 일이요, 그때 비로소 부처님의 눈에 비칠 것이다. 악도 그렇다. 세상 인간 치고 허물없는 인간이 어디 있을까. 그렇거니 치부하고 아주 못돼서 그냥 둘 수 없는 것만 벌을 받는 것이 아닐까?

"오늘 밤 좋은 말씀을 들었소."

"세상이 묘하게 돌아가니 어떻다는 것도 모를 소리올시다. 세상 돌아가는 거야 어느 누구의 뜻대로 되는 겁니까?"

왕건은 고개를 끄덕이고 말은 없었다.

"가만 보아하니 장군께서도 그 묘한 바람에 약간 물드신 것 같은데 정말 그러시다면 아예 나주를 견훤에게 넘겨주는 것이 옳지, 애매한 청년들을 무더기로 죽여서야 쓰겠습니까?"

"물들었던 것도 사실이지마는 이제 깨끗이 청산했으니 염려 마시오."

능산은 더 이상 말없이 식사를 마쳤다.

"의논할 일이란 그거요?"

식사를 마친 왕건은 상을 물리고 물었다. 말이 의논이지 크게 한 대침을 맞은 기분이었다.

한 번도 입 밖에 낸 일은 없으나 이번 전쟁은 고군(孤軍)으로 분투하다가 결국은 지고, 자기도 죽을 것이며 또 죽어야 하겠다고 생각했다. 절박한 상황에서 감정이 예민해질 대로 예민해진 장군들이 그것을 느끼지 않았을 까닭이 없었다.

이것은 자기의 실수였다. 그런 기분이 장군들에게 퍼지고 부지불식간에 병사들에게 확산되었다면 승패는 이미 결정된 것이나 다름없었다.

전쟁의 기본이 주장(主將)의 신념에 있다는 것을 모를 왕건이 아니었다. 자기는 지금 확고한 신념, 반드시 이긴다는 신념이 서 있을까?

결전다운 결전을 하고 죽다는면 그 이상 바랄 것이 없다고 생각해 왔었다. 그러나 결전다운 결전조차 어렵지 않을까 하는 의구심이 마음 한구석에 도사리고 있었다.

간밤에 능산의 이야기를 듣고 어느 정도 자신이 선 것은 사실이다. 그러나 전쟁이란 예상치 못한 일들이 무수히 일어나서 계산대로 가는 것이 아니다. 잘돼야 무승부로 끝나는 것이 아닐까? 무승부로 끝나도 견훤은 얼마든지 다시 쳐들어올 처지에 있고, 이쪽은 더 이상 본국의 지원을 바랄 처지가 못 된다.

지금도 이것이 숨김없는 심정이다.

능산은 잠자코 그를 바라보다가 딴소리를 했다.

"장군께서는 아는 것이 너무 많으십니다."

"아는 것이 너무 많다?"

"다가오는 전쟁 일만 생각해도 머리가 벅찰 터인데 전후(戰後) 일까지 생각하시니 그게 병이지요."

"……."

"당장 곰이 달려드는데 당해 낼까? 못할까? 혹은 잡은 연후에 구워 먹을까? 삶아 먹을까? 그런 잡념이 생기면 곰을 못 당합니다."

"……."

"일심전력으로 곰을 잡아 놓고, 다음에 구워 먹든 삶아 먹든 생각대루 해도 늦지 않을 것입니다."

"……."

"나라 걱정과 이 전쟁을 혼동 말아 주시지요. 그런 걱정은 전쟁이 끝난 다음에 하면 늦습니까?"

왕건은 자기의 마음을 꿰뚫어보고 있는 능산의 질문에 대답할 말이 없었다.

"하기는 장군께서는 시중까지 지내신 정치가시니까……. 허지만 정치는 싸움에 임하는 무장에게는 제일 안된 잡념입니다. 그런 잡념으로는 백전백패지요."

능산은 십 년 가까운 연상, 육중한 체구. 왕건은 진정한 무장의 목소리에 마음의 구름이 사라지는 느낌이었다.

"장군, 이번 전쟁은 이길 것이오."

왕건은 비로소 자신에 찬 한마디를 했다.

"안심했습니다."

능산은 일어섰다.

대청까지 배웅 나갔는데 안방에서 오 씨가 육모방망이를 끌고 나타났다.

"가시는 기여?"

그러나 능산은 엉뚱한 소리를 했다.

"그 육모방망이, 저한테 주실 수 없을까요?"

"무엇에 쓰게라우?"

"전쟁에 쓰지요."

"장군은 칼이나 창을 쓰는 게 아니라우?"

"쪼무래기 장군은 육모방망이를 씁니다."

아래위로 훑어보는 기세에 눌렸는지 오 씨는 말없이 넘겨주었다.

왕건은 능산을 보내고 방에 들어가 문을 잠그고 누웠다. 능산의 말이 옳다. 선종도 쇠둘레도 없다. 오직 전쟁이다.

그러나 오 씨는 가만있지 않았다.

문고리를 당기다 열리지 않자 발길로 들이찼다.

"결판을 안 낼 기여?"

왕건은 응대를 하지 않았다.

"문은 왜 잠그는 기여?"

"……."

"그래두 사내자식이여? 비겁하게시리."

"……."

"좋다, 오늘만 날이여?"

"……."

"그 방에서 죽어 자빠질 것두 아니구."

"……."

"나오는 날은 니 제삿날이다."

시종 부부가 나와 달래 가지고 안방으로 들어가는 소리를 들으면서 왕건은 잠이 들었다.

이튿날 아침에도 오 씨는 요동을 쳤으나 억센 남자 종이 붙잡는 바람에 안방에서 고함을 지를 뿐 나오지는 못했다.

왕건은 평일과 다름없이 조반을 마치고 공청으로 나갔다.

변경에서는 연속부절로 급사(急使)가 말을 달려 왔다. 견훤의 기병집단이 변경에 집결을 시작하고, 후속 부대도 속속 도착 중이라는 내용이었다.

그들의 침공로는 예상과 어긋나지 않았다. 큰 병력이 움직일 수 있는 길은 한정되어 있기 때문에 군사 지식이 있는 사람은 누구나 예측할 수 있는 일이기도 했다.

왕건은 장군들에게 사실을 알리고 금언과 의논해서 재빨리 일부 편제를 바꿨다. 종희와 능산도 희망대로 원하는 부서에 배치하였다.

이제 봇물은 어김없이 터지게 되었고, 그것도 며칠 안으로 박두했다.

왕건은 접경에서 잇따라 오는 보고를 듣고, 보고에 따라 지도에 적의 배치상황을 그려 넣고 변동이 있으면 그때마다 수정하면서 하루를 보냈다.

해가 저물자 병정들을 시켜 침상을 자기 방에 가져오게 하고 식사도 거기서 들었다. 오 씨가 광란을 부리는 집에 가기 싫은 것도 사실이었으나 전쟁은 밤이라고 사양하는 법이 없다.

무시로 변동되는 상황에 대처해야 하고, 필요한 지시를 제때에 내려야 했다.

목포에서 올라오는 군량도 밤늦게까지 모두 도착했다. 왕건은 밤사이에 전부 각 군에 이를 배포하도록 하고, 스스로 처처에 배치된 병사들의 진영을 돌아보았다.

그러나 이미 배포한 쌀은 회수하지 않고 장군들이 제각기 적당한 데 모아 두었다가 밥을 지을 필요가 있을 때에 대비하라고 일렀다.

능산의 경험은 소중했고 작전에 많은 참고가 되었다. 그러나 왕건은 이를 요긴하게 참고로 삼았지 오로지 이에 의존하지는 않았다.

군대는 움직이기만 하는 것이 아니라 한군데 머물러야 할 때도 있다. 경우에 따라서는 일부러 밥을 짓고 푸짐한 찬으로 적병에게 과시할 필요도 생기는 법이다.

더구나 피차 북방 유목민족과는 달리 곡식을 주식으로 하는 족속이다. 단기 결전이라고 하지마는 그것은 사람의 희망이고, 사람이 일으키면서도 사람의 마음대로 안 되는 것이 전쟁이다. 일을 몰라 오래 끌게 되면 적도 밥 생각이 날 때가 올 것이다. 그런 때 이쪽 병사들이 먹는 푸짐한 밥의 향기는 적의 심리에 야릇한 변화를 가져올 수도 있으리라.

새벽 가까이 침상에 누운 왕건은 죽음을 생각하다가 잠이 들었다. 이기거나 지거나 목숨을 내걸어야 결판이 날 전쟁이었다.

견훤의 침공은 왕건의 예상보다 사흘이 늦은 사월 십삼일에 시작되었다. 말로 달리면 접경에서 하룻길도 안 되는 거리, 북쪽과 동쪽의 몇 갈래 길로 물밀듯이 밀고 들어왔다.

접경 지역과 도중에는 왕건의 작은 부대들이 배치되었으나 척후들이 나타나면 활을 몇 번 당기고 도망치는 형편이라 갖가지 공성기(攻城器)를 갖춘 견훤의 기병집단들은 무인지경을 가듯이 진격하여 해지기 전에 나주성에 당도하여 이를 포위하였다.

그러나 그들은 서둘지 않고 말과 사람이 숙식할 장막을 치고, 식사를 하고는 초병들만 세우고 휴식으로 들어갔다.

마지막으로 도착한 견훤은 본영을 설치하는 동안 수백 기의 호위대를 거느리고 마치 자기 관내를 순시하듯 천천히 성을 한 바퀴 돌고 장막으로 들어갔다.

그러나 이 사흘은 왕건에게는 귀중한 사흘이었다. 병정들을 쉬게 하고, 잘못된 것을 고치고, 강조할 것을 되풀이할 시간의 여유가 있었다.

적과 정면으로 대결하지 말라.

적이 오면 후퇴하고 물러가면 추격하라.

기병은 다리가 약하다.

첫째는 말, 적병은 둘째다.

말을 쏴라, 말을 찔러라.

이것이 왕건이 귀에 못이 박이도록 강조한 나주 군의 구호였다.

일단 적에게 포위되면 성의 안과 밖의 연락이 곤란하여 지휘계통이 지리멸렬될 염려가 있기에 세밀한 신호도 결정되었다.

뿔피리, 소라피리, 북, 퉁소, 거문고, 심지어 보리피리까지 동원되었다. 악기의 종류, 부는 횟수에 따라 공격할 부대와 후퇴할 부대, 경우에 따라서는 일부러 연기를 내어 밥을 지으라는 조목도 들어 있었다.

깃발도 가지가지 색상이 마련되었다. 색깔과 흔드는 방법, 수에 따라 내용이 달랐다.

횃불과 연기도 한몫하게 되어 있었다.

이리하여 성안의 왕건은 적의 배후 멀리 산야에 흩어져 있는 부대들을 자유자재로 움직이고 장군들이 왕건에게 건의할 수 있는 태세가 갖추어졌다.

성루에서 지켜보던 왕건은 적의 장막을 보고 놀랐다. 모두 두터운 가죽장막으로 화살로는 이빨도 들어가지 않을 것들이었다.

견훤은 달이 밝은 보름 전후를 택했으나 어둠을 예상한 적의 기습공격에 대해서도 만반의 준비를 하고 온 것이다.

야음을 타고 불시에 나타난 적이 화살을 퍼부으면 보통 장막인 경우에는 무리죽음을 당할 것이다.

자기 생각과는 달리 견훤은 석 달 군량을 준비하고 정말 석 달은 싸울 결심이 아닐까? 그가 갖춘 태세로 보아 석 달은 염려 없음 직했다.

능산이 이야기한 전법도 통할 가망이 보이지 않았다. 그것은 아무 방비 없는 소수의 기병들에게는 통할 것이다. 그러나 화살도 어쩔 수 없는 가죽장막에 수용하고 초병을 세운다면 될 일이 아니다.

무슨 방법이 없을까? 이렇게 되면 두세 명의 병사로 적마를 노린다는 것은 자살행위다.

결국 야음을 타고 다수 병력으로 기습을 하는 도리밖에 없는데 그믐까지는 보름이나 남아 있었다.

다음 날 적은 천천히 조반을 마치고 공격을 시작했다.

왕건은 또 한 번 놀랐다.

그는 견훤이 총병력을 일시에 동원해서 성을 공격할 것을 전제로 대책을 세웠었다.

그러나 견훤은 오천 기를 일천여 기씩 나누어 사중(四重)으로 성을 포위했다. 제일파(波)가 기병의 엄호 하에 공성기로 성을 공격하는 동안 이파와 삼파는 벌판에서 말에 풀을 뜯기며 쉬고, 맨 뒤의 제사파는 말에 오른 채 숲을 경계하고 이쪽 병사가 얼씬해도 화살이 날아왔다.

제일파가 지칠 만하면 후퇴하여 쉬고 제이파가 공격하고, 이파가 지치면 삼파가 나왔다.

하루의 공격은 세 번으로 끝내고 장막에 들어가서 다시는 나타나지 않았다.

적의 공격은 상상 이상으로 맹렬했으나 첫날은 그럭저럭 막아 냈다.

그러나 이대로 언제까지 버틸 수 있을까? 그렇다고 숲 속의 보졸들에게 공격을 명령한다는 것은 될 말이 아니었다. 기병과 보병의 정면충돌은 어른과 어린애의 싸움이나 진배없으니 그들더러 짓밟혀 죽으라는 말밖에 안 된다.

그것은 견훤이 바라는 함정일 것이다.

성안의 병력으로 내친다는 것은 더욱 무모한 짓이다.

결전다운 결전을 하고 죽어야겠다고 목에 힘을 주었었다. 견훤을 모르고 한 생각이었다. 그는 이쪽의 마음을 꿰뚫어보듯 치밀한 용병을 하고 있었다.

이튿날은 보름, 적은 같은 식으로 공격하고 같은 식으로 공격을 끝냈다. 적은 공성기로 두세 군데 같은 대목을 연속 공격하는 것이 특징이었다.

밝은 보름달 아래 성 밖의 우군은 밤에도 움직일 여지가 없었다.

공격 사흘째, 연속 사흘을 치고 또 친 끝에 적은 마침내 한 군데 성벽을 뚫었다.

몰려 들어오려는 적을 쳐부수고 통나무를 엮어 뚫린 데를 메웠다. 적도 적지 않은 사상자를 내고 이쪽의 손해도 그에 못지않았다.

막기는 했으나 장병들의 사기는 눈에 띄게 떨어지기 시작했다.

다음 날도 한 군데 뚫린 것을 통나무로 메우고, 또 다음 날도 뚫렸으나 그럭저럭 메우기는 했다.

사기는 떨어지고 성안에는 공포의 바람이 일기 시작했다. 성은 떨어지고 모두 견훤의 병사들에게 짓밟혀 죽으리라는 점장이의 예언까지 나돈다고 했다.

옛날부터 공격은 최상의 무기라고 했는데 공격의 길은 없고 당하고

만 있으니 왕건은 난감하기 그지없었다. 밤에 견훤이 말을 타고 남문 앞에 나타났다. 투구도 갑옷도 걸치지 않은 그의 모습이 달빛에 훤히 보였다. 바위를 연상케 하는 거구에 얼굴도 보통 사람과는 달리 육중하고 훤칠했다.

전에 목포에서 싸운 일이 있으나 그때는 해전(海戰)이었고, 견훤이 패해서 쪽배로 도망쳤기 때문에 그를 직접 보기는 이것이 처음이었다.

"너 왕건이 듣거라. 너도 드문 인재라는 것을 알고 있다. 미친 선종을 위해서 가망 없는 전쟁을 그만두고 항복하면 너는 시중, 나머지 장군, 군관은 물론 병졸들까지 다 지금 자리를 그대로 준다. 오늘 밤 잘 생각해 봐라."

그는 더 말하지 않고 장막으로 들어갔으나 군관들이 번갈아 나와 병사들을 향해 선전을 시작했다. 요는 성이 떨어질 것은 뻔한데 개죽음 말고 항복하라는 것이었다.

왕건은 무사답게 죽어야 할 터인데 그것조차 가망이 보이지 않고 암담한 생각뿐이었다.

공격 엿새째. 흐린 날씨였다.

어릴 때도 그렇고 낫살 먹어서도 밝은 달처럼 아름다운 것도 드물다고 생각해 왔다. 그러나 이 지경에 서고 보니 밝은 달처럼 원망스러운 것도 없었다.

달이 진 시간을 이용할 생각도 해 보았으나 그런 시간은 짧았다. 섣불리 적을 건드렸다가는 이쪽의 의도가 노출되어 실패할 염려가 있었다.

그러나 일루의 희망이 솟기 시작했다. 내일이면 이십일, 달이 뜨는 시간은 날마다 줄어들고, 열흘이면 아주 달이 없는 그믐이 온다. 그때까지만 버티면 기병이 제구실을 못하는 캄캄한 밤을 이용해서 사생결단으로 싸울 기회가 올 것이다.

그러나 성안은 흉흉하기 이를 데 없었다. 병사들은 싸우기는 해도 기운이 없고, 백성들은 죽는다고 아우성이었다. 부장인 금언마저 진 싸움으로 단정 짓는 눈치였다.

이런 공기를 혼란에 이르게 하지 않고 그나마 질서를 유지하게 하는 것은 왕건의 몸가짐이었다.

그는 언제 어떤 환경에서나 잠들 수 있고 잠들면 만사를 잊고 숙면하는 천성을 타고났다.

주위의 장병들이 걱정하고 불안에 떨고 잠을 이루지 못해도 그는 태연히 잠자고 태연히 일어났다. 일어나면 평소와 다름없이 식사하고 행동거지도 평소와 다를 것이 없었다.

"장군께서는 어쩌면 그렇게 태연하실 수 있습니까?"

군관들도 식사를 같이 하는 자리에서 별별 질문이 다 나왔다.

"간밤에 잘 잤더니 그렇게 보이는가 부지."

그는 이렇게 대답했다.

"이처럼 상황이 급박한데 걱정도 안 되십니까?"

"상황이 급박해?"

그는 신기한 소리라도 듣는 듯한 얼굴이었다.

"그러면 장군께서는 이 전쟁이 어떻게 되리라고 보십니까?"

"그야 이기지."

군관들은 더 할 말을 몰랐고 그의 얼굴만 보면 불안이 사라졌다.

낮에는 또 고달픈 공방전이 벌어졌다. 통나무로 엮었던 곳이 한꺼번에 두 군데나 다시 뚫어진 것을 가까스로 막고 하루의 전투가 끝났다.

가망이 없다는 분위기는 더욱 짙어졌다.

그런 분위기는 성내뿐이 아니었다. 성벽의 일부가 부서지면서부터 앉아서 질 것이 아니라 맞붙어 싸우자는 신호가 성 밖의 장군들로부터 심심치 않게 왔다. 제일 먼저 보낸 것이 종희였고 나중에는 백전노장인 능산도 같은 신호를 보내 왔다.

왕건은 그때마다 안 된다, 밥이나 지어 먹으라는 신호를 보냈다.

도처에서 나는 밥의 독특한 향기, 건포라도 고기를 굽는 냄새가 온 들판을 덮었으나 그런 데 넘어갈 견훤이 아니었다.

해가 떨어지면서 흐린 하늘에서 한두 방울 비가 떨어지기 시작했다. 왕건은 눈을 감고 부처님을 생각했다. 능산의 말이 옳다면 이제 진실로 인력으로 할 수 있는 일은 다 했고, 달리 방도가 없으니 부처님도 무심할 수 없을 것 같았다.

"여보!"

문루 위에 홀로 호상(胡床)에 앉았던 왕건은 모로 쓰러질 뻔했다. 별안간에 나타난 부인 오 씨가 어깨를 냅다 민 것이다. 왕건은 어둠 속에서 고개를 돌렸다.

"살아두 같이 살구, 죽어두 같이 죽는 게 부부라구 아니 했어라우? 별게 활이여? 살을 재우구 당기면 활이지, 나 당신 옆에서 싸울 것이여."

대견하다는 생각보다 어이없다는 생각이 앞선 왕건은 군관을 불렀다.

"내 허가 없이는 아무도 못 들어온다구 했는데 왜 들여보냈지?"

"다른 분도 아닌 부인께서……."

"돌려보내!"

노기가 서린 왕건의 목소리에 오 씨는 투덜거리면서 군관을 따라 층계를 내려갔다.

왕건은 하늘을 쳐다보았다. 캄캄한 하늘에서 비가 차츰 세차게 쏟아지고 바람도 불기 시작했다.

이 밤이야말로 운명의 밤이다. 그는 가까이 있는 병정들을 불렀다. 악기에 능해 선발된 병정들이었다.

"너, 퉁소나 한가락 불어라."

영문을 모르는 병정이 반문했다.

"무슨 가락을 불러 드릴까요?"

"되도록 구슬픈 가락이 좋겠다."

어둠 속에서 한동안 구슬픈 가락이 울리고 길게 꼬리를 끌다가 멎었다.

숲 속에 있는 장군들에게 행동개시를 명령하는 신호였다.

장군들만 아는 암호이기에 병사들 사이에는 불평도 없지 않았다. 그렇지 않아도 심란한 판국에 구슬픈 가락으로 사람의 애간장을 뒤집어 놓는다고 투덜거렸다.

성내 백성들 중에는 밥을 먹다가 숟가락을 내던지고 욕설을 퍼붓는 자도 있었다.

"왕건이란 놈 이제야 정신을 차린 모양이다. 어차피 질 것이면 일찌감치 항복해서 백성이나 들볶지 말 것이지. 슬픈 가락에 술 한잔으로 칵 뒈지기나 해라."

그동안 성내의 백성들이 부역에 시달려 온 것도 사실이었다. 야장(冶匠, 대장장이)은 밤낮으로 활촉을 불려도 한번 가면 돌아오지 않는 것이 화살이라 아무리 망치를 놀려도 부족하다, 빨리 만들라는 독촉뿐이지 잘했다는 칭찬은 듣지 못했다.

목수도 다를 것이 없었다. 아무리 연장을 놀려 깎아도 모자라는 것이 화살이었다. 화살뿐이 아니었다. 만일에 대비한다고 굵은 통나무를 톱질하고 끌로 파서 가로세로 엮는 일에 땀을 흘려야 했다.

기술이 없는 백성이라고 편할 수 없었다. 병정으로 나가지 못한 자는 외눈이건 절름발이건 남자라고 이름이 붙은 사람들은 성 위에서 던질 돌을 날라야 하고 통나무를 메고 휘청거려야 했다.

그들 중에는 뚫어진 성벽을 통나무로 메우는 일을 거들다가 적의 창에 찔려 목숨을 잃은 사람들도 적지 않았다.

여자라고 가만둘 전쟁이 아니었다. 병정들이 먹을 밥을 지어야 하고 물을 길어야 하고 남자들의 손이 부족할 때에는 통나무도 메야 했다.

고달픈 성내에 패전과 죽음의 공포가 커 갈수록 왕건에 대한 불평도 더해 갔다.

왕건은 실지로 술잔을 기울였다. 처음에는 불을 켜 놓고 금언과 마주 앉아 술을 나누었으나 바람이 세어지면서 불이 꺼지자 술잔을 옆에 밀어놓고 귀를 기울였다.

그러나 병정이 부는 구슬픈 가락은 멎었다가도 다시 다른 가락으로 바뀌어 바람을 타고 퍼져 갔다.

왕건은 세상에서 처음으로 인간을 초월한 부처님의 힘을 믿고 의지할 생각이 들었다. 어려서부터 부모를 따라 절간에 갔고 설법도 들었다. 부처님 앞에 절하고 재도 올렸다. 지금도 절간에 다니고 있다. 그러나 그것은 대대로 내려오는 관습이지 믿음은 못 되었다.

사람으로 할 수 있는 일은 다 했다. 부처님도 무관심할 수 있을까? 알아줄 것만 같았다.

실로 어려운 작전이었다.

숲 속에 있는 병정 한 사람이라도 적진에 넘어가 말을 노린다는 이야기 한마디만 해도 모두가 틀어지는 일이다.

그렇지 않다 하더라도 어느 하나 어렵지 않은 조목이 없었다.

우선 거리의 조정이 필요했다. 숲에 따라 적진과의 거리는 각양각색이었다. 만약 가까운 거리에 있는 부대가 먼저 뛰어들어 일부를 건드리면 말을 몇 마리 처치할 수는 있겠지마는 적에게 경고를 주는 결과가 되어 만사가 수포로 돌아갈 것이다. 모든 부대가 같은 거리에 당도할 때까지 기다렸다가 일시에 모든 마막을 덮쳐야 했다.

아무리 폭풍우 속이라도 심천 명이 은밀히 적진 일정한 지근거리까지 집결한다는 것은 기적이라도 일어나지 않는 이상 거의 불가능한 일이었다.

더구나 전쟁으로 반생을 보낸 견훤은 폭풍우라고 잠만 잘 사람이 아니다. 이런 경우도 수없이 경험했을 터이고, 대책을 모를 까닭이 없다. 도중에는 반드시 초계선(哨戒線)을 쳤을 것이다. 병사들이 냄새가 싫다고 따로 치자는 것을 마다하고 마막과 병사들의 장막을 하나 건너로 치게 할 정도로 용의주도한 견훤이었다.

이 경계선에서 충돌이 일어나면 뒤에 남은 적은 장막을 나와 창을 겨누고 엎드려 있다가 검은 그림자가 나타날 때 찌르면 그것으로 끝난다. 전멸하는 것은 아닐까?

우군은 명령대로 움직이고 있을 것이다. 그러나 움직이면서 신호를 보낼 수는 없으니 왕건은 듣지도 보지도 못하는 처지가 되었다. 그러나 상황은 각각으로 진전되고 있으니 더욱 갑갑할 수밖에 없었다.

그는 전쟁이 일어나기 전의 일을 생각했다.

병정들은 짚으로 만든 말을 상대로 단련을 쌓았다. 죽이려고 달려들 것 없다. 가장 연한 배를 찔러 병신을 만들면 그것으로 족하다.

장군들은 이렇게 가르치고, 각 군관이 담당할 마막, 각 병사가 담당할 말까지 지정해 주었다. 누구나 무장은 칼 하나, 돌쇠는 첫째, 바위는 두 번째 말……. 찌르고는 적이 달려들어도 부득이한 경우 이외에는 재빨리 도망쳐 숲 속의 제자리로 돌아오라.

한참을 생각하다가 귀를 기울였다. 기습에 성공하면 뿔피리로 알리게 되어 있었다. 그러나 들리는 것은 비바람 소리뿐이었다.

전략이란 도끼로 장작을 뽀개듯, 혹은 큰 칼로 생선을 토막 내듯 명쾌해야 하고, 세밀하면 못쓴다는 교훈을 무시하였다. 사실은 무시한 것이 아니라 달리 도리가 없어 나온 궁여지책이었다.

그런데 이변이 생겼다.

별안간 견훤의 군사들이 성을 둘러싸고 맹렬한 공격을 시작했다. 폭풍우 속에 성을 공격한다는 것은 전례 없는 일이었다.

성내에서 쓸 수 있는 주무기는 활인데 폭풍우에 캄캄한 밤이라 적이 보일 까닭이 없고 보여도 바람에 화살이 날려 맞을 리 없었다.

이것은 왕건도 생각하지 못한 일이었다.

적은 비바람이 치는 어둠 속에 말만 동원하지 않았다 뿐이지 모든 공성기를 동원하여 일거에 성을 집어삼킬 기세였다.

불의의 공격을 받은 성내는 서둘러 태세를 갖추기는 했으나 때는 이미 늦어 각처에서 성벽이 무너졌다. 통나무로 한 군데를 막으면, 그것이 끝나기도 전에 다른 데가 무너지고 한꺼번에 세 군데가 터질 때에는 가까스로 막기는 했으나 왕건도 이제 종말이라고 생각했다.

어둠이 이쪽에 유리하다고만 생각해 왔지, 적에게도 유리할 수 있다는 것을 생각하지 못했다. 역시 견훤은 임기응변으로 상황이 좋으면 좋은 대로, 궂으면 궂은 대로, 유리하게 전환시키는 천재였다.

한 가지 확실한 것은 새날이 오기 전에 이 성이 떨어진다는 사실이었다. 왕건은 다가오는 죽음을 생각하고 지나간 세월이 주마등같이 머리를 스쳐 갔다. 인생은 꿈이라고 했는데 별로 신통한 꿈도 못 되었다.

이상한 소리를 들은 듯했다. 그는 주위의 군관과 병정들에게도 들어보라고 했다.

"누구냐!"

소리가 잇따라 나고 사람의 비명도 들렸다. 왕건은 생각할 겨를도 없이 병정들에게 일렀다.

"소라 피리를 있는 대로 다 불어라!"

병정들이 부는 십여 개의 소라 피리는 비와 바람과 어둠과 뒤엉켜 산과 들로 물결처럼 파도쳐 갔다.

소라 피리는 총공격의 신호였다.

견훤의 초계선에 걸린 것이 확실한데 적의 병력은 알 길이 없으나 얼마라도 좋으니 어둠을 타고 무조건 목표를 쳐 달라는 것이 그의 간절한 소원이었다.

왕건은 몇 번이고 호상에서 일어났다 앉았다 되풀이했다. 생사흥망의 가혹한 순간이었다.

그러나 왕건은 인간이 가지고 있는 여러 가지 허점을 지니면서도 그의 머리는 거기 얽매이지 않고 재빨리 냉정한 계산을 시작하는 특성을 가지고 있었다.

그가 걱정한 것은 우군이 적의 초계선에서 적과 혈투를 벌여 기회를 놓치지 않을까, 또 적이 성을 공격하고 있으니 우군도 그것을 모를 까닭이 없다, 당초의 목표는 아랑곳없이 성을 공격하는 적을 배후로부터 치려고 들지 않을까 하는 것이었다.

그러나 다음 순간 생각을 달리했다.

지금 성 밖에서 적과 충돌하고 있는 것은 능산, 종희를 비롯한 백전노장들이다. 그들에게도 생각이 있을 것이다.

장수는 단호해야 한다. 예상치 못한 상황 변화에 우왕좌왕하는 것이 가장 금물이다. 이것을 모를 그들이 아니다.

그러나 안심이 안 되어 더욱 드높게 소라 피리들을 불게 했다. 당초의 목표에 변함이 없다는 것을 강조하려는 것이었다.

초계선에서 충돌이 일어난 것은 성 밖의 견훤이 더 잘 알 것이다. 그러나 그의 공격태세는 확고부동했다.

더 많은 공성기들이 달려들어 처처에서 성벽이 무너지고 이쪽에서는 그것을 막는 것만으로도 병력이 부족했다. 왕건은 성내의 모든 백성들에게 영을 내려 남녀를 막론하고 성한 사람은 모두 출동케 했다.

성벽 위의 병력은 삼분의 일로 줄이고 민간 남녀로 대체한 후 남은 병력은 처처에서 뚫리고 있는 성벽 현장에 달려가 적과 백병전으로 맞섰다.

왕건은 성 위를 돌면서 격려했다. 조금만 참으라, 적은 물러간다고 자신만만하게 장담하고 다녔다.

그러나 자기에게 없는 자신이 남에게 전달될 리 없었다. 활에 살을 재우고 가끔 쏘는 병정들도 들으라는 듯이 한숨을 내쉬는 판에 민간 남녀들은 말할 것도 못 되었다.

그들에게 전투능력이 있어 동원한 것은 아니었다. 숫자가 문제이기에 숫자 구실만 해 주면 그것으로 족했다. 행여 적이 성 위의 병력이 보잘것없이 준 것을 안다면 견훤이 무슨 수단으로 나올지 모른다. 어두운 밤이라 군민의 구별도, 남녀의 구분도 서지 않는 것이 다행이었다.

그러나 오산이었다. 여자들의 입이 말썽인 것을 미처 몰랐다. 이러한 위기 상황에서도 쉴 새 없이 떠들고 있었다.

이들은 빗속에 활을 안고 성가퀴 뒤에 모여 앉아 재잘거렸다. 그것도 드러내놓고 큰 소리로 늘어 놓는 불평이었다.

"시상에 이따위 전쟁이 어디 있단 말이여?"

"고럼. 활이라는 걸 만져도 보지 못한 여자들을 싸움터에 내모는 건 어떤 돌대가리여?"

"벼락을 맞아 죽으라지."

쨍쨍한 목소리는 적진에도 안 들릴 까닭이 없었다. 왕건과 금언은 서둘러 각각 동서로 성 위를 돌며 그들을 무마하려고 애썼다.

"부인들, 싸워 달라는 게 아니오. 입만 다물어 주시오."

왕건은 허리를 구부리고 타일렀다.

"입을 다물면 이긴다, 이 말씀이여?"

어디나 간이 큰 여걸은 있게 마련이었다.

알아들을 그들이 아니기에 왕건은 간단히 응대했다.

"그렇소."

"싸울 건 없구 입만 다물라? 얘들아, 시상에 이런 전쟁두 있는기여?"

"적이 들으면 큰일이라서 그러오."

"그라문 집에 가만둘 것이지, 환장했다구 끌어냈어라우?"

"하여튼 잠자코 있어 주시오."

왕건은 걸음을 옮겼다.

"별꼴 다 보겠다."

이런 소리가 뒤를 따라왔다.

세상에 너절한 것이 전쟁에 패한 군사들이요, 너절한 중에서도 더욱 너절한 것이 패군지장(敗軍之將)이다.

사람들의 눈에는 이미 자기는 너절한 패군지장이다. 왕건은 참을 수 없는 모욕을 되씹으면서 맥없이 걸었다.

그런데 앞에서 분명히 부인 오 씨의 목소리가 들렸다.

"와들 입을 싸게 놀려, 응? 우리 남편은 천하제일가는 장수라 이거여. 천 년 묵은 노송이 거꾸로 서는 한이 있어두 우리 남편은 이긴다 이 말이여. 우리 남편이 지면 내 손바닥에 장을 지져……."

가까이 가니 오 씨가 두 손으로 허리를 짚고 서서 큰 소리로 일장연설을 하는 중이었다.

퍼붓는 비로 물에 빠진 생쥐의 몰골이 된 왕건은 기진맥진한 데다 무어라고 할 엄두도 나지 않아 우두커니 서 있었다.

"그 잘났다는 니 남편이 도대체 누구여?"

한없이 계속되는 오 씨의 연설을 가로막고 한 여자가 물었다. 오 씨는 삿대질을 했다.

"니, 도대체 밤중이로구나. 시중까지 지낸 나주 장군 왕건두 몰라? 니는 사람두 아니여."

"그 잘난 나주 장군 덕에 다 죽게 생겼으니 고맙지 뭐여."

다른 목소리였다.

"니, 내 남편을 빈정댔겄다? 니는 이제 내 손에 죽었다."

억센 오 씨는 여자의 머리채를 잡아채 한 번 태질을 하고, 자빠진 여자를 깔고 앉아 주먹으로 연신 내리쳤다.

주위에 앉았던 오륙 명의 여자들이 말리려고 들었으나 가까이 가면 주먹으로 옆구리를 쥐어박고 쥐어박으면 영락없이 나동그라져 죽는다고 아우성들이었다.

왕건은 창피하고 비참하고 온갖 서글픈 생각이 가슴을 메워 움직일 생각조차 떠오르지 않았다.

애써 가꾼 나주가 망해도 더럽게 망하는구나. 더구나 이 왕건의 꼴은 무엇이냐? 안중에선 죽음이 사라진 지 오래다. 그러나 기왕이면 깨끗한 죽음이 소원이었다.

이제 다 틀렸다. 성은 곧 떨어지고 이 왕건은 창피란 창피는 다 당하고 우습게 죽게 되었다.

그는 빗속에 멍청하니 서 있었다.

나동그라진 여자들은 옆구리다, 허리다, '아이구'를 연발하고, 오 씨는 계속 욕설을 퍼부으면서 깔고 앉은 여자를 아주 잡을 기세였다.

깔린 여자가 '흑!' 하고 외마디 비명을 질렀다. 급소를 맞은 모양이었다.

왕건은 다가서 오 씨의 가슴픽을 잡고 속삭이듯 한마디 했다.

"조용해!"

오 씨는 남편의 소리를 알아듣고 일어섰다. 왕건은 그대로 있기도 안되어 또 힘없는 걸음을 옮겼다.

남문에 거의 돌아올 무렵, 성 밖 벌판이 일시에 왁자지껄했다.

숱한 말들이 비명을 지르며 벌판에 흩어져 뛰고 일부는 성을 에워싼 적병들을 휩쓸고 지나가면서 죽어 가듯 신음하는 소리가 들렸다.

이윽고 도처에서 뿔피리 소리가 울려왔다. 왕건은 뛰었다. 그렇게도 기진맥진했건만 어디서 힘이 솟았는지 뛰어서 제자리에 돌아와 호상에 앉았다.

"북을 있는 대로 쳐라."

성도 건재하다는 신호였다.

눈으로 볼 수는 없으나 세찬 비바람 소리를 뛰어넘어 숱한 상처 입은 동물들이 몸부림치고 무작정 뛰며 죽음과 싸우는 처절한 비명은 이 나주의 작은 성을 뒤흔드는 듯했다.

전쟁도 많이 했으나 이런 일은 처음이었다. 낮이라면 볼 만한 광경일 것이다.

사고의 전환이 빠른 왕건은 조금 전까지 머리를 메우고 있던 비참한 자기의 몰골, 허망하고 창피한 죽음 같은 것은 염두에도 없었다.

그는 이미 다음을 설계하는 승리자였다.

"낮이라면 참으로 장관이겠습니다."

옆에서 금언이 한마디 했다.

"장관이겠지……."

딴 생각에 골몰하는 사람이 건성으로 하는 대답이었다. 적어도 태봉국의 역사에는 없는 이 희한한 순간에 이럴 수 있을까? 금언은 더 이상 말을 걸 기분이 나지 않았다.

눈으로는 보이지 않아도 산야를 뒤흔드는 짐승들의 비명은 귀로 들어왔다.

귀를 울리는 소리로 성 밖에 벌어지고 있는 광경은 그림같이 왕건의 머리에 떠올랐다. 그는 이 그림을 마음속으로 바라보면서 적을 섬멸하여 한 명도 돌려보내지 않을 궁리를 하고 있었다.

적의 공격이 멎고, 성을 한 바퀴 돈 듯 백여 기로 추측되는 기병들이 성루 앞을 지나 적진으로 사라졌다.

왕건은 견훤의 친위대라고 짐작했다.

이 승세를 타고 즉각 포위 섬멸전으로 들어간다?

될 수만 있으면 그 이상 좋은 일은 없을 것이다.

그러나 적정은 알 길이 없고, 적의 군마들을 처치한 우군 병사들은 뿔뿔이 흩어져 제자리로 돌아가는 길일 것이다. 장군들이 이들을 장악하고 공세를 준비하는 데는 시간이 걸리지 않을 수 없었다.

적에게 남은 길은 후퇴밖에 없으나 그들도 어둠 속에 병력을 집결하고 질서를 회복하여 후퇴하려면 시간이 필요할 것이다.

더구나 어둠 속에서 적정을 모르면서 적을 공격한다는 것은 장님이 길을 더듬는 것보다 어려운 일이고, 동지상격(同志相擊)의 염려도 있었다.

섬멸전은 동이 트는 것과 동시에 개시하리라, 왕건은 결심하고 금언에게 성내 수비군의 출격 준비를 명령하고는 문루 위에 있는 침상에 드러누워 곧 잠이 들었다.

"장군!"

금언이 흔드는 바람에 왕건은 벌떡 일어났다.

종희의 진영에서 총공격을 건의하는 호각이 울렸다는 것이다.

"지금 몇시요?"

"축시(丑時, 새벽 두시에서 네시 사이) 초쯤 됐습니다."

"다른 데서는 없었소?"

"없었습니다."

"동이 트면 곧 포위 섬멸전을 시작한다고 신호를 보내시오."

왕건은 군관에게 축시 말에 깨우라 이르고 다시 잠이 들었다. 그러나 동이 트고 보니 실로 생각지도 못한 사태가 기다리고 있었다.

잠을 깬 왕건은 하늘을 쳐다보았다. 구름이 걷힌 밤하늘, 바람소리도 잠잠해졌다.

그는 병정이 떠 온 물로 세수를 하면서 마음속으로 부처님에게 감사를 드렸다. 야습에 알맞은 폭풍우의 하룻밤을 내리고, 이어 포위 섬멸에 합당한 쾌청한 날씨를 내리시니 부처님은 인력을 다한 이 왕건을 감싸주는 것이 틀림없었다.

사방의 숲에서 내려올 우군 삼천과 성내 병력 이천, 모두 발이 빠른 보병들이다.

말을 잃고 엉기적거릴 적의 기병 오천, 그들은 오늘 이 나주벌의 땅귀신이 될 것이다. 아마 견훤도 오늘을 마지막으로 이 세상을 하직하게 될 것이니 그로서는 원통하겠지마는 부처님의 뜻이니 할 수 없는 일이다.

이처럼 경쾌한 기분을 가져 보기도 수십 년 만에 처음인 것 같다. 옛날 종희, 설리, 괄괄이 등 동네 친구들과 예성강에서 그물로 십여 마리의 송어를 잡았을 때의 기분, 바로 그것이었다.

그는 가벼운 기분으로 세수를 마치고 호상에 앉아 병정이 쟁반에 얹어온 식사를 들었다. 전쟁이 시작된 후 처음 대하는 닭다리도 있었다.

말없이 식사를 마친 왕건은 새 군복으로 갈아입었다.

금언이 층계를 올라와 준비가 끝났음을 알리고, 이어 식렴도 나타났다. 여태 성내의 본영에서 무기니 식량을 조달하는 책임을 맡아 실수 없이 해냈다.

"너두 나갈 참이냐?"

"총출동이라고 들었습니다."

"군수 조달은 누가 맡구?"

"단판 승부에 군수 조달이 무슨 소용이겠습니까?"

"하기는 그렇지."

왕건은 유쾌하게 웃었다.

먼동이 트면서 첫닭이 울었다.

왕건은 일어서서 희미한 어둠을 뚫고 내려다보았다. 금언과 식렴도 그의 양편에서 이리저리 눈을 굴리고 뒤에는 간밤부터 대기하고 있던 십여 명의 병정들이 소라 피리를 쥐고 서 있었다.

그런데 이게 어떻게 된 일일까?

딱히 보이지는 않았으나 적진은 죽은 듯이 고요하고 움직이는 것이라고는 아직도 목숨이 붙어 여기저기서 엎어졌다가는 다시 일어서고, 일어섰다가는 다시 엎어지는 말들이 그림자처럼 눈에 들어올 뿐이었다.

"피리를 불까요?"

눈이 그다지 밝지 못한 금언이 물었다.

"좀 두구 봅시다."

왕건은 대답하면서도 적진에서 눈을 떼지 않았다. 형체는 분명치 않으나 도시 움직이는 기척이 없었다.

동녘이 밝아오면서 왕건은 비로소 알았다. 견훤의 오천 병력은 바람같이 사라지고 없었다.

그들이 묵던 장막은 대개 찌그러져 주저앉고, 북과 동으로 통하는 길에는 남아 있어야 할 발자국조차 비바람에 씻겨 가고 도시 자취를 찾을 길조차 없었다.

놓쳤구나. 실망한 왕건은 층계를 내려오면서 금언을 돌아보고 장군들을 본영에 소집하라고 일렀다.

동산에 해가 뜰 무렵, 멀고 가까운 장군들은 한자리에 모였다.

"장군들은 이번 전쟁을 어떻게 생각하오? 이긴 것이오, 아니면 진 것이오?"

조용한 목소리였으나 언짢은 여운은 감출 길이 없었다.

아무도 대답하는 사람이 없었다.

"오천 명의 적이 움직이는데 사방을 둘러싼 삼천 명 중에서 한 사람도 못 보았다는 것은 될 말이 아니오."

왕건은 좌중을 둘러보았다.

장군들은 하나같이 무슨 소리냐는 표정들이었다.

흑상이 입을 열었다. 오랫동안 원회의 휘하에 있다가 이번에 능산이 끌고 온 증원군의 일부를 지휘하여 남쪽 산기슭을 맡은 사람이었다.

"장군께서는 졸병의 경험이 있으십니까?"

그는 농사꾼 출신으로 호미를 던지고 원회를 따라 칼을 잡은 지 이십 년, 군관으로부터 장군으로 승진된 지 몇 해 안 되는 사람이었다.

언제나 병사들과 함께 산야를 뛰어다녀 이름 그대로 얼굴이 검게 그을린 그는 윗사람이라고 사양하는 법이 없었다.

졸병의 경험……. 왕건에게는 아픈 질문이었다.

선종의 덕분에 여기 있는 장군들이 말단 졸병으로 치달리고 있을 때 훨씬 젊은 나이로 초장부터 장군이었다.

글줄이나 중얼거린다고 높이 보는 시절이 아니었다. 완력과 담력을 가진 자들이, 글을 가지고 나불거리는 자들이 하는 꼴을 보다 못해 이것을 뒤집어엎은 것이 지금의 난리였다. 졸병의 경험이 없으면 축에도 못 끼는 것이 당대의 풍조였으나 왕건만은 둥근 성품으로 해서 한몫 보아주는 격이었다.

그러나 왕건은 아픈 대목도 아프지 않게 넘기는 재주가 있었다.

그는 웃으면서 흑상에게 대답했다.

"바로 그게 내가 부족한 점이오. 그래서 여기 계신 능산 장군께두 많이 배우지요. 좋은 말씀이 있을 것 같은데……."

겉치레로 하는 말만도 아니었다.

흑상은 서슴지 않고 나왔다.

"장군께서는 졸병의 경험이 없으시니까 패배를 승리로 바꿔 놓은 졸병들의 노고에 대해서는 한마디 없이 견훤을 놓친 일만 가지구 언짢게 생각하시는 게 아닙니까?"

왕건은 아차 했다. 전에는 크건 작건 전쟁이 끝나면 노고를 치하하는 일부터 시작했는데 무슨 바람이 불어 이번에는 이렇게 나왔을까?

너무나 엄청난 일, 패배가 일순에 승리로 전환되는 이변 앞에서 평소의 냉정을 잃었던가 보다.

"좋은 걸 지적해 주었소. 그건 내 잘못이오."

그러나 흑상은 인정사정이 없었다.

"삼천 명 중에 적의 후퇴를 본 병정도 있었겠지요. 그러나 대국을 모르는 졸병이 후퇴를 하는지 다른 조화를 부리는지 판단이 섰겠습니까?"

왕건 대신 금언이 나섰다.

"판단이 안 섰을 것이오. 하지만 상관에게 보고는 해야 되지 않겠소?"

흑상은 기가 막히다는 표정이었다.

"새까만 밤에 폭풍우였지요? 엎어지며 자빠지며 접근하다가 적과 부딪쳐 죽기두 하구, 적을 피해 시키는 대루 말을 찌르고 저마다 흩어져 도망치는데 상관을 어디서 찾구 보고가 다 뭡니까?"

모욕으로 들릴 정도로 아픈 소리였으나 금언도 지지 않았다.

"병정들은 그렇다 치구, 어느 군관, 어느 장군의 눈에도 띄지 않았다면 이건 이상한 일이 아니겠소?"

옆에 앉은 종희가 붉으락푸르락 하는 것을 곁눈으로 보면서 흑상이 계속 대꾸했다.

"이번 야습은 죽느냐 사느냐 하는 판이었습니다. 장군이라구 앉아서 구경한 줄 아십니까? 모두 졸병같이 칼 하나 들구 어둠을 헤치면서 적진으로 들어갔습니다."

별안간 종희가 왕건을 노려보고 큰 소리로 외쳤다. (계속)